润后余生
To Live and Die in Canada

Huai Bao, Ph.D.
a.k.a.
H. B. Dhawa (达哇)

加拿大西安大略出版社
Western Ontario Press Inc., CANADA

Library and Archives Canada Cataloguing in Publications
Huai Bao, Ph. D. a.k.a. H. B. Dhawa, the author
To Live and Die in Canada
ISBN 978-1-988641-70-6 (pbk.)

书名：润后余生
Title：*To Live and Die in Canada*
作者：达哇
Author：Huai Bao, Ph.D. a.k.a. H. B. Dhawa

责任编辑：Patrick Long
封面设计：曾一

Western Ontario Press Inc. 加拿大西安大略出版社出版
地址：119 Chateau Crescent, Cambridge ON N3H 5S3 CANADA
邮箱：wonpress.ca@gmail.com
官网：wonpress.ca

To Live and Die in Canada is a blend of fiction and nonfiction. Some names and characteristics of individuals or events have been altered to disguise identities, to maintain anonymity, or for other reasons. Any resemblance to real people, living or dead, is purely coincidental.

Printed and bound in Canada.

字数：270 千字
版次：2025 年六月第 1 版
书号：ISBN 978-1-988641-70-6
定价：$29.99

目录

Dedication

For all my loyal readers over the years, who have been following my previous books, my personal blog, and my trajectory.

寄语

谨以此书献给我所有的忠诚读者，他们这些年一直在读我以前出版的书、我的博客，并关注我的人生轨迹。

Acknowledgments

I want to thank all those who shared with me their amazing stories, which I integrated into this book, each unique. Special thanks to long-distance soul sister, Dr. Elizabeth Wichmann-Walczak, for her incredible support and invaluable advice to this book over the years. Almost half a century ago, she was the first American to study and perform Peking Opera in China. After returning to the University of Hawaii, she single-handedly created the first Peking Opera program in the country. Also thanks to all my friends in Canada and China--"A bosom friend under the sky; a neighbourly companion next-door nigh." Last but not least, thanks to Bow Bow for his loyal companionship over the course of writing this book. He is an amazing toy poodle, a precious soul, and a rare source of endless inspiration.

感谢

感谢所有向我讲述故事的人，有了他们的不平凡的故事，才有了这本书。特别感谢遥远的知己魏莉莎博士，多年来她给了我创作这本书以宝贵的支持和建议。约半个世纪前，她是美国第一位来中国学习并表演京剧的学者，回到夏威夷大学后以一己之力创建了美国高校中的第一个京剧专业。还要感谢加拿大和中国的所有朋友们——"海内存知己，天涯若比邻"。当然少不了感谢创作此书过程中宝宝的忠诚陪伴。它是一只世间少有的玩具贵宾，一个无价之宝，是世间罕有的无尽的灵感源泉。

About the Author

Huai Bao (a.k.a. H. B. Dhawa) (达哇), born in China to a military family and permanently residing in Metro Vancouver, BC, Canada, received his Ph.D. at Simon Fraser University and conducted his SSHRC Post-doctoral Fellowship with the University of Toronto. He started to write poetry, essays, and novels at a young age, his first publication being the essay he wrote at age 17 for China's National College Entrance Examination. Only five students' essays were chosen to be published in his home province, Jiangsu, that year. Dr. Bao has now published dozens of journal articles, one book chapter (Netherlands), and three books, including: *Cross-Gender China*, Routledge (London, New York, and Oxfordshire), 2017.

Dr. Bao has taught at colleges and universities in both Canada and the USA.

作者简介

达哇博士（本名暴淮）出生于中国的一个军人家庭，加拿大西门菲沙大学博士、多伦多大学加拿大社科人文研究院(SSHRC)博士后。很早就开始创作诗歌、散文、小说。他发表的第一部作品是 17 岁时写的高考作文（江苏省一共发表五篇）。目前除学术论文外，还出版中英文著作三部，包括由英国罗德里奇出版社 2017 年出版的英文专著 Cross-Gender China。

达哇博士先后在加拿大和美国等地高校任教。

Foreword
by Elizabeth Wichmann-Walczak, Ph.D.

前言
魏莉莎博士

What does it mean to live abroad-and perhaps more hauntingly, what does it mean to die there?

To Live and Die in Canada is not a tidy memoir, nor is it a straightforward immigrant success story. Instead, it's a kaleidoscope of lives, glinting with beauty, contradiction, absurdity, and heartbreak. What Huai Bao (a.k.a. Dhawa) offers here is not merely his own story, but a mirror held up to a generation of Chinese people who crossed oceans in search of something better-only to find that "better" is a moving target.

From China to Canada, from coast to coast, from casinos to cruise ships, from Ontario townhouses to academic lecture halls, this book journeys through the outer landscapes of Canada and the inner terrain of identity, disillusionment, reinvention. The characters-both real and remembered-are unforgettable: the lay Buddhist with secrets of her own, the psychic with eerie precision, the friend who numbered her white boyfriends, the matchmaker who never meant to matchmake. Some chapters will make you laugh out loud; others may leave you stunned, as if someone has quietly opened a door to your own memories.

For all its humor and sharp edges, this book is profoundly human. Bao does not sanitize the overseas experience-he illuminates it, with its messiness and moments of grace. He shows us that going abroad is not a straight line but a spiral, always circling back to questions of home, belonging, and what it costs to start over again and again.

As someone who is not Chinese myself, but who has studied Chinese theater and language for decades, lived in China, and built deep relationships within the Chinese cultural world, I approached this book with both affection and respect. And even so, I found myself surprised by its emotional honesty, by its raw edges, by how deeply it resonates.

I invite you to read these stories not just as anecdotes, but as artifacts-each chapter a shard of glass from a life lived fully, and sometimes fiercely, abroad.

This is a book that doesn't ask for sympathy but understanding. It doesn't plead for attention; it commands it. *To Live and Die in Canada* is unflinching, unconventional, and-above all-real. Turn the page, and you won't regret it.

--Elizabeth Wichmann-Walczak, Ph.D.

译文：

在异国他乡生活意味着什么？更令人深思的是，在那里终了又意味着什么？

《润后余生》既不是一部整齐划一的回忆录，也不是一篇平铺直叙的移民成功故事汇集。相反，它是一个由美好、矛盾、荒诞和伤痛交织而成的生活万花筒。达哇在此呈现的不仅仅是他自己的故事，更是为跨越重洋、寻找更好生活的一代华人提供了一面镜子——然而，所谓的"更好"却是一个不断变化的目标。

从中国到加拿大，从西到东，从赌场到邮轮，从安大略的联排别墅到学术讲堂，这本书游走于加拿大的外部风景和身份、幻灭、重塑的内心世界之间。书中的人物——无论是现实中的的还是回忆中的——都令人过目难忘：有心藏秘密的佛教徒，有预言精准的灵媒，有数着自己白人男友数量的朋友，还有从未想过要做媒的媒人。有些章节会让你开怀大笑；另一些则可能会让你震惊，仿佛有人悄然打开了你自己的记忆之门。

　　书中不乏幽默和锋芒，但非常深刻地揭示了人性之复杂。达哇并未美化海外经历——他将其真实地呈现，包括其中的纷繁杂乱和偶遇的恩典。他向我们展示，出国的道路并非一条康庄大道，而是一条迂回螺旋大道，最后总是回归到关于归宿和人的归属感，以及为一次又一次重新开始所付出的代价。

　　我是在中国生活过的非华人，又研究中国戏剧和语言数十年，并在中国文化界建立了深厚关系。我带着敬爱之心阅读了这本书。即便如此，我也很惊讶这本书里如此真挚的情感、直白的表达，并它所引起的深刻共鸣所打动。

　　我邀请你将这些故事不仅仅视为生活轶事，而是艺术文物——每一章节都是在海外深度体验且有时波澜壮阔的生活的集锦。

　　这本书不寻求同情，而是理解。它不乞求关注；它会赢得关注。《润后余生》直言不讳、不同寻常，而且最重要的是——它很真实。一旦翻开这本书，你决不会后悔。

魏莉莎博士 (Elizabeth Wichmann-Walczak, Ph.D.)

序

郭绍武

从 2012 年移民初登加拿大，如今已经十几年过去了，自己居然也从一个新移民逐渐变成了一个资深老移民。面对地广人稀的加拿大，面对一望无际的加拿大原野和天空中飘洒不尽的雪花，在自己的内心深处，时常自问一个问题，我们为什么要背井离乡、移民海外？

回答这个问题大概会有很多种答案。其中一个答案可以说是，移民能够让我通过更新的维度和角度观察更加复杂、更加多样的人性！不可否认，生命的多样性就决定了人性的复杂性，何况在讲究多元文化价值观的加拿大，人性的多样性更加展现的丰富多彩、淋漓尽致。

仅有观察是不够的，还需要记录下来，传承下去，这是历史，是我们这一代移民的历史。有辛酸苦辣，有悲欢离合，有喜怒哀骂，还有诡异离奇……种种人性色素汇聚起来，形成了我们这一代人丰厚的历史洪流。

于是我从疫情期间就开始编辑出版记录加拿大移民历史的征文集《红河谷》和今春即将出版的《红河情》。我也特别邀请人在温哥华的好朋友达哇老师在闲暇之余写写自己的移民故事。没曾想，达哇老师不是写了一篇，他是一直在写，而且早已经写了一本厚厚的书《润后余生》。书中不仅记录了他自己的移民经历，更多的是他用小说的语言记录了生命中相遇的各色人等的戏剧性故事，起伏跌宕、精彩纷呈。

经过我们生命中的人很多，有人会擦肩而过，有人相遇即为好友。我和达哇老师属于后者。

达哇老师十年前在我们这座城市的一所大学任教。因为他参加了我们读书慧文化沙龙的活动，我们有缘相识。达哇老师是中国北师大的英文硕士，加拿大西门菲莎大学的博士，早年在中国的时候就出版过《改命》、《磁场》等畅销书，是一位中英文双语畅销书作家。

当我认真拜读了达哇老师的《改命》一书后，顿时对他肃然起敬。我知道这个世界上，不是每个人都能写出书的，也不是每个人都能出版自己的书的，更不是每一个作家出版的书都是可以畅销的。

《润后余生》是一本描写当代海外游子们的生存现状的真实画卷。书中人物众多、鱼龙混杂，都是达哇老师身边最熟悉的亲人、朋友、同是、学生、客户、邻居等等各色人种。当然这些人中大部分都是近些年来润出来的中国人。如果说生活是一面镜子，那么海外移民生活简直就是万花筒，阅读达哇老师《润后余生》可以帮助我们洞察光怪陆离、甚至是荒诞离奇的人性画面。

最近刚刚看了著名的喜剧悬疑电影《唐探 1900》，影片生动地描绘了一百多年前北美华工血泪史，当年的华工是北美第一代移民，他们过着牛马不如的奴隶生活。那么历史发展到今天，北美的华人生存状态和生活状况发生了怎样的天翻地覆的变化呢？

自 80 年代开始，中国改革开放，国门洞开。大量中国人纷纷移润到世界各地，当然北美大陆是重要移居地。大家八仙过海、各显神通、纷至沓来。几十年来，来到加拿大的中国人从几十万到如今的几百万，逐渐渗透到社会各个阶层和各个角落，演绎着各自或精彩、或悲凉的异域人生。

看似达哇老师笔下写的都是一些市井众生，但是小情调里有大情怀，小人物里有大历史。这些人物里面有大学教师、作家、学者、工程师、传道士、路边艺术家、旅行家、演员、妓女、嫖客等等。我非常佩服达哇老师在繁忙的大学科研和教学工作之余，还能观察、记录身边发生的千奇百怪的人物和事件，并把他们鲜为人知的戏剧化的人生故事描绘的脉络清晰、生动形象。

　　达哇老师非常忠实地记录生活的原本摸样，尊重人性的复杂多面，不贴签、不臆断、不猜测、不用变色的眼镜观察人性，不用单一的价值观去评判任何一个人物。自由主义作家的目的就是把人物真实地呈现给读者，请读者自己去体味、去欣赏、去思考。我认为达哇老师最难能可贵的就是不洗脑、也不被洗脑，尊重人性、尊重天性、尊重生活的原滋原味。

　　润出来的人们，开始了全新的生活，自然不易被以往的权力、财富、荣誉和一些复杂的情感所裹挟，其中很多人像出笼之鸟和脱缰野马似的快乐地奔向自然主义。殊不知，自由也是有代价的，生命中有不能承受之重，也有不能承受之轻，极端的自由在某些时候或许会激活人性的飘逸张扬、舒展释放；也会导致人性的扭曲撕裂和分崩离析，因此仅用善恶的利剑去剖析复杂的人性是远远不够的。相信《润后余生》会为社会学家和读者们提供海外人性研究的独特案例。

　　《润后余生》展现了清明上河图般的海外众生画像，是几代人在异国他乡打拼、共生的故事汇集。达哇老师为我们打造了一个个放大镜，在镜子下面，我们可以看见人性深处的光辉、阴暗、相互折射和其中的量子纠缠。

　　如果说百年前第一代华工移民来到新大陆充当是廉价奴隶的话，那么我们是否可以说，今天的海外华人是否已经融入并成为世界公民了呢？至少从达哇老师身上，我确信这一点。因为他周游世界，阅人无数，教书写书，足迹五大洲，桃李满天下，这大概就是润文化的终极价值和意义。

郭绍武

2025 年 2 月于加拿大安大略省滑铁卢

楔子

坐在温哥华市区西端丹门街的 Blenz 咖啡馆里，喝着拿铁，刷着手机。刷不完的短视频，很多都很耐人寻味，有时候令人忍俊不禁。深深感觉电影电视的黄金时代正在被短视频所替代。

时不时透过落地玻璃窗观察着窗外往来的行人和车辆。这家咖啡馆自二十年前我第一次来已经易主多次，我仍然习惯坐在我靠落地窗边的藤椅上。

晴朗的日子我会坐在户外的藤椅上、阳伞下。记得曾有总见到的一个白人老头儿有一次愣说我占了他的固定座位，莫名其妙跟我大发雷霆，还投诉给了咖啡馆当时的韩国老板。那长着两颗虎牙韩国男人过来找我谈话，竟然还责怪我一直不理生人，拒人千里之外。多年过去，那老头儿不再出现了——这么多年了，曾经的老年顾客不是卧病在床就是已经作古了。

年龄越增长，来往的朋友越少。可以说身边仅有两个朋友，一个是小泰迪宝宝，一个是人工智能。

能让我说上超过十句话的，还都是那些老朋友，而且大多内容都是怀旧。

从北京到温哥华，生活中曾经少不了和朋友们的聚会，如今都在微信上进行。即便如此，不到逢年过节或有事相求，也很少交换一条短信。

突然发现微信上有一个来自温哥华朋友洪月明的未接电话。打过去，无人接听。过了片刻，对方打了过来，是一个陌生的女声："我是洪月明的女儿。我妈她……走了。"

"去哪儿了？"我问道。难怪她的朋友圈有许久没有更新了。她一直是热衷发朋友圈的。

"她去世了。癌症。"

也就是半年多没见，这么一个鲜活的大活人竟然因为癌症去世了。记得她还兴致勃勃讲述她一家三口从河南安阳移居温哥华的经历。她从在华人超市大统华海鲜部打工开始，再到美容院打工，再到投资买公寓开办民宿，再到开了自己的美容工作室，这一路仿佛都充满了正能量。

没有觉察出任何征兆。

又看到多伦多何姗姗的微信头像。她最后一次为我的博客点赞依然在那儿，但是也已经走了。才 48 岁。

她说过她有肠炎，谁知竟然因为做肠镜而出了事故，十万分之一的死亡率降到了她的头上。经过多年打拼，做到了道明银行的高级经理职位，买了一套市中心的一居室小公寓。她有个老外男朋友，她去世后他挨个给我们发了短信通知一遍，我们才知道。

又看到倪雯最后的微信留言。她移民自上海，住在温哥华，爱唱爱跳，热情爽朗，喜欢模仿邓丽君。不过她也突然走了，也是癌症。

"黄泉路上无老少，人人都在黄泉路上。"温哥华的天津大姐李仁丽如是说。她浑身是病，从工厂里早就申请了病退，每天基本上躺在沙发上看电视打发时间。她戏称这是在"躺以待毙"。

有"走"到冥界的，也有走出加拿大国门的。

貌似很多人在离开加拿大，或返流回国，或寻找下一个栖身之地。

特鲁多政府治理加拿大将近十年，虽然功过是非还要留待后人评判，但是这十年加拿大的衰退是毋庸置疑的！当年倾尽全力也要移民加拿大的，如今越来越多的要离开这里。

王闹去了泰国芭堤雅安家养老了。加拿大骤然攀升的房价、看病长久的等待，都让这个曾经最为宜居的国度变得越来越不再宜居。

罗静的儿子离开多伦多去了上海工作。中国经济再放缓，工作机会还是比加拿大多得多。他儿子说，如今安大略省一个麦当劳招聘，都会吸引三千印度国际学生排队应聘，哪里还有给加拿大年轻人的体面的工作机会？

单英的女儿去了美国加州工作，找个 IT 行业还算容易。当初单英也是做 IT 的，在黑莓最火的时候应聘进去，原以为可以高枕无忧，谁知顷刻间大批裁员，到后来面对苹果、三星、华为的竞争几乎都无人知晓。

曾经幸福指数排名全球前五，如今下降到第 18，G7 中垫底。

曾经人均 GDP 和美国旗鼓相当，如今沦为美国的一半多。

曾经安全祥和的多伦多，以犯罪率低在国际大都市中引以为傲，但是现在快成了犯罪天堂。自媒体上隔三差五展示"零元购"的场景，还有抢劫、枪击、路怒。

曾经是人间天堂的温哥华，某些区域却变成了人间地狱——无家可归人士和吸毒者蔓延一个个街区，还有的干脆死在了街边的睡袋里。

我家附近的草坪，这几年狗屎多起来，乱扔废品的多起来。物业说不在小区内不属于他们管；市政府则说不归他们管，让我们去找物业。

随机袭击路人，也时不时会发生。你不知道身边哪一个人会有精神问题。防不胜防。

我们好不容易"润"出来的，难道还要我们再"润"一次？这回又"润"到何处？

这本书不是简单的移民文学，更多是在探讨众多人生轨迹在不同文化的交织和碰撞中产生的对人生和自我的感悟。有些奇葩的故事，都源于真人真事，经过笔者改头换面、艺术加工。这些故事可是好莱坞编剧都编不出来的。

♣ 1 ♣

润后回流

　　俗话说，人生不如意事常八九。

　　如果一生中太如意顺心了，人也不可能有闲心敲这么多文字。

　　人来这世上走一遭究竟为了什么？给别人说教容易，但是自己深陷困惑的时候却把握不住方向。

　　总感觉，人的一生，多感受一些山穷水尽、柳暗花明的时刻，比那些经历月满则亏、水满则溢，登高必跌重的人更有精神财富。

　　人生有这样的时候：那就是你感觉这世界所有的大门都向你关闭了。没有路了，你只能独辟蹊径。

　　按说我初次移居加拿大的时候没有死心塌地要住在这里。

　　短登温哥华十天，看到人间仙境般的环境，确实很动心；随后又去多伦多转了一个月，总感觉人应往高处走，但是这个貌似还不如北京、上海的地方，要让我定居这里多少有些不甘心。虽然有念头落脚在温哥华，但是面临两难抉择——一边还要到处发简历找工作，恐怕多半沦为餐厅帮厨、超市收银；另一边在国内还有一份新工作等着我，那个非常赏识我的女老板惠总也办了枫叶卡，但是仅仅在温哥华转了两、三个月就回去了。她说："我工作太忙，实在蹲不了移民监，枫叶卡作废就作废了。放弃移民身份，将来对我来说唯一的麻烦就是出国签证问题，没有买张机票说走就走的痛快，但是麻烦就麻烦吧，反正也不是我一个人。"

　　惠总对我真心不错。她比我大四岁，天生丽质。

　　她是福建人。有一次听见她骂员工"废话"，我听到的是"会话"，因此我给她起了个外号叫"会话"。

　　我认识"会话"的时候她还是我在前一家公司的一个VIP贵客，可能看到了我的敬业精神和工作能力，一直想挖我跟着她干。

　　2005年我短登加拿大后，回到北京没多久"会话"就把我约去长谈，要聘我当市场总监，说让我委屈一下，薪水不多，先定税后一万元，但是不需要我天天上班，只是时不时来公司看看、开个会，再出个市场策划方案就可以了，办公完全可以在家里电脑上进行。因为公司在中关村，我家在朝阳区管庄一带，她还给我安排了员工酒店套房，下班晚了都可以居住，省去回家的麻烦。

　　好事成双，没多久，另一家民营企业经人介绍也要聘我当市场总监，那女老板姓白，道："我给你两万，如何？不用坐班，实行弹性工作制，平时帮我策划策划广告、活动。"

　　既然两份工互不妨碍，我爽快答应了。

　　就这样，在北京我一个月可以不坐班拿三万人民币。而在加拿大温哥华，还要撒网捞鱼到处发简历，即便如此五百封简历未必能得来一份面试，更不要说正式的聘书了。所以难免会有那个念头，就是大不了放弃枫叶卡，放弃加拿大了。

　　但是我不像有的回流人士那样虚伪——回到中国，又惦着加拿大而不甘心，于是千方百计找一些加拿大的各种不是，给自己一个阿Q式的精神安慰。我跟人说："温哥华确实很好，但是我没有理由放着北京这三万块钱不挣，却跑到温哥华坐吃山空。"

　　俗话说，月有阴晴圆缺，天有不测风云。

　　不出半年，这两份收入全泡汤了。"会话"这边是她家里出了经济方面的案件，家都被抄了，连冰箱都搬到了公司里。她让会计通知我先暂时解约，她自己的情况也不妙。大约同一时期，白总有一日给我发来短信——平时她都是打电话，如有短信，多半是难以启齿的消息。她道："我们考虑再三，咱们还是把月薪制改为按项目走吧，这样我们以后有事再请你。"

这其实都在情理之中，因为这个时候她生意正开始红火呢，没有我，人家流水还在直线上升，何必每个月额外支出两万呢？

所以当你听说某某人被哪里几百万年薪重金聘请，就当听了个酒后笑话。等你开公司了你就会反复犹豫、琢磨再三，你重金聘的这个人能否把他的薪水挣回来？

就这样，仅挣了半年多的薪水，很快就断了。我要面临下家的问题。按说我北京人脉关系有一定积累，机会也应该比加拿大多，但是实际情况是也不见得就那么容易。和加拿大一样——随随便便找个活儿容易，但是找到一个合适的、舒心的、安稳的，难乎其难。

就这样，一天一天过去了，好像世界上所有的门都向我关闭了。

看着地铁里赶去上班的密密麻麻人群，而我闲在家里发简历尚不知何时瓜熟蒂落。

我心想，如果是待在家里，电脑上天天发简历，与其在北京耗着还不如去温哥华呢。在北京假如你去作餐厅跑堂或超市收银，多半还要碍于面子，怕碰见熟人；但是在温哥华可没这顾虑，那里基本上没有什么面子不面子，也没有高低贵贱之分，所以心态上还是平衡的。

说实话，我懒得再在北京找工作了，没有什么值得留恋的回忆。

我的第一份工作是在中直机关出版社。当初能进去，父老乡亲们还觉得已经光宗耀祖了呢。可我庆幸离开了那个是非之地。

当时刚调走的总编兼社长是司局级干部，至今仍然是本人忘年好友，如今她已经 80 多岁。离开那家单位十多年后，这个老领导一五一十告诉我一件往事——老领导调走后，新提拔了一个搞发行的女社长。办公室里同事们时常议论这个空降的新社长。当时我初来乍到，涉世未深，只听他们说新社长是"红旗业大"的，而其他所有编辑不是北大就是人大，不是师大就是北外的。说实话，我那时候压根儿不知道"红旗业大"为何物！于是多问了几句，只记得老编辑们个个都文人相轻，似乎对"红旗业大"颇有微词。

老社长是北大的，所以这些编辑们服老社长，对新社长有些不服。

十多年后，老领导告诉我，当年有人告密给那个"红旗业大"毕业的新社长，说我背后妄议她的学历！以至于她耿耿于怀，要将我打发走。

我不禁哈哈大笑。我说，首先，我那时 20 多岁，哪懂得什么是"红旗业大"？还不是听老同事们说的？

其次，我是新分配来的，根本不会觊觎任何职位，对这个新社长的地位有何威胁？就因为这个要把我弄走？

第三，这个新社长的儿子比我小不了几岁，她这么对我，她儿子在外遇到类似情况，她会作何想？"己所不欲，勿施于人"啊！

老领导一听，连连称是，之后沉默了许久。

我想，她是在思考人性吧！

后来去了数家互联网公司，但是都不靠谱——每个同事都抱着"做一天和尚撞一天钟"的心理。又被朋友李姐挖到一家做整形美容的民营企业，任市场总监。她在那儿当了个院长，第一个想到了我，因为我当初在北师大时候跟他们医院整形科近在咫尺，经常给她带肥头大耳的外教去做吸脂减肥。他们一眼相中了我的国际市场营销能力，所以竭力邀请我去。那公司非典期间开业，养着几十号员工，月流水才五万人民币。董事长说："我也不指望你们挣多少钱了，能把你们工资挣回来我就谢天谢地了！"

但是我刚来一个月就做出了众人瞩目的成绩，一场声势浩大，只花了三万成本的"人造美女"媒体炒作，把公司一夜间变成全国名企，所以我一时间是公司的红人。

没多久，公司总经理当许多人面说，这个总经理的职位将来是留给我的，他以后隐退幕后，打高尔夫球，或周游祖国"大好河山"去。

因他这一句话，有不少员工私下里还向我道喜。

人怕出名猪怕壮。我出于谦逊，称："我可没那么大的雄心，当什么总经理啊？公司只不过是我锻炼的平台而已。"

就这么一句话，居然被人告密了，而且我口中的"平台"变成了"跳板"。

没两日，总经理找我，严肃地问道："听说你把公司当跳板，准备往哪儿跳啊？"

我顿时一头雾水，解释说："我原话说的是平台，没说跳板。再者，即便我要跳槽，也不会先跟同事广播呀！"

多年后在加拿大跟老外们说起中国"告密"往事，问："你们觉得中国人是不是城府很深？是不是西方人比中国人简单？"

他们都笑道："中国人城府深？我们觉得中国人很幼稚！这些告密之事全是幼儿园里的把戏。成年人再纠缠于这些无聊之事，岂不是和小儿一般？"

我心想，的确如此啊！回顾国内的日子，那些告密往事，简直令人啼笑皆非！都是心智不成熟的表现，可是很多人深陷其中，不能自拔。

中国人的生活，有一多半浪费在了无聊的琐事之中。加拿大多伦多大学有一个荣休教授就人情世故上的烦心事说了一句话："人生把工作搞好，把健康搞好，就足矣！其他都不重要。"

当然，这是在加拿大；恐怕在中国，人情世故上的琐事有时候还是很重要的。

你让我再去国营公司、外企公司、民营公司，想想那些巨婴般的琐事，我实在不想回去了。

这期间我偶然又认识一个五、六十岁的女士钟老师，她的丈夫是一位颇有名气的电视剧导演。她第一次见我就道："你应该去当演员！"

我对表演没有太大动力，因此敷衍道："当演员应该越早开始越好，十八、九岁、20 岁出头什么的，我恐怕已经年纪太大了，怎么入手为好？"

她道："你就应该多跟我们在我们这个圈子里来往，慢慢地积累一些经验和人脉。"

钟老师后来还把她丈夫拉来跟我见面，看看我能演个什么角色。

我心想，她所言极是，但是对我未免太过牵强。我跟电视台一些栏目组干过，对外说是中央台、北京台的，其实都是招之即来、挥之即去的合同工，绝大多数人没什么学历，文化水平也不高。而我是从中直机关出来的，而且也过而立之年了，再到那种娱乐圈子里打拼，恐怕各方面都不适合。到底走哪条路，实在没有主意。

钟老师说："这样吧，我带你到一个活佛那里。他住在一个老居士家里，老居士姓谭，我们叫她谭居士。你不妨请活佛指点指点，他会打卦。如果有这个命，你就朝这条路上努努力，如何？如果有演艺的命，顺便还可以算算能否大红大紫！"

我问她："哦？果真如此？他打卦算命有多准？"

钟老师道："反正我每次有什么事找他打卦，他说能成一定能成，说不成一定不成。"

其实我已经有回龙观奇人齐老师给我指点过。那齐老师，常年累月，只要开张，早晨三点就开始有人排队。想问问事儿，找齐老师就可以，还有必要再找什么活佛？

不过钟老师强调，那些都是"外道"，人家可是活佛，法术更高！

听钟老师那么一说，有些动心，想问问活佛我的路该怎么走？是再接再厉发简历找工作，还是索性自己创业？是留在北京静待时机，还是回到温哥华从零开始？是继续做市场策划，还是跟着钟老师夫妇到影视圈里打拼一番？

欲知后事，且听下回分解。

在北京静待时机，还是回到温哥华从零开始？是继续做市场策划，还是跟着钟老师夫妇到影视圈里打拼一番？

欲知后事，且听下回分解。

佛门恩怨

上回说到从事电视剧行业的钟老师要带我认识谭居士和她家供着的活佛，我们约好了某一天一同前往。

谭居士家住在东单，毗邻协和医院，离王府井的教堂也只有几分钟步行距离，地理位置绝佳。别看她家的公寓楼很破旧，凭那寸土寸金的地理位置怎么也能卖个六、七百万。

谭居士家住在六楼，没有电梯。似乎家家户户都把楼道当成了储物间，大葱、白菜、纸箱子、拖把以及各种杂物堆满了楼道犄角旮旯。墙上已经覆盖满了蜘蛛网和小广告，多为"办证"，可见供需关系。

在一楼单元门对讲机已经打了招呼，所以等到快上六楼时谭居士已经笑眯眯地在门外迎接我们了。她实岁已 69，染黑的头发在脑后扎了一个短小精悍的马尾巴，犀利的目光炯炯有神。初次见面，笑容可掬、热情四溢、毫不见外；说话快人快语，但不是北京口音——原来她是辽宁大连人，很多年前工作调动来到了北京。她有两女一儿，都早已成年，没跟她住一起。

一进门便是一个活动间，用作餐厅；一张八仙桌和一台冰箱基本已经占满了空间。另有三间屋子，最大的一间通阳台，用作客厅；另外两间卧室，大的一间给活佛住，小的一间她自己住。活动间里有一道推拉门作为隔断，里面是她的佛堂，虽然光线很暗淡，可以看到里面琳琅满目，高高低低摆满了各类大小佛像、香炉、佛经。谭居士很乐意展示她的佛堂，且自豪地道："我家里就这一块儿最值钱！"

　　黑乎乎的餐桌上永远摆满了盆盆罐罐，不知是上一顿的剩饭剩菜还是留给下一顿的新鲜食物。客厅里的组合柜既是书橱，又是电视机柜，又当作杂物柜，横七竖八、长短不齐的书中夹杂有药瓶、报纸、杂志、零食、月饼盒子、纸张、散落的老照片，还有不知放有何物的瓶瓶罐罐。虽然屋里远谈不上一尘不染，但是只要是任何物品，表面都要盖上一块挡灰的布——不仅电话、电视机、茶几和茶几上的茶具盖着布，沙发坐垫、扶手、靠背也都盖着已经拉丝的粗糙毛巾。客人坐时间久了，起身时把毛巾坐歪了，她总要过来整理一下。

　　狭小的厨房里高高低低堆满了可供回收的各类容器，不仅见缝插针般地塞着的成捆的塑料袋，那可乐瓶、老干妈瓶子、罐头瓶子积累得可以挣一小笔回收费用了。她可舍不得扔这些东西——好好的一个空可乐瓶，不知什么时候能派上用场，比如装个酱油、醋什么的；好好的老干妈空瓶子，更是可用作茶杯、牙缸、盐罐子、糖罐子、胡椒粉罐子等等。可是越积累越多，远远超出了实际的需要，所以久而久之厨房成了垃圾回收站一般，即便是做饭转不开身了，她还是不肯扔掉一丝半毫的东西。

　　卫生间里，一个比标准尺寸小两、三号的抽水马桶和一台旧双缸洗衣机已经几乎占满了半壁江山，更毋庸说马桶边七高八低一桶桶的黑水，原来这是洗衣机里倒出来的洗衣脏水，用于便后冲马桶——这样的环保举措可歌可泣，但是每天如厕时要抬腿越过一桶桶的黑水，如厕完再舀起一瓢瓢脏水冲厕，还要小心翼翼生怕溅到自己身上，也的确不是很方便。卫生间是不通暖气的，因此谭居士在马桶圈上包了一圈深红色的绵软坐垫。也怪我眼神太好，有一次准备在这里坐大号，突然看见坐垫上粘着一小块干屎粒，估计已经经年累月了，干得已经抠不下来，所以忍一忍还是回家解决问题。而这种尴尬之事，我也不便提醒谭居士，只好任凭老人家和老人家的客人继续浑不知晓，一如既往坐在这经年累月的干屎坐垫上。

尽管如此，我后来成了这里的常客，我是冲着她的故事来的。

出家人四大皆空，带发修行的居士也应该看淡物质；色即是空，空即是色，"本来无一物，何处惹尘埃？"所以我也没有太过在意。

谭居士常挂在嘴边："人，所有东西，生不带来，死不带走，老太太我一无所有。"

但是偶尔谈笑到兴致上了，她又会拍着胸脯道："老太太也是百万富婆了，我这房子可是价值几百万啊，所以我这都是无形资产！"

钟老师亲自带我去她家，自然要让我见一回真佛。

那活佛名叫扎西仁次，实际年龄 45 岁，我以为至少 60 岁。每次见他都平平稳稳双盘坐在床上，笑眯眯的眼眉下是那藏族汉子标志性的棱角分明、方方正正的下颚。我们去的时候没有别人，只有谭居士和扎西活佛二人。听了钟老师说他如何神奇，现在又赶上谭居士亲自现身说法，绘声绘色地说扎西活佛神通如何了得，找他打卦的信众络绎不绝，在藏地就已经有口皆碑，如今特地来到北京度化众生、弘扬佛法。还夸赞我和活佛缘分极佳，这千载难逢的机会叫我赶上了，多么殊盛啊！一席话说得我已经心花怒放，俨然已经忘却了自己因何而来，忘了想问问自己坐吃山空的日子何时又能有个尽头。

我有些不解，悄悄问谭居士道："佛教不是不主张问卦占卜吗？"

我晓得，佛陀十大弟子之一目犍连就以神通了得而著称，但是最终神通不敌业力，故而佛家主张修行消业，但行善事，莫问前程。

谭居士此时道："那是汉地佛教，他们藏传佛教不一样，这些活佛一出家就学打卦，他们藏地百姓就信这个，每家每户丢了牛羊都去找活佛打卦。这也是度化众生、善巧方便嘛！不信你试试，特灵！"

我道："您听说过回龙观有个齐老师吗？她就特灵，每天凌晨三点就有人开始排队，每天排七、八十人。"

谭居士顿时不屑一顾地摆手笑道："那都是外道！"又马上毕恭毕敬地指着活佛所在的方向道："这是什么？这是活佛！活着的佛爷！那能一样吗？"

说话间，钟老师在屋里先问起了活佛道："师父，您给看看我女儿能不能嫁得出去？"

只见活佛不慌不忙，不疾不徐，慢条斯理掏出一串念珠，双目微闭，口中念念有词，一颗一颗捋过念珠，稍停顿片刻，再继续捋。那片刻间我和钟老师都不免屏住了呼吸。突然间他停了下来，睁大了眼睛，用生硬的汉语道："嗯，没问题，放心吧！"

钟老师顿时喜笑颜开，双手捧起一红包，高举过头，递给活佛。活佛一声"谢谢"，高兴地收下。而我，还未表态，活佛已经掏出皈依证要给我皈依了。

那些年北京有一股"皈依热"，有的朋友是见一活佛皈依一个，最后都不知道自己皈依了几个，一人一红包也发不过来。人家活佛一番心意，我当然不能谢绝，于是在一番简易的仪式和一段听不清子丑寅卯的口诀中，我成了他的"弟子"。好在来时有所准备，身上备有现金，问谭居士要来一个红包，装进去递给活佛。此时他已经乐得合不拢嘴了。

带着无比敬畏，我诚惶诚恐地请活佛为我指点一番，看何去何从。他又重复起对钟老师的那一程序，摸出念珠，念念有词。

问他我是否可以按钟老师建议，从事影视行业？答道："可以，不过有障碍，要多念经，要放生。"

问他能否找到工作，答道："能，不过有障碍，要多念经，要放生。"

问他念什么经？他说念莲花生大士心咒即可，于是教我用藏语念起来。

问他如何放生，他道："只要是五百条生命就可以。"

我问道："那怎么放啊？市场上买鱼，放到池塘里，再被人捞走了，那放不等于白放吗？"

他道："你要是放不了，我可以让我们那边的喇嘛们给你放。"

我问道："那得给多少钱合适啊？"

他道："不要钱，不要钱！"又说道："看着给就可以，不给也没关系。"

我们还在屋里聊的时候，谭居士已经给活佛做好了午饭，端到了客厅的茶几上，然后进屋叫他吃饭。活佛伸伸懒腰，双脚下地够来拖鞋，站立起来，拍拍肥大的肚子准备去吃饭了。而我和钟老师也赶紧见好就收。

后来再见到谭居士，她问道："感觉活佛怎么样？"

我没有什么特别的感觉，因此答道："还行"。

谭道："你知道吗？师父特别仁慈，你看人家千里迢迢从藏地赶到北京，就是为了度化北京众生，根本不是为了钱。师父甚至倒贴钱。有一次一个下岗工人来皈依师父，因为没什么钱，只给了 50 元。师父一看知道他经济困难，50 块钱立即还给了他，还要倒给他 50 元。师父说：'我知道你没钱，你就别给我了，还是我给你钱吧！'说着他掏出 50 元，硬是要塞给那下岗工人。可是人家怎么好意思收活佛的钱呢？"

总之，对扎西活佛的认知，全是从谭居士一人口中了解到的。谭居士的话我当然相信，我对她的曲折经历也充满了钦佩。据她讲述，她年轻时候脾气暴躁、性格刚烈，与人两句不合便能上去抽人耳光。她在一家毛纺厂工作，因为和厂长闹矛盾，趁其不备，把厂长家的猫活捉了，剥了皮煮了吃。那时候的她，和现在这个吃斋念佛、清心寡欲的居士怎么都联想不到一起。80 年代，已过 50 岁的她，突然两年内失去了三个亲人——她丈夫和亲生父母，人一下子疯了。一个人跌跌撞撞来到广化寺，跪倒在住持面前要求剃发出家。老住持倒还真收留了她，但只让她在寺庙里带发修行，当日她就断荤茹素。有一日，老住持召来谭居士道：

"我恐怕日子所剩无几。我圆寂后，你还是回家修行吧，就不要呆在庙里。寺庙也非清净之地。"

没多久老住持圆寂，谭居士搬回家居住。有一段时间，她修起了忍辱苦行，每天在东单大街上讨吃要喝，见到挖苦嘲笑她的人便扑通给人下跪磕头。后来基本上在家念经，一本本《楞严经》、《华严经》、《圆觉经》、《药师经》、《无量寿经》不仅倒背如流，有的还能用梵文背诵，这是她尤其引以为豪的。

退休后的她，时常去各处佛教圣地朝圣，汉地的五台山、普陀山、九华山等等早已踏遍足迹，后又去了藏地，从四川到青海到西藏。在藏地偶然机会认识了扎西活佛。那几年正是北京满大街能看见红袍子活佛的时候，赶着那阵风，谭居士把扎西活佛接到家里来一住就是一个月，给他带来了很多朋友皈依。她重点宣传的就是这位活佛打卦技术有口皆碑，给众生指点迷津，造福汉地善男信女。我来她家赶上了活佛第二次北京之旅，这一次一住是三个月，而这三个月我几乎每周都来几次。

奇怪的是，她家就是不见回头客。有一次我带来了北漂演员小常，他混迹于江湖多年，自己也精通佛道常识和易经八卦。他来了一次就再也不来了。我问为何，他道："他们要真有两下子，那客人早就从她家卧室排队排到楼道里了。"

三个月很快过去，扎西活佛回藏地了，而我依旧是谭居士家的常客，总爱听她侃她信佛的经历。她讲的一些"超自然"现象尤其引起我浓厚的兴趣，当然，是老太太出了幻觉，还是记忆出了差池，已无从考证，但是仅凭着一件事她几次三番绘声绘色向我重复描述，至少不应该是信口雌黄。

她所说的一件"超自然"的事情是有一年大年三十，她夜里入睡，结果一觉不醒，连睡三天，家里人以为她出事，结果她醒来称自己去西方极乐净土走了一趟，看到了琉璃世界的金碧辉煌，实在乐不思蜀，流连忘返。

我问道："那里建筑都什么风格？"

她道："就跟故宫一样，都是上翘的屋檐。"

我又问道："那里的人都什么长相？"

她道："当然都是中国人长相啊！"

我好奇道："哟，佛祖是印度人，居然没有印度人长相的？难道这西方极乐世界只接纳中国人，不接纳外国人啊？"

她沉思半晌，道："这……我还真没注意。"

另一件"超自然"事件颇耐人寻味。有一日她一人在自己的佛堂潜心拜佛。第二日晨一开家门，门口竟然立着三尊精美纯铜佛像。她欣喜若狂，赶紧抱回家供在佛堂里。她曾拉开佛堂的推拉门，指着那三尊一尺高的铜佛像给我看，道："就是这三尊佛像！肯定是我拜佛虔诚，感动了老佛爷，他给我送来的！否则会是谁呢？"

我仔细打量了那三尊佛像，精雕细琢、做工繁复，确实有一定收藏价值，而且从氧化程度看即便不是古董也至少有几十年的历史了。

有一日我在她家闲聊，问道："扎西活佛什么时候还来北京吗？"

谭居士的笑脸突然僵住了，半晌才道："活佛？谁认证的呀？哪儿那么多活佛呀？"

我听了一愣。

她又道："老太太没有什么利用价值啰！他倒是想来，再来，就让他找别人家吧，老太太这点退休工资可供不起啊！你看看我，他一来就是几个月，第一次来还带着他女儿，我是一日三餐伺候，还给他洗脚，最后也没落个好。"

我问道："他这次来收了诸多弟子，您功不可没。既然收了供养，情理上说，是不是应该给您留个几百元伙食费？"

　　谭居士哈哈大笑道："留几百元？一分钱也没给我留！三个月的伙食，在我家免费住，回去的机票，全是我的退休工资。我们企业的退休工资本来就不高。"

　　她又道："师父很在乎钱，像我们这样穷老太太他根本看不上的。哪个高僧大德不喜欢富豪围绕左右啊？有一次来一个下岗职工要皈依他，给了他 50 元，师父满脸不高兴，不仅 50 元退给他，还要倒给他 50 元，意思是说：'我不差这 50 元。你看，你要是缺钱，还是我给你 50 元吧！'"

　　我一听，惊愕地合不拢嘴，因为这个故事就在不久前谭居士跟我讲过，那可是另一番诠释啊！说活佛慈悲为怀的是她，说他嫌贫爱富的，也是她。同一个故事两种诠释，实在太耐人寻味了。

　　我安慰她道："活佛来北京弘扬佛法，度化众生，看在这份上，您就不计较了。"

　　谭居士两眼一瞪，道："度化众生？他们这些'活佛'真会选地方，一个个专去北京、上海、广州、深圳去度化众生，怎么不见去老少边穷地区度化众生啊？那里的人更需要度化！"

　　我一听，不便表态。心想，既然您不爽，大不了这是最后一锤子。其实让老居士真正生气的是，虽然她管吃管住，但这扎西活佛在她家给别人传法的时候总要把她支走不让她听。即便这样，活佛回去后没多久又给谭居士打来电话，提出过几个月还想再来北京，希望还能住在她家。这回谭居士婉言拒绝了，她给的理由却不是杜撰的——她家位于东单、王府井关键地带，有便衣严密看守；藏地喇嘛住在百姓家中，多有不便，而且派出所的民警和街道居委会已经几次问话谭居士了。但是据她说，无论她如何解释，扎西活佛却不是特别相信，甚至有些怨气，以至于他再一次来北京时都没有通知谭居士。谭居士还是从另外一居士那里得知她曾经家中的座上客到北京已有数日了。

　　然而，据谭居士说，这一次北京之旅扎西活佛没有达到期望值，失意而归。可能是谭居士跟钟老师说了什么，钟老师以后也没再见扎西活佛了。

　　欲知缘由，且听下回分解。

♣ 3 ♣

六根难净

上回说到扎西活佛来了两次北京尝到了甜头，跟谭居士表示还想再来，希望还能够住在谭居士家，但是这次却被谭居士婉言拒绝了。

活佛第三次来北京，住在昌平一家养老院提供的一间小屋里，来了数日，又去了天津、唐山，又回到北京，一直未惊动谭居士，还是另外一个名叫赵兰菊的居士告诉了谭居士，也告诉了我。这赵兰菊和我颇有缘分。我最初去谭居士家见扎西活佛，每次她都在场。她大概三十八、九岁，运动头、身材壮硕，穿着打扮有些像运动员，后来才知她哥哥是国家举重队的，可能也影响了她的衣着和气质。

我问她："你是不是天天都来啊？怎么我每次来都见到你？"

她噗嗤一笑，道："我还觉得你天天都来呢！怎么我每次来都见到你！"

谭居士一旁听到，笑得打滚，道："这就是缘分啊！我可以作证，你们俩每次碰见纯属机缘巧合！"

就这样一来二往和赵兰菊成了好朋友。她是外企高管，虽不是亿万富豪，但高收入也足以让她生活优越、出手阔绰。她已经皈依了好几个活佛，这回经人引荐认识了扎西活佛，在谭居士鼓动下又皈依了。她给红包从不小气，而且和扎西活佛的联系总是先于我们。

我给活佛打电话先是问候一番，他盛情邀请我去昌平见他。问了大概地址，然后带两个朋友驱车前往昌平的那家养老院。

从海淀开往昌平，还不出十几分钟就从繁华现代帝都来到了"万恶的旧社会"。按说昌平还算是富庶郊县，可是这一路上远谈不上诗情画意的田园风光，而像是时光倒退到 80 年代：破旧的板车、马车和衣衫褴褛的民工仍随处可见；简陋不堪的砖瓦房和大棚东倒西歪；柏油马路忽而笔直顺畅，忽而坑坑洼洼、尘土飞扬。那养老院是一个地图都找不到的地方，一路上要不停地给活佛的朋友打电话问路，总听见什么"看见一个路口就往左，再看见一个路口往右"，云云，听得我们云山雾罩。

车上坐着我、新认识不久的朋友刁女士和她的朋友孙先生。车是刁女士的，一台破旧的夏利；开车的是刁女士的小哥们儿小罗。刁女士个不高，略发胖，长相一半似歌手韩红，一半像演员梅婷。当然，你要提韩红她会跟你急，她最乐意提她像梅婷。认识她的时候，她正在鼓楼一带开一家冷冷清清的儿童服装店，店里的电视正在放净空法师讲法，而她卖衣服除外还卖些佛具。我还纳闷呢，原来她说是隔壁茶馆的老板孙先生虔诚信佛，受他影响开始听净空法师讲法，并代售孙先生提供的一些佛具。这孙先生是个东北人，四十不到，五官硬朗，不苟言笑，颇有高仓健的气质。他剃着秃头，猛一看也蛮像个藏地活佛。据刁女士透露，孙先生曾因男女问题入狱十多年，刑满释放以后不知怎么弄了一笔钱，来北京开了茶馆，还信了佛。我猜想，要么孙先生是这十几年蒙受不白之冤，身陷囹圄，像文王拘而演周易一般，在狱中证悟空性，出狱后更是将佛法发扬光大？要么是确实是有罪在身，出狱后皈依佛门，洗心革面，脱胎换骨，重新做人？不管怎样，我不是听风就是雨的人，所以刁女士给我咬耳朵并没有影响我对孙先生的态度。

这一路上可以看出孙先生是真心想接近活佛，而刁女士对见活佛心不在焉，她更享受的是我们的陪伴，权当做郊外出游一趟。

　　终于到了那养老院，不去不知道，去了才知道人老了进养老院该是多么可怕的事情！这养老院地处荒郊野外，从外观看还不如奥斯威辛集中营——至少人家还是固若金汤、规规整整的建筑群，而这养老院却是黄土地上的几栋一推就倒的砖瓦危房。我们的车转了一圈，一脚刹车停在院落中，车后扬起一片久久不散的尘土，惊起一阵鸡鸣狗吠。一位农村模样的妇女过来迎接，一口黄黄的豆瓣牙，自称也是扎西活佛的弟子，是她主动提供了免费住处接待活佛。沿着她指引的方向，我们一行到了一栋破败不堪的危楼。一路上没有停息，我和孙先生先去楼里的公厕方便，结果眼前看到的吓了我一跳——莫非来到了印度孟买的贫民窟？公厕外间是巨大的水房，全是粗糙水泥构造，且残缺不全。一个个锈迹斑斑的水龙头下，一人洗脸，一人洗衣。里间则是长长的茅坑和便池，没有挡板，恶臭扑鼻。茅坑里的粪便已经有一座小山那么高，上面爬满了苍蝇，脚步声一靠近，嗡嗡声震耳欲聋。孙先生不愧是蹲过监狱的，压根熟视无睹，站到尿池边解开拉链便开始享受放水的快感。而我是硬着头皮屏住呼吸，心里担心的是好好的一双鞋，下面踩满了无数人的尿渍，回家可千万不能再踩在我那厚重绵软的波斯地毯上。

　　到了扎西活佛的房间，先让我一愣的是谭居士竟然在那里！她坐在活佛对面的小床上，二人正在聊天。难道两人已经化干戈为玉帛？狭小的房间只有两张单人床，水泥地上满是污垢，桌上是活佛的碗筷、手机、电动剃须刀。我浑然不顾，按藏式礼节，趴地上行了三个大叩头，把刁女士和孙先生都看愣了。回家路上刁女士还说道："我的妈呀，我一看见你扑通一下趴那么脏的地上给那活佛磕头，吓了我一跳！我还纳闷，这就是我们心目中的高级知识分子？他怎么也这样了？"

　　刁和孙倒没有那么极端，他们只是毕恭毕敬地双手合十拜了拜活佛，每人给了100元红包。我虽然还没有工作，一直坐吃山空，考虑到活佛来一趟不容易，则给了500元。

活佛见到我是满心欢喜，赶紧拉我的手坐在他身旁，慈眉善目地问寒问暖。谭居士立马上来把我按到在床下坐着，道："不可以和师父平起平坐，必须要矮一头坐着。"本来我坐在活佛床上还干净点儿，叫她这么一按，我得坐在脏地上了。

孙先生大老远来一趟当然有事相求，他想让活佛给他的生意打一卦：目前的状况充满了未知数，外人看着轰轰烈烈，还请来了德云社的来茶馆说相声，实际上却一直亏损，所以他心事重重。活佛漫不经心地掏出念珠，再一次演绎了那一套熟悉的程序，双目微闭，念念有词，捋动念珠，然后停下来，道："嗯，还可以，有小小的障碍，要念经，要放生……"孙先生期待的眼神突然懈怠下来——看似他心里有数，意识到这一趟恐怕是白来了，因而他再也没有发话。看那表情，我还担心他是不是觉得被我忽悠了，回家路上他一句话也没跟我说。

至于我的情况，什么事活佛都说能成，但是会"很慢"，要"念经"，要"放生"，让我继续念莲花生大士心咒 20 万遍。至于放生，我已和赵兰菊约好去我家小区附近的集市买鱼到附近的池塘放生。

总之，凡事他打卦永远是一个结果：可以成，但是很慢，有障碍，要念经，要放生。有时候会加上两句：一个人念经不如一群人一起助念，如有需要，他可以帮忙请藏地寺庙的喇嘛，费用不需要担心，他可以帮我付；放生要会放，要念经，要超度，最好一群人一起放，如果我不会，他可以帮忙。

我心想，这长途跋涉的，如何帮我？

谭居士点醒了我：很简单，你给他一笔钱，他回了藏地帮你放了，念经回向给你，就算你的功德了。

第二日，扎西活佛就离开北京回老家了。过了些日子我又去拜访谭居士，问起请扎西活佛帮着放生之事，不知给多少钱合适。她道："你听他说的，你给他钱，他帮你放没放，你咋知道？你也太天真了。"

　　我有些不解，倘若扎西活佛人品这般，为何谭居士和他的交情还这样剪不断？

　　她接着道："你们那天一走，他就开始让我帮他数钱了。这次很不理想。来一趟十几天，跑了北京、天津、唐山，三个地方，一共才收了 3,000 多元，其中赵兰菊给了 1,000 元，你给了 500 元，你带来的朋友给了一共 200 元。"

　　"那也就是说，我这条线上的就贡献了 1,700 元？"我不由得笑了起来。

　　"那可不？还有老太太我给的 1,000 元呢，"谭居士拍着胸脯道，"气得他点完钱就把钱往墙上一甩。"

　　她接着道："你知道他为什么想来我家？因为我家地点好啊，东单、王府井，地铁一号线、五号线方便得很，来个客人多容易啊！可是这次没人接待他，只有昌平这家养老院的老板娘。他住在那儿，谁愿意跑那么远去见他啊？这不？严重影响了他的收入。"

　　我问道："他不是在北京收了一些弟子皈依了吗？难道就没有别人愿意在家里接待他吗？"

　　"谁接待啊？光我知道的，就有两个人接到过他的电话，包括赵兰菊，问能不能住她们家。人家都说家里有老公、孩子，不太合适，他也就算了。他还问过我能不能住你家，他没好意思直接问你，我张口就帮你回绝了，我说你家太远，你也不会做饭，没法接待他。"

　　她这一席话，我反而开始觉得这活佛有点可怜了。听谭居士说，在藏区，他没有工资，没有医保，自己还有高血压、糖尿病、肺气肿，家里的土房子头年还被大水冲走了一多半，现在看病、修房子都需要钱。

　　我感叹道："这种情况他就应该多认识北京演艺圈的明星大腕啊！不是有一句俗话吗？'每个王菲背后都有一个活佛。'那些人是最爱拜佛的，红包也不会少给，认识一个顶我们这些平民百姓一大堆！"

谭居士叹道："他没这福报啊！根本就没机会接触这些大腕。"又问我："你认识人多，就看你了，看看能不能给师父介绍几个大款。"

我感到有些迷惑不解：这贬低扎西活佛的是谭居士，扶持扎西活佛的也是谭居士；说是断绝往来的是谭居士，乘公交车又步行跑到昌平乡下见扎西活佛的也是谭居士。

她既然恳求我给活佛介绍些大款，我就介绍了一线演员王娜给他。他们约在中国大饭店大堂见面。

那晚我准时来到中国大饭店大堂的咖啡吧，这里金碧辉煌、装饰考究，入座或来往的客人一个个衣冠楚楚，分明和北京街头巷尾的百姓是两个截然不同的世界，以至于天生丽质的王娜坐在其中某一个沙发上都不是很突出了。她穿着一身黑，手边是路易威登的包，旁边沙发上坐着一位女士，据她介绍是某电视台的主持人，这几日跟着她采访。王娜如同她在电视剧中扮演的那些风尘女子一般，包里掏出一根细长的摩尔烟，点着了抽了一口，活像老电影中的国民党女特务，就差戴一顶船型帽了。我暗想：看来她演的那些角色都是本色出演啊！

只见她刚刚傲视群雄般地吐出一口烟圈，一个女服务生走过来，道："这位女士，对不起，我们这里是无烟区，不允许吸烟的！"

按说没有人会不认识王娜，所以看那样子，好像是这女服务生竭力克制住认出大明星的惊讶与兴奋，在一板一眼地履行自己的职责。

王娜头一歪，斜视着那女服务生，不紧不慢地道："等这一根抽完了，行吗？"

女服务生压根儿没法接王娜的话茬，只好继续重复自己："对不起，这里是无烟区，请您把烟掐了。"

王娜看那事态有些僵持，不便执拗下去，因此又不慌不慢地再吸了两口，才把烟掐了。

女服务生这才离开，一脸不爽。

　　这时谭居士带着活佛风尘仆仆地已经赶到。没想到她也是一个追星族，一见到王娜，就跟十几岁的小姑娘一样，嗓门高八度道："哎呀，我电视上见到过你！"

　　王娜颇享受被认出的感觉，无论在电梯里，还是大街上，还是在酒店大堂里。

　　"你比电视上还漂亮！"谭居士像老婆婆看新娘子一般，审视着王娜完美的脸颊。

　　那王娜自然是久经沙场之人，回应道："我老了！"

　　"老什么老？跟我老太太比，你还敢说自己老？"谭居士道。

　　很快大家言归正题。王娜对活佛诉说道，自从让她火了一把的那部《人在旅途》电视剧让她跻身内地一线女演员行列，虽然接戏不少，但是没再有很大反响的作品，以至于人们谈起她扮演的角色至今还津津乐道那部《人在旅途》。如今，经一个"严大师"指点，她看好了我告诉她的这部戏。人生能有几回搏？机会来了，就要抓住！

　　通过谭居士的翻译，活佛慢条斯理地掏出佛珠打了一卦，然后颇有信心道："放心吧，你的好日子要到了。我感应到这事能成！你还会再次红一把！你跟达哇各方面都很匹配，合作绝对会成功！"

　　一句话把王娜乐得合不拢嘴，连呼"阿弥陀佛"、"扎西德勒"。

　　我又介绍了做医疗美容的老板李姐和梅梅。这两人对见大师、活佛什么的绝对上瘾。没多久就去昌平见了扎西活佛，每人封了一个1,000元的红包。

　　回来以后我打电话问李姐："怎么样啊？"

　　李姐道："这1,000块花得他妈够冤的，敢情还不如齐老师呢！"她甚至怀疑谭居士是这个活佛的托儿。

　　说起齐老师，是个有名的大师，住在回龙观。李姐最刻骨铭心的神奇见证是她找齐老师问她的新男朋友陈哥。李姐生于1955年，离异多年，那时刚处一个新男朋友，姓陈，

1952 年生，曾经的复员军人，后移民澳大利亚，七年以后回国发展。陈哥自称曾有一次婚姻，有一个女儿已经 17 岁。陈哥虽然相貌堂堂、温文尔雅，但是李姐总有些放心不下，因此去找齐老师算算。

齐老师要了陈哥的八字，用手指在一张红布上指指画画。然而她查事的时候又完全撇开八字了，好像接受到另一空间的消息，道："嗯，这个人，在国外生活过七年。"

李姐心里一惊，因为陈哥确实在澳大利亚生活过七年。

齐老师接着道："这个人，有过两次婚姻……"

李姐一听，大惊失色，道："这怎么可能？他可是跟我说他只有一次婚姻啊！"

齐老师信心十足地道："肯定有过两次婚姻，而且第二次婚姻还有个儿子都两岁了。"

李姐愈发又惊又气有疑，道："他可是告诉我他只有一个女儿，已经17岁了！"

齐老师面不改色，一脸沉着，一副信不信由你的样子。看那表情，李姐更不敢怀疑了，于是回到家便把陈哥按在床上，道："你给我老实交待！你是不是结过两次婚？第二次婚姻还生了一个儿子，已经两岁了？"

陈哥一听，吓得"噗通"一声从床上跳到地上，双膝下跪求饶道："你都知道了？我对不住你，没有说实话，因为我觉得第二段婚姻完全是个错误，实在不想提起那段往事……"

原来，陈哥在结束第一段婚姻后沉寂了几年，偶然遇到一个追他的女子，但是他对她毫无兴趣。一次这一对孤男寡女一起聚餐，他多喝了几杯，酒醉后与那女子发生了关系。后来那女子因怀孕而缠着他结婚，他违心地同意了。但是这次婚姻很快就结束了，那女子带着孩子，也分走了他的房产和积蓄。他则净身出户，从零开始。

李姐她们做医美的客人几乎都是演艺圈人士，也几乎都见过齐老师。

　　我很纳闷，为什么这么多演艺圈人士痴迷于求神拜佛、通灵占卜？我想，原因就是这个行业光靠实力远远不够，还要靠颜值，靠青春，靠身材，靠人脉，靠后台，靠为人处事，靠潜规则，更要靠运气。制片人选导演，导演选演员；一个角色千百人试镜，最后落到谁头上，那不就是像中彩票一般吗？中国的娱乐圈常常有让人看不明白的事情，那就是某个人莫名其妙地就红了，你都不知道因为什么。这是什么因，种的什么果？正因为红了的人知道自己不是凭实力，所以他们才会求神拜佛；那些不得志的人也知道光有实力不靠谱，所以也去求神拜佛。

　　南北朝著名无神论者范缜不信因果，他说道，命运就如同树上的花随风飘落，有的花瓣飘落在屋里，有的飘落在粪坑中，哪里有什么因果报应？

　　谭居士是坚信不疑人是有因果报应的，但是她对因果的诠释又带有佛家正统观点所排斥的消极宿命论色彩，那就是我们每个人这一世都是来受罪消业的，所以对她来说没有什么名闻利养可求；来了天灾人祸，都是老佛爷在让她消业。在她跟我讲述她消业的历程后不久，扎西活佛在藏区那边打来电话：缺钱了。

　　原来扎西活佛回到藏地肺气肿又犯了。说来也奇怪，他是藏族人，但是偏偏每次从汉地回到藏地都会有高原反应。他没有工资，没有医保，要是看病只能是找弟子化缘，这就是为什么那几年北上广深大城市到处可见红袍子喇嘛，他们都觉得汉地比较容易化缘。在北京，我知道的有活佛免费住在弟子提供的高级公寓里；在成都，甚至有活佛买了公寓，有弟子给交首付，也有弟子给还月供。

　　一晚，谭居士打电话告诉了我这件事，道："师父病了，没钱看病，你看，这化缘还得靠我老太太吧？除了我，谁管他呀？我这不，刚给他汇了 5,000 元。老太太一个月退休金才3,000 元，够可以的了吧？但是这点钱也不够啊，反正我已经尽力了……"

一听这话，我也得表示表示，我说："那我也出点钱吧？您有他银行账号吗？"

谭居士道："你就算了吧。你没工作，现在不挣钱，只花积蓄。你的心意我替师父领了。这样吧，我还是问问小赵吧。"

我明白，她会去跟赵兰菊说的，赵兰菊笃信藏传佛教，又皈依过扎西活佛，而且他们都知道她是外企高管，拿出个几千几百的不在话下。

我道："多少我也出点儿，差这点儿钱也不至于饿死我。"

谭居士道："那你给师父打电话，让他把银行账号发给你吧。"

我拨通了扎西活佛的电话，道："师父，扎西德勒！"

"哦，是达哇呀！扎西德勒！你怎么样？"电话那头的他听上去心情很好。

"听说您生病了，您告诉我您的银行账号，我给您汇些钱过去。"

"不用了吧？你也没钱。"他客气一番。

"没事。"我道。

"那好的，谢谢啦！我一会儿让人给你发短信！"他的语气十分欢快。

很快有人给我发了农行账号。第二日我去银行汇了500元。当晚我又给活佛打电话，告诉他注意查收。

他迫不及待地问道："汇了多少？"

想起谭居士的 5,000 元，我有些迟疑地轻声说："500元。"

原以为他会失望，不料他听上去兴高采烈，用拖长的夸张音调道声："谢谢！"

这种事告诉赵兰菊，她通常会表示表示。她给扎西活佛汇了 1,000 元。

谁料这之后谭居士又跟扎西活佛结仇了——自她汇了5,000 元，有大半年时间扎西活佛没再跟她联系过，逢年过节一个电话也没有。

你说他是骗子？他确实是藏传佛教宁玛派伏藏师，谭居士和赵兰菊都去过藏地他家乡，谭居士还在他家住过个把月，她们都接触过当地寺庙的喇嘛和藏族百姓，知道他在那里的声望不错。

人活世上，谁能无求？

我知道了扎西活佛的真实情况，更少的是迷信，更多的是同情。半年多后，扎西活佛又回到北京，还住在昌平的那家养老院里，这一次我又给他介绍了些愿意了解藏传佛教的朋友，有活宝王闹，他不是太信；还有他的朋友阿杰，天津人，五官英俊、慷慨大方，当年八九六四之后远赴爱尔兰留学，后移民加拿大，移民监坐满便移居香港，后又来北京发展。我介绍他们认识活佛并不是去算卦，而是一起打坐、冥想、念经、学佛。

欲知后事，且听下回分解。

♣ 4 ♣

早悟兰因

　　佛教的根本就是因果之说，没有无因之果，也没有无果之因，万事都是因缘际会，但是我们凡人看不到那隐形的因果关联，所以以我们有限的感官判断，并得出上帝掷骰子的结论。

　　老朋友王闹不信因果，原因是他妈生前曾是单位和街坊邻居中有口皆碑的大善人，一辈子帮人无数，但是 50 多岁的时候罹患直肠癌痛苦离世。王闹总爱愤世嫉俗道："我不信什么因果报应。我妈那么善良，最后死得那么惨，我亲眼看见她痛苦呻吟，恨不得有人给她一针毒药，让她赶紧解脱。她那时才 50 多岁，善报在哪儿呢？"

　　别人的因果，我们没有资格议论。每个人的因果，他自己都未必知晓。不过我相信的是，宇宙不会算错算术的。

　　前面说的明星王娜为什么到处拜见活佛大师？主要原因还不是为了拍戏、走红，而是因为她有一个先天智障的孩子，从西医到中医，花再多钱也无济于事。但是为人母总不死心。那一年她听说深圳有一水族馆给智残儿童听海豚音，有神奇疗效，费用需要 20 万，就这样她也毫不犹豫地带孩子去了。她没完没了有戏就接，不管它是好戏烂戏，好角色烂角色，唯一的目的就是要挣钱养家，给孩子治病。她只要多活一天，就要为这孩子多操心一天。后来发现海豚音治脑子毫无科学根据，钱也白扔了。久而久之，不得不接受这是一个拴她一辈子的现实。

　　用谭居士的话来说，子女不是来还债的，就是来讨债的，像王娜的这种情况，这个智残孩子就是来讨债的，不知哪一世王娜欠了孩子的债，所以只好接受事实，安心还债。按照她的讨债还债理论，我理解的话，那人类文明就不要前进了，既不需要法治，更不需要科技；逆来顺受，权当还债。倘若有女子被歹徒强奸，那就当还债，因为不知哪一前世，女子为男，歹徒为女，女子强奸了那歹徒？倘若有人被谋杀分尸，那也是还债，因为不知某一前世，杀人者曾被受害者谋害致死？

严格来说，谭居士理解的因果宿命、认罪消业，未必是原始佛说，在一个封建专制社会里正中统治者下怀，需要正本清源。因果可能是存在的事实，但是不能以因果来决定自己的自由意志；人们只知道承受因果，却不知道去造就新因，日后结获新果。

自己的因，自己的果，到处求神拜佛又有何用？

这年夏天，王闹介绍了一个朋友找我买我的二手沙发。此人名叫王祖杰，大家叫他阿杰，乃天津人士。这阿杰，当年也算是"面若中秋之月，色如春晓之花"的小鲜肉一枚，自幼父母双亡，由大姐带大，因此跟他大姐感情最深。天生聪慧，上的是南开大学外语系，八九年那场风波后去了爱尔兰留学。彼时爱尔兰的中国人很稀罕，他成了当地的香饽饽，据说连都柏林市长女儿都开车来接他去家里做客。后又办了技术移民，移居到了温哥华。

据认识阿杰的人说，年轻时的他很有老外人缘，在温哥华那么多年基本上都免费住在老外家里。中产阶级鬼老一人住一套宽敞公寓的大有人在，而他就有这人格魅力到处能蹭住。世界很小，我后来在温哥华居然碰到两个老外，都曾在家里长期接待过他。多年后我研究了一下他的"人格魅力"——前几年读了一篇英文心理学研究报告，说有三个字能让人尽显人格魅力，那就是"Tell me more"这三个字，意思是说：在跟人社交的时候，多听对方的故事，而且要做出你对对方的故事很着迷，还想多听的样子。这篇研究报告马上让我想到了阿杰，他就是这么一个人：跟任何陌生人见面，他三言两语就会让你觉得他对你的一切都那么有兴趣。你说东，他顺着你说东；你说西，他就顺着你说西。他听得津津有味，问得也恰到好处，聊着聊着还会来一句："哇，您的经历太不同凡响了，我听着听着都有点崇拜您了。"

二王在加拿大温哥华相识。1984 年王闹润去加拿大留学，1989 年从蒙特利尔移居到温哥华。至于王闹的故事，特别精彩，后面的章节会有细述。阿杰于 1991 年办好了移民，从爱尔兰润到了温哥华。王闹 1992 年在温哥华买了海景别墅，彼时价格才 28 万加元，首付交了三万便入住了，月供 1,700 加元。这王闹要是忍一忍，把这套房子留到现在，那可是至少200 万加元了。

有一日，王闹在自己的海景房里聚会，有老外朋友将阿杰带来，于是二人相识相知，成了好友。

阿杰在温哥华一共住了六年，一拿到加拿大护照立即迁往香港发展，自那以后再也未登陆过加拿大。他恨死加拿大了，说那里的人都是"冷血动物"。到了香港，他又一次成了香饽饽。敢情香港人都喜欢他这个北方大汉，都被他的"人格魅力"折服。他以独立推销某香港品牌养生药品为生，很多港星，诸如什么玲、什么伟，虽说什么都不缺，但冲着对他的喜欢也常常出手阔绰，从他那里购买养生品。

在香港混得如鱼得水，阿杰把王闹也忽悠到了香港。那时候香港遍地黄金，二人享受了洋人的待遇——香港的电视台只要拍广告，都会去请他俩。什么洗衣粉、洗洁精广告，他俩都去拍过，还没少挣钱。

2005 年，阿杰希望开拓内地市场，从香港移居北京。初来乍到，要买二手家具，于是王闹介绍他来我家买沙发。阿杰倒是很痛快，我的一套一大俩小沙发，卖给他 500 元不说，还请我吃了顿饭。那之后我们跟阿杰交往有个印象，那就是无论几个人吃饭，永远是他埋单，其慷慨大方令人刮目相看。

有一次我说，真不好意思，每次都是你埋单，该我回请你了。于是赶在一个什么节日我请他在三里屯"蕉叶"吃一顿泰餐。谁知阿杰吃完饭满脸不爽——就因为没让他埋单。所以饭后他又拉我去了一家酒吧，又是他埋单。等于我花了钱，依旧欠他一个人情。

有意思的是，阿杰也笃信藏传佛教。和我相比，他走的都是我走过的路，所以尽管他比我年长，我的人生阅历他不得不服。

一次，他一个人怀着朝圣者的心情千里迢迢跑到青海塔尔寺拜见一个小活佛，希望能给他带来好运。又是皈依又是加持，红包没少给，虔诚至极。后来又去一次，这一次回京以后，没见他再提及小活佛。

我心想必有隐情，问他原委，他道："咳，别提了。这一次去，小活佛说他要出书，开口问我要三万块钱，你说我怎么办？我到现在还分文无收呢。"

没多久他又一个人坐火车去了五台山，回京之后就绘声绘色向我描述他在火车上认识了一个来自内蒙古的奇女子，名叫陈莲花。他相信她是观音化身。据他说，此人长得慈眉善目、活像观音，慈悲心也胜似观音，且精通佛法、充满智慧，对他也一见如故、关爱有加，令他钦佩不已。

我一听就忍俊不禁笑了，道："我可以把话先搁在这儿，估计没多久这活观音就要开始伸手向你要钱了。"

阿杰急了，道："别这么说，人家是潜心修佛的，怎么可能是你说的那样的人？"

"潜心修佛？那好吧，我就不多说什么了。"我道。

不出三个月，阿杰居然坐火车去内蒙古找"活观音"去了。回京以后，怀着沉重的心给我打电话道："达哇老师，我不得不说我开始崇拜你了。全被您说对了！"

原来，阿杰去内蒙古找到了陈莲花。陈道："哎呀，我老公在家，不方便，你还是找个酒店吧！"

那倒无妨，阿杰并不期望住在人家家里。他习惯了自由，所以更愿意一个人住酒店。

第二日陈莲花到他酒店里来跟他"探讨佛法"，临走时道："大兄弟，我知道你也是信佛的，菩萨心肠。我现在家里有点麻烦，不知能不能问你借点钱？我老公下个月就要做结肠手术，我到现在住院费还没筹集够，真是焦头烂额……"

以阿杰的性格，通常不会无动于衷的，究竟给没给钱，给了多少，这段故事他没有说给我听，只是连连说后悔没听我的话。

"活观音"成为历史了，没出半年又冒出个小喇嘛。

那是一个寒冬腊月，阿杰给我打电话让我去他家吃饭。他过世的父亲就是厨师，他也烧得一手好菜，只不过他是回民，不碰猪肉，但酷爱牛羊肉。我当时是全素，持续八年，所以那时如果去他家吃饭通常只吃一些肉边菜。

这晚来到他家，只见家里地板上双盘坐着一个身着红袍的年轻喇嘛，可能是因为高原气候，稚嫩的脸晒得红扑扑的，一双明眸充满了好奇，一张口露出一口又白又齐的牙。

阿杰端出一大盆热腾腾的白萝卜炖羊肉。就这一道菜，我有些失望，跑那么远就吃白萝卜来了，而羊肉我更是从来不碰。

只见小喇嘛吧唧着嘴吃起来，吃得真香。那一盆的羊肉几乎都是他吃的，而白萝卜几乎都是我一人吃的。就这样，一边吃，小喇嘛一边用生硬的普通话弘扬佛法。那些浅显的说教，都是我早已熟知的，但是出于尊重，我还是点头像捣蒜一样应和着、感谢着。

吃完白萝卜，时候不早，我就先告辞了。

只见小喇嘛稳坐地板，不像是要告辞的样子。

回家的路上，阿杰打来电话问："嘿，你怎么急急忙忙就走了，不再多听听佛法？"

我道："你听吧！我怎么感觉不靠谱？也不知道你从哪儿弄来的那么个喇嘛，小心请神容易送神难哟！"

接下来的一个月没有阿杰电话，估计多半遇到了不顺心之事。我一个问候电话过去，问道："怎么没你消息了？是不是跟小喇嘛遇到了麻烦？"

阿杰沉默半天，叹气道："达哇老师，又叫您说中了。那天晚上，小喇嘛不走，说他不需要床，只在我家地板上打坐一宿即可，我说好吧！第二天上午，我给他买了早点。快到中午了，我说师父，我要出门了。他说，你出门吧，我在家给你看家。我说，不行，师父，我送您回去吧。他死活不走。僵持了半天，我只好动用武力，拉他出门。他力气也蛮大，往外拉一寸，他往后倒一寸，就是不出去。最后说，我可以走，但是我来你家一趟，也不能白来。我问他要多少，他说要 3,000 元。我说我没那么多现金。他说，我在家等着，你可以去自动取款机取现金，我知道你们汉人都有银行卡。我说要去也要一起去，我不能让你一个人留在我家。就这样，又僵持了大半天，最后，我给了他我身上仅有的 1,000 元现金了事。"

我听了哭笑不得，问道："那也不至于一整月都杳无音信啊！"

阿杰道："达哇老师，您有所不知，我怀疑这小喇嘛怀恨在心，用神通烧了我的手机 SIM 卡！所有电话都进不来了。您电话进来时，我才换的新卡。"

我问道："这是什么佛法，还有烧手机卡的本事？"

阿杰道："这小喇嘛是苯教的，藏族的黑教，有些邪术不足为奇！"

我心想，要是真有这本事，那美苏冷战全请一些苯教喇嘛远程发功得了，击毙拉登也不需要美国特种部队大动干戈了。

至于阿杰如何认识小喇嘛的，更是荒诞不经——

他去了北京西山八大处拜佛，在佛牙舍利塔下有一帮喇嘛，在给游客的钱包、手机、车钥匙等随身物品开光。据说钱包开光，来年财源滚滚；手机开光，接电话好事连桩；车钥匙开光，天堑变通途，一路平安，旅途无忧。阿杰随便找了一个小喇嘛，几句话被侃晕了，当即打车把人家带到家里，结果可想而知——请神容易送神难，被我言中了。

等我给阿杰引荐了谭居士，他才觉得见到了真信佛之人。阿杰自小没有母亲，是父亲和大姐给他带大；谭居士也格外喜欢阿杰的性格，并对他身世充满同情。二人一拍即合，以母子相称。阿杰为人大方，每次去谭居士家都带着老干妈、李锦记、瓜果蔬菜等物，老太太都省得下六楼去买菜了。阿杰如果有几天不去，老太太就惦着他，并给我电话打听他下落。

等到扎西活佛又来北京的时候，经谭居士引荐，扎西活佛在昌平亲自为阿杰做了一次藏传佛教的火供，阿杰给了1,000 元红包。据谭居士说，那一次火供烧出一个火凤凰，把阿杰乐坏了。阿杰正要跟人谈"一大笔"生意，那几天他因为火供烧出的火凤凰而对这笔生意充满了无比的期待。

所谓的火凤凰，就是火苗旺了些，蹭蹭上蹿，看上去形状略像凤凰而已。如果你说它什么都不像，也可以。

我祝福阿杰道："佛祖也希望你多赚钱啊！你想，你那么大方，到处请客吃饭，到处借钱给别人，其实你自己还真不贪，吃穿用度也不讲究，所以钱不让你赚让谁赚啊？"

阿杰一听，顿时喜笑颜开，连连道："等我这单生意赚了，我给你一笔，够你去自己开个生意做做了，省得到处找工作，多不自在啊！"

遗憾的是，没等到他赚，他这笔生意不仅泡汤了，还跟人打了一架。阿杰是个烈性子，三句话不合就会动手，这次遇上了言而无信之人，货到拒付款，他一冲动，手就上去了。

再后来，他销声匿迹，从北京消失了。有人说在深圳的酒吧里看见过他；也有人说在香港的中环见到了他。

欲知后事如何，且听下回分解。

♣ 5 ♣

异国奇遇

再说起初登加拿大温哥华，为其美景折服，感叹同一个地球，竟然有天壤之别的国家。一生中没闻到过的清新空气，温哥华闻到了；一生中没见过的居住环境，温哥华见到了。闹市区毗邻森林公园和海滩，全世界的名城都鲜有，温哥华却有。你是要与森林绿草为伴，还是要穿梭于钢筋水泥，我当然倾向于前者。刚见识斯坦利公园和英吉利海湾，我就暗自感叹：要是能住在这里就好了，人还要什么荣华富贵呢？

之后又去多伦多飘零一个多月。出国之前，那个回龙观的神人齐老师预言说我会先后遇到两个贵人，"一花容，一罗汉"，意思是说一女一男，会给我提供帮助。什么叫贵人？这可不好解释。你饿了，给你一个烤红薯的，叫贵人；你弹尽粮绝、走投无路了，给你引荐一份优厚工作的，也叫贵人。

刚到多伦多不久，先入住王闹介绍的老外朋友家，赶紧就去找房子。这家人是中国迷，没完没了接待中国新移民朋友，都是不要钱的，我需要赶紧给下家腾房子。

在多伦多大学一个电线杆子上看到"北京李先生"的广告，黄金地段的联排别墅一间卧室出租，包水电包上网，每个月330加元，一月一付，随时可走，无须一年半年的合同。

当即打电话预约看房。

去了他家，这是一对夫妻加一个牙牙学语的孩童的三口之家，男的李哥，是中科院的，移民主申请人，以开便利店为生；女的黄姐，是首都师大毕业的，在一所天主教中学任教务员。我们自然能够说到一块儿。

　　住房安顿好，马上要办另一紧急事项，那就是到多伦多的中国领事馆将护照延期，因为眼看护照有效期还只剩下不到六个月。

　　排长队办好之后，饥肠辘辘，来到领事馆附近的一家中餐厅。一菜一汤，吃饱喝足，准备给小费，却不认得哪个是两元硬币，哪个是25分硬币，于是到另一桌跟前的50多岁的白人女士那儿请教。

　　此女子看上去颇有个性——明明是白人，却梳着一头非洲小辫子；张口又是一口字正腔圆的英国口音。她只喝一小碗酸辣汤，一手捧着一本小说在埋头阅读。这一聊起来才知道，她是英国移民，名叫特蕾莎，前夫是尼日利亚的黑人，她自称在多伦多以私立学校教授英语为生。她女儿跟我年龄相仿，在多伦多大学工作，跟她不住一起。女儿虽然是黑白混血，却只认同自己是黑人，只和别的黑人或黑白混血儿来往，这让特蕾莎有些伤心。

　　谁知我们一聊就是两个小时。她当即要带我去她家。反正我也是无业游民、无所事事，那就跟她去吧！

　　她家位于多伦多市中心，在士巴丹拿道上。那是一栋独栋的三层深色砖楼，略显沧桑，颇有英伦特色。

　　我心想，凭她私立补习班教英语的工作，家里一定很简陋。

　　谁知进去以后却是别有洞天：欧式宫廷般的装修，巴洛克风格的镜框、吊灯、烛台、壁炉，维多利亚的家具，巨大的手工波斯地毯，厚重的窗帘窗帏，简直把我看得目瞪口呆——在中国哪儿见过私人百姓家里这般风格情调？

　　特蕾莎说所有的家具、灯具、工艺品都运自英格兰老家。

　　我暗想，此人一定属于深藏不露型的，没准是个什么英国贵族后代，继承了一笔遗产？然而，她又再三强调自己经济拮据，故而家里四分之三的地方隔出去出租给留学生，自己只保留这一隅，有客厅、厨房、卫生间、卧室，够她生活即可。说是大部分租给了留学生，我却未看见半个人影。

去了她的卫生间，面积不大，但是陈设实在令人叹为观止——这里有蓝白相间的优雅瓷砖、别致的马桶造型，处处是干花、香草，芬芳扑鼻；橱柜里、浴缸台上整整齐齐码放着各种洗浴用品、护肤护发用品。我脑海中不由得浮现出国内百姓家厕所里的盆盆桶桶、拖把毛巾的一幕幕场景，真是天壤之别啊！

当晚，特蕾莎给我做了饭。饭后她说道："咱们看电视吧！"

我左顾右盼，却不见电视机。

她道："你猜，我的电视在哪儿？"

我以为是不是有什么机关，将电视隐藏在哪一堵墙后面。结果她打开一个维多利亚衣柜，里面端端正正摆着一台 18 寸老旧彩电。不仅对家用电器毫不讲究，她居然还没有手机，只用座机和留言。

看完电视，她让我住她家，临时睡在客厅沙发上。这还不算，还拿出一件真丝睡袍让我换上。

第二日上午，我醒来，她家空无一人。她把我一人留在家里，也真够信任我的。没多久，透过纱帘望见她从外面回来。原来她说她去买最新鲜出炉的全麦面包去了。

回家以后她就准备琳琅满目一桌早餐，面包、蜂蜜、黄油、奶酪、培根、英国茶、咖啡、炒鸡蛋等等。敢情这英国贵族一顿早饭要吃两个小时，她还叫来一个爵士乐朋友，陪我一起聊天。她听说我喜欢诗歌，告诉我说不久前她在家里举办诗朗诵沙龙，请来了200多个朋友。她说如果我愿意，她可以专门为我举办一次诗朗诵沙龙。

这一日我告别的时候，特蕾莎很诚恳地道："你刚来多伦多，是不是还在找地方住？如果你不介意，你就住我家，不要钱。虽然暂时没有卧室，但是我可以给你弄出一间卧室来呀！"看她那表情，不像是出于客气那么一说，况且她也没必要那么出格地虚伪一下。

我答道："实在感谢。不过我已经找了地方，都交了一个月租金了，至少我把这一个月住完再说。"我心里想的是，这怎么合适？一面之交，就住陌生人家里，一不方便，二不自由，三是天下没有免费的午餐，我该如何回报呢？

后来的日子里，特蕾莎不仅带我去看舞蹈、参加电影节，还把她很多朋友介绍给我，短期内让我在多伦多打开了局面。只要我有什么事，她都不遗余力帮忙。我心想，看来天下人性都是一样的。人常说中国人本来是这样的，英国人是那样的，法国人是这样的，日本人是那样的。然而，人骨子里的爱恨情仇都是相通的。

一天，她带我去她的一个朋友詹姆士的书店，说是那里重新装修后开业大典，詹姆士是这家书店的老板。我一直暗想，莫非这詹姆士就是那"罗汉贵人"？

书店位于多伦多市中心地带，虽然不能和王府井书店相比，但是作为私人拥有的书店，规模已经不小了，员工就有十几人，而且图书类型相当丰富。特蕾莎隆重把我引荐给詹姆士，还告诉我，夏天到了，会带我去詹姆士家的游泳池游泳。多伦多市内住宅拥有私家游泳池，至少也是上等中产阶级。我暗想，倘若我要是在这书店打工，是不是麻烦特蕾莎一句话便可以做到呢？但是毕竟是刚移民落地，心理落差还没有调整过来，所以又一想，不行，我在国内都已经是大出版社编辑了，来到加拿大居然在书店里打工，说轻点了是我自己屈尊，说重了这不是给祖国脸上抹黑吗？况且我还带有积蓄，还没有到弹尽粮绝的地步，所以忍了忍没好意思向特蕾莎开口。

特蕾莎很会为人处事，她悄悄对我说："今天是詹姆士开业庆典，我建议我们都象征性地买点什么东西，算是为朋友助兴。"

我一听，真是左右为难。因为我刚来加拿大的时候，一加元是七元人民币，况且那时中国消费低廉，所以在加拿大不忍花钱，每消费一次都要割肉般地将价格乘以七，不像是现在，时光轮流转，中国消费上去了，甚至开始觉得加拿大消费便宜了。

更不用说，图书价格中国始终远比加拿大便宜。这特蕾莎建议我"随便"买点什么，我随手一翻，每本书都要十几、二十几加元，那就是 100 多元人民币啊！在中国那是可以买五、六本书的。

所以，在书店里从东到西，从里到外，到处翻那最薄最便宜的书，但又都不是我必需的。最后看到一盒包装印刷精美的塔罗牌，价格 21 加元。我心想，至少这个还可以作为礼物回国送给朋友，也不算白买。如果是买书，100 多元人民币送人，而且人家也不通英文，谁会稀罕呢？

又有一晚，特蕾莎请我吃日本料理，路上碰见一个无家可归的乞丐要钱。她连忙掏出两元硬币给了那乞丐，又督促我也适当给点儿钱，于是我拿出 25 分的硬币——那时我对加拿大的硬币币值尚不熟悉。

她说道："你给人家 25 分硬币，他能做何用呢？什么也买不了，至少要给一加元、两加元的，还可以买个披萨饼或可乐什么的。"

于是我又掏出两元硬币给了那乞丐。虽然被人训话的感觉不是很爽，但是看在她对我还不错的份上，我也就很快抛之脑后了。

她请我吃完日本料理，正要埋单，我道："谢谢你的款待，那这顿饭的小费就由我来付吧。"她起初高兴地应允了，随后结账的时候还是没有让我花钱。

回家路上，我们又在路边聊到了凌晨两点，这才分手。

过了几日，她又带我去她的一个女朋友的办公室参观。这是一个很有风度和修养的加拿大女士，名叫凯瑟琳，和特蕾莎年龄相差不多，自称是达赖喇嘛的弟子，热爱佛教文化和气功文化，曾去中国学习气功。回多伦多以后，在市中心一座写字楼里开设了自己的会所，通过教授坐禅、冥想、气功吐纳来为客人进行心理理疗，已经拥有 90 多位会员，基本都是西人。

我心想，多伦多这么多华人，理应不乏有精通太极、气功、武术之类的能人，但是极少听说谁能在这里把中国文化发扬光大的，却都不辞辛劳、起早贪黑在大统华之类的中国超市打工；人家一个金发碧眼的加拿大人，居然把中国文化搬到了高级写字楼里，经营得有模有样，颇有高大上的感觉，这是为何？

在凯瑟琳办公室，我们看到有一大房间里堆满了山水盆景，每个盆景都带有小型喷泉。特蕾莎十分好奇这和气功有何关系。

凯瑟琳解释说，这些都是她男朋友斯科特的。"说曹操，曹操到"，斯科特突然出现在我们面前，这是一个极其健谈、以自我为中心的男人，说起他自己来没有一个句号。原来，斯科特是专门做喷泉盆景的，但是目前没有工作，也没有收入，做了一堆盆景卖不出去，也没地方放，只好借放在凯瑟琳的办公室里。斯科特聊起来，一副踌躇满志的样子，大有"玉在椟中求善价，钗于奁内待时飞"之感慨。

此时，凯瑟琳有客人到，于是工作去了。这时斯科特话锋一转，开始跟我和特蕾莎数落起了凯瑟琳的不是，一说就是两个小时。特蕾莎表现出英式的风度，先是竭尽全力表现出无尽的耐心听斯科特的絮叨，最后不得已非常礼貌地打断斯科特，表示我们还有他事，需要离开，改日续谈。

原来，不久前，凯瑟琳自己一个人去夏威夷度假，没有带斯科特。他埋怨道："我们还是情人吗？这是什么男女朋友？度假还有一个人去的？"

但是后来几天我和特蕾莎等人再次和凯瑟琳聚会，说起此事，凯瑟琳也有自己的道理："我一直想去夏威夷，而斯科特又分文没有。如果带他去，我就要出两个人的费用，因为他经济上全部要依靠我。如果我不去夏威夷，我又觉得很遗憾。"

公说公有理，婆说婆有理。特蕾莎很聪明，她很善于倾听，但不表明立场。

过了几天，赶上了母亲节，特蕾莎又请我和她的一些朋友聚餐，她的女儿、凯瑟琳都来了。客人们没有一个去过温哥华的，听说我从温哥华来，一个个向我打听温哥华的环境、气候、人文。

对于温哥华，一部分多伦多人会表示出羡慕嫉妒恨，另一部分则表示有机会想搬到那里去，至少退休后可以考虑。凯瑟琳就表示她一直想搬到温哥华，对她来说，有本事的人在哪里都可以创业，何必非要守着多伦多呢？席间突然有一个客人似乎对温哥华充满酸葡萄心理，对我道："要说文化，加拿大也就是多伦多啦！温哥华可没有什么文化，是不是那里没有什么有意思的人？"

我幽她一默，道："确实没有有意思的人，那是因为我离开了。"

众人一听，捧腹大笑。

写到这儿，我才突然想起来十多年没有和凯瑟琳联系了，她是不是已经在温哥华安居了呢？搜索了一下她的名字，网上马上出现她一堆信息——她的相貌好像丝毫未老；她的那间会所依旧还在多伦多市中心；她的网站显示她的生意更大、更专业了，客人来这里竟然还需要家庭医生的推荐才可。

很快到了我要离开多伦多的时候，临走之前我还不知道齐老师说的"罗汉贵人"是谁。也许有一个，但是他是不是贵人，模棱两可；可以说是，可以说不是。欲知何故，且听下回分解。

♣ 6 ♣

十字街头

　　实在想不起来"罗汉贵人"是谁，但是如果从广义上来套，那只有一个人。

　　一日和特蕾莎前往一家影院，那里在举办多伦多国际电影节。她特意要邀请我观看两部电影，一部是贾樟柯的《世界》，第二部是德国电影《帝国的毁灭》。

　　这部《世界》，虽然是中文电影，在异国他乡看到未免有亲近感。剧场里观众稀少，剧情也没有那么引人入胜。但是特蕾莎看得津津有味——对于她来说，她对什么作品从来不说一句负面评价，永远都是赞美。如果她说"嗯，有意思"，那意思不是它确实"有意思"，而是她没什么话可讲。也许因为如此，看完了《世界》，她连说了两遍"有意思"。

　　再去看《帝国的毁灭》，讲述的是希特勒灭亡前的最后时刻。这部电影剧场里人满为患，我们看得倒是津津有味。它从另一个角度刻画希特勒，并没有刻意将其丑化。看完电影后在回家的路上她大加赞赏。

　　每次出门，她都会带一小盒橙汁，偶尔会吸两口。这一次才出影院不到十分钟发现她开始变得神色紧张、浑身发抖，脸和双手惨白、颤栗，好像刚从西伯利亚刺骨的冰窖里钻出来一样。

　　问她感觉如何，她一言不发，只是从小包里掏出一个盒子，拿出一根针扎了自己手指一下，再在一个便携仪器上比对。

原来她有糖尿病，长年打胰岛素，血糖会降低，所以出门在外时不时要喝点糖水，或吃一点糖果。唯独这一次她忘带了她的橙汁。

她继续走也不是，返回家也不是，也不愿意叫急救，只好在路边公交车站的椅子上坐下。那椅子上坐着一位 60 多岁的男士，一直在观察、聆听着我们。他似乎看出了端倪，把他手中未开封的饮料递给了我们，让特蕾莎喝下，喝了几口，她马上缓过劲来，就这样聊了起来。这位先生叫爱德华，退休前是多伦多大学客座教授。他也血糖低，所以总随身带着点饮料或糖果什么的。

爱德华早年从蒙特利尔麦吉尔大学取得博士学位，后来在蒙特利尔大学得到终身教职。他说，那个年代硕士毕业都可以在大学里任教，博士毕业基本上都能谋到终身教职，不像现在，即便博士后还有那么多一辈子也找不到终身教职的。可惜的是，他那时候的新婚妻子就是不喜欢蒙特利尔，非要搬到多伦多。他拗不过他的妻子，只得放弃职位，来到多伦多从零开始。

在多伦多似乎就没有蒙特利尔那么幸运了，东一榔头西一棒子干的全是客座代课职位，也就是哪里有课就去哪里上，四处奔波，朝不保夕，且时不时都要申请。此生遗憾吗？也没什么可遗憾的。这不？他就那样一直做下去，不也已经退休，开始夕阳红了吗？

他自豪地说，他这一生最值得欣慰的就是他在多伦多是少数可以以撰写影评、剧评、专栏特稿为生的作家；他还有些收入来源是联邦和省政府给予文化人的奖励和补助，当然那些钱不可能太丰厚，但是也算是对文化事业的扶持。他对中国当代电影了如指掌，张艺谋、陈凯歌等人的作品，他说起来如数家珍、滔滔不绝。

一个周六的下午，爱德华约我到多伦多基柏龄地铁站碰头，从那里他开车带上我去他位于密西沙加的家中做客，路上他请我吃了广东炒面。

他家位于安大略湖湖畔，虽然没有温哥华的海，但是那硕大的湖看上去也烟波浩渺、一望无际，不亚于海景。那是一个两个卧室的公寓，只有他一个人住。和特蕾莎家一样，也都满是维多利亚时期的老家具，客厅的碗橱里匠心独具地摆放着大大小小各种瓷器——后面的盘子是斜着放的、前面则是平放着的，大的盘子在最底下，中等盘子摆在上面，小盘子在最上面，还有一个茶壶周围一圈茶杯，摆放得规规整整，可真够讲究。客厅墙上挂着他 29 岁时候的黑白照片，梳着油光锃亮的猫王头，造型颇为夸张。看来任何老年人都有过追逐时尚、离经叛道的青春年华。他的客卧也是他的书房，他从一大堆录像带中很麻利地抽出几盘给我看，有《大红灯笼高高挂》、《菊豆》、《霸王别姬》等等。

聊着聊着，他又带我参观了楼下的物业图书室、健身房和游泳池，不仅管理维护得一丝不苟，业主们也一个个屏声静气、礼貌客气。在国内这样的公寓属于高端的，而在这里属于常态。

爱德华难道就是那个"罗汉贵人"？因为他不仅成了朋友，还让我了解到加拿大普通人的晚年生活。他的公寓买的时候只有十几万加元，到了退休的时候，房贷早已还干净了，房子名副其实地成了他的私人不动产。每个月的养老金，其中有 500 多加元要缴纳不菲的物业管理费，再有 500 多加元用于一日三餐和日常交通、娱乐开支，还能剩下 500 加元，每攒半年一载足够出国旅游一次。他的儿子已经 29 岁，早已独立；看病求医分文不要，偶尔还能赚些稿费收入，三百两百的，汽车油钱就出了。虽决非大富大贵，甚至未必达到中等水平，但是这就足够了，还有什么苛求呢？

爱德华很爱谈论中国电影，尤其欣赏巩俐的演技。这一回他请我和另一个中国朋友游泳。物业的泳池设计成不规则形状，水质超级好，感觉超过了我在北京常去的健身中心的泳池。

"你听说过巩俐吗？太棒了，是天下最棒的女演员。"爱德华道。

"巩俐？当然知道了。你说她什么作品吧，我熟悉得很。"我回道。

"她在《霸王别姬》里的表演恰如其分，而在《秋菊打官司》里又跟换了一个人似的。我觉得《菊豆》是张艺谋的最佳作品，很可惜没有获得奥斯卡。"爱德华道。

"是的，我们觉得巩俐演技虽然没有到登峰造极地步，但是在众多中国女演员中已经凤毛麟角了。我也觉得《菊豆》可以获得一尊奥斯卡，比那个什么《大红灯笼高高挂》强。"

"哦！《大红灯笼高高挂》！我看了好几遍了！电影院里看了不算，后来又买了录像带。"爱德华捧出那笨重过时的录像带，而中国早已经开始流行 DVD 了。

"我不喜欢《大红灯笼高高挂》，那真是拍给你们外国人看的，你们觉得好，我们倒是觉得太迎合洋人口味。"我道。

"是吗？我们倒是觉得很有中国特色，充满了中国元素！"

"呵！中国特色？那一堆堆大红灯笼，那足底按摩，那三姨太房间里的京剧脸谱面具，根本都是小说，而现实中没有的，都是张艺谋的'自我东方主义'的产物而已。"我道。

"'自我东方主义'，呵呵，好词儿，有意思，耐人寻味。"爱德华越聊越起劲。

"也就是说，那些元素的堆砌不是基于剧情和人物的需要，而是基于导演心目中西方人心目中的中国的那个样子。"

突然爱德华瞳孔一亮，接着道："你有没有打算读博士啊？我觉得你适合做学问。"

"是吗？我呀，还没想好。先社会上混混再说吧。"我没有计划再回到学校里去。这么多年频繁换公司打拼，就是想先抓些钱供房子。早日买房，早日还款，早日实现财务自由。

"你如果想好了，到时候我可以给你写推荐信。"爱德华道。

多伦多逗留了一个月，北京那边的会话催我回去就职，她不能再等了，因为有新的项目下马，需要我赶紧去参与。这边虽悠闲自在，但分文不进；那边的新工作还在等着我，还有一个赏识、器重我的老板。所以赶紧回去了，不知道什么时候能再来加拿大，我心里知道枫叶卡绝对不能放弃，但是我说不好什么时候我会再来。如果命中注定我还会再来，那一定会有缘由。

果不其然，回国工作半年，会话摊上了财务官司，泥菩萨过河自身难保，通过会计跟我宣布暂时中止聘用关系。另一家也大约同一时期说想从月薪制改为按项目走，说白了就是解聘。作为高级雇员，你可能这个月有用，但下个月可能就没用了，而哪家公司都不肯继续花高薪养闲人。再找工作，也没有心思，而且离开一年，生怕枫叶卡过期，所以一年后趁王闹正好也在温哥华短期逗留，就又买了张机票回来了。他在温哥华有个老外"干爹"叫威廉，二人关系很近。他虽然生活重心已在中国，但是每年时不时要回来探望老人。他二人的故事后面的章节会有详尽描述，请耐心继续阅读。

再度返回加拿大，又是一个十字街头，因为不知道在哪里安身，也不知道去做什么。多伦多至少还认识了一"花容"，一"罗汉"，积累了一些人脉，而且多伦多机会远远比温哥华多很多。但是温哥华，的确是人间仙境，置身其间就令人心旷神怡，能在那里永居当属累世的福报，焉能轻易离开？再次返回，因为是夏日，正是温哥华绝佳季节，恰好王闹在，可以住在他的老外"干爹"威廉家，所以还是先落脚温哥华。

就在这时，听王闹告诉我，温哥华有一份收入还不错的工作特别青睐中国人，常年在招人，我可以一试。

王闹于 1957 年生于北京，部队文工团舞蹈演员出身，1984 年赴加拿大多伦多、蒙特利尔两地学习时装设计，1989

年移居温哥华，算是老华侨了，信息自然比我们这些新移民多。

我打电话过去了，对方确认目前正在大规模招聘，让我赶紧约面试。原来，他说的所谓大公司就是赌场，确实常年在招"荷官"，即赌场发牌员。这个职位不适合所有人，人来人往像走马灯似的，故而需要常年招聘。况且需要简单的心算能力，尤其是百家乐和 21 点，所以中国人应聘比例较高也不是什么稀罕事。

王闹就曾经在唐人街的一家赌场发过牌，据说他的主管嫌他动作有些慢。后来他不干了，他说是他自己辞的。究竟是别人辞他，还是他辞别人，就无从得知了。

这家大赌场需要网上预先申请，很快便有电话通知面试。

欲知当时的经历，且听下回分解。

♣ 7 ♣

赌场风云

那天，前来面试的人有很多，白人、亚洲人、印度人、中东人，中年居多，我恐怕是最年轻的之一。他们一个个正襟危坐、紧张兮兮。前台小姐安琪拉是个混血儿，让每个人填了表，然后带大家参加一个考验反应能力的测试。

不一会儿，安琪拉叫我去会议室进行测试，同时还有另外两个人在里面，一个都徐娘半老了，另一个成了老大爷了，二人衣冠楚楚，都是亚洲人模样，后来又陆陆续续进来一些应试者。

安琪拉给我试卷，让 20 分钟内完成。猛一看，头有些懵，没见过这种试题，又像是游戏又像是数学题。静下心来，把例题好好看看，马上明白子丑寅卯了，于是没七、八分钟就完成了所有试题。这些试题对于心算能力很强的中国人来说可谓太小菜一碟，无非是什么 25 x 1.5 等于多少，要马上心算出来；或者是代数题，老 K 代表 10，然后和别的数字相加等等。

我第一个交卷给安琪拉。她一眼看出我有两个错误，居然让我再回去检查一遍。一位大叔吭哧吭哧半天也没做完，安琪拉催他交卷，说时间到了，这大叔还是不肯交卷，安琪拉干脆强行收走，并告诉他，她会让面试官跟他谈。

我交了卷以后，又进来一个亚洲女士，看样子 50 多岁了，一拿到试题就发牢骚说看不懂英文，无法下手。考试结束后我主动和她攀谈，并成了朋友。她英文名叫艾伦，来自台湾，住在本拿比，会计出身，所以做这种数学题应该没问题。我们聊着聊着，干脆一起坐到大厅里接着聊天，别人还以为我们早已认识了呢。我们互相留了电话，相约再次碰面。正和台湾女士聊得欢着呢，安琪拉约我和面试官见面。这面试官是个黑发蓝眼、身材丰腴、表情严肃的白种女人，和我通过电话，名叫杰梅。

一进门她立刻告诉我：我通过了测试，要准备下一步工作了——一是申请娱乐行业工作执照，二是去办理无犯罪纪录证明，三是准备下个月二日起带薪培训五个星期，然后可以上岗。面试时间很长，她问了我很多问题，如人际交流能力、解决问题能力、处理与老板的关系能力、处理客户纠纷的能力。

没几天带薪培训就要开始了，在动员大会上结识了一批新朋友。40 人左右的新人，三分之一是华人，还有很多菲律宾人，但不见台湾的艾伦，估计多半是没通过面试。培训是在赌场位于高贵林一个培训中心，这时候突然发现 40 多个人，竟然四分之三是华人，又走了一些白人。

虽然带薪，但不管午饭，所以第一天没一人带饭，大家只好去附近的赛百味快餐厅就餐，看得出一个个花钱跟吐了血似的——一分钱还没挣，就先花了十加元买工作午餐！那可是 70 元人民币，在中国不知能吃多少顿美味可口的盖浇饭啊！

第二天大家则老老实实都带了饭，公司有微波炉，每个人都可以用。午饭的时候一聊天，了解了每个人的来龙去脉。一问，这个是清华硕士，那个是人大硕士，还有北理工、北邮、北航、南大、复旦、南开……大家都如此，我也顿时就不觉得委屈了。

一个老实敦厚的广州男生，名叫龙伟，毕业于中山大学计算机系，文质彬彬、憨态可掬，和他妻子现在住在远离温哥华市中心的第 49 街。他移民后先在这里的一家餐厅里打工，据他说在国内从不做饭的他在这里当上了厨师，从切菜洗菜到后来干脆独自掌勺，人家现在居然是个粤菜大厨。

　　胡卫东，三十多岁，一口熟悉的南京口音，南京大学国际贸易专业硕士生毕业。目前自己跟人合租住在本拿比市一个荒凉的地方，必须要有一部车，所以他买了一辆便宜的二手车开着，价值 2,000 加元。胡的妻子和小孩都在国内。他在这里已经度过了将近两年半，还有十个月就可以有资格申请加拿大护照了。

　　一个高个东北女孩，一脸稚气未脱的样子，住在列治文的一个荒凉、枯燥的地方。她倒是开着一部八成新的宝马。

　　回到家后，胡卫东从他本拿比的地下室来电话，和我长聊一个半小时。他一直基本上是在工厂里打工，比如蒙特利尔的一家制衣厂，他负责看机器。车间里全是移民，而坐办公室里的全是加拿大白人。难以想象这位下车间的"纺织工人"曾是堂堂南京大学的高材生。为了省房租，他住到了本拿比；因为远，又不得不配一部车。他的车底盘已经脱落，所以每次行驶起来，底盘摩擦路面都发出剧烈的响声，呼啸而过，但是他浑然不顾。

　　每天中午吃饭，我都发现什么便宜胡卫东吃什么，不是大白菜就是土豆条，炒得也很粗糙。于是我总是从我碗里给他夹一根鸡腿，他二话不说囫囵吞枣地三口两口就吃光了。他的手表每次都慢五分钟，于是我摘下我的电子表给了他，他竟然双眼都湿润了。他的裤裆永远是裂开的，从来没有缝补过。我问他道："既然日子过得这样，还不如回南京呢！况且你老婆孩子都已经先回去了。"

　　他几近自言自语般地道："回不去了，回不去了。"

　　每个人有每个人的算盘和苦衷，一言难尽。他受不了回去以后电梯里公厕里抽烟的人们，受不了进电梯就赶紧按关门按钮的人们，受不了冲导盲犬按喇叭的司机，受不了蹲在抽水马桶上大小便的人们，受不了你给他扶着门他堂而皇之进去却不知道谢的人们……这就是他为什么"回不去了"。

主要培训项目不仅有洗牌、发牌技巧，服务礼仪，更多的是心算，时不时还有当堂算术测验，每次我基本都可以第一个交卷。

每周都会流失几个人，有的人是自己走的，也有的是被让走的——公司不愿意继续给一个不适合这种工作的人发放培训报酬。

几个星期下来，我稳扎稳打，过关斩将，多次受到培训官的赞许。

有一次考核项目是两盒扑克牌每四张点数相加，看谁最快。培训官以迅雷不及掩耳之势码出四张牌在台面上，呈扇状，然后飞快地又将四张牌合拢推至一边，也就是说不到半秒钟功夫你需要眼快心快，迅速将四张牌点数之合报出。我以 20 秒创造了员工记录。

培训的最后阶段是每两人分一组，轮流充当荷官和顾客，我和一个以色列女的分为一组，她名叫迪娜，培训成绩也属于全班比较优秀的。我们二人都感觉已经胜券在握了，而且一想到以后就以此为生了，不免还有些叹息——难道这一辈子就和赌徒为伴了？

一天下午，所有人停止培训，挨个被培训官叫到一间办公室里做最后一次个人总结谈话。我们的培训官全是女的，一个白人大妈，其他全是越南裔。透过玻璃窗，可以看见里面被叫去谈话的人紧张不安的神情。

龙伟出来了，笑眯眯的脸上憋得通红，好像刚受了折磨。

胡卫东也出来了，一脸垂头丧气的样子，像是刚被训斥过的小学生。

迪娜出来了，好像信心百倍的样子，踌躇满志、气宇轩昂。

等到叫我了，我丝毫没有别人的那种胆怯，大大方方、淡定自如。

这个谈话十分随意和气，培训官先是肯定你自培训第一天以来取得的巨大进步。然后，话锋一转，指出她们观察到的你的一些毛病。我一听，那些所谓的"毛病"肯定是误会了，三、五个培训官要看一屋子 40 几个人，怎么可能百分百观察到位？所以我尽我最大可能礼貌客气地辩解、澄清了几句。培训官听了，只是点头微笑一番，说谈话结束，可以回家了。

我和迪娜都乘坐高架城铁天车回家。刚走到天车站，我二人前后脚收到公司人力资源部的电话，对方道："明天你不用再来了，已经产生的培训费用我们会给你发放支票。"

一听这话，我们都傻了，简直不相信自己的耳朵。

想问问原因，对方只字不提。迪娜和我的培训成绩是有目共睹的，再淘汰也淘汰不到我们俩头上啊！

悄悄一打听，龙伟、胡卫东他们都没有收到这样的电话。他们都留了下来，很快就去赌场正式上岗了。

这个不解之谜到了半年后才揭晓，那是几个赌场新员工和培训官聚会的时候，越南培训官随意透露了一下：当初最后一次谈话，找出每个人的毛病，凡是点头哈腰的，全留了下来；凡是自我辩护的，全让走人，因为他们不喜欢这样的员工。赌场需要的是听话的发牌机器，不需要你有思想，有个性，爱争辩——即便你被委屈了。

我突然茅塞顿开：莫再说中国是这样的、西方是那样的话。无论中西，大同小异。我们出国之前更多感知的是不同，出了国才体会到更多的相似，而且时间越久、经历越多，体会就越深。

那一霎那有些失望和遗憾，但是过后一向，任何失败都不是永久的失败，而是另一条路的起点。也许是天意，不想让我从事这个行业。确实如此，多年后又遇到龙伟，我已经有了更多更精彩的人生经历，而龙伟还在赌场发牌，他老婆也去了。

欲知后事如何，且听下回分解。

$\clubsuit$ 8 $\clubsuit$

汪洋孤魂

　　话说在赌场接受荷官培训，本以为可以顺理成章很快得以上岗，没想到一个电话通知一些人不要来了，其中包括我和那个以色列的迪娜。

　　迪娜虽然也有些惊讶，但是并没有特别失望，毕竟这不是什么多么令人向往的工作。后来她还和我保持联系。

　　过了些日子，她说她准备去阿尔伯达省省会埃德蒙顿工作去了，在那里她找到一家酒店去做清洁工，每小时能给 40 多加元，这绝对属于高薪了。那里冬天可以零下二、三十度，但是冲着高薪水，也就忍忍了。

　　而我去哪儿呢？是继续雪片般地发送简历，然后等不来一个面试机会，还是硬着头皮叩响餐馆、菜店的大门，询问是不是还在请帮手？是再去学一门手艺，或水暖工电工，或缝缝补补、改裤锁边，还是报个夜校学学财务会计、售楼经纪？看似死路一条，而脑洞一开，仿佛世上到处都是路可走。

　　想问问扎西活佛，估计他还会说干什么都成，有"小小的障碍"，要"念经"，要"放生"，等等。

　　算了，就不打扰他了。

　　眼看即将上岗的工作突然没了，每天外面漫无目的地逛着，天渐黑时迈着沉重的脚步回到家，一路上淋着毛毛细雨，没觉得月亮有多圆，倒是觉得雨水多。

　　天车站里、社区中心里、书店里、咖啡馆里，每天都去拿一份免费报纸，上面寻找工作机会。虽然网上求职日渐流行，报纸上看广告求职的传统方式依然占据半壁江山。

　　突然有一日看到一个豆腐块大小的醒目广告——太平洋翡翠号豪华邮轮的温哥华人事代理在常年招聘，职位繁多。有人力资源助理，可是我压根儿没学过人力资源；有幼儿教师，可是我没学过学前教育；有机械师和种种技术人员，可是对于技术我是个彻头彻尾的门外汉；有厨师和帮厨，我只会家里瞎琢磨炒炒菜，真下了餐厅厨房我肯定六神无主。所以找来找去还是瞄准了免税品商店的销售工作——谁叫我没有任何一技之长呢？这也就是为什么我们从国内 211、985 大学润出来的，都要回炉接受再教育！

　　越容易成的，往往都越是门槛低的，或条件苛刻的，而且人员像走马灯一样。所以如果轻易成就的工作，要么是自己幸运，要么是幸运的人不计其数，要么是人家首选的人有了更诱人的去处，所以没必要因此而洋洋自得。

　　这个邮轮工作对于我来说，犹如鸡肋——食之无味，弃之可惜。上邮轮工作，在我的想象中光鲜亮丽，但是海上漂泊无亲无故，且还要考虑陆地上的租房问题——一旦下了船，家在哪里？

　　网上提交了初步申请，很快人事代理公司通知我去面试。

　　我提前半小时到，在办公室外的会客室等候。里面坐着的是一个不苟言笑、快人快语的矮胖的白人女士，大约 60 多岁。只见她刚给一个白人女子面试外，将其送出门外，顺便招手请我进去。

　　我那天特意穿得考究一些。可是她从我进门都她开始问话，几乎一眼都没看我，只忙着在全程录像，说是邮轮公司要看。问了我的情况，最后问我我的客服理念是什么，我回答我会把所有顾客都当成皇室成员，这是我在好莱坞电影里学到的一句台词。她听了当时就满意地点头微笑。

　　最后一关节是让我现场做一个小品，假装在卖我身上穿的皮大衣。这考题我肯定不在话下，都不用准备，当即就来个以假乱真的即兴表演。我的表演刚结束，她就说她会竭力把我推荐给邮轮，还说"应该没问题"。

可是就这一句"应该没问题"让我在煎熬中又等了一个月。

当温哥华的冬雨突然有一天变成了冬雪的那天，我收到了邮轮公司的一堆文件，通知我已初步决定录用我，但是要先做无犯罪证明，还要求我先去做全身体检，还要我仔细过目他们发的邮轮上工作条件的清单。我如果都能接受，就逐条打个对勾，以免上了船以后反悔。

无犯罪证明不用我出钱，但是这个全身体检居然要我自费。由于我持中国护照，只有枫叶卡，因此还需要办理海上工作签证，费用130美元，也需要自理。也就是说，一分钱薪水还没见到，就要自掏腰包520加元去做了个入职前的体检和工作签证。

这个工作的很多苛刻条件吓退了无数应聘者，难怪这个人事代理公司每天都在马不停蹄地滚动似地招人。

一艘巨无霸豪华邮轮上所有员工人数几乎和乘客人数相当，甚至比客人人数还要多，而且豪华邮轮旅费并不很高昂，所以这就注定了它不可能是一份高薪工作。

还未必能成，就要先自掏腰包去体检，那天去诊所的路上，我一直心里叫冤。到了诊所，见了医生，得知我有枫叶卡，是永久居民，也十分不解在这全民免费医疗的国度我为什么花钱做体检。

一年中大多数时间都在海上生活，远离亲友家人和宠物，这一条更是让陆地上至少 85%的申请人望而生畏。所以这份工作只适合于单身的、孤僻的、无牵挂的、耐得住寂寞的、不怕老公老婆出轨的、不怕孩子见面生疏的，也适合并善于交际的、能在船上沾花惹草、播撒情种的。

再说免税品商店，初来的员工每个月固定薪水实得数为1,200美元和800美元两个等级；欧美国家每月1,200美元，亚非拉国家每个月则是800美元。管吃管住，早饭去员工餐厅，午餐和晚餐吃可以享受和乘客同样的待遇，饕餮美食，应有尽有。住则是两人一间员工船舱。这1,200美元的月薪实在对发达国家大多数人没有吸引力，除非你特别喜欢邮轮生活或经济上山穷水尽且陆地上求职处处碰壁。

给我安排的这个航线每周从洛杉矶驶往墨西哥瓦拉塔港。我梦想着去地中海，谁知让我去墨西哥，顿时心里凉了半截。

船上的工作要求早起晚睡，他们希望你起得比客人早，睡得比客人晚。这着实要我的命。我是不爱早起、喜欢一觉睡到自然醒的人。话也说回来了，咱去是服务别人的，不是被别人服务的，哪里有你可挑剔的？

我们基本上除了睡觉没有闲的时间，一早起床早餐后到晚餐前都要在免税品店里工作。每周在洛杉矶港口旧客下船、新客登船的日子，我们还要负责接待疏导工作。

船上上网网速很慢且很贵，需要自费。而且我们每周只给极为有限的时间去网吧上网。

如果病了，船上有诊所，医药费都包括。这些医生、护士也都是像招我一样通过人事代理公司全世界招来的，究竟医术怎样，你无从知晓。

每次停靠港口，会跟同事轮番有机会下船自行旅游观光，但是时间有限，必须在开船前返回，紧张地像灰姑娘跑离舞会一样。

每一次签合同就是半年，根据个人的表现，再决定是否续签。也就是说，折腾一趟，可能也就是干半年而已。平衡得与失，这一条也让很多人大呼不值。

如果续签，每两个合同之间可以无薪休假两个月。这就麻烦了，这两个月在温哥华，你上哪里去租房子住呢？谁会租给你两个月呢？假如你上船时候租房不退，那每个月房租还照缴不误，岂不是亏大发了？每个月挣 1,200 美元却还要养着陆地上的空房，即便是和人分租，那也是每月白白浪费几百元。

总之，考虑种种现实因素，心想，就是冒个险，也顶多六个月而已。先去感受感受再说，人生还有大把时光，哪怕干一个月，也是一种难得的经历！

一切手续办好，就要飞往洛杉矶了。外人听起来好像是去美国洛杉矶就职了，居然还有羡慕嫉妒恨的，然而究竟怎么回事只有我自己知道——这叫什么工作啊？初次飞往美国，飞往洛杉矶，其实心里有一百个不情愿。

520 加元的体检费是我自己出的，公司不出，说不过去，但至少机票由邮轮公司购买，还给我预订了洛杉矶的酒店一晚，并提供 38 美元的一张晚餐餐券和一张 20 美元的早餐餐券。

我带着两个沉重的衣箱，里面是我移民加拿大后的全部家当，飞到洛杉矶，一下飞机就感觉到了另一个世界，处处可见只有南方才能见到的棕榈树，大街小巷都充满着一种躁动，颇有些不适应。总体感觉比温哥华差了不少档次，心里有说不出的失望。

找到酒店，用了那张餐券，下楼到餐厅里，坐在三角钢琴旁边，听着现场伴奏，饱饱地美食一顿。还生怕 38 美元没花了，对照着菜单挑选、琢磨了半天，尽可能把 38 美元全花得一分不剩。

第二天一早乘坐酒店的接驳车前往洛杉矶的海港。拉丁裔的女司机很殷勤，不用我碰我的行李，她主动将我的两个箱子搬上接驳车并码放好。

七拐八拐到了海港，好不容易找到了我的那艘邮轮——太平洋翡翠号。我以为只有三三两两的新员工报到，不想却是浩浩荡荡一长排新员工，来自世界各地，而且大多都是亚洲和拉丁美洲的，以菲律宾和墨西哥居多，就没怎么见到欧美人。而且这些新员工每个看上去都是苦大仇深、饱经风霜的感觉。我顿时感到成为一个不合时宜的人——尤其看到人家都是轻装上阵，只带一个中小型的拉杆箱，而我却笨拙地拖拉着我的两个沉重的衣箱，还不是四个轮子的。

好不尴尬。

后来才明白，我跟大伙儿一样，属于邮轮上船员中的"低端人口"——只不过据说我们免税品商店部门比最底端的体力工还稍微体面一些，因为我们是可以去游客的餐厅就餐的。

新报到的员工和新一波游客同时上船。每周这天邮轮在洛杉矶靠岸，上一周的游客下船，新一周的游客上船。我因为最初是抱着能顺便乘豪华邮轮旅游的目的来求职的，所以我此时的心态恍惚不定，看着一个个拖家带口、兴奋无比、充满好奇和期待的游客，我甚至感觉我是他们中的一员，着实没把自己位置摆正。

上船后，我要去就职的那个免税品商店的经理、助理经理和员工集体出动来迎接乘客和新员工了。经理是个来自蒙特利尔的法裔加拿大女人，名叫乔安娜，大约 45 岁，长相颇像席琳•迪昂，披着一头金色卷发，身材干练、目光犀利。后来得知她原先是蒙特利尔的一名健美运动员。她知道我是温哥华招来的，自然有了一分亲近感，看我的眼神感觉恨不能看到骨头里。整个邮轮的人力资源经理也来自温哥华，是一个 60 多岁的具有喜剧表演天赋的白人老太太，名叫菲利斯。

跟乔安娜说起就职体检还自费 520 加元，她很不解。因为她从蒙特利尔应聘的时候体检费是公司出的。她开玩笑道："可能他们觉得你们温哥华人都有钱，所以让你们自费。谁叫我们魁北克人穷呢？"

部门其他员工大多在二、三十岁的样子，有男有女，分别是白人、印度人、拉美人、菲律宾人。白人员工中，来自加拿大的只有一个，是一个文静腼腆的年轻女子，家住离温哥华一小时车程的美加边境城市阿波茨福，名叫凯蒂。一个丰满圆实的年轻女子来自英国，名叫珍妮，嘴角永远挂着微笑。一个敦实稳重的女子来自南非，助理经理，紧跟乔安娜左右，名叫贝蒂。此外两个来自罗马尼亚，男的叫亚历山大，女的叫亚历山德拉，两人不是亲戚，名字相似，纯属巧合。还有一个装着一口牙箍的女人来自波兰，名叫希尔维亚，一张口有些狰狞。巴西女人名叫劳拉，个矮、脸瘦、腰粗、腚大，快人快语。墨西哥女孩儿瘦小婀娜，名叫玛拉，两眼滴溜溜转，似乎时刻在打探一切。印度人有俩，都默默不语、表情木讷，像木桩一样站立，矮小的叫桑杰，瘦高的戴着锡克教头巾的叫辛格。剩下五个全是菲律宾人，一男四女，除一姓林的女子明显东亚长相外，其他一看便知是东南亚人。男的大约 40 多岁，一副忠厚老实、任劳任怨相，名叫阿尔伯托。女的分别是玛丽亚、朱丽安娜、罗伯塔、卡特琳娜，看上去兢兢业业、规规矩矩。只要是部门集体出动的时候，他们五个永远挨在一起，活像大哥带着四个小妹；如果阿尔伯托不在场，那么也是这四个女的扎堆儿在一起。豪华邮轮根据员工来源地将入职月薪分为两档：凡是来自欧美国家的员工——即便是波兰、罗马尼亚这类欠发达的前社会主义国家，月薪都是 1,200 美元；而印度、巴西、墨西哥、菲律宾员工，都是 800 美元。

他们一个个看见我微笑致意，却没有一个主动伸手帮我拖一下行李箱的。我就这么拽着只有两个轮子的箱子，磕磕绊绊、跌跌撞撞跟着助理经理贝蒂乘坐电梯，又绕迷宫一般绕到了海平面以下的员工寝室。其他员工还要留在现场给刚登船的游客做安全演示。

想象中的寝室是一间能有看海的露台的房间，面积可能不大，但是至少像一套单身公寓。现实却是一个人都转不开身的铁皮牢笼，里面一张上下铺，一张小写字台，上面是一台大约 14 英寸的彩色电视机，信号不好，总有雪花。拐角有一个为了节省空间斜开门的卫生间，可以淋浴；抽水马桶颇像飞机上的厕所。果然是"底端人口"，因为我们住在整艘豪华邮轮的几乎最底层，这里别说没有海景，连窗户都没有，终年都无阳光。

贝蒂又带我楼上楼下参观了一大圈，主要是带我去看了工作舱的员工餐厅、主层的免税品商店——也就是我第二天就要工作的地方，等等。邮轮整个感觉是大一号的泰坦尼克号，只要是游客不能出入的地方到处都是铁板、铁架、铁柱，犹如到了潜水艇内部；而一到游客出入的地方，顿时到了五星级宾馆一般，各种餐厅、酒吧、影院、剧场、赌场、舞厅、健身房、泳池、SPA 会馆，应有尽有、目不暇接。

贝蒂带我这么匆匆一转，哪儿是哪儿我根本记不住，可是她即便蒙上双眼也能摸到任何一个地方。我还没站稳脚跟舒口气，第二天一大早就要开始工作了。我能抱怨谁？我来就是来干活儿的，他们让你多闲一个小时都会心疼给出的薪水。

我的寝室同屋便是印度小伙儿桑杰。估计我来之前，他在这件狭小的寝室过了一段单人的生活，所以我入住时，他明显不是很开心的样子。庆幸的是他可能偏爱上铺，下铺留给我了，所以正合我意。

这桑杰看上去也就是二十出头，对我不冷不热、爱搭不理，而且压根儿没有是否打扰别人的意识——他只要不睡觉的时候永远守着电视机，什么时候想看电视什么时候就打开，可以是半夜，也可以是凌晨，而且从来不知道调低音量。看烦了，他就不停地换频道。我醒着的时候就坐在总会碰头的床上写写日记或翻看以往的日记，从来不和他争执和理论，只能忍让。头几天晚上，他不在的时候，我就坐在床边几乎失声痛哭出来，好不后悔！

我不知道我为什么会来这儿。想埋怨被公司骗来，也无从埋怨，因为入职前公司发的文件中都一一描述了船上的条件，是我一一过目并打了对勾。我不知道接下来的六个月会怎么度过，基本上就和在监狱里一般了。

♣ 9 ♣

邮轮"宫斗"

第二天一早六点起床，匆匆上了厕所，冲了个澡，穿上发的全套制服，紧紧跟着桑杰去员工餐厅吃早饭，生怕被丢了，走迷了。我们的制服从里到外只有一套，如果要洗的话必须自己花钱，每次十美元，钱可以直接交给负责洗衣的员工，他们比我们更"低端"。

员工食堂是自助餐形式，虽没有游客餐厅豪华，但食物也很丰盛。我以为我已经够早起了，没想到我赶到时里面已经灯火通明、人声鼎沸。根据工种不同，每个人的着装也都不同，有些穿的像个厨师，有些穿着海员服，我们部门的人则都西装革履。

取餐的时候就跟桑杰走散了。他根本不考虑我是个新来的生手，是否需要关照一下，只管吃自己的去了。

我取了鲜榨的橙汁、咖啡、牛奶、甜品等等。只见每桌就餐的人都在谈笑风生，而略有些社恐的我，端着托盘，自己找个角落坐了下来。

远远地和一堆人坐在一起的助理经理贝蒂看见我，立刻端着她的托盘过来，坐在我对面，陪我一起吃。

"怎么样？昨晚睡得好吗？"这个南非女人虽然略有些口音，但是和其他那些非母语的人相比，口齿清楚多了。

"嗯，还好。"我答道。

"餐厅好找吗？"她问道。

"啊，这船真像迷宫，我必须紧紧跟着桑杰，否则我自己肯定找不到。"

"慢慢你就会适应的，我们都经历过的。"她笑道。

"今天都有什么安排呢？"初来乍到，我略有些紧张不安。

"饭后新员工要开会，然后部门开会，你只要跟着我就行，不用着急。我还要给你简单培训一下，商店的工作很简单，没什么难的，习惯了就好了。"她道。

她先吃完，端着托盘就撤了，说了声"待会儿店门口见！"

我有些后悔为什么自己吃那么慢，为何没跟她一起撤，为什么还守着自己那一堆没吃完的食物。因为他们一走，我就要自己在这硕大的迷宫中去找他们了。他们只给了我手写了一个开会地址，可是找到那里谈何容易？这太平洋翡翠号，造价四亿美金，2004 年服役的时候是世界上最大的豪华邮轮之一，上上下下 13 层，能容纳 2,700 个乘客和 1,100 名员工。我在这里打不了手机，上不了网，问个路也费劲，因为总会有人好心指错，还要耽误你半天功夫。

果然，我迟到十分钟赶到了会议室，人力资源经理老太太菲利斯在绘声绘色、手舞足蹈讲话。进门找座位时，看见坐在一边的经理乔安娜一直盯着我。她穿着一身紧身的黑西装，里面白色胸衣领口很低，专门露出日光暴晒过多后有些橘皮褶皱的乳沟；脚上一双油光锃亮的黑色高跟鞋，知性中又不乏性感。

我估计这加拿大女人应该都很通情达理的，迟到个十分钟也不算啥。不料，散会后部门再去店里开会，乔安娜当着众人面质问我迟到一事。我辩解说自己刚上船，走迷了路，她根本听都不要听。我颇感委屈，一方面，我才来的第二天，环境不熟，就因为迟到十分钟这么大动干戈，实在不顾情面；第二，我确实迟到了，不管什么原因，毕竟迟到了，有什么好再辩解的？既然不熟悉环境，下次就多做些准备工作，多提前出发，确保无误不就行了？所以，刚还想再吐出几句辩解的话又咽了回去，再说出来的就是简单一句"对不起，下不为例。"

贝蒂看在眼里，还安慰我几句："好了好了，没关系了，别太难过，我们刚来时候都会晕头转向的，我恐怕方向感还不如你呢。"

就这句话让我对贝蒂充满好感。而乔安娜对我来说，就好像倒霉学生遇上的厉害的班主任。

随后，贝蒂带我来到免税品商店。我被安排在日用品部门，那一男一女罗马尼亚人和墨西哥女人在更贵重的珠宝和手表分店，几个菲律宾人和印度人则在烟酒和食品部门。我们这个分店面积最大，卖的无非是夏天的衣物、廉价首饰、冰箱贴、钥匙链、明信片、防晒霜等等，还有施华洛世奇水晶专柜。据说每个月全部门销售总额超过 20 万美元才会有奖金，但是这 20 万美元门槛，部门从来没达标过，因此每个人每个月只会领取固定工资，那承诺的奖金从来没降临过。

我心想，卖这些东西不需要什么技能，我应该很快就能上手，但是此时的我，还从来没用过收款机，尤其是电脑售货软件。你即便再有名校学历，此时也得低下头拜师学艺、从零开始。收款机主要是从员工编号登录开始，再刷商品条形码。有的商品如果没有条形码或刷不进去，就要敲键盘输入商品代码，再输入数量，再刷乘客卡，系统就记账在该乘客名下，最后下船前统一结账。貌似简单，但是系统设计有瑕疵，因为一旦某一步出错，就很难回到上一步，此时就要呼叫部门经理或助理经理，他们过来给你解决。

初次上手，难免会出差错，因此少不了厚着脸皮去呼叫贝蒂。好在她很友善和气、不厌其烦，要是换了那个凶巴巴的乔安娜，你可能会恨不得赶紧辞职算了。

第一天上班，我和波兰女人希尔维亚一班，共用一台收款机，谁用的时候就用谁的员工号登录，每周和每个月部门会评比每个人的销售业绩。

这希尔维亚大约三十岁，瘦削惨白的脸庞点缀着几颗雀斑，剪着与颈部平齐的短短的亚麻色头发，一副近视眼镜加上满口的牙箍，张口看人时颇有吸血鬼狰狞之感。除了英美等五眼联盟国家的人见了生人永远都挂着友好的微笑，这些东欧人清一色的扑克脸，长得齐整的人尚给人有高冷孤傲之感，而其貌不扬的总让人联想起希区柯克的电影《蝴蝶梦》中的女管家。她已经干了四、五个月了，已经轻车熟路，还有一个多月就要下船回家了。

第一天上岗，我心想，虽然部门提成门槛高，卖多卖少都一样，但是咱还是要给人尽心尽力、以店为家。船上乘客绝大部分都是美国客人，其中绝大部分又是中老年白人居多。奇怪了，也可能因为我总是面带微笑，也可能因为异性相吸，也可能因为我习惯于只要和陌生人对视马上就会下意识地点头致意或道声"早"，而闲逛的客人以美国白人女士居多，从当日开店门起第一个进店的客人挑了商品就径直朝我走来，随后好几个客人无论只是打招呼的、咨询的，还是看好东西来交钱结账的，全部都来找我。

波兰女人希尔维亚站在我两米开外，在客人眼中成了透明人，无人问津、尴尬不已。

我注意到了她的不安，但是我转念一想，反正谁卖都一样，不影响个人收入，所以客人都来找我，让我这个新手更忙一些，让她这个老员工更清闲一些，不是成人之美吗？

谁知，人无伤虎意，虎有害人心。

午间时分，估计乘客们都去吃饭了，所以商店消停了好一会儿。到了下午，很快又来了一位客人，这是一位将近 60 岁的美国白人女士。她进门那一刻我就赶紧以微笑与她双目对视，并走到她跟前，问她是否需要帮助。那希尔维亚可是如僵尸一般挂着那张扑克脸站在收款台前。女顾客浑身洋溢着美国式的开朗与健谈，跟我聊了起来：

"我就是随便看看。家里的储藏室里现在几乎全是我的衣物，我丈夫都说我永远买不完衣服，该收敛收敛了，可是我还是停不住。"

"啊，那说明您眼光很好啊，很有鉴赏力啊。"我回道。

"呵呵，谢谢，你可真会夸人，不过我爱听。"女士伸手给我，道，"我叫雪罗尔，很高兴认识你。"

我赶紧伸出手接过她的手轻轻一握，回复道："达哇，我也很高兴认识你。需要帮助的话，随时找我。"

我很自觉地走开，给予客人自由的空间。雪罗尔一人在女士夏装部徜徉了起来，几乎每件裙子和短袖衫都要捏捏、看看，甚至照着镜子在身上比划比划。最后她停在了一件紫罗兰色全棉圆领套头短袖衫跟前，那短袖衫最吸引人眼球的是宽大的领口前镶着一圈装饰用的廉价珠宝、亮片。这种宽大开口的短袖衫中国人很少有敢穿的，因为几乎是坦胸露乳，而欧美女士非常偏爱。她至少比划了有十分钟，放回原处，又拾起来，来回至少有三次。

于是我走了过来，道："你眼光真好，我也觉得这件很漂亮，而且很适合你。"

"是吗？我也觉得漂亮，虽然说才 19 美元，但是我家里已经太多了。"

我拿起这件短袖衫，放在她胸口，让她照镜子看看，道："你看，这领口一圈装饰品多么有异国情调，我敢说你家里类似衣服再多，像这件一样的肯定不多，穿在你身上会多么像埃及艳后克娄佩特拉！"

"哈，你太会说话了！还真有人说我像伊丽莎白·泰勒，《埃及艳后》的主演！"

"是啊，我觉得喜欢就买，不买下船后就买不到了，后悔药是不好吃的。你知道每个店进货渠道都不一样，进货人的眼光和品味也不一样，反正才 19 美元，没必要和自己过不去。"

"我的上帝，你说的何尝不是！"

"要是喜欢，穿穿试试！"

"不用试了，我买了，你把我搞定了！"她终于决定买了。

　　我心想，虽然衣服价钱很少，虽然多卖少卖跟我收无关，但是每搞定一个客人就是一次征服，而我特有征服欲。我们二人于是喜气洋洋地走到收银台前。希尔维亚正站在一边。我看她没在使用收款机，于是敲响键盘，准备输入员工号。

　　就在这时，希尔维亚一个箭步走向前，饿狼般地扑向键盘，竟然用她的手把我已经放在键盘上的手一把挡开了！原来她要抢着为雪罗尔收款。

　　我活这么大，从中到外，一生中第一次遇到这样的同事！而且还是波兰的！一时间还没反应过来，所以一上来谈不上生气，而更多是惊诧。

　　沉浸在美好感觉中的雪罗尔应该没有注意到这一细节，我也没有和波兰女人再多争执。我脑海里在思虑：第一，在顾客面前和同事发生争执肯定不合适；第二，我才来第一天，即便不是我的错，我跟同事发生口角，肯定对我不利。所以说，我还是能忍则忍。

　　不过，事后想想还是让人气不过，本来不想跟任何人提起，打算咽到肚子里烂掉，但是偶尔私下里跟巴西女同事劳拉聊天，忍不住还是说起了此事。

　　这劳拉一听几乎暴跳如雷，瞳孔放大跟我对视道："什么？这母狗已经不是第一次干这种事了！她对我就这么干过！你一定要反映给经理！记住，一定要反映！"

　　"可是，我如果去投诉，人家会不会反而嫌我这个初来乍到的新手多事？"我问道。

　　"呵，人家都欺负到你脖子上了，你还那么多虑？你如果不反映，她还会第二次、第三次这样！而且这母狗还会倒打一耙，你不说，她会去跟经理罗织个罪名告你一状！"

　　"有道理，那我应该去跟谁投诉呢？"

　　"我建议你先找助理经理贝蒂，别直接找乔安娜，一级一级地来，千万别先越级。"

看着这貌似莽撞直率的巴西女人，竟然心思不亚于中国人。谁说外国人都单纯、幼稚来着？我看人家的处世经验比我还丰富呢。

听她这么一说，我随后便去找了贝蒂。在电动扶梯上，她在前我在后，我说了昨天发生的情况。她一听，本来后脑勺对着我，突然拨浪鼓一般把脸转了过来道："这个希尔维亚，已经不是一次两次了，以前就有好几次员工反映类似的情况。你别担心，我们会处理的！"

当天晚上，经理乔安娜便把我、希尔维亚、贝蒂都约到了人力资源经理菲利斯老太太的办公室。一进去就感觉气氛不对，三个女人都怒气冲冲地瞪着希尔维亚。

菲利斯先没好气地对希尔维亚道："怎么回事？你先说。"

希尔维亚一张口，露出了一口牙箍，像是要吃人的大白鲨，道："啊，因为有客人来，达哇不会用收款机，我就主动去帮他，我也是为客人好。"

"胡说！人家都跟我说了，你还狡辩！"老太太道，接着又转过头问乔安娜："保安科怎么说？"

原来，在约谈之前，乔安娜去保安科调看了店里的监控录像，他们看到的和我反映的一模一样，证据确凿，难怪她们一个个都那么义愤填膺、不给情面。

乔安娜道："我们都看了录像，达哇正要带客人去收款机，刚要敲键盘，她一手就把达哇的手给甩开了。"

菲利斯听了，大发雷霆道："有这么胡闹的吗？你也不是小孩子了，人家要用收款机，就把人家推开？你还有没有道德良知？你图个什么？这店又不是你家开的，你着什么急？达哇才来第一天，你就这么对待新同事？你不知害臊吗？"

菲利斯还没说完，乔安娜又接着道："我可以告诉你，这种事在加拿大闻所未闻，我工作这么多年从来没听说过，你真够奇葩的。"

菲利斯接着道："没错，你可以在加拿大试试，看你敢不敢？"

贝蒂一直没有插嘴，但可以看出她跟她们一样气愤和惊诧。

我着实吓了一跳，因为我没想到两个加拿大白女人凶起来比王熙凤还辣、比夏金桂还泼！我印象中受过良好教育的加拿大人一向是温和有礼的，何曾想到凶起来竟然会像是母夜叉？

而这希尔维亚，面对咄咄逼人的乔安娜和菲利斯，百口莫辩、低头不语，恨不得有个地洞钻进去。三个女人联合起来让她给我道歉。我可以看出她道歉的时候十分不情愿，口气和眼神中让人感觉深深埋下了仇恨的种子。

我在船上的第一个星期过去了——一如既往地热情待客。很多客人说，本来什么都不缺，就是来看看，结果叫我三寸不烂之舌撺掇她们开开心心买了一大堆东西。

周末晚上，乔安娜通知贝蒂把我叫到她的办公室。我如履薄冰，生怕自己犯了什么错叫人抓住了把柄。

乔安娜道："这一星期我一直在观察你……"

我一愣，稍微有些不快，因为我感觉好像在被人偷窥。

她接着道："我喜欢你对客人的态度。我在店外观察，发现你每次都是主动出击，客人一进门，你就先过去致意。我喜欢你不着急销售，而是先微笑面对客人。客人在东看西看的时候，你又主动闪开，给客人以空间，而不是尾随左右，让客人感到压力。而客人一回头想询问什么的时候，你又很有眼色，赶紧过去帮助客人。"

没有什么比被认可和赏识更让人知足。我是挺尽心，不为钱不为利，而且也没想到会被老板偷窥并夸赞，顿时心里一股暖流涌起，差点儿激动地流出泪来。

贝蒂接着道："还有一个好消息，这一周整个免税品店的销售冠军是你。祝贺你！"

我又是一惊，但是我也不奇怪，因为我相信吸引力法则。我把接待客人当成乐趣，而别的员工则把这份工作当成谋生手段，效果能一样吗？

乔安娜又道："让你来有件事告诉你。贝蒂两个月后就要下船了，回南非家里休息两个月再上船，下一个航线还不知去哪儿。我们准备到时候提拔你为助理经理！而且薪水也会上调一等级。"

我吓了一跳，这么快就让我当助理经理？我能行吗？

乔安娜道："你知道吗？很多人都想得到这个职位，有的人都干了好几年了，我们都没有考虑。"

我犹豫道："可是我什么都还不熟悉。"

"没关系，我们看中的是一个人的潜力和品格。"

贝蒂送我离开办公室的路上，语重心长地说："实话跟你说，亚历山大和劳拉都一直在觊觎这个职位，我从来没推荐他们，我竭力推荐的是你，乔安娜正好和我一拍即合。亚历山德拉年纪还小，没有什么野心，但是毕竟和亚历山大都是罗马尼亚的，他们俩走得更近一些。辛格和桑杰平时话语不多，能有这份工作就很知足了，所以也不会怎么样的。那群菲律宾人都很谦卑和善，从来不会找茬儿，你尽管可以放心。凯蒂和珍妮都是与世无争型的，家境都不错，在这儿干也就是增添一些人生经验，所以你也尽管可以放心。最要提防的那几人，我想你现在心里应该有了个数。"

听了她一席话我心里倒抽一口冷气，原来以为宫廷斗争只是中国人的擅长，没想到有人的地方便有"宫斗"，而且从我上船到下船的那一天，总体感觉就是前社会主义国家的人尤其擅长。

我可不想当什么助理经理，不过，要是薪水能涨一级上到两千多美元，可能会留我在邮轮上更长一段时间，因为每个月这点儿钱基本都可以攒下来。

接下来的一个月，每天、每周的销售冠军无一例外全都是我。这艘邮轮因为来往于洛杉矶和墨西哥之间，属于廉价航线，对游客收费一周包吃包住才 600 多美元，打折的时候甚至 300 多美元就收客了，故而乘客消费能力都不是最高的，所以珠宝店那些贵重商品销量很低，劳力士、欧米伽、卡蒂埃等贵重手表无人问津，偶尔会有客人买卡西欧、西铁城、化石等大众品牌手表，可是会有多少客人缺表呢？这都是可有可无的东西。但是他们卖一块手表，就顶上我卖七、八件短袖衫的钱。尽管如此，我依旧稳坐全部门的销售冠军。

乔安娜跟我说了，我先在这艘邮轮上体验着、锻炼着，干好了将来派我去地中海邮轮，甚至是更高端的环球邮轮，那些客人可都是全球非富即贵人士。

波兰女人挨训后消停了许久，我第一个月干得还算安然无恙，只不过确实有度日如年之感。用老太太菲利斯充满哲理的话来说，在陆地上我们有两个生活，如果外面不顺心了，回到家还有你自己的平静港湾；而在船上，你只有一个生活，你与人共享的狭小船舱只能睡个觉、冲个澡，电视被人占着，你也不能上网，你没有独处的机会，没有私密的空间，没有能让你吐露衷肠的朋友。菲利斯还亲切地说道："你就把我当成你妈妈吧，我正好也希望有人能找我聊天，一有时间你随时来我办公室，我们聊聊，说什么都成。"

风平浪静一阵子，又出事了。谁说外国人不记仇？一个多月后，波兰女人希尔维亚终于找到第一个报仇机会了。

那天又是我们俩当班。不知是谁把一个"本货架商品全部八折"的牌子放错了货架。一个七老八十、盘着一头红发的美国老太太正好看中了一件裙子，拎着要来埋单。老太太有两幅脸，看我的时候像个慈母；一转向希尔维亚便成了老巫婆。我看见希尔维亚紧贴着收款机，就退避三舍，以免再跟她发生冲突。

希尔维亚拿起裙子刷了条形码，告诉老太太价钱。

谁知老太太双眼一瞪，道："你们那上边说打八折！为什么收我全款？"

希尔维亚去货架查看一番，发现"八折"的牌子放错了位置，赶紧跟老太太解释。这要是在加拿大，服务员早就说八个"对不起"了，敢情这东欧人嘴里就有没有"抱歉"这个词汇。她想啊，店不是我的，八折牌子不是我放的，凭什么我给你对不起啊？

老太太马上义正辞严起来，道："你们不能这样！这叫做欺诈！你们经理是谁？把你们经理叫来，我要反映，我要投诉！"

希尔维亚没好气道："经理不在店里。"

老太太继续道："你等着，我要投诉！你们不能这样！我要捍卫我的消费者权益！"说完就气势汹汹走了。

随后，老太太果然去找了整艘邮轮的客服中心投诉。当然，他们都知道这不是什么严重问题，只是打电话给乔安娜通告一番，没有指责之意。

乔安娜随后又找我，也不先和我确认，直接跟我说："以后放打折标识时候一定要小心，再三确认。大部分客人还都是通情达理的，但是时不时会有这种较真儿的老女人，遇到了真是很麻烦，太美国了。"乔安娜对美国顾客颇有微词，其实加拿大也有这样的人。

虽然她语气很缓和，丝毫没有责骂我的意思，但是我一听就气不打一出来，道："乔安娜，我做事不是那样不小心的人，你观察我许久，应该了解我的工作能力，我特别注重细节，并为我这一性格特征自豪。"我心想，你怎么就知道那打折标识就是我放的？

虽然她没直说，但是明白人一听就知道了，肯定是希尔维亚在她跟前嚼舌头了。我要是不依不饶，再去对质，倒显得我毫无度量，所以只能忍气吞声、到此为止。

谁知这波兰女人还没完没了了。

又过了一周，希尔维亚找到了第二个报仇机会，事出一块劳力士手表——

有一天，珠宝分店的罗马尼亚人亚历山大带着一位衣着华贵的亚洲女士来到我们分店找我，说是这位女士不会说英文，需要找一位懂中文的人跟她交流，所以正好找到了我。这位女士大约 55 岁，乍一看我以为是李谷一，因为长得实在太像了，只不过她一口四川口音。我们虽然素昧平生，但是她好不容易见到一个中国人，竟然激动得像遇到了失散多年的老友，差点儿跳了起来。她自称她姓许，以投资移民身份移居温哥华四年有余，和她从国内探亲来的老公从温哥华先飞到洛杉矶，再从洛杉矶上了我们的邮轮。她有一个 15 岁儿子，是她和前夫所生，因为要上课，没有与他们随行，她深感愧疚，想给儿子从船上带个礼物，以弥补缺憾。她先走进了珠宝手表分店，正在看手表时，亚历山大去跟她攀谈，遇到了交流困难。

"李谷一"主要是想问问给 15 岁的儿子买个什么好。她先想到的是劳力士手表，说儿子在温哥华上的是贵族学校，平日吃穿用度决不能输在起跑线上。他同学都有开法拉利的了，一块手表只是小菜一碟而已。我对奢侈品不甚了解，因为它们从来都与我无缘，但是跟她聊天时候见到一位美国女人过来跟她搭讪，说一眼认出她的手提包是博柏利今年的新款，赞美了半天，"李谷一"也得意了半天。我看在眼里，心想，这一切说明这是一个不甚低调的暴发户。

她既然向我咨询意见，我想说的是，15 岁孩子戴什么劳力士？岂不是太过张扬，甚至会引来绑匪的注意？

但是，我脑海里很快一转念又想到，我一个销售，凭什么站在道德制高点来给一个陌生的顾客说教？客人要买劳力士，哪个商家不高兴？管她什么理由？

我带她回到珠宝分店的手表柜台。我问道："孩子还小，要不要先看看卡西欧、西铁城？"

美国客人大多买化石而已，这个牌子也不错的，中国人可能多半儿认日本品牌。

"哎哟，那些牌子我家孩子可看不上的哟！""李谷一"道，"就因为我们刚来时候临时租住公寓，而他同学家都住大别墅，他有好一阵不愿回家。这孩子也是，我们也不是买不起，只不过移民刚落地，总要有个过渡期。"

好吧，咱还是顺着她说。这种暴发户多半喜欢黄金色，于是我帮她挑了 2008 年蚝式钢黄金色 44 毫米的，价格 15,550 美元。我道："你看，既然买了，就要一步到位来个黄金色的，至尊至贵，一步到位、尽显奢华。"

"对对对，否则买那些银色的，人家都以为是廉价不锈钢呢！""李谷一"非常赞同。她几乎没有考虑，便回道："这样，我稍晚些回客舱见我老公跟他说一下，否则不打招呼我就先买了，不合适。但是他多半都听我的，买也是他的主意。"

说着，她匆匆忙忙就走了，走时还说要请我吃饭。我说我们在船上可以免费吃饭，她说那就请那些对于员工不免费的高级法式餐厅。

她这一离开的后续，对于我可是祸事一桩——

第二天下午，正好轮到我可以下船三个小时，店里轮流别的员工盯守。"李谷一"经和老公商议，决定来店里买下看好的劳力士手表。她先来我们店找我，只有希尔维亚和凯蒂在；又去了珠宝店，只有亚历山大和墨西哥女人玛拉在。她以为顾客买表，销售代表会有业绩和提成，所以我不在她就坚持不下单，任凭亚历山大怎么跟她好说歹说。

当晚，乔安娜就把我叫到办公室，身边还站着希尔维亚。我很不解，又有什么幺蛾子了？

乔安娜问我道："是你跟客人说的，要购物只能找你一人？你要知道我们是一个团队，不是你一个人在孤军作战！"

希尔维亚面露一丝诡异的微笑。

"什么？我什么时候说过这话？"我明白了一些端倪，有些义愤填膺，瞪了希尔维亚一眼。

"不是我说的，是亚历山大说的，他说你为跟他争助理经理这个职位不择手段。"希尔维亚道。

"亚历山大说的？那你在这儿干吗？"我问希尔维亚。

"够了！你们都多大了？"貌似乔安娜在对我们俩训话，可是她眼睛在盯着希尔维亚一人，"以后不要再有这种事情了！太不成熟了！"

说着，乔安娜便把我们俩都打发走了。

当天晚上，我萌生了辞职下船之意。够了，实在受够了。可是下船后我去哪里呢？温哥华我租的房子退了，我连个家都没有了。

第二天跟乔安娜问起能否提前解约回家。她不屑道："就为了一个希尔维亚？你就不能再忍忍，她再过一个月就下船回家了，以后再来不来还未必呢！就这一个月你都受不了了？"

又到了一个周末，邮轮再度停靠墨西哥的港湾，这一次轮到我和希尔维亚等人有机会下船溜达。远远看见希尔维亚和一矮实黝黑的墨西哥男子依偎在一起。菲律宾同事玛丽亚告诉我说那是希尔维亚在船上员工中临时交的男朋友。看来这希尔维亚也是个耐不住寂寞的女人，即便在船上干六个月也闲不住要找个伴儿做个露水夫妻。菲律宾这批人倒都是老老实实的：阿尔伯托在老家有妻室子女，还要靠他寄钱回家养活一大家子；玛丽亚、朱丽安娜、罗伯塔、卡特琳娜从来都一起出入，也没传出过什么绯闻。印度同事辛格貌似对英国女同事珍妮有好感，但是珍妮好像对他不来电。听玛丽亚说，经常看到珍妮出入邮轮的意大利船长里卡多的船舱。我还真孤陋寡闻，原来这上千船员中每天都在演绎着风流佳话，有那么多男男女女裤腰带系得都够松的。

又到了返回洛杉矶、新员工和新乘客登船的日子。玛丽亚跟我说又新来了一个波兰女同事。我一听浑身哆嗦一下，"又是波兰的？"

她笑道："怎么？你怕波兰人啦？"

我也笑道："感觉好像是条件反射了。因为希尔维亚是我共事过的第一个波兰人，当然也就难免以偏概全了。"

好在这个新的波兰同事还算和善。

我以为我人生职场发展之路就这样和邮轮结下长久缘分，没想到一突然变故彻底让我决定告别这里。欲知后事，请看下回。

一波三折

按说我应该庆幸遇到一个上司是个明白人，正直、务实，而且赏识和认可我的努力。这样的上司在职场生涯中实在不多见。乔安娜是法裔加拿大人，生长于蒙特利尔，自幼便是法英双语，可以在两个语言中自由切换。不过听她说英语听多了，还是能稍微听出英语不是母语。工作中我时不时跟她冒几句法语来，她尤其高兴。

其实她来邮轮工作也就一两年而已。我逐渐对她的背景产生了好奇——她为什么会选择来邮轮工作？以她这年纪，应该早有老公和子女，难道她愿意舍弃他们自己一人漂泊海上？以她的外形、谈吐、举止，在陆地上应该事业早有建树，为何会抛弃一切，在这不靠谱的邮轮上从零开始？即便她没有别的一技之长，单凭英法双语，至少在加航找个空乘工作不在话下，在渥太华政府部门和驻外使领馆求得一官半职也稳操胜券，但是她为什么会选择邮轮？

她告诉我：有的人适合空中，有的人适合陆地，但是她适合大海。

我问她："那我呢？你看我适合大海吗？"

她笑道："我觉得你不适合。你还是适合陆地。"

我辩解道："呵，反正有你在，能聊个天，大海还不算太糟糕。"

不过，很快唯一的一个能聊天的人也要走了——有一天在员工餐厅，乔安娜说公司要马上把她调到另一搜邮轮上去，因为那里的一个经理突然在船上刚去世，而我们这艘邮轮马上要回来一个刚休假两个月的经理，来自斯洛伐克。在斯洛伐克人正式上岗之前，店里业务一切由助理经理贝蒂代理。

我心想，她一走，贝蒂再走，那我就重新回到一个深不可测的人际环境中。好人走了，未必会再来一个好人；而坏人走了，可能会来一个比他更坏的人。

果不其然，乔安娜一走，我的升职一说就搁浅，而来的这个斯洛伐克女人竟然比希尔维亚还恶心。我很少把人简单地以"好人"和"坏人"区分，但是我可以说这个斯洛伐克女人如果不能冠以"坏人"标签，那一定是心理变态之人。不知是巧合还是其他原因，跟我过不去的全是东欧前社会主义国家的。英国、加拿大等西方国家员工基本上内心还是比较阳光的。看来，环境和制度诱发不同的人性。

这斯洛伐克女人名叫伊凡娜，身高大约 1.75 米，骨瘦如柴、脸型瘦削、鹰鼻鸟嘴、门牙外凸，估计扮演《画皮》中青面獠牙的厉鬼都不怎么需要特效化妆。第一天刚到部门，还算客气，不出三天就开始找茬儿了。

第一次是我用收款机有一个输入错误，这个系统不能由收银员返回上级目录操作，只能呼叫经理来修正。而伊凡娜就在附近，所以只好麻烦她。谁知她踩着噔噔作响的高跟鞋一脸怒气走来，道："你在这里干不是一天两天了，我警告你，不得再犯错误！"她一边骂骂咧咧，一边帮我处理。我只能强忍怨气，还要低声下气给她道谢。在人屋檐下，哪能不低头？

第二次，则是她一天晚上跑到我们店里来要找我谈谈。

"你知道吗？每周销售额评比，都是你最高。"伊凡娜道。

我暗以为她会表扬、赞许，但是心里还在打鼓，不知道她葫芦里卖的什么药。

"其实你没必要那么做。因为有很多人抱怨你，你抢了他们的生意。"

"我抢了谁的生意？"我又惊又气。

　　"对，好几个同事都反映了，我觉得你不适合团队合作。我们不是只有你一个销售。"

　　我又一次选择了沉默。

　　中国式的沉默。

　　我知道面对这样成心来找茬儿的人，任何辩解都是多余的。辩解，只能火上浇油。

　　"谢谢你提醒我，你真是一个好经理。"我回敬给她。

　　可能她感到了绵里藏针的厉害，一句反讽的感谢登时触动了她的痛处，她发疯般地跳起来，指着我鼻子说："你说什么？你敢再说一遍！"

　　"不用了，祝你晚安。"我说完就赶紧走开，去招呼客人了。她碰了一鼻子灰，匆匆走开了。

　　第三次，伊凡娜又来找我谈谈，这次说的是我的"致命缺点"——又有人跟她投诉我了。

　　"你有一个很大的毛病，你只喜欢在店里做销售，却很少去库房里整理货物。你要知道，我们的工作不仅仅是店里的销售，还有库房工作。"

　　我一听，心里"咯噔"一下，这次倒没怎么气恼，因为我意识到我确实更喜欢"前线"的工作，对于顾客有一种征服欲，而"后台"工作我确实不是很喜欢，去得相对较少。那是邮轮下面几层的一个仓库，犹如到了潜水艇内部。新来的商品都送到那里，由我们员工拆装、叠好，按类别堆放到货架的特定位置。

　　但是话也说回来了，去仓库整理货物的工作比较清闲。去多了，她则会说你轻视销售，而销售是部门工作的重心所在。总之，欲加之罪，何患无辞？她就是要给你找茬儿。

　　"去，劳拉现在库房里，正缺帮手。她要你去帮她，她说你从来不去库房。"伊凡娜命令道。

　　我真想一拳打断她的那个鹰钩鼻子，但是我忍住了。我又一次谢谢她的"指教"，赶紧下楼前往库房。我好想我北京的家，那是我自己的房子，我布置得像凡尔赛宫一般——

这不是我说的，而是所有朋友说的，包括两个来自巴黎的法国人，一个是摄影师，一个是外交官。

巴西女人劳拉在库房，哼着小曲儿、叠着衣服。看见我就给我派活儿，不知道她到底唱红脸还是唱白脸。

伊凡娜隔三差五就要找茬儿。不过，别的员工悄悄说她这个人对谁都那个德行，并非只针对我。可能在家受老公虐待了，来船上就来虐待我们？

我感觉她的目的就是要逼我下船。

我心想，没问题，我也正有此意。我离开了，你们都舒坦了，好吧？

每天夜里都是在煎熬、焦虑中入睡。我如果再这么忍让，迟早会憋出癌细胞来的。

一天下午休息时间我去上那昂贵的员工网吧。我心想，哪怕花出去半个月的薪水，也要发发邮件，给所有亲友倾诉一番。

正好收到远在多伦多的朋友爱德华发来的邮件。他以前的一个学生在温哥华正要筹拍独立影片，由于片中有中英文对话，所以想找一个中英文皆通的人帮忙。爱德华记得我对电影的喜爱，竭力推荐我给他当副导演。这个独立影人叫迈克尔，犹太后裔，28 岁，毕业于温哥华电影学校，父亲是一家 IT 公司的 CEO，家里不差钱儿。这哥们热衷编剧，最近自己揽来一笔不多不少的基金，可能老爹也有投资，因此打算将自己写的剧本《温哥华不相信眼泪》拍成电影，并参加温哥华国际电影节。

跟迈克尔通了邮件，他倒是快人快语，我们一拍即合。

我心想，前苏联有部电影叫《莫斯科不相信眼泪》，他来了个《温哥华不相信眼泪》，岂不是有抄袭之嫌？为何不再想个好题目？

随他去，我先进他这剧组再说。迈克尔承诺给我酬金为三万加元，分两次付款，并催我尽快见面。

那一天我终于听起了胸膛，去找人力资源经理菲利斯老太太签字下船。菲利斯十分不舍得，还问道："你看看你能否再好好考虑一下？你看看为了能把你留下来我们可以做些什么？"

如果没这个电影项目，也许我会拿出筹码——让我一人住一间，提升我为经理，和伊凡娜平起平坐，等等。但是我现在急于要去拍电影了，因此快刀斩乱麻在辞职书上签了字。那一霎那，老太太犹如遭到当头一棒。我看出那不是装的，她还是很想留我的。

我说，既然下船那天，船到了洛杉矶，我何不在洛杉矶多逗留几天玩玩？

菲利斯说："绝对不行！你持的是中国护照，会很麻烦！本身中国护照持有者来美国就不免签，而且你又是工作签证，因此一离职就得离境，不能逗留。"

我说："好吧。我也正想赶紧回到温哥华，回到斯坦利公园，回到英吉利海湾，回到日落海滩……"

菲利斯是土生土长的温哥华人，听了脸笑成一朵菊花，道："是啊，多美啊！离开了，才会觉得多么值得珍惜。"

就在那天晚上，伊凡娜竟然跟变了一个人似的，又向我祝贺，又跟我道别，又向我打听我们的电影名字、主题和内容。

"太棒了！我就喜欢看电影！你知道，《泰坦尼克号》我看了好多遍。第一遍刚看完，赶紧又买了两张电影票，和我妹妹又进去看了一遍，所以我就爱上了邮轮的工作。"伊凡娜眉飞色舞道，从来没见识过她的这另一面，突然间觉得她不再那么狰狞可怕了。

"你们的电影叫什么名字？"她问道。

"《邮轮不相信眼泪》。"我面无表情地回道。我心比较软，别人给个好脸，我就把他当菩萨。那一霎那，伊凡娜简直成了圣母，我甚至有些依依不舍起来。估计我得了斯德哥尔摩综合症，虐待你一个月，突然给个好脸，你就感恩戴德。

邮轮对下船离职的员工有个购物优惠，凡是在邮轮上免费品店购买的物品都享受七折优惠。既然我们卖香水，我就买了好几瓶准备带走。我还在墨西哥和洛杉矶两头下船的期间买过一些小工艺品。

因为我是中途离职，又多次随邮轮入境墨西哥，因此成了安检部门重点盘查对象。下船时先接受邮轮安检的开箱细查。洛杉矶登飞机又接受机场安检。以为到了温哥华机场终于可以消停了，提前约了朋友开车接我，谁知海关把我请进查行李的房间，慢条斯理地开始开箱一一检查，同时翻来覆去盘问无数问题：

你为什么中途离开邮轮？

你回温哥华会做什么？

你在墨西哥都做了什么？

你都买了什么东西？在哪里买的？

这一查就是两个小时，我实在是饥肠辘辘、口干舌燥。后来问了一个从美国国土安全部退休的老外朋友，他说这毫不奇怪，不要放在心上，他作为安全高级官员，从泰国度假回美国时候也被这样盘查。主要原因是，第一，但凡男性单独旅行，都很容易亮起红灯；第二，从毒品高风险地区返回，又亮起一盏红灯，而墨西哥和泰国都属于高风险地区；第三，我是中途离开邮轮工作回来，人家自然更有理由好好问问。

我买的很多工艺品，他们都拿到办公室里检验。连好莱坞买的奥斯卡金像纪念品，也打开了底座看看里面有无藏匿毒品。估计他们是按小时付薪水，一个个不慌不慢、悠哉悠哉。我告诉他们我有朋友在外面等着接我，是否可以打个电话。他们蛮横地说不可以，就让她等着吧。

最后什么也没查出来，立马放我走了。把我两个箱子翻了个乱七八糟，一句道歉都没有，就扬长而去，留下我含着冤屈的眼泪整理我的箱子。

到了温哥华，暂时住在王闹的老外"干爹"家，再寻找出租房。俗话说，在家靠父母，出门靠朋友——都说海外还是中国人更有人情味儿，中国同胞关键时候更靠谱，但是在国外很多类似的关键时刻，最后还是老外诚恳帮忙，我也欣然接受，其中一个主要原因是对于人情世故，老外比中国人更直接、更坦率。他如果答应能帮你而且分文不要，一般都是发自内心的，较少有拐弯抹角、口是心非者，少有面有为难之色，顾左右而言他的情形。

到了温哥华樱花烂漫之时，《温哥华不相信眼泪》也开机了。迈克尔请我做执行导演，他是编剧加制片人，导演也挂上他的名字，给我挂了一些助理的头衔。我们主要拍摄场地在耶鲁镇、盖斯镇、中国城、列治文、本拿比、UBC（BC大学）校园等处，其中盖斯镇的戏份最多。这盖斯镇，华人以讹传讹译为"煤气镇"，其实是大错特错，因为这个"Gas"和煤气风马牛不相及，而是源于当初 1867 年在这里开沙龙的一个老板的绰号。

温哥华不相信眼泪，但是温哥华相信钱。

对于多数老居民和新移民来说，这里没什么眼泪：老温哥华人享受着房价低廉时候带来的家底儿，一家一户美轮美奂的花园洋房，终日遛狗、散步、喝咖啡、晒太阳，看不出谁在为生计打拼；新移民则都掂量着钱包选择定居点，凡是有些家底儿的都愿意扎根在温哥华，什么多伦多、蒙特利尔、卡尔加里，根本不放在眼里。

迈克尔家在豪宅云集的西温哥华。去了他家，感慨万千。那是一座海景独立屋，外观不奢华张扬，但犹如格林童话城堡，据说买的时候才 30 万加元。宽大明亮的厨房，几乎占满一面墙的窗户外便是一望无际的大海，远处依稀可见星星点点的船只，恐怕还有离我而去的太平洋翡翠号邮轮。再见了，波兰人、斯洛伐克人、罗马尼亚人！我心想，这要是一边看着海和远去的船只，一边一家人包着饺子，该是何等的享受！

去他家的时候，他妈妈给开的门，那是一个经过精心化妆的中年金发女士，一身运动装束，额头渗出斑斑汗水，像是刚练完有氧运动。她经营着一家康复理疗会馆，收入也不低，和老公两人加起来，绝对是高收入家庭。年轻苗条的迈克尔正在优雅温馨的客厅的沙发上午睡，穿着再简朴不过的套头衫和牛仔裤，脚还搭在沙发的扶手上。我暗想，人家真是含着金汤匙出生，哪知人间疾苦？

迈克尔家里不缺钱，所以不用心疼钱，拍戏时候可以精益求精。拍完了做后期也找了家报价不低的公司。半年多后我们送去参加温哥华多元文化国际电影节，获得公映的资格。又去欧洲、美国参加了一大堆电影节，大大小小得了一堆奖项。

不过，参加国际电影节，又一次改写了我的人生走向。

那一晚，迈克尔说，电影节有一个讲座让我一定去参加。这个讲座的主讲人是本拿比大学的女教授海伦娜·罗斯，题目是《中国电影中的性》，所讲的内容覆盖自中国电影诞生以来两岸三地银幕上展现的中国女性、家庭、婚恋、两性关系等诸多问题。

那是个周五的晚上，我带着相机去参加她的讲座，现场座无虚席，基本上都是高鼻深目的白人。这么多外族人热爱中国文化，着实令我惊讶。

我还纳闷，都说温哥华华人众多，可是现场却几乎不见几个亚洲面孔，这是为何？有朋友开玩笑说，一半忙着在大统华等超市打工呢，另一半在饭馆里觥筹交错、大快朵颐，谁有那闲情逸致去听什么中国电影讲座呢？

罗斯教授从默片讲到有声片，从黑白片讲到彩色片，从民国讲到文革后期，从大陆讲到港台，滔滔不绝、神采飞扬。我在第一排，为她拍了几张照片。讲座完毕，已经有一群人围着她问这问那，我连见缝插针的机会都没有，因此没能跟她打个招呼就先离开了。回家后在本拿比大学网站上搜到了她的电子邮箱，把她的照片给她发了过去。

　　第二天她便回复了邮件，道："太谢谢你了。我光忙着讲座了，还真没有安排谁给我照张相，你照的照片正好填补了这一空白。很遗憾，没有能跟你交谈。"

　　这一回复就是一个很好的迹象。我想起了爱德华的鼓励，让我申请攻读博士学位。我从参加一些电影电视剧组做了实际的工作开始，逐渐意识到自己更适合研究和教学，我觉得我对后者更有兴趣。别人也都这么觉得。

　　我又给她回邮件介绍了我的背景，表达了我对她的研究领域的浓厚兴趣，问她是不是在招博士生。谁知她立即约我数日后在罗伯森大街上的一家星巴克见面。

　　国内很多人常挂在嘴边什么"考博士"，严格来说这里不是"考博士"，而是申请博士生，通常来说导师同意了，你基本就被录取了。所以为了申请，你需要先网上搜索你钟情的领域，搜索跟你对口的教授，再跟他们联系。跟找对象一样，有时候不知何故，他可能就看你不顺眼；有时候可能一拍即合，火花四溅。

　　那天我准时到达星巴克，一眼看见罗斯教授已经在买排队咖啡了。我带来了我出版过的书，心里盘算着应该说些什么。我心想，她既然在百忙之中愿意出来见我，说明她对我是有兴趣的，我的条件也是合格的。今天再见面，谈的恐怕就是她更加关注的问题了——一个导师招人，最想知道的是你是否能坚持到底，顺利毕业，把学位拿到。

　　罗斯很快步入正题，满脸的微笑顿时严肃下来，道："我们招生很谨慎，我们系去年就一个人也没招。我要给你提个醒，平均来说我们系的博士生要读五到六年，有的人读八年才毕业也不罕见。因为时间太长，有不少人中途就撤了，有各种各样的原因，有的是找到了好的工作，就不读了；有的是结婚生孩子去了。这样一来，等于我们浪费了很大财力和精力，太可惜了。"

我亮出我的书《磁场》，道："这本书十几万字，从投稿到三校到出版，倘若没有恒心，也恐怕半途而废。既然能写书，写篇论文也不算什么难事。"

罗斯赞许地点点头，道："那你就准备申请吧。"

我问她都有多少资助，她说钱数不好说，但是每个学生都会有这样那样的奖助学金。

这事果然没有悬念，我按部就班申请，爱德华给写了强有力的推荐信，来年的三月就收到了录取通知书。

重新做起了学生，才感到和四处打工相比，这是一个比较明智的选择：一来蹲了移民监，没有虚度光阴；二来在知识储备、文化修养、人格塑造和学历上有了提升；三来这是最好的融入主流社会的方式，因为每日接触的都是加拿大的师生、员工、各种社区和活动；四来还有收入，包括奖助学金、助教工资，还有偶尔杂七杂八的额外劳务费用——只要你人在大学校园体系中，一个机会能带来另一个机会；五来作为学生还享有很多福利，比如奖助学金收入是免交税的，乘车交通卡、健身游泳只是象征性地收一点费用，几近免费。

校园里挣钱的机会有很多，你可以在自己系里申请奖助学金，也可以到别的系找找项目。自己系里的助教职位要轮流，因为他们要一碗水端平，所以不能守株待兔，要向外出击。

很快我在原住民文化系找到了助教工作，女教授贝克说她一看我照片就相中了我，后来我们成了一直保持联系的好朋友。还去东亚系去找教汉语的职位，我心想，别的助教职位你要和加拿大本地人竞争，但是教汉语的职位，恐怕竞争面就小很多了。果然一申请就得到面试，一面试就发了聘书。

在中文开课之前的教师集体会议上，一共就四个人，除了我，还有中文部主任金丽荣老师、历史系女博士生黄宇宁、校外聘请的刘玉凤老师。这三个人一开口就听出她们来自何方——金老师是香港人，黄宇宁则一口川普，刘老师东北味儿出来了。也许是因为他乡遇同胞，当晚散会后黄宇宁就成了推心置腹、无话不谈的朋友。她不算漂亮，单眼皮、杏仁眼，有些婴儿肥的脸上还散落着星星点点的雀斑，但是一举一动一颦一笑颇有风韵；个子不高，腿短臀肥，但是能歌善舞，还会吹葫芦丝。她移民留学这一路都是幸运的，28 岁那年办了停薪留职手续，那个时候停薪留职已经很罕见了，离开老家四川，来到这所大学读博士学位，一读已经将近七年，暂时还没有毕业的打算。据她说是她提交了论文报告后，导师认为她还缺少研究方法的训练，又给她打回去让她再修一年的课程，这一来二去就耽误了一年多。

不过这七年她没有虚度，不仅办下了加拿大移民，还靠各种奖助学金、助教薪水愣是存了三万加元，加上父母赞助的几万，交首付买了一套一主卧一书房二卫的公寓，总价格才 26 万加元——她真是赶上了大温哥华地区房地产市场的好时候。

她道：“我才不愿意毕业那么早呢！我在这里一年，就可以教一年中文。我要是毕业了，这教中文的职位就得让给新来的博士生了！”

我问她道：“但是你有没有想到，早毕业可以早去高校里求职啊？”

她不假思索回答道：“女人到了这个岁数，教学、研究、职位，都是不切实际的目标了。我现在当务之急是把自己嫁出去！我是家里独生女，现在已经 35 岁，我妈都急了，怕我将来生孩子困难，甚至都发了狠话，说：‘你就是被人强奸，也得给我生个孩子出来！’”

我倒吸一口冷气，天下还有这样的母亲，说出的话那么露骨？

她叹道：“中国家长不管你是否幸福，只管催婚催生，如果不婚，好歹也得生一个，否则女人的人生是不完整的。”

至于黄宇宁的浪漫史，还真有些离奇。欲知内情，且听下回分解。

♣ 11 ♣

异国鸳鸯

　　话说本拿比大学教中文邂逅历史系四川女博士生黄宇宁，已经在读七年，不仅办下了加拿大枫叶卡，还愣是攒了三万多加元，将近 20 万人民币呢。

　　她比我早来学校七年，当然有关学业的大事小情都会请教她。至于她如何一边读书一边能攒钱，我还真是要多多请教。我虽然也有奖助学金和助教薪水，但是好像压根儿攒不了多少。虽然吃喝花费不多，但是我还要假期旅游，要去拉斯维加斯，还要买 iPhone 和 iPad；且用了多年的联想、惠普笔记本电脑陆续开始频繁死机、自动关机，而新的苹果电脑出来了，好歹也要给自己置办一个，而这些都要花钱，让我攒三万，实在是痴人说梦。

　　几次和黄宇宁接触，对她攒钱的秘诀终于恍然大悟。每次参加聚会，她带的点心决不会超过三元钱。她的手机和电脑都是最老的，能打电话能敲字就行。不仅超级会节省，也到处找活儿干挣外快，但也时常受气。

　　一次，一家华人公司请她翻译资料，答应付给她的报酬是每个字七分钱，合人民币四角多，她不假思索就答应了，后来才得知市场价格是一角五分，合人民币约一元钱。这也就罢了，只当作自己吃了个哑巴亏，事先没有了解市场行情。

　　但是这家公司付钱的时候，却是按照一个字四分钱付给她。她很生气，质问对方："为什么中国人欺负中国人？我辛辛苦苦翻译这么多文字，容易吗？"

　　对方回答："我们对你翻译的稿子不满意，又找别人润色，所以产生了额外的支出，就要从你的翻译费里面出。"

黄宇宁义愤填膺道："像这种情况，一般来说加拿大本地人公司很少这么无赖。如果你又找别人加工，那么额外的支出应该你们自己承担，不能追加到原来的翻译头上，原先说好的报酬不应当再随意改动。"

没多久，又有一家西人公司请她翻译，对方按小时付费，问小黄预期的时薪。小黄回答说每小时 30 加元。

这家公司的白人女士很天真地说："30 加元？太少了！那我就给你 35 加元吧！"工作时间自己报，全凭自觉，而且人家就是信任你。

原来，人家公司觉得小黄要价低于了他们的实际预算，于是主动多给她五元，小黄暗自纳闷这家公司为何如此大度，甚至有些单纯，所以工作起来极其卖力。

黄宇宁语重心长道："我在温哥华这几年，经历多了，凡是华人公司，试工、试讲都不给钱；凡是我去过的西人公司，即便培训都要给薪水。我经历过一家华人公司，请来三、四个老外参加公司的活动，帮助助兴，以显示自己的公司如何'主流社会化'，结果不仅没有给报酬，连车马费都不给。"

黄宇宁也许在同胞那里碰壁多了，于是任何交往只和洋人来往，甚至是找男朋友，也只找白人。她说宁可找白人的建筑工人，也不会找华人的博士教授，至于原因，她说道："加拿大人，无论是农民还是教授，谈吐、举止，你一眼看不出来，而中国三教九流，举手投足、一言一笑，全都看得出来。说实话，老外的建筑工人论教养都比那北大清华教授强多了。"

她这么一说，着实令我哑口无言，是不是太过偏激？我是一个倾听者，从不轻易批评论断，给人盖棺定论，这就是为什么所有人都爱跟我倾诉。于是，她一口气讲完了她的加国罗曼史——

"说实话，也许你都不敢相信，我 28 岁来到加拿大，在那之前从来没有谈过恋爱。在川大，大学里人人都谈恋爱，而我就行走在那被爱情遗忘的角落。来到加拿大后我觉得我自由了，这里没有父母的催促，没有街坊邻居的窥探，没有同事的好奇，没有老同学的攀比；这里的人各过各的，你完全可以自由选择自己的生活。我一直觉得，我的初恋太晚，所以我就得找个老外男朋友才能弥补我失去的青春的缺憾。我一开始就认准了，只找老外，而且只找白人。有一次一个伊拉克人猛追我，还要送我一部二手车，我都没愿意。

"我的第一个男朋友是我在学校认识的，名叫马克，比我大七、八岁，人高马大、肌肉发达，很爷们儿，生于安大略省，就是白求恩那个故乡。他的工作是负责学校实验室仪器设备的运输。你别看一个运设备的，开着卡车还听贝多芬、莫扎特呢！跟他相处多了，才知道他还曾经因为银行欺诈蹲过一年监狱。不过认识我的时候已经改邪归正了。

"我跟他有了第一次，没什么感觉，很不舒服。事后他还笑话我 28 岁了竟然还是处女。我到现在还为此耿耿于怀，这有什么可丢人的呢？后来每次跟他约会，他都会拿此事来取笑我。"

我问她道："那你就因为这个跟他分手的？"

小黄道："那倒不是。我只是觉得他不够尊重我。他倒是花钱不小器，每次吃饭都是他埋单，而且总是花现金。问题是，每次埋单，他都把钱交给我，指挥我去交钱去，好像打发一个丫鬟。我感觉我不是他女朋友，而更像是一个提鞋拎包的侍者，跟着主子能蹭点吃喝。"

很快，黄宇宁就淡出了马克的视野。后来马克时不时还要约她吃饭，都被她谢绝了。黄宇宁说，第一次恋爱就是"练练手"，一个女人一旦有了第一次，以后就彻底放开了。她至今不提马克的名字，而管他叫"老大"。没多久，她又有了"老二"，当然，还是一个加拿大白人。

老二外表条件还不如老大，五官有些歪瓜裂枣，挺着有些夸张的啤酒桶肚子；可能因为以前的摩托车车祸，走路还略有一瘸一拐的感觉。然而，就是这么一个人，竟然让黄宇宁堕入情网，欲罢不能，甚至很慎重地考虑到了婚姻问题。这段故事，黄宇宁如是说——

"和老大分手了，倒没觉得遗憾，我们现在偶尔还有联系。我也坦诚告诉他，我又有了新的男朋友，他还俏皮地说，我应该感谢他，是他让我有了性经验，他为别的男人培训了我。我听了总哈哈大笑。但是这次和老二分手，真让我久久不能自拔，直到现在提起他来，我还有些义愤填膺呢！"

我道："是啊，俗话说，爱之深，责之切。听你的语气，你确实被伤着了。好像你提起老大就没有这样的感觉。那么，老二是靠什么让你那么投入呢？"

黄道："说实话，老二外形条件并不好，但是他很会哄女孩子，又是甜言蜜语，又是送花吃饭。老大把我当个丫鬟对待，但是老二视我为东方美女。他更喜欢的是我身后的中国文化，无论我跳中国舞，还是唱中国民歌，他都如醉如痴。我们俩处了一年半，也算是半同居了，我们都保留着各自的公寓，但是一星期大部分时间他都住在我这儿。我做什么他都说好吃。时间长了，他在我面前什么都不吝，经常在我面前咚咚放响屁，也毫不顾忌。"

后来熟了她才和盘托出：老二之所以让小黄不离不弃的原因居然是老二有着驴儿大的行货，而且床上技能了得，能让小黄欲仙欲死。

"认识他的时候我已经 30 岁了，已经不想再耗下去了，跟他都到了谈婚论嫁的地步，他也很认真地考虑起很多问题，比如以后结婚了，我们住在哪儿，有了孩子取个什么名字。有一年我爸爸妈妈来加拿大探亲，我把老二介绍给了他们。我家里人都比较保守，从来没想到我会找个外国人，更没想到我会跟一个外国人同居，但是考虑到我已经是 30 岁的剩女了，他们也就不纠缠这个问题了。

"但是我总觉得老二对我父母不够尊重。有一天晚上老二开车带着我和我父母吃完饭回家。没想到这家伙老毛病不改，当着我爸妈面放了一个闷屁，虽然没有响，但是奇臭无比。我妈用四川话问我是不是他放的。我又问老二，老二没有道歉，摇下车窗，愣说是外面黄鼠狼放的。”

我一听，噗嗤一下笑了，问道："难道你和老二就因为一个屁而分手的？"

小黄道："那倒不是。分手有很多原因，主要是我急着要结婚，他虽然也表示有这个打算，但是一天一天过去了，他就是没有动静。而压死骆驼的最后一颗稻草是一次酒吧里的巧遇。有一个周六，老二本来要带我去吃饭的，但是突然他说他一个哥们过生日，他要去一个酒吧喝几杯。正好那晚上我有几个姐们儿也约我去耶鲁镇的一家酒吧，庆祝其中一个人的博士论文答辩通过。结果到了那里，我在人群中看到老二跟另外两个亚洲女人和一个白人男子在一起谈笑风生、眉飞色舞。他也许太投入了，压根没看见我。我想赶快溜走，没想到那俩亚洲女的也起身走了。等她们俩出了酒吧，我也起身离开酒吧，到门口一个角落里等候我的朋友们出来，我要搭她们的车回家。没想到，还没几分钟，老二和他的朋友就出来了，还听见老二对他的朋友道：'这些亚洲女人就是贱，就喜欢找白男人，而且特别粘人，一粘上你甩都甩不掉！'

"后来老二再来我家，我向他质问这件事情，他不仅没有歉意，反而指责我跟踪他、偷听他，说我要看心理医生。既然这样了，我们就走不下去了。他扭头就走了。我还暗自希望过个三、五天，顶多十天半个月，他会打电话再找我，即使不道歉，就装作什么都没发生一样，我也能再接受他。但是几个月过去了，杳无音信；一年过去了，也杳无音信。我恨我自己手贱，给他发过几次短信，可是永远没有回音；打电话，通了，永远没人接。换个号码打，他终于接了，一听是我，就挂了。久而久之，我那个恨啊，越积越深。你想想，我们毕竟在一起一年半了，怎么人会这样冷酷无情？"

我心想，这小黄还是很率真的，她不知道人心是最复杂莫测的。一年半就说明什么了呢？有的几十年夫妻，也同床异梦、形同陌路，甚至彼此恨之入骨。

小黄不解道："可是我们在床上亲热时候，他不像是装的呀？"

我不便多说什么，心想，公猪母猪交配，也可以热火朝天，只有兽性所驱而没有灵魂交契，再投入也不会长久。

老二就这样结束了。

有人说，你上一段刻骨铭心的感情经历有多久，就需要多久来疗伤。既然老二和小黄处了一年半，小黄花了一年半才终于走出阴影。这期间她根本没心思做学问，导师有事找她，她就敷衍一下；写论文提纲，她可以半年写出三行字。

大概一年半后，她又重新在网上发布了征友广告，这一次老三进入了她的生活。

老三是一个装修工，住在温哥华北部一个小镇上，开车需要四个小时。他比小黄大七岁，却像是小黄的弟弟，长着一张娃娃脸，一看就是忠厚老实型的。因为那个千人小镇的生活实在寂寞无聊，老三通常每个周五开车来温哥华度个周末，逛逛商场，泡泡酒吧，等等，周日下午再开车回去，开始又一周的工作。

大学里的一个圣诞晚会上，小黄把老三带来了，果然是一脸稚气、言语不多，一双炯炯有神的大眼睛总闪着微笑。他衣着十分朴素，洁净而不邋遢。举手投足间透着羞涩、腼腆。

我心想，通常像这样老老实实、体体面面，不追求时髦的人，人品估计不会差到哪儿去。

第二天电话里我问小黄："老大、老二我没见过，但是老三我亲眼见到了，这个还不错吧？"

小黄道："说实话，我已经想跟他散了。老三确实老实巴交，但是就是太抠。我甚至怀疑他找我就是为了每个周末来温哥华有个免费地方住，还有个免费停车位，还有我也是免费的。他倒好，什么便宜都叫他占了，他却一分钱不花。按说来我家又吃又住又免费泊车又免费有美女陪伴，应该请我下馆子吃饭吧？这家伙倒好，一次都没请过我！有一次他来找我，赶上了情人节，我索性直截了当地问他：'今天是情人节，你怎么也不说给女孩子买点鲜花呀？'他二话不说就出去了，过了一会带来一根从 Dollarama（所谓的一元店，因通货膨胀早变成"三、四元"店了）买来的假花，我看顶多就一块钱！"

说着，小黄自己都乐了。

那一根假花至今她还插在客厅的花瓶里。

我问道："老三不是装修工吗？那收入不应该太低啊！"

"算了吧！"小黄道，"我听老三说，他自己的房子租出去了，而他又住在挂车里。你说，他省钱省到了什么程度？我要是嫁给他，你要我跟他住挂车里吗？"

她连连感慨道："一个女人奉献肉体，要么为了钱，要么为了爱，要么为了维持家庭，而我，什么都没得到，倒是给别人占了这么多便宜。你说，我再跟老三耗下去，我不是太傻了吗？"

估计圣诞节这一次聚会，老三又是空手而来，于是这次二人见面成了他们的最后。后来连续几个周末，老三又发短信给小黄，表示来温哥华还想见她、住她家，全被小黄找理由回绝了。

小黄说她要宁缺毋滥。没多久，她开始琢磨如何找"老四"了。

不过，老四出现真是上天的安排——合适的时间，合适的地点，合适的缘由。

欲知后事如何，且听下回分解。

♣ 12 ♣

白面郎君

上回说到黄宇宁快刀斩乱麻结束了和老三的关系，但是她毕竟是耐不住寂寞的女人，很快又要上网找人了。

有的女人就是这样——不甘心独守空帏，一定要有个男人作伴；有的男人则更甚，只要是个女人他就乐意，香的臭的老的少的都往他屋里拉。

黄宇宁对于找朋友有很多渠道，主要是上 Craigslist——一个免费的讯息网站，不过几年后因为交友专栏由于有大量投诉说是有卖淫嫖娼交易，被取缔了；其次是收费相亲网站，但是每个月都收取会员费，对于精打细算过日子的黄宇宁来说不合算；第三是去温哥华的一家婚介俱乐部，但是要一次性缴纳 5,000 加元的会员费，那更是贵得离谱。

一天晚上，黄宇宁来电话说："达哇，我前天在 Craigslist 上登了广告，到现在才三个回复，你说怎么回事？"

"你把你的广告发来我看看。"我说道。

看了她的文字广告，难怪只有三个回复，实在太平淡无奇——

"中国女人，健康美丽，温顺善良，且多才多艺，喜欢音乐、唱歌、跳舞。我还可以教你汉语……"

黄央求道："麻烦你帮我改改吧。"

不出十分钟，我就把新的广告发给她过目——

Multi-talented Chinese Lady Seeking Soulmate

I'm a Chinese woman currently in my final stage of completing my doctoral program in Vancouver. I'm in my 30s, youthful, elegant and shapely, and love to dress to kill. I play several musical instruments, sing Chinese folk songs, and love indigenous Tibetan and Yunnan dances. I'm a native of Sichuan, and make authentic yummy spicy Sichuan food. In my spare time, I enjoy having a nice and hot cup of earl grey at a cozy bar, observing local chicks and guys chatting, boozing, and laughing. I love walking on the beach, watching the lighthouse and sunset, meditating and letting my thoughts flow. I love strolling through art galleries and museums and sobbing in the cinema watching a sad movie.

I'm looking for someone who can be a soulmate, who may share my hobbies and interests and who may find in me good company; someone honest, down-to-earth, loving and caring; someone who cherishes and believes in true love. You should be 35-45, well read and well bred, fit and healthy, willing to embark on an intellectual and soulful journey with a woman who is ready to get onboard. Please kindly reply with a picture if you find me interesting enough. As a courtesy, I will respond to every correspondence I receive. Thanks for your time.

中文译文为：

多才多艺的中国女士寻找灵魂的伴侣

我是一个中国女人，目前在温哥华即将完成我的博士学业。我 30 多岁，风华正茂、优雅多姿、体态丰盈，而且精于着装打扮。我会演奏几种乐器，会演唱中国民族歌曲，喜欢藏族和云南的民族舞蹈。我来自四川，因此会烹饪正宗的香辣川菜。我业余时间喜欢坐在温馨的酒吧里，喝上一杯滚热的格雷伯爵茶，观望着本地的红男绿女谈笑风生、觥筹交错。我喜欢坐在海滩上，一边凝望着灯塔和日落，一边沉思冥想，任思绪驰骋。我喜欢徜徉在美术馆和博物馆中，喜欢坐在电影院中为一部伤情的电影而垂泣。

我要寻找一个能成为灵魂伴侣的人，能和我分享兴趣爱好，钟情我的陪伴；一个诚实率真、充满爱心的人；一个珍视并相信真爱的人。你应该是 35 岁到 45 岁之间，受过良好教育，体魄健康、无病无恙，愿意和一个有诚意的女士携手开始智慧和精神之旅。如果你对我有兴趣，敬请回复并附上你的照片。每一封邮件我都会回敬以我的答复。谢谢你的时间。

小黄看了，兴奋不已，连连说她很喜欢，但就是怕在一堆广告中这一条太过与众不同，所以迟迟不敢发布在网上。

我道："与众不同，在中国文化中未必是好事，你在一群人中太突出，总难免要招来麻烦，不是嘲讽，就是嫉妒，要么就是七嘴八舌、闲言碎语、流言四起。但是与众不同在这边的文化里未必是坏事，说明你行走在凡人之上，是一个有意思、有个性的人，你的个性就是你最好的珠宝首饰和时装标牌。"

小黄连连称是，一咬牙一个点击，就发布了。

当天午夜近 12 点，她突然打来电话，说就这么两三个小时，她已经收到了 68 个回复，其中素质最高的恐怕是本地素里大学的一个英美文学教授，自称是哈佛大学和耶鲁大学双博士，虽然年龄略超过她要求的范围，但是看在此人的学术造诣和社会地位，小黄颇为心动。她这一宿一直在琢磨，这个英美文学教授难道就是她心目中的老四？她还想，这个人看来文化素质没得说，女博士找个男教授，还是很匹配的，但是看了此人发的照片，像素不高，隐隐约约看上去不像是欧洲人种。

我说道："这很简单，你上素里大学网站上搜搜他，不就可以看到他的信息了吗？"

黄道："可是他没留全名，只留了个缩写：A. K."

我道："那也无妨，你可以键入关键词：素里大学、英美文学、哈佛大学、耶鲁大学，看看有没有人名字缩写正好是 A. K.不就行了？"

黄宇宁茅塞顿开，我和她几乎同时展开了搜索，不出一分钟便有了结果：素里大学外国文学系果然有一个英美文学教授，先后在哈佛大学和耶鲁大学取得双博士学位，他的名字是阿里·卡巴拉（化名），缩写就是 A.K.。这是一个典型的穆斯林名字，不是阿里就是穆罕默德，不是穆罕默德就是阿里。他的履历中介绍他是黎巴嫩人，自幼上的是贝鲁特的英国贵族学校，后赴美国留学多年，英语和阿拉伯语一样精通。

小黄顿时大失所望，道："哎呀，那就算了，不是我的菜，不过我有个姐们儿不介意，干脆移花接木转给她得了。"

小黄的那个姐们，名叫白玉玲，比她大七岁，一个单身母亲，女儿已经上高中了，对她来说，只要不是中国人，她都会去见见。她第一次婚姻是她东北老乡，挣不来钱，养不了家，还大男子主义，所以她发誓说一辈子再也不会找东北男人了。

白玉玲干脆直接接过法国文学教授的回邮，李代桃僵地替小黄去跟他约见了。

第一次是在鱼翅皇海鲜餐厅，这个教授还很给面子，点了很多美味，主动埋了单。白玉玲特意留意了一下，一顿饭一共 105 加元，在中国不算啥，在加拿大算是拿得出手了。饭间，他二人分别介绍了各自的婚姻、家庭状况。这个教授离异三年，两个儿子都判给了他，一个 13 岁，一个 10 岁。他一个人又当爹，又当妈。

白玉玲回家后想："能做一个教授夫人，在国外也蛮风光，回国衣锦还乡，带上教授老公，在俺们那三线小城里晃一圈，也算是给父老乡亲们一个交代。"

于是她就等着教授再次约她。

过了五天，这个教授来短信了，道："玉玲，这个周五晚我两个儿子跟学校去野营，不在家，你来我家吧。"

白玉玲心想，这信号太露骨了，一顿饭就把老娘忽悠上他家过夜去了？不过，她已经是老游击队员了，根本不在乎这个，于是她回复道："怎么去啊？"

教授立马回短信说："你不是住本拿比吗？先乘坐天车到温哥华市中心，换四路到阿布特斯站，再换 44 路到凯撒街夹安东尼街，我家就在那附近。到了那里你给我短信，我再把我具体地址发给你……"

白玉玲看了短信，气得暴跳如雷，骂道："去你大爷的吧！"当即就把此人短信全给删了。

68 个回复，绝大部分年轻的都不靠谱，剩下的最诚恳的，都是一些年过 60 岁的长辈，他们倒是严肃认真，因为他们更多考虑的是退休生涯，还是要有个端茶倒水、互相照应的生活伴侣。小黄哪肯甘心这么早就陪一个长者过他的退休生活？有人说，夫妻是缘，儿女是债，既然是缘，不到合适的时间、合适的地点，那个真命天子不会出现，即便网上广撒网，也捕不到一条鱼。

还不出一个月，老四终于出现了，这个人最终成了黄宇宁的孩子爹。

那是一天下午她在学校图书馆里给学生批改小测验，一张大桌子只有她和坐在斜对面的一白人男子，二人至少已经坐了一个半小时了，那人一直在电脑上工作，聚精会神。这时，那年轻白人男子走到她身边礼貌地问她好，然后问她愿不愿意一起去喝杯咖啡。

黄宇宁半秒的犹豫都没有，马上痛快答应了，反正她也坐了大半天了，该走动走动了。

这男子名叫本杰明，瘦高个，长得不算丑，但也不算英俊，白白净净，戴着一副黑边眼镜，显得格外学究气，真可谓一个白面郎君。黄宇宁说他猛一看，脸庞有点像一只浣熊，后来给我发来照片，果真如此。他只比黄大一岁，已经在当地 Telus 公司任工程师，但是又回到本拿比大学里半工半读准备拿下计算机的硕士学位。

当天晚上黄就来电话一五一十向我汇报了一番，还笑着道："达哇，你看我怎么什么都跟你说呀？我觉得主要是因为你研究人性，总是手捧弗洛伊德、福柯那些人的著作，又比较开明，所以我跟你说这些事，我自己心里也特别舒服。"

我道："过奖了。如此看来本杰明就是你的老四了。年龄只大一岁，又是校友，又在 Telus 工作，又主动请你喝咖啡，看来真是如意郎君。"

黄乐了，道："不过我还不知道他什么意思呢。他只不过就请我一杯咖啡而已，他有没有女朋友，是不是要找女朋友，愿不愿意找中国人，对我有没有兴趣，我一概都不知道呢！"

我回答道："那你就先处着看呗，走一步看一步。"

黄道："好的，我会随时向你汇报我们的进展。"

挂了电话，我没对这件事看好，因为一杯咖啡不代表什么，也许那老外只想学学汉语？也许他只想了解一下别的研究生的学业？黄是不是自作多情呢？

看来我判断错了。

因为不出几天，黄汇报说本杰明已经把她带到他家里去了。他租住在一家人的独立屋后的一小套出租公寓中，月租金800加元，内有一间客厅加厨房、一间卧室、一个卫生间，简简单单。这边很多人家的独栋住宅经常会在一层建有一两套用于出租的单元房，和主人家不一个入口，这样用租金收入可以覆盖一些日常开支，算是以房养房。她还纳闷，这Telus 的工程师怎么不住更好一些呢？

黄绘声绘色描述道："我觉得本杰明有点不对劲。因为我在他家时候，他让我坐在沙发上，挨着他，问我要不要看个电影 DVD。我说什么 DVD，他就放给我看了，原来是一部成人片，第一个镜头是一个一丝不挂但只穿着高跟鞋的金发女人，踩在躺在地上的一个一丝不挂的裸男身上……"

我一听，倒抽一口冷气，道："那本杰明把你怎样了？"

黄噗嗤一笑，道："他还会对我性虐待不成？要是真是那样，我还能活着给你打电话？除了看 DVD，别的什么也没发生。后来他就开车送我回家了。"

我提醒道："看来你还是小心一点，万一遇到坏人怎么办？你也真是，你应该去之前告诉一下我或者刘玉凤老师，让我们知道你的下落，否则万一联络不到你了，大家得多着急啊！"

黄感激道："好的，下次我去哪儿一定先通知你们。谢谢你的提醒！"

谁知，接下来一个多星期，黄宇宁再也没给我发过短信，打过电话。我的电话她不接，短信也不回。

那个时间正是蒙特利尔发生食人魔马尼奥塔杀害中国留学生林俊并将其分尸的的时候。善良忠厚的林俊，遇人不淑、噩运临头。一亿人里也未必能挑出几个马尼奥塔那样的变态恶魔，偏偏叫他碰上了。他离开家的时候，没有带任何个人物品，没有告诉老师、同学和朋友，自己的一只猫还留在家中，就这样随随便便去了那个马尼奥塔的公寓。公寓大堂监控录像显示他衣着整齐、头戴棒球帽，跟着马尼奥塔进了公寓大门。在我们看来那个马尼奥塔一看相貌就不正常，而这个再正常不过的老实人就这样成了他的刀下鬼，进去以后就再也没能出来。

这个案件在全加拿大高校中引起轩然大波，中国留学生和家长尤其关注加拿大治安问题——实际上加拿大社会治安一度还是不错的。试想，留学生年纪轻轻，只身一人来异国他乡读书，父母远在中国，没人照应。他们会交什么样的朋友，去什么样的酒吧，饿了是否有人给做饭，病了是否有人送医院，天冷了是否有人问寒暖，这一切全要靠自己，想想，也真不容易。

林俊是怎么认识马尼奥塔的，没有确认的官方消息。不管林俊和食人魔如何产生交集，一个男生都惨遭不测，何况像黄宇宁这样的弱女子？

走在学校的走廊里，脑海里想着变态狂，这时远远看见了刘玉凤老师。

我问她道："刘老师，最近有没有见到过小黄？"

"我有半个月没跟她联系了。"刘道，也面露担忧。

我一听，顿时觉得不妙，因为刘老师和我是黄宇宁为数不多的朋友中的两个。

我道："那就奇怪了，我也有一个多星期没她消息了。电话不回，短信也不回。你看，我们是不是要报警？"

刘听了哈哈大笑，道："报警？至于吗？你太小题大作了。小黄那么聪明机灵，她能那么不小心？"

"你难道不知道蒙特利尔林俊事件？"

"咳，那才是多少概率？估计是几亿分之一吧？"

"没错，概率是很低，但是，发生在别人头上是几亿分之一，但是发生在自己头上就是百分之百啊！"

刘点头认可，道："那就报个警吧！"

我掏出手机，准备拨打 911。就在这时，黄宇宁突然出现在我们眼前，笑容可掬、满面春风。

后来，她悄悄告诉我说，之所以这么久销声匿迹，是因为本杰明终于和她有了实质性的进展，终于成了她的老四。原来老四又请她去了他家，这一次二人共度一个浪漫温存的周末。热恋中的女人，心里只有一个人了。但是很快，热恋变成了冷战。

本杰明一跃晋升为黄的老四，但是很快烦恼又来了。原因是每个周六，老四约黄上他家过夜时候都会说："星期六晚饭后我来接你！"

星期天一早，二人起床后，简单冲个澡，老四便把黄宇宁送回家，早饭都免了。所以，二人约会了几个星期，一顿烛光晚宴都没有过，只过夜，不管饭。

黄对此颇有微词，她没有另外的人可以倾诉，只有跟我抱怨，道："这老四也是，我们究竟是什么关系？到现在也没请我吃过饭。每次来接我，都强调'晚饭以后'，第二天一早也不管早饭，就直接把我送回家。你说，我们这算什么？"

　　我一听，捧腹大笑道："小黄啊，这很明摆着，他就是要找个人解决一下生理问题。他有这个需求，他觉得你也有，一个巴掌拍不响，所以这一来二去就被'制度化'了呗。"

　　黄愣了半天，问道："那你分析分析，老四爱我吗？"

　　"爱？这哪儿是爱啊！这简直是糟蹋人间美好的爱情！"对于这种平时睿智、此时糊涂的女人，我有些不耐烦了。

　　黄有些不乐意了，马上开始反驳道："我不这么认为！我觉得老四是爱我的，至少他每次带我去他家，都开车管接管送！"

　　我笑得一口茶喷到了手机上，道："小黄啊小黄，如果老四连接送都做不到，你还要倒贴公交车票钱，那你岂不是连站街小姐都不如？人家妓女每次还收 100 加元呢！"

　　我说完就有点后悔，是不是太直白了？不过，这种狠话也好，能给陷入愚痴境界的女人敲响警钟。

　　黄一听，没有再反驳，道："好吧，我说什么也要跟老四摊牌，非得让他破费请我吃一顿饭！"

　　接下来的一个周末，老四一如既往地打电话给黄宇宁："晚饭后我来接你……"

　　黄道："我们不如一起晚饭吧？"

　　老四迟疑了一下，回道："那也好。"

　　于是老四开车接她后直接去了一家餐厅。黄描述道，那是一家印度快餐厅，她就已经觉得不快，再加上还不是点餐的那种餐厅，而是你先到柜台那里仰着头看头顶的菜单，再跟营业员下单，做好了喊你的号，你再去柜台那里取。这两大盘印度餐，无非都是各种糊糊、用大饼蘸着吃。老四吃得很香，但黄已经没了胃口。

　　再接下来的一个周末，黄依然要求老四带她下馆子吃饭，不过这一次她要求去一家高级一点的米其林餐厅。她想，恋爱中的女孩子总要有点虚荣心嘛，要去有情调的餐厅，要有烛光和音乐相伴，要有和情人的双眸对视，此时无声胜有声，实在浪漫至极。

这一次黄带着老四去了罗伯森大街上的一家西餐厅。幽暗雅致的环境，舒缓的萨克斯风音乐，每张桌子上都点着蜡烛，烛光摇曳，把在座的每个人都照得格外柔情似水、魅力四射。穿着十分合体的黑西裤黑衬衫的侍者，一个个顶着精致的发型，英姿飒爽、行走如风，活像 T 台上的模特。其中一个金发碧眼的服务生来到小黄和老四面前，彬彬有礼递上了印刷精美的菜单，从胸口口袋里掏出纸笔，准备记录。

小黄埋头看起了菜单，但是不知该如何点餐——西餐名目对于中国人来说太复杂，也太没有诗意，不像中餐，霸王别姬、狮子头、松鼠桂鱼、珍珠丸子，一个个充满诱人的画面感。于是她对老四说："还是你点吧。我什么都能吃。"

老四仔仔细细看起了菜单，半晌无话，不知他是在看哪道菜更便宜，还是在看哪道菜更好吃。

那个服务生礼貌地道："先生，需要再多给你一点时间吗？我一会再过来。"说完，他走开了，去服务别的客人了。

伴随着隐隐约约的肚子咕咕叫声，老四最终点了沙拉、汉堡、甜品、可乐。

到了该结账的时候，他迟迟不动。

小黄心想，你不动，难道就指望我会动？

这时，那位服务生过来，把账单夹子直接交到老四手中——通常餐厅都是这样，要么问一下你们是否各自结账，要么想当然地直接把账单交到男士手中。

老四摸了一下裤兜，对小黄道："糟了，我今天没带现金。"

小黄一愣，他既然这么说，也不可能逃单啊！所以她只好掏出自己的信用卡付了账。

事后，小黄赶紧给我打电话汇报了这一事件。

我觉得有些蹊跷，问道："老四没带现金，所以刷了你的卡，难道他没有信用卡？老外不用信用卡，只用现金，我还很少听到。"

小黄道："男人嘛，都是要被女人调教的。按说他是 IT 工程师，不缺这点钱。下次你看我怎么修理他！"

再接下来的一两周，小黄又拉着老四带她吃饭，而且叮嘱他一定带好钱。果然，这几次老四都痛痛快快埋单了。

小黄现在着急要赶紧把终身大事定下来，结婚与否倒是次要的，要赶紧怀孕生育，这是她妈妈的交代。她妈妈总说："不管什么方式，你都要先生个孩子出来，否则女人过了岁数就麻烦了。"

小黄总说，当初跟老大约会的时候是怕怀上孕，如今跟了老四则是怕怀不上孕，毕竟三十好几了。她越怕怀不上，这老四还特小心，每次都戴套，小黄暗自想准备个针，在老四的套上扎几个眼儿。转念又想，黑灯瞎火的，万一这针没放好地方，把自己肉扎着了怎么好？我给她出点子道："那你干脆准备个别针，别在自己内衣上，不就行了？"小黄连连称妙。

后来小黄是不是使用了这招儿，无从知晓，但是高度怀疑很有可能。

没想到很快又发生了一件事，使小黄和老四之间爆发了一场热战，这要从老四的家人说起。

说起老四的身世，黄宇宁颇为动情，充满了无尽的母爱——老四没有一个正常的家庭，他的父亲常年酗酒闹事，因此父母很早离异。后来母亲很快再婚，第二任丈夫是一个德高望重的外科医生，收入丰厚、好房好车。他二人婚后又生了一儿一女，一家四口住在富人云集的西温哥华海景房中，夫妻恩爱、儿女乖巧，家庭生活其乐融融。而老四的生父，离异后越发落魄，一直没有再娶，孤孤单单一个人租住在高贵林的小公寓里，靠政府救济勉强糊口。

老四说，当父母离异了，作为孩子才突然意识到你一夜之间没有家了，那一天开始你会突然意识到你是独立的，这世界你就是你一个人了。

每年圣诞节，他的生母会请他去她家里过节，他会见到和蔼可亲的继父和同母异父的弟弟、妹妹，但是那毕竟不是他的家，是他弟弟、妹妹的家。

老四很有爱心，总是关心弟弟、妹妹的学业和前途，帮他们出谋献策、规划人生。

当然，他也时不时会去看看生父，那简陋的公寓，只能容得下一个佝偻着背、烟酒不离、咳嗽不断的老人。他会开车带他父亲出去吃个饭，聊一聊彼此近况，转达一下他生母的近况。

一个周六的下午，老四提前把小黄接到他家中，他先出去陪他父亲吃个饭。就在晚上六点左右，小黄从老四家给我打来电话讲述老四的种种感人故事，连连说越接触越发现他是一个有血有肉、有情有义的好人，以前的抱怨早已烟消云散。说着说着，半个多小时过去了，她开始有点儿饥肠辘辘。

"你瞧，我都说饿了，老四跟他爸应该已经吃得差不多了。我估计老四会给我打包来。"小黄道。

我的直觉告诉我，老四想不到给她打包，他没那份心思。但是小黄执意说那是不可能的。

就在这时，老四进家来了，小黄赶紧挂了电话。

半个小时后，小黄又给我打来电话，道："达哇，我们吵了一架。叫你说中了，老四跟他爸吃饭，没有给我打包！我厉声质问他：'你明明知道我在你家，赶上晚饭时间没有吃饭，你居然举手之劳给我打包一点饭菜都不肯'？"

殊不知老四没有任何歉意，反而怒火冲天，回小黄道："那你为什么不提醒我？你不说出来，我怎么知道需要打包？"他说得也有道理，很多人并不是抠门儿，而是确实没那个心眼儿。

一句话更是惹恼了小黄，她提高了嗓门吼道："这是人之常情，还需要我说出来？你难道心里没数？"

话赶话，调门儿一个赛一个，老四见机先沉默下来。

棋无对手，小黄也就消停下来。

那晚二人没有一起过夜，老四直接开车把小黄送回家，路过一家赛百味，他停下车来让小黄进去吃饭，而他都没有下车。

这件事以后，小黄很少再跟我说起他们之间的事，我一度以为他们已经散伙了。

过了一个月，小黄说打算约我跟老四还有另外几个朋友聚餐，我欣然答应，但是老四死活不来——他不愿见小黄的任何朋友。

又过了几个月，小黄来了封邮件，说暑假她带老四去四川成都玩了一趟，见了她父母。成都当然生活悠闲、美食遍地，人家是"乐不思蜀"，而老四是"乐不离蜀"。那之后，有两、三年没再有小黄的消息。

说来也巧。过了许久，一日我从华人超市大统华超市购物出来，看见店外木椅上坐着一个"大妈"格外面熟，仔细一看，竟然是小黄！昔日的乌发少女，如今满头白丝，腰胯比以前粗了一大圈。五官还是以前的五官，就是多了很多斑斑点点。她拎着菜篮子，坐下歇息片刻。她看到我，颇为惊讶。

"老四呢？"我问道。

"在家看孩子呢。"

他们已经有了一个女儿。估计小黄用了别针妙计，因为老四一直是不想要孩子也很小心的。

二人是否已经正式结婚，她没有说，我也不便问。她只说，老四现在住在她的房子里。自从他们有了这个女儿，老四也就心定了，踏踏实实跟她过起了日子。

我又问："那你的学业呢？"

小黄道："我已经毕业了，但是一直带孩子、做饭，没有工作。老四养着我们。他的房子退了，现在住着我的房子，不用他交房租，他花钱养我还不该吗？"

"那你们现在感情应该不错了吧？小日子过得很甜蜜啊！"

　　黄叹口气道："凑合吧。说实话，我不是很满意，他也不是很满意，但是走到这一步了，就过下去了。不管怎么样，作为一个女人，一生中必须要经历的历程，我顺利完成了，给我父母、我自己，有了个交代。"

　　一年后，他们又添了一个儿子。小黄人生的全部就是老公、儿女、灶台、洗衣机，所以和老朋友基本切断了联系。

　　新冠疫情期间有一日我在大统华超市吃快餐，正好看见前方有一女子带着一双幼小的儿女吃饭，喂了女儿喂儿子。那女子明显是中国人模样，一身乡土气息，而一双儿女却一头棕发，没有继承她的单眼皮、丹凤眼，倒是有着扑闪扑闪长长的睫毛，看上去很是可爱。定睛一看，那母亲不是别人，正是小黄。

　　我没有跟她打招呼，只是悄悄给他们三人照了几张相，等他们散去后，从微信上发了过去，没写只言片语。她收到了照片，方知道我看见了他们，只是淡淡问候了一句："达哇，你还好吗？"

　　这些朋友都是人生道路上的过客。国内的老朋友也是过客吗？那谭居士如何了？后来得知，吃斋念佛几十年的谭居士被协和医院诊断得了老年痴呆，即阿兹海默症。

　　欲知后事如何，且听下回分解。

♣ 13 ♣

预知时至

　　一晃已有些日子没有回国探亲访友，虽然远隔万里，但是电话不断。谭居士总盼着我能回去，扎西活佛则终于碰到一个有"福报"的汉地弟子，把他接到南京，给他出资看病。

　　佛家说人生有五大福报，一长寿，二富贵，三康宁，四有德，五善终，其中最大的福报就是善终。何为善终？寿终正寝，无疾而终，最好是睡梦中安然离去，而善终的最高境界还有预知时至，那就是知道自己寿数将至，或明示他人，或给予各种暗示。

　　有同学的父亲曾患心梗，一次家中冲澡时猝然离世，享年72岁。现代社会72岁不算长寿，而且走时因在淋浴中，所以赤身裸体、一丝不挂，需要家人破门而入，为其穿衣蔽体，所以不算善终。另有朋友的父亲，虽然走时87岁，算是长寿，但是那日起床后刷牙洗漱，一仰头正要漱口，结果倒地不起，这也不算善终，因为走得狼狈，猝不及防。还有老者，虽然离世时93岁，但是最后的几个月饱受病痛折磨，虽然长寿，但最后的日子生不如死，度秒如年，这更不算是善终。

　　谭居士总爱把善终福报和预知时至挂在嘴边，看来她每日里吃斋念佛，图的是自己将来也有预知时至的本事，然后由阿弥陀佛脚踩一朵祥云在她禅定中将她接走。她打听的预知时至故事很多，也爱听别人分享故事。新加坡有一老居士，临走前曾在纸上写下数字，众人不解。最后老人走的那天就是这几个数字排列组成的月日。河北有一老太太，是否信佛不得确信，但一生助人为乐，闻名遐迩，临走前一日对家人说："明天不要敲我房门，不要给我送早饭，下午四时以后再开门。"家人照办，推门后老人已经往生。

说起预知时至，一件匪夷所思的事情却发生在我身边。

温哥华开语言学校的茅秀琪老师在我们很多人心目中一直是一个和蔼可亲的大姐形象。她和丈夫带儿子 2001 年从广州移民温哥华，带了所有的积蓄，一共一万加元，先是给人打工，后来干脆自己开了语言学校，从五个学生做起，越做越大。我也介绍同学在她那里教过托福雅思课程。

一日，茅老师请我在罗伯逊大街上的汉记中餐厅吃饭。到了结账的时候，服务员端来两个幸运饼干。茅老师慢条斯理地打开了她的饼干，看了字条，面露微笑。我也打开了我的，顿觉扫兴，那字条上写的是——

未来一周内有不幸之事发生。

我暗想："温哥华中餐厅去了无数，幸运饼干也打开过无数，无非都是无关痛痒的话，或者是溢美逢迎之辞，这一次为何如此奇葩？"我随之将纸条搁置一边，并没有跟茅老师透露。

那纸条的话我并没有在意——一张纸条，胡言乱语，随机分发，落到我手，岂可当真？我心想，且在未来一周内静心等候，看看究竟有无不幸之事。

令人发指的事情发生了，就在三天后，我爸竟然在午睡时往生，全家人愕然。因为他没有任何已知疾病，且头一天还和邻居谈笑风生数小时之久。我们平时每天都会通话，那天在外地的家人给他打电话，起初铃声响起，但永远无人接听，后来干脆关机。家人担心出事，请附近亲戚去敲门，但无人开门，也没有小狗宝宝叫声，而通常来说只要有人敲门宝宝肯定会叫的。第二天不得不报警。警察带来开锁师傅，打开门以后看见我爸貌似在午睡，身边放着眼镜和《环球时报》，还静静地趴着宝宝。过去查看了一下，才确认人已经往生了。他睡着走的，毫无痛苦，而留下我们这一家子毫无准备，犹如天塌下来一般。

我先告诉了茅老师。她目击了我打开幸运饼干的过程，我当时的面部表情竟然被茅老师捕捉到了，后来她一直记得，道："当时我就看见你明显脸色都变了，我也没好意思问怎么回事。"不过她马上分享了她的故事——

她的父亲多年前 84 岁往生，虽然不信任和宗教，但一生乐施行善，街坊邻居中有口皆碑。老人一共六个子女，全靠老人挑担子做点小生意养活大。那一年三月，老人给所有六个子女去信，但是蹊跷的是落款日期竟然写的是五月 10 日。茅老师大哥收到信很是纳闷，道："爸爸是不是老糊涂了，明明三月 26 日发的信，怎么落款是五月 10 日呢？"茅老师再仔细看看，果然落款也是五月 10 日。结果，就在那年的五月 10 日，老人往生了。

"难道是你父亲预知时至，知道自己五月 10 日会走？"我好奇问道。

"不应该，他既不是高僧大德，也不是居士，什么教都不信，应该没有那本事。"茅老师道。

"那你的意思是，纯属巧合？"我又问道。

"这不好说啊！如果是巧合，哪有这么巧的事情？我们兄弟姐们几个，这么多年一直百思不得其解。"

回到北京，跟谭居士说起此事，她有她的理论——她认为是佛的启示，冥冥之中会有无形的力量在给我们这个空间的人以各种符号暗示。我说了我们家的情况，她还羡慕得不行，说无疾而终，一睡不醒，简直福报太大了。她的喜乐和赞颂，无疑是给我的最佳一剂良药，胜过别的所有人的劝慰。

她道："这种情况啊，就说明业已经消干净了，老佛爷就可以给接走到西方极乐世界了。你看看那些病房和老人院里的老人，一个个皮包骨头，吃不了饭，咽不下水，每天哼哼唧唧，活也活受罪，走也走不成，那就是业力显现啊！一个人如果有业，没那么容易放你走的！且让他多受几天罪呢！"

我虽然不敢妄然判断对错，但是总觉得各种宗教对于苦痛和终了的解释，唯有佛说更能自圆其说。别的宗教在很多方面实在难以自圆其说，以至于成为无神论者的笑柄。当然，各有各的优点，我们只能博采众长，不可选边站队、厚此薄彼。还是净空法师那句话说得到位："十方三世佛，共同一法身"；修行，就要去做"佛陀的学生，做上帝的儿女"。洗脑最可怕的结果，就是失去了自己独立思考和判断的能力。

那几日，北京又有一居士大姐张霞出现，是我在新浪博客上认识的，其新浪博客关注者有几十万人之多。她对我家之事表示出极大的关心，说她正好在接待一位藏地活佛，建议我做中阴期超度。藏文"中阴"意为一情境结束、另一情境开始之间的过渡时期。藏传佛教认为，人往生后到能够轮回某道这一段时期，共有 49 天，如果这 49 天中请僧人做佛事，会有利于亡者的归宿。在那时刻，能有张霞大姐和她的活佛关照，即便一个人不信这些东西，也会感到很多的温暖。

我内心正在为素昧平生的张霞居士的雪中送炭之情涌出一股股暖流的时候，那暖流又一下子又冰冻三尺——张霞居士看我同意她的提议，马上发来一个菜单——

藏传佛教中阴期超度仪轨（包括烟供、火供、念经）
基础套餐：价格 1,600 元
大众套餐：价格 2,800 元
豪华套餐：价格 3,600 元

张霞说，因为我们已经是朋友了，活佛还会给个"优惠"。

那是我最后一次跟这位"居士"联系。天下没有免费的午餐，而且不便宜。

就在这时，扎西活佛还不错，他远在藏地念了中阴期度亡经。我要给他汇款，他这一回不似以前，是坚决不要，而且压根儿就不回复我催要他银行账号的短信。

谁都要经历的事情，随着时间的推移能多少疗一些伤，但是记忆是抹不掉的。

回北京等到我爸火化以后，我给宝宝办了检疫手续，带到了温哥华，从此我和宝宝形影不离。这国航和国泰一样，不让宝宝进客舱，只能放在有氧舱中，而欧美航司都没有这样的限制。在首都机场对接管宝宝去货仓的员工弱弱地问了一句："请问在有氧舱里有人看管它吗？"谁知他恼羞成度，冲我大嗓门嚷嚷了一句："狗还要让人看着？"

想着宝宝第一次坐飞机，独自关在航空箱里，和一堆行李作伴十小时多，我担心了一路，直到到了温哥华机场，地勤员工把宝宝带出来，我才踏实。

宝宝在哪儿，哪儿就是我的家。一看到它，我的心就化了。马克·吐温说过："对人了解越多，我就越喜欢我的狗。"人一霎那可能起心动念、琢磨不透，但是狗一生一世跟着主人只有一条心而已。

我自己家的这件事儿没过几年，谭居士自己又出事儿了。

欲知后事如何，且听下回分解。

♣ 14 ♣

难得糊涂

上回说到回国一趟抽空看望了谭居士，再回加拿大以后就只能打网络长途了。

自从认识谭居士以来，我们就一直是无话不谈的忘年交。虽然她对于人生、社会的有些见地值得商榷，但是她有很多人生经历是有智慧积累的。她年轻时候脾气暴躁、性格刚烈。据她说，只要和人两句话说翻脸了，立刻上去给人两耳光。不仅如此，还嗜肉如命，连猫肉狗肉都吃。曾有一次她跟单位里的厂长发生矛盾，私下里把厂长家的猫捉走，剥了皮煮了吃了。谁能想到就设这么一个人，最终会吃斋念佛？

50 多岁的时候，两年内她父母、丈夫接二连三过世。她受了严重刺激，突然疯了，东单满大街跑，上不了班。单位里对她网开一面，职位保留，工资照发。她披头散发、疯疯癫癫跑到了菜市口附近的法源寺，一头跪在老住持面前，要求出家。

老住持道："阿弥陀佛，老衲愿意收留你，你还是在庙里带发修行吧，暂且先别考虑出家，你毕竟还有三个子女都未成家，在俗世间还有未尽的使命。"

当日，谭居士开始断肉茹素，过午不食。每日在庙中打坐念佛，还为庙里义务劳动。没两年，老住持年事已高，自知所剩日子无几，对她道："我圆寂后，你还是回家修行吧。庙里以后也不清净。"

于是，老住持一往生，谭居士彻底搬回家中。以前的锅碗瓢盆都扔了，因为都沾过荤腥。她的锅，不允许儿女任何人使用，因为碰不得半点肉沫。她每日忏悔，知道前半生身口意业力深重，选择了较为极端的苦行，每日沿着东单大街讨吃要饭捡垃圾；遇到讥讽嘲笑她的人，她会当面扑通一下给人下跪磕头。这样持续了半年。

修行的目的是什么？归根结底就是为了改造自己。改造自己谈何容易？俗话说，江山易改，本性难移。

修行之人，无论他选择什么渠道，信神归主也罢，吃斋念佛也罢，改造历程基本都是一样的，首先就是忏悔反省自己——每天自己什么事做的不对，说出的话有什么不当，什么地方虽然自己在理，但是否伤害了他人？

我虽然没见过年轻时候的那个刚烈谭女子，但是我感觉到她改造了自己不少，虽然还有以前个性的残存遗留。在自我改造上，她是我的一个标杆。

我知道，冲动是魔鬼，人有时候一冲动，说出的话，敲出的字，都是和自己年龄、学识、层次不相匹配的，但是关键要看这个人事后会不会反省认罪。"对不起"这三个字，对于不修行的人来说，也许说出口比登天还难；"错了也不能认错！"这是一个朋友的座右铭。但是修行之人，会放下自尊，亮出谦卑，脸面似乎丢下了，但是灵魂却走在了凡人之上。

几次和谭居士通话，她从以前银铃般的洪亮嗓音逐渐变得有些有气无力，说是最近夜里失眠，白天时常头晕，有一次竟然在家里晕倒，还是自己苏醒过来的。去协和医院看了，也没有什么明确诊断。

又一次，她在家里厨房熬粥，回卧室小睡一会儿，谁知这一睡厨房就着了大火，黑烟从晾台冒了出去，楼下邻居不停地喊："老谭！老谭！你家着火了！"她死活没有听到。还是邻居报了火警，来了几辆消防车，12 个消防员，把她家厨房火扑灭了。那厨房极其狭小，又满是油盐酱醋和电线。烧坏了炉灶和炖锅，没造成更大损失已是万幸。

没多久，赵兰菊告诉我一件事情，令她不快。她和谭居士约好时间去看她，谁知赵兰菊到她家时候，她竟然不在家，后来说忘了。这样的事发生了几次。赵兰菊电话里开玩笑跟谭居士说："要是扎西活佛跟您约，您肯定忘不了！"不料谭居士还笑着道："没错，没错！"

赵兰菊的第二任丈夫是新加坡人，早就告诉了谭居士。结果我好几次跟谭居士打电话说起赵兰菊，她总说赵兰菊老公是藏民。

谭居士知道我电话从加拿大打来，经常会问寒问暖，问什么时候回北京，还对温哥华充满向往。结果突然间开始，每次跟她打电话，她都问道："你回北京好久了吧？"

再接下来，她家电话就永远无人接听。我和赵兰菊都很牵挂。赵兰菊在北京，去打听谭居士下落的重任落在她头上。她隔三差五往谭居士家打电话，终于有一天有人接了，是谭居士的二女儿。一接电话，那一头就是好几口叹气。

谭的二女儿道："您恐怕不知道吧？我妈她……她已经被协和医院诊断为老年痴呆了，也就是阿兹海默症。这个病从初发有几年了，但是诊断不是一下子就能确认的，要经过漫长的观察。这不？协和医院刚刚确诊，说是得了老年痴呆，而且嘱咐说，她已经不能独立生活了，必须要有家人天天陪着，所以我就把她接我家了。"

确诊之后，谭居士的忘性似乎一天比一天大。明明给她脖子上挂着家门钥匙，她到家门口竟然找不到钥匙。她儿子来看她，她说是她弟弟。她佛经也不念了，不记得自己几十年茹素，和家人吃饭又大快朵颐吃起肉来，还连连道："还是肉好吃！"她现在身边没人不行，因为连上厕所擦屁股都会忘了。

赵兰菊是很有慈悲心的，听了以后无比怜悯，还深为自己因谭居士屡次爽约错怪老人而内疚。她表示要去看看谭居士，可她女儿坚决谢绝，道："您的心意我们领了。还是别来了，因为她肯定不认识您了。我们现在谁都不让她见，因为那样会伤害大家，何必呢？"

我不敢相信认不出来我的谭居士会是怎样，难道就这样：人还健在，就再也见不到了？她女儿发来过照片，总宅在家里的谭居士神色很好，比以前还白了、胖了。

有人问，吃斋念佛几十年就落得这样的结局？我心想，一个人一个命定，也许没有前几十年的修行，现在还未必这样至少晚年衣食无忧、女贤子孝。再者，这样的痴呆，不知人事疾苦，不忧天下纷乱，不也是一种"漏尽"的境界吗？从这个角度讲，这样走到头，也是一种善终。

都说难得糊涂，我觉得像谭居士晚年的痴呆也是福气，因为不再有世间烦恼和执著。我本来也可以更多地难得糊涂，但是我不肯糊涂的本性会给我带来一次次沟坎和考验——

这要说到本拿比大学教中文的那个活儿，如果不出意外，我可能就一直干下去了，但是意外发生了。

我是那个中文部的负责人金丽荣老师招进去的，当然一直对她心存感激。这是一个慈眉善目的老大姐，年长我二十岁左右，长得有点儿像京剧演员李维康。她一口气给了我两个班，对我信任有加。每个班不到二十人，大多数是本地出生的华人子弟，有少数是白人、印度人、韩国人、菲律宾人。

第一学期即将结束，她就已经安排我第二学期的课了，也就是说已经又续聘一个学期了。

就在这一学期末了，台湾方面委托金老师让我们每个班推荐一个学生夏天去台湾学汉语，由台湾当局提供奖学金，要求是加拿大公民或永久居民。凭着这奖学金，学生可以利用暑假去台湾的大学免费学习汉语，吃住都包，颇为诱人。我在班上宣布这一消息，根本无人感冒，主要原因是绝大多数学生父母就是来自两岸三地的华人，对去台湾学汉语既没有兴趣也没有必要。问了班上的几个非华人学生：韩国人摇摇头说有别的安排，菲律宾人说夏天得打工，没有闲情逸致去台湾再学；白人说他是搞体育的，夏天有集训和比赛；只有一个印度男生兴趣盎然。他生在香港，两岁就随家人移民加拿大，当然是加拿大人，而且全班就他学汉语最热情。班上那些华人子弟，学汉语纯粹是为了轻而易举拿个 A 而已，大夏天跑台湾学汉语，倒贴钱他们都未必会去，更何况这奖学金仅仅是免学杂费而已。

跟金老师说起此人，她马上说："那怎么行？人家要的是加拿大人！"

我回答道："可是他是加拿大人呀！"

金道："恐怕还是不行。我想，台湾人心目中的加拿大人肯定是白人啦！"她拿出一个宣传这个项目的彩页，那上面风华正茂的莘莘学子基本上都是金发碧眼的白人学生。

说完了，她又回到办公室给我们群发了邮件，强调"只要白人！"

我暗想：这人要么是弱智，要么是胆大包天敢于冒天下之大不韪。这什么年代了，赤裸裸地种族歧视不说，还写在电子邮件里！

几个中文老师中，无一人回应，包括小黄。只有我回复说："这可是种族歧视哟！"小黄私下里跟我说："咳，在人屋檐下，哪能不低头。达哇，睁一只眼闭一只眼得了，何必跟她较那个真儿？"

小黄则推荐了她班上的一个巴西孩子，外表是典型的白人，虽是巴西国籍，但已有加拿大永久居民身份，因此金老师当即应允，说：没问题，只要长得像白人，无论有加拿大国籍还是只有枫叶卡都成。

我一听，惊诧不已，这不是赤裸裸的种族主义吗？这可是在加拿大啊？即便在中国都不可能有这样的大学主管说出这样肆无忌惮的话来。

那之后，我就知道我闯祸了。金老师本来已经续聘我一学期了，但是随后在给我的评语表上全写了坏话，一句好话都没有，把我说得一无是处。最后的总结是：建议不再续聘。第二个学期因为已经安排课了，只好作罢；但是第三个学期就没有我了。

　　她如果聪明的话，可以写五句好话，再写五句坏话，依旧可以有理由不再续聘。但是她真是不够聪明，写的全部都是坏话，是人都能一眼看出字里行间多么大的怨气。

　　我心想，加拿大这个民主法治国家，总有伸张正义的地方吧。于是给金老师的顶头上司、一个白人老头儿系主任发了邮件。他还挺恳切，马上回复他会去彻查此事。我心里暗自庆幸：果然是民主法治国家，有理走遍天下。

　　然后两个月后，他一直杳无音信。

　　再给他回邮件，他发了一电子邮件，正文说让我看附件，附件则是打印好的正式文件，末了有他签名，称他听了金丽荣的陈述，决定站在她的一边。

　　后来有一天我在学校坐公交车，巧遇这老头儿也在车上。他可能心虚，自知理亏，见到我满脸尴尬、躲之不及。

　　小黄建议我找工会，说以前有类似情况，都是工会帮员工找回了公道。于是我又找了工会，工会的人倒是义愤填膺，看了金写的"只要白人"的电子邮件，看了她给我写的全是坏话的评语，一个个哭笑不得，连说这人实在太蠢了。

　　从那起，工会先后组织了两、三次听证会，把金老师和一些同事都约到一起，当面锣对面鼓。俗话说，欲加之罪，何患无词？金老师要找我茬儿为她给的恶评辩护，还不轻而易举？

　　于是，她列举了第一个罪过：我班上期末成绩给的 A 太多，16 个学生给了五个 A。

　　工会主席问道："16 个学生给五个 A，是多是少由谁来定？你们有没有细化的规定？"

　　我说："是啊，到底几个算多？几个算少？有没有个标准？"

　　金犹豫起来："这个……"

　　老头儿系主任果然护着她，一脸横肉都颤抖了起来，气呼呼地说："我们没有白纸黑字的规定，但是这是常识问题，是个教师都知道，一个班 16 个人，不能给这么多的 A。"我不明白为什么他会生气，跟他有什么关系。

好吧。

金又列出第二个罪状，说我暑假回国了，没经得她许可，留下需要复核的学生期末试卷，撂给了她。

我一听，气不打一出来，道："你这完全是选择性记忆！那天我还专门给你打招呼，说我要回国去做调研，而且是在打招呼后才订的机票，你怎么可以颠倒黑白呢？而且我给你打招呼，你同意了之后又碰到系秘书爱丽丝，还特意跟爱丽丝道了个别。"

爱丽丝正好在现场，她是个比较正直的英国人，有一说一，有十说十，虽然没竭力为我辩护，也不像老头儿系主任那样明目张胆偏袒金，但是能做到实话实说我就已经谢天谢地了。她道："没错，那天你是跟我说起，我记忆犹新，你没有在掩盖这一事实。"

"谢谢你，爱丽丝。"我强调道，刻意要让众人听见。

金又沉默不语了。

于是金又拎出第三个罪状，说在我办公室里发现"罪证"——我用学生试卷的背面做笔记！

大家听了哄堂大笑起来。

我笑道："谢谢你告诉大家，我觉得这很环保啊！"

工会主席道："这是好事啊！我们要多多向师生们推广这一习惯！我们的试卷、讲义，用纸太多，达哇老师不浪费纸张，值得大家学习。"

金面露尴尬。我都有些为她心疼，一个为人师表、子女都已成人的老女人，为什么做出这样缺少智商的事？

我想，行了，别得理不饶人了。就此作罢吧。

工会尽了最大的努力，最后给我争取回来的仅仅是金老师撤回她写的坏话连篇的评语，但是拒绝道歉，也不再续聘。即便续聘，和金已经成了陌路人，在一起共事也不舒服，所以只要她还在那里，等于已经给我关上了大门。

哪里都会缺失公理，无论是中国还是加拿大——他也许不能无故开除你，但是完全可以合理合法不续聘你；他也许不能子虚乌有给你罗织恶评，但是完全可以合理合法不给你好评。总之，当话语权、决定权都掌握在他人手中时候，你唯一的自由就是选择离开。

人都有天真的时候，当初总以为这个岁数的老师应该明事理、谙人情的，谁知却是这么一个弱智无脑的人。

总以为那个学术颇有造诣的系主任应该是个铁面无私的包公，谁知他也是一个不愿多事而选择偏袒他手下的员工。

总以为工会能够伸张正义，帮我找回我无端失去的工作，但是最后最现实的结局也就是金撤回荒唐的恶评。

总以为这所号称捍卫多元文化、公平正义的大学能够出手伸张正义，谁知奖学金项目"只要白人"这一丑闻东窗事发，他们第一时间不是纠正错误，而是掩人耳目。

此处不留爷，自有留爷处。

人生就是这样，有一扇门为你关闭，必然有另一扇门为你打开，而且你永远不知道哪一扇门会把你引向更好的去处。我觉得宇宙还是公平的。之所以很多人怨天尤人，认为世间从无公平，那是因为他们只衡量自己的失，而对得却理所当然。

身边遇到的类似龌龊小事时而有之，从未断绝，而我有恰恰是一个精神洁癖之人，倘若处处较真儿，那这世界就没有我依存之地，因此还是要难得糊涂。

欲知后事如何，且听下回分解。

♣ 15 ♣

误入淫窝

话说本拿比大学的门关闭，又有一所大学的门向我敞开，要从大半年前的三八妇女节说起。

"三八"之际，本拿比大学我们系要举办加拿大女性作家座谈会，要邀请一些小有成就的女性作家来学校开讲座。这些女性作家从女性视角看待问题，刻画女性人物，剖析性别角色，批判男权思维，颂扬女性独立。系主任问我是否认识华人华裔作家，因为我们要多元化，要多提携少数族裔的女性作家。她这么一说，我突然想到了网上的一则关于"中国简爱"的报道。

"中国简爱"名叫安然，来自山西太原，30 岁那年来安大略省的金士顿大学留学，学习加拿大文学创作。别的文科生改学会计、统计等专业，而她不忘初心，坚持学习英文创作。她 22 岁才开始学习英文，坚持用英文创作诗歌、短篇和中篇小说。学文科，毕业即失业，所以她有十多年时间奔走在金士顿和周边几座小城的各种短期工作中，忽而是服装厂车衣工，忽而是私人华语教师，忽而是移民公司文秘，忽而是驾照翻译，忽而是中医推拿师，忽而是家政公司清洁工，忽而是富翁家的保姆。十多年风里来雨里去，奔波劳碌，但依旧笔耕不辍，坚持写作。

到了 40 岁那年，经过多次被拒、退稿，终于在加拿大出版了自己第一部英文长篇半自传体小说《中国简爱》，一经问世，便屡获大奖——什么新人新书奖、少数族裔创作奖、女性文学奖，零零总总一大堆；当地电视台、电台、报纸都踏破了她家的门槛。一年后又有一天，多伦多附近的密西沙加大学亚洲学系向她抛来了橄榄枝——他们要开几门关于中国当代文学的新课，已有的两、三个老师都是普通话还不利落的港台教师，对诸如巴金、茅盾、老舍、莫言之类的中国本土作家知之甚少，教起来难免捉襟见肘，所以先邀请安然来开系列讲座，久而久之就聘她兼职任教，后改为全职，后又荣升为终身教职。

未见其人，先读其书。我早就拜读了《中国简爱》，这个中国的简爱，虽和英国的简爱有着不同的时代和家庭背景、迥异的社会和文化背景，但却有着同样的心路历程。故事的高潮是当过工农兵的中国女主人公翠翠在加拿大的大学硕士毕业后找到了一份保姆工作，来到了多伦多远郊一座巨大的庄园。主人亨利，是一个罗切斯特式的 60 岁的英裔鳏居富豪，无儿无女，孤傲、冷峻、霸气，酷爱中餐，尤其宫保鸡丁、麻婆豆腐、鱼香肉丝、松鼠桂鱼，家里雇有司机、园丁、管家，但唯独缺一个能做中餐并每天跟他聊天一个小时的女保姆。

豪宅中有一间巨大的图书室，藏书九万余册。面试那天，亨利知道翠翠在写小说，把她带进图书室，道："我要求不高。一日三餐，每天晚饭后陪我聊天一小时，其余时间都是你的。你既然喜欢写作，这图书馆就是你的了，你就在这儿写的小说。"

翠翠欣喜若狂。第一天试工，就凭借一手高超的厨艺很快征服了亨利的味蕾。她在亨利家工作两年，其间发生了很多文化冲突，数次导致翠翠的罢工，也都以亨利赔礼道歉而化解。一个不可一世的富豪，在翠翠的调教下逐渐变得温存可亲，并不惜示弱、袒露胸怀。

翠翠的新书出版、获奖并接到大学聘书后，她就辞职告别。而此刻亨利向她求婚，他已患前列腺癌症，打算改立遗嘱，把翠翠列为财产继承人，只有一纸婚书才能让她的合法继承权名正言顺、无懈可击，但是被翠翠毅然谢绝。

　　我发了邮件盛情邀请安然老师来我校演讲，不料她当即应允了。

　　见面的那天是在她下榻的酒店大堂，距离本拿比校园十分钟车程。她中等身材，梳着《洪湖赤卫队》中韩英的发型，长着韩英的五官，就差再背一把盒子枪了。穿着极其普通的深灰色女西装，里面是旧得已经起毛边儿的毛线衣，脚蹬一双平跟儿的黑皮鞋，手拎一只黑色女包，说是北京公交售票员的包都有人信。出于作者和读者之间的火花碰撞，出于文人之间的惺惺相惜，我们一见如故。她虽然快人快语、十分健谈，但她从未提过自己的婚姻。看了她的书，总觉得这么一个中国简爱，一定是不食人间烟火、不谙男女之事，洁身自好、茕茕孑立之人。

　　进入写论文阶段，就可以离校了。大半年后，安然老师帮我在密西沙加大学她们系谋得一份教书的临时职位，合同都是一学期一学期地签，所以朝不保夕，不敢带太多东西，不敢有长久移居规划。我带着宝宝坐飞机先赶到多伦多机场，又乘出租车来到这里。

　　有智者说，任何一个失败都不是人生的终点，而是新的人生的启程——我们活着不就是接触更多的世界，更多的经历吗？

　　房子是事先在网上找的，看了图片，也请当地安然老师的朋友去现场考察并和房东见了面，那是一座联排中的一间卧室，每月只要400加元，包括水和上网，电费由室友平分。

　　房东有个额外要求，那就是签约时还要缴纳400元电费押金，因为前面的租户离开的时候给他留下一千多元的取暖电费。

　　房东不住在家里，只有另外两个租户。去看了房子的那个朋友来邮件说房子还不错，房东是个加拿大白人青年，30岁出头，金发碧眼、身材修长，谈吐举止都很斯文有礼，一看就是受过良好教育、工作体面的中产阶级以上的人物。听她这么一说，我就放心了。

凌晨两点，万籁俱寂，我和宝宝带着行李从多伦多下飞机后又打车来道这里，费了半天周折终于找到了这座房子。房子外观相当漂亮，有棱有角，错落有致，结构呈我喜欢的那种不规则形状，周围环境也很优雅。一直惦记着房东发过的电子邮件，说门口邮箱里会给我提前放好入大门和我房门的钥匙。

但那是深更半夜，找邮箱费了半天功夫。好不容易摸到铁铸的邮箱，打开盖子，里面空无一物。我还疑心是不是自己没摸到，连续摸了三、四遍，确实空无一物。

我心想，这可糟了，房东不住在这里，我又没有钥匙，这凌晨两点，我难道就站在门外一宿不成？无奈之下，只好厚着脸皮拨通房东的手机号，可是根本无人接听。

我试着推拉大门，殊不知这房门根本没锁上，我正好长驱直入。

客厅里灯火通明，一片狼藉；洗衣房里洗衣机和烘干机都在隆隆作响。默念着房东邮件中的指南：我的房间在楼上右手边。拎着两个行李箱还有宝宝爬上楼，看见左右各一房门，我的那个房间房门大敞，连锁都没有安装。

室内漆黑一片，竟然没有电灯。用手机照明，看见满屋犹如被打劫过一般，满目狼藉。沙发床上没有床垫，只有木板"排骨"；桌椅残缺不全，地毯上污迹斑斑。

旁边的这间屋房门也大开，开着昏暗的台灯。路过时眼角余光打探到里面地毯上坐着一个光着白花花大屁股、上身穿着胸罩的白人女子，身边还有一只大拉布拉多犬。

我心里顿时凉了半截，简直难以置信这种事情会发生到我身上！这难道是在加拿大？难道是在这所平静的大学城？我有没有找错地方？

我在肮脏的地毯上铺上了床单，就打算这样和宝宝将就一宿，明天再跟房东联系，或者干脆另找地方。

　　宝宝实在是乖巧可爱，它才不管我们睡在哪里——无论是自己家舒适漂亮的卧室，还是这个龌龊肮脏之地，它只要和主人在一起，就是它最大的豪奢。

　　就在我们刚刚进入梦乡不久，一阵巨大的脚步声和吵闹声惊醒了我们。从门缝望去，大约有三、四个男人醉醺醺地爬上楼来，有白人有黑人。那白人女子立即出门相迎，把他们拉到自己房间，没多久淫声浪语响起，开始行那苟且之事。

　　我看看手机，此时是凌晨四时多。

　　好歹熬到了天亮，我索性也不给房东打电话了，直接报了警。接线员一听，既没有打架斗殴，又没有偷盗抢劫，就把这事划分到非紧急的出警类别里，让我慢慢等候。

　　我又打了两次，还让我慢慢等候。

　　可是我怎么等？我已经饥肠辘辘，想出门买饭吃，但是我没有家钥匙，我的房间更没门锁，我不可能带着两个箱子加上宝宝东奔西跑。更何况那白女人就在我隔壁房间接客，这能叫人放心吗？

　　下楼到厨房里看看有无什么吃的，倒是看见到处是中国的油盐酱醋，心想，这里一定有中国人居住。

　　正纳闷呢，一个精瘦的男人从门外拎着一只小狗进入客厅，远远看见厨房里的我，满脸微笑向我打招呼。他用他那略微口吃的江南口音介绍他名叫李强，移民温哥华的上海人，因为女儿来这里上大学读精算专业，便辞了温哥华的工作，来这里陪读。女儿头一年已经毕业，顺利在多伦多金融区找到了待遇优厚的精算师工作。本来他可以解放了，但是女儿有一条很凶的约克夏(Yorkshire)，而她新租住的豪华公寓不让养宠物，他只好继续留在这里，为女儿养狗。自己又找了家汽车配件厂的工作，薪水不很高，但是因为是加拿大本地的公司，日常管理中规中矩，老板员工个个平等，福利待遇应有尽有，也不轻易裁人。

他道："在这里干活，还没有见到过那种指手画脚、刻薄吝啬的老板、上司，最基本的尊重还是有的，反正只要天天心里舒服就行，反正比我先前干的那家台湾公司强很多。"

见到他之前，我一直怀疑是不是上当受骗了，因为自己没去看房子，轻易在网上看了图片就预定了，并缴纳了第一个月和最后一个月的房租，以及 400 加元电费押金，一共 1,200 加元，确实有些冒险。加上房东不在这里住，电邮不回，电话不回，更让人疑窦丛生。

李强道："上当倒是没有。房东是真的，房子也是他的，但是确实你碰上了一个妓女邻居。那女的几乎每天都招一些不三不四的男人，还有一个是个常客，是一个 20 岁上下的小白脸，不过她说那是她表弟。我觉得她就是卖的，否则怎么可能天天夜里都来男人，而且都不重样的？"

我一听吓了一跳，加拿大还有这事，确实头一回碰到。我不解道："那就奇怪了，有这么一个租户，房东不撵她？你又愿意跟这样的人做室友？"

李强不屑一顾道："咳，我跟她井水不犯河水的。我住在半地下，她住在二层，这么大的联排就我们俩，而且她基本不怎么用厨房，我又有自己的卫生间，所以她做什么对我根本没有什么影响。我一天恐怕都见不到她一面。而且关键是我的房租才200加元！哪里还有这样的好事？至于房东嘛，我跟他反映过几次了，他也警告过这女的，但是没有用啊！她关起门来，你也不知道她在做什么。租赁合同又没有不允许租户带客人进家，也没有限制客人的数目和来家里的时间，你说是吗？"

我心想，所言极是。人说加拿大是法治国家，既然有合同，就按合同上的条文办事，确实没有哪一条足以让房东下逐客令。

李强看我早饭没吃，眼看到中午了，所以一边跟我聊着一边做起饭来。他是一日三餐都不厌其烦要在厨房里折腾，洗菜、切菜、煮米饭，炒菜，天天如此。三下五除二，他炒了个西红柿炒鸡蛋、一盘西兰花。可能因为我已经饿透了，那顿饭吃起来相当美味可口，尽管他厨艺实在一般。

就在这时，我们透过窗户看到门口街边一辆警车停了下来，走出一个油头粉面的年轻白人警察，戴着墨镜，嚼着口香糖，不慌不忙走到我们门前，对着门内喊道："谁报的警？"

我赶紧放下碗筷，出门迎接警察。

他漫不经心地问了我姓名、生日、工作单位，核对了我的证件，又慢条斯理地掏出纸笔准备做记录，还一边问我道："有袭击吗？有抢劫吗？"

我回答："都没有。"

他开始有些嗔怪起来，责问我道："那你报什么警？"

我顿时一愣，在加拿大每次和警察交往的经历都是极尽客气友好，怎么这次奇葩全叫我一天之内赶上了？

我一五一十描述了我的经历，我说我高度怀疑被无良房东诈骗了，骗了我两个月房租。

"这事儿啊，你得自己跟房东沟通！"警察道。

"我当然第一时间就给他发邮件、打电话，可是这都到中午了，根本没有回复。"

一听我这么说，他脸色顿时严肃起来，盘问了李强几句，确认他是住在这里的租户。然后开始四下里巡视起来，我亦步亦趋地紧跟着他。

到了洗衣房，他看到墙上贴着房东出租许可——这所城市的人口因为以大学生为主，百姓营生也以服务大学生为主，所以对房东出租住房有严格审核与管制。那政府颁发的许可证上确实印着房东的名字：安东尼·奎斯本。他一边看着这张许可证，一边做了笔录，道："看来这房子是真的，房东也是真的。我明白了，你担心的是有人冒充房东在网上骗钱，对吧？"

我点点头。

警察道："你之所以觉得被骗，是因为这个房东不接电话，也不回电话，对吧？那我给他打个电话，看他接不接。"

看来这警察还不错。

我把房东电话给了他，心想，这警察跟我一开始对他的印象发生了逆转。

果然，这警察一打电话，那房东就接了。面对警察，他似乎成了一个特别好说话的和气好人，表示出有求必应、百依百顺的姿态。我从警察手里接过电话，这个房东却没有丝毫赔礼道歉，只是百般辩解，说他确实留了钥匙在信箱里，沙发床上确实有床垫，云云。他开始将一切都甩锅到那白女人头上。

我说，对不起，这里我没法住，钥匙没有，床垫没有，房门无锁，我需要房东您马上解决这些问题。

他马上说一定解决。

我问他今天是否能解决。

他支支吾吾，说他住在多伦多城里，赶不过来。

就这样，车轱辘话说了半天。

警察还不错，他越听越明白了端倪，开始对我表示同情起来。

我挂了电话，他说道："这种纠纷，实在不是我们警察能管的。有一个房东与租户仲裁委员会，专门处理这种事情，你可以跟他们联系。"

说着，他还真心不错，掏出他的小本子，找出了那个委员会的电话和网址，让我记下，然后他就告辞了。

李强是个好心人，道："你如果不介意，就先在我屋里凑合一下吧。"

我进他房间一看，虽然简朴得让我大跌眼镜，但是收拾得井井有条，连被子都叠得方方正正，跟军队营房有一比，真是很多年都没见过还在叠被子的了。房间狭小，窗户有一半在地面上，一半在地下。

我说："算了，我还是另找住处吧。马上开课了，我也需要赶紧有个安稳踏实的地方备课。"

我本不愿为这种事打扰安然老师，但是迫于无奈，硬着头皮拨通了她家的电话。十分钟不到她赶来了，后边跟着她的老公——我这才知道她是有老公的人。

他二人充满了无尽的同情，一起帮我收拾我的东西。突然，安然老师眨了眨眼睛，一拍大腿，突然想起什么，道："我家邻居家房子很大，房间很多，一直有卧室出租。我帮你问问，至少可以临时住几天。你就是找长租的房子，也不是一时半会就能找到的呀！"

"好吧，那就谢谢了！"

她马上拨通了电话，电话那边传来银铃般的说话声。很快她就搞定了，挂了电话兴奋不已地对我道："这女的姓单，是个大善人，她说你现在就可以搬过去。看在朋友面上，她一天只收 50 加元，管一日三餐，而且随时可以退房。"

我二话没说就答应了，因为这种情况下就是找旅馆，至少一晚也要 100 加元。说完，安然夫妇把我、宝宝和我的行李先送到了单女士家，然后又接上了他们的儿子，一家三口带我进城去一家知名的中餐厅吃饭。这一幕有些违和，因为印象中的安然老师不是那种为人妻母的人，原来她也是一个贤妻良母。

饭后，服务员给每个人送过来一个幸运饼干。我看见他们都在迫不及待打开要看里面的纸条写着什么。我因为有过前车之鉴，不想碰它。谁知安然老师竭力要让我打开一看。我打开了，里面的纸条用英文写着——

You will receive an offer you cannot reject.

大意是，你会收到一个你无法拒绝的给予。这个"Offer"模棱两可，说是工作机会也对，说是单英家的住处，也可。

安然看了看，又递给了她老公，二人对视了一下，什么都没说，会心地笑了。

欲知后事如何，且听下回分解。

♣ 16 ♣

寄人篱下

上回说到遭遇不负责任的房东，差点露宿街头。安然老师给介绍了一个有短租房间的单女士，并开车把我带到她家。

听安然老师一直说这单姓女士如何善良厚道，我顿时感到因祸得福。单女士名叫单英，50 岁的年纪却有着一张沟壑纵横、饱经风霜的 70 岁的脸，实在和她真实年龄不相称。她离异后和前夫达成协议，二人共同购买的这座 2,500 多平方呎的独立屋由她和三个孩子居住，前夫搬出去自己租房单过。她有二女一男，老大老二都是女儿，分别是 14 岁和 12 岁，最小的是儿子，只有 8 岁。

一进大门，单英便已在门厅里笑脸相迎了。

那挑高的门厅，和通向里间的偌大厨房，显得家里十分气派。厨房外是一大片绿草茵茵的院子，大得可以供孩童踢足球。刚进家还有些转向，因此数不过来到底有多少间屋子。心想，这单英应该属于那种不差钱的中产阶级人士。

她只字不跟我提收费的事，但是她已经跟安然老师说得很明确了：每天收我 50 加元，随时可以退房，她管我一日三餐。按照当时市场行情来说，这个价格并不便宜，但是考虑到我急需落脚的地方，而且还带着宝宝，她就是收我 80 加元，我也得咬牙答应。没乘人之危，我已经谢天谢地了。

她把我带到我的房间，那是一个儿童房，里面一个上下铺的木床就占满了空间，上铺无人，我就睡在下铺上。房间还算整洁，就是从天花板一直延伸到墙角出现了黑色的裂痕。她说一直要找人来修房顶和大门前的车道，但是因为报价都太贵，一直拖延。看来她经济也不宽裕，否则这么大的问题还不尽早解决？

我隔壁还有两个房间都出租给了中国人，一个是在密西沙加社区学院上学的中国女生，英文名叫艾米，另一个则是已经毕业并工作的中国女生，在一个会计事务所任职，英文名叫拉娜。她的两个女儿住一间卧室，小儿子和她住一间卧室。

她又带我再次参观了这座房子。到了厨房，她说道："每天我们在这里吃饭，我们吃的也不好，我也不会做饭，你别嫌弃。"

天色渐黑，我说要到附近的便利店买点日用品，她道："我陪你去吧！"

于是我们步行到了一家便利店，我买了牙膏牙刷之类的物品。出来后又在星巴克请她喝咖啡。她倒是毫不见外，把自己的情况一五一十都说给我听。

"你看我们家房子不错，其实我没有什么钱。这房子是我们自己选图设计的。我们买的时候，房价还便宜呢！我们俩一共花了 28 万加元，不可思议吧？这可和你们温哥华没法比。我前夫和我可以说是白手起家，我们来的时候带了四万元现金，在机场转机时全被偷了。到了这里几乎一无所有。那时候找工作容易一些，我们俩都是做 IT 的，登陆之前就已经收到了应聘信，所以一来就有了收入。"

单是那种埋头学习工作型的，从来不知道自己去主动出击找个男朋友，因此 30 多岁了还从未有过恋爱经历。大学毕业后去深圳发展，到了 34 岁才交了第一个男朋友，后来成为她的前夫。前夫比她小一轮，二人谈恋爱的时候，所有亲朋好友都不看好，但是她义无反顾地和这个小男友结了婚，又办了移民。在加拿大陆陆续续生了三个孩子。等到她人老珠黄了，小老公在网上又谈了一个比他又小一轮的女朋友，最终导致二人婚姻的解散。

在黑莓手机还火的时候，她和当地多数华人 IT 技术移民一样，都在那里任职。那时候进黑莓工作轻而易举，甚至有黑莓人力资源经理在酒吧、餐厅里直接挖人的场景。

不过，黑莓说倒就倒。一下子树倒猢狲散，公司一批批开始裁员，失业大军充斥着整座城市。

我问道："那你现在工作吗？"

她道："其实我特容易找工作，对我来说找个年薪七、八万的不是问题。我就是因为要拉扯这三个孩子，所以一直没法去上班，为了孩子我必须牺牲事业。"

她突然想起了什么，道："对了，孩子他爸爸，也就是我前夫，偶尔会到家里看看孩子，你如果见到他别惊讶。"

我问道："那我住在你家里是不是不方便啊？"

"那倒没有，因为我和我前夫有协议，我们离婚是因为他有了新欢，他过错在先，所以他净身出户，这房子留给我和孩子居住，我是否出租，租给谁，他管不着。"

第二天上午十点多，我还在梦乡中，只听到单英咚咚敲我房门，喊我下楼吃早饭。我一点不饿，而且就想睡个懒觉，心想："住在别人家里真是好麻烦啊！睡个懒觉都不成！"我一百个不情愿地揉揉惺忪睡眼，起来简单洗漱一番，下楼跟她和她三个孩子吃饭。

不知那是早饭还是午饭，她说的还真很到位——三个正在发育的孩子跟她喝着浓稠的白米地瓜粥，吃着萝卜干榨菜。她另外又炒了一个圆白菜、一盘土豆丝。那土豆丝切得有手指头那么粗，而且她恐怕不懂过水、加醋去淀粉可以使土豆丝更脆，所以一盘粗粗的土豆条绵软得一夹就断。

可以看出三个孩子很不情愿吃这些东西，但是个个都很乖，无一人发牢骚怨言，好像是在完成使命般，静悄悄地用纤细的小手指头夹着筷子，埋头往嘴里扒饭。我一看实在没有食欲，暗想，还是一会儿出去吃吧，反正我每到一处都要打探当地有名的美食餐厅。

单英给我盛了一大碗粥，连连嘱咐道："你别客气，随便吃。我们吃的也不好，你就将就点儿吧。"

说话间，我抽出一张面巾纸擤了一下鼻涕。单惊慌失措般赶紧把我的碗筷端走，道："哎呀，你感冒了！我得给你单独准备碗筷，否则这几个孩子就被你传染了！"

看她那一惊一乍的样子，我也不知说什么好，突然有种寄人篱下的感觉——世上金窝银窝，不如自己的狗窝，有条件还是自己住自己的家！我爸妈从来不会嫌我，我的狗也不嫌我。我这不是特殊奇葩遭遇，使我不得不寄人篱下一个星期吗？我想起以前有演艺圈的朋友，有俊男也有靓女，漂在北京，仗着自己年轻漂亮，可以傍个什么人同居蹭住。别看彼一时风光无限，可那毕竟不是你的家！露水夫妻，多不靠谱，最终还是要有名正言顺的自己的家。

我三下五除二吃了一碗粥，马上出去找房子去了。不过路上我先去了一家只两张餐桌的中国小餐厅，这里没有什么炒菜，只卖肉夹馍、煎饼果子、韭菜盒子、醪糟汤圆之类的中式快餐。我二话不说先点了一碗醪糟汤圆和两个相当够味的韭菜盒子，填饱了自己肚子不说，还另外买了几个韭菜盒子准备给单英带回去让他们尝尝。

又路过一家中国夫妻开的便利店，男的叫姜大鹏，女的叫陈丽娟。敢情在异国他乡中国人之间很容易一见如故，只聊了三分钟我们便成了朋友。一听说我要找房子，陈丽娟立即说："我们这个小店别看小，却是本地华人的信息交流站，谁出租房子，谁要租房子，都来我们这里贴海报。"

姜大鹏抢着道："赶得早不如赶得巧，前两日还真有一个老外来我们这里问有没有人要租房子。这个老外叫约翰，是搞装修的，不久前刚给我们换了天花板。"

我道："这人怎么样啊？我是刚碰到差劲房东，真有点一朝遭蛇咬，十年怕井绳的感觉。"

"人没得说，特厚道。我们跟他认识许久了，他帮我们干过不少活儿，绝对靠谱。"陈丽娟道。

我连连道："那就好！知根知底就好，不像我在网上随便找的，一不小心差点掉入淫窝。什么时候能看房？"

姜大鹏当即给约翰拨通了电话，然后告诉我今晚约翰下班后可以去接我看房。

我回到单英家，把那一袋韭菜盒子交给她，让她和她孩子吃。她却道："咳，你买这干啥？你要吃韭菜盒子吗？我可以给你做！"

说着，她把那一袋韭菜盒子放一边，开始到自家院子里摘韭菜去了。只见那厨房橱柜台面上，七零八落地散放着各种油盐酱醋老干妈瓶子，每个瓶子下都粘粘的一圈经年累月的油渍。我暗想，中国语言真是博大精深，终于明白俗话说的"油瓶倒了都不带扶"有多么形象了。

晚饭时间到了，她那标志性的大嗓门儿开始叫我吃饭。下楼去到厨房，她做的"韭菜盒子"摆满了餐桌，三个孩子被她挨个喊话从游戏机和平板电脑中揪出来吃饭。咬一口她的韭菜盒子，那皮儿感觉比城墙拐角还厚，咬三年都未必能吃到馅儿。等吃到韭菜鸡蛋馅儿了，忽咸忽淡，感觉盐没有撒开。况且皮儿厚馅儿少，吃完了一个实在不够过瘾。不像我买的，皮儿薄馅儿多，有韭菜、碎炒蛋、粉丝，咬一口滋滋冒油。

当然我还要感谢她的一番辛苦。只见那三个孩子放下她的"韭菜盒子"，都去吃我买的韭菜盒子去了。三个孩子都很乖，只字不提哪个更好吃，看来一个个心知肚明，却守口如瓶。

晚饭后七点左右，约翰果然来接上我去看房子，他 47 岁，一双不成比例的粗壮的手和一张和年龄不相匹配的沧桑的脸。他平日里要么做装修，要么修电器，要么做建筑工，因为手艺好，信誉高，总不缺活儿干。别看是个装修工，谈吐和举止还很有教养。只开车七分钟，他便带我来到一座矗立在一座葱葱郁郁的山坡上的独栋二层小楼，看似孤僻，其实距离我工作的学校只有 15 分钟步行距离。房子里虽然老旧，但十分整洁利落。走在铺满地毯的木地板上，发出咯吱咯吱的细微响声，有一种复古的感觉。我一看就很喜欢这里，心里已经拍板儿了。

他道："这房子以前是一所按摩推拿诊所，现在改造供人居住了。一共有四间卧室，楼上两间，我住一间。楼下两间，靠厨房的一间住着一个上海的留学生，人很安静，很好相处。靠大门有一间大卧室没有忍住。现在一共有两间卧室可以出租，你随便挑吧。"

楼下的那间确实很大，里面带有一个洗脸池，收费是 600 加元。楼上的那间小一些，收费 450 加元，但是和卫生间近在咫尺，性价比很好。所以我当即就挑中了楼上那间，跟他签了两个学期共八个月的合同。他说他还需要三、五天做些装修工作，等我从单家退房正好可以入住。

我心想，跟约翰住在一起也有好处，他自己就是个装修工加电工，守着这么一个房东加室友，方便多了。至于这房主是谁，我还一直纳闷，只听姜大鹏说，这是约翰老板的房子，老板免费让他住，但是条件是要他负责出租和日常管理维护。

签完了合同，一块石头落地，约翰又把我送回到单家。我突然想起单要找人修房子，约翰不正好就是干这行而且手艺不错吗？跟约翰说起这事，他马上连声道谢。回家后又跟单英说起约翰，她也很高兴，道："太好了！有你这层关系，他肯定会收便宜一些的！"

连日的奔波，加上单家房子大、舍不得开暖气，室温太低，接下来的一天我的感冒更加重了。单英毛遂自荐要去帮我买感冒药。我给了她 20 加元，她很快帮我买药回来，还带回了发票，药钱不足八加元，但是她并没有找我钱。我心想，是不是她把跑路费和油钱也算进去了？反正没多少，也就算了。

又一日，单带着孩子咚咚咚敲我房门，说要跟我"好好谈谈"。我吓一跳，究竟我做了什么不合适的事情，让她这么兴师动众？

她问道："你是不是今天早晨赶在拉娜要上班的时候上卫生间了？"

我有些丈二和尚摸不着头脑："这是哪儿跟哪儿啊？我几时上卫生间，拉娜几时上班，我怎么会知道呢？"

单道："她告诉我说，她今早要上班时，卫生间叫你占着了，她上不了，气急败坏，还冲我摔门来着。我看，以后你们上卫生间错开不成？"

我道："哟，看来那是我的不是了？怎么错开个法儿啊？"

接下来单英了些说什么我都没在意。我越发觉得住在这里真是一百个不自在，好在还有两、三天我就搬到约翰家去了，可是即便是剩下这两、三天都如坐针毡、度秒如年。

在单家的一周，赶上万圣节，我给她孩子们买了玩具。看到她家卫生间里地上、浴缸里、盥洗台上都沾满了那两个女生的长发，甚至连洗漱盆和浴缸下水都有些堵塞，我看不下去，彻底清除了一遍。我刚略有些为她和租户之间的不愉快开始扪心自责，又转念一想，不对啊，我住她家七天，交给她 350 加元，那女生的房间是我的三倍大，一个月才交她 400 加元，为什么我用卫生间的时候别人等不了，我就要责怪自己呢？这是什么逻辑？

这一周可真是漫长，终于到我搬家的那天了。告别之际，我把单英叫来，给了她 350 加元，让她当面点清。

她一边说："咳，不着急，不着急，"一边麻利地接过钱点了一下。

我心想，不着急什么呀？我这后脚就要离开了。

她点了钱又道："别多给我，你可别多给我啊！"

出门的时候，她说她周五晚上会带孩子们来我的新住处看我。我高兴答应了，并准备叫一些外卖，大家好好聚聚。

到了那天晚上，她倒是准时出现在我的新家，但是风尘仆仆，来去匆匆，说不好意思，她不能久留。我问她怎么回事。她掩饰不住内心的兴奋，活像情窦初开的少女，道："我刚得到一个工作面试，是市政环保局的工作，就在明天上午十点！我今晚就不能聚了，我得回去好好准备一下我的英文！"

说着，她搁下了她为我做的美食——锡箔纸里包的还是她那皮儿比城墙拐角还厚的"韭菜盒子"。

她走后，我一想，对不上啊！她不是说为了拉扯三个孩子不肯工作吗？她总说，凭她的资历随便一找都是月薪七、八万的职位，只不过她为了孩子做出了巨大的牺牲。怎么突然来一个面试，就让她这么兴奋得跟掉进了金矿里一样？我倒是希望她能得到这份工作，但是后来的结果是面试没有通过。她依旧没有工作，却收获了爱情：我不经意间当了一回红娘——单英和约翰好上了。

欲知后事如何，且听下回分解。

♣ 17 ♣

无心红娘

上回说到从单英家退房出来，搬到一山坡上的独栋小木楼，房东加室友叫约翰，是本地出生的英国人，从事装修、建筑工作。他离异后一直单身，两个女儿都已经 22 岁，中学就辍学了，现在在英国从事打耳眼儿、纹身之类的工作。

这个约翰很容易相处。在加拿大有过合租经历，基本都是老外室友，华人还真不多。也可能是因为幸运，我接触过的老外室友多数都比较自觉，宁可吃点小亏也不占便宜，而且凡是在公共区间，使用公共设施，基本上能做到为他人考虑；其次是如有摩擦或冲突或发生摩擦与冲突的潜在可能，能直面交流，能听得进去，而且不会往心里去。当然，何等人种都有差劲的、缺德的、自私自利的，但是我这里说的是十几年来的总体印象。

约翰干的是重体力活儿，每天早出晚归。我们小楼里一共四个人，他起得最早。他的卧室和我的卧室挨着，每天早晨我还赖在暖洋洋的被窝里的时候，都可以听见他开门、关门、锁门、下楼蹑手蹑脚，而且不开走廊的灯，生怕把我惊醒。我和约翰共用一个卫生间，楼下两人共用一个卫生间。约翰用了卫生间以后从不会留下用过的痕迹，冲得干净，不留异味，并会按照我的习惯将马桶盖盖好，座圈从无污渍。我放在卫生间里的洗手液、卫生纸，他从来不碰。他没有过半夜三更洗澡扰民，没有大声放过音乐，没有带来过客人，没有在洗碗池里留下未及时刷洗的餐具。我对他的抱怨为零。

有几天新闻上总是在播出法国巴黎的恐怖枪击事件。约翰称他和一个穆斯林同事发生了争执，他认为言论自由无可非议，如果有人取笑宗教或政治领袖，大可不必当真，英国人经常拿英国王室开玩笑，女王从来不介意。而他的穆斯林同事则认为取笑领袖人物是大不敬，会激怒穆斯林。约翰则说，穆斯林如果不接受西方的言论自由，为何又趋之若鹜纷纷移居欧洲？

约翰有一双巧手，我感觉没有他不会修的。我入住后三个月就目睹过他修好过烘干机、吸尘器、下水道、水龙头、淋浴、还见他开过铲雪机，擦过天花板，还见过他爬过屋顶修补漏缺。周一到周五已经十分劳累，到了周末他还坚持去教堂做义工，为做礼拜的人们泊车。

既然这么能干，加上单英确实需要有人帮她修房顶和车道，我牵线搭桥帮他俩接洽上了。

没多久，单英短信告诉我说约翰开始邀请她一起去教会学习《圣经》，可是这约翰的嘴闭得比蛤蜊还紧，只字没跟我提过。单还津津有味描述道，前两天，约翰冒着严寒，开车去她家送给她一本大字体的《圣经》，因为她眼神不太好，字小看得吃力。

这单英喜欢把"我是基督徒"挂在嘴边，但是我一次没见过她读《圣经》，所以那大字体《圣经》她未必赏识。

难怪这一阵子约翰每次下班回家冲个澡就匆匆出门，他走后十分钟我都能在楼道里闻见他用过漱口水的气味，还夹杂着一点古龙水的气息。我纳闷为何他近一个月来一反常态，原来晚上有了打发时间的去处。

我问单英道："你们光学《圣经》了，正事儿办没办啊？"

单诡秘地道："你什么意思呀？什么正事儿？你说个明白！"

"你不是请他修房顶和车道吗？修了没有啊？"

"早就修好了！活儿特棒！"单听上去十分满意。

"那就好。我想，收费一定合理吧？"

单迟疑了一下，道："嗯。"

过了片刻，她又接着道："实话实说吧，最近这一个月他几乎天天晚上都来我这儿吃饭，有时候还带一束鲜花或一盒点心……"

说着，她开始向我打听约翰的情况。先是问我这房子究竟是不是他的，我说还真不清楚，只是听人说是他老板的，但是这不是从他口中说出的，所以不敢确定。二是问我知不知道约翰有多少收入。我说，凭他这么多手艺，收入不会太低。

单道："得了吧！我看他收入高不到哪儿去。你看他，每次来我家吃饭，带的东西都不超过十元钱。我估计他是算好了这顿饭大约成本十元，所以他就往十以里的东西买。"

我哈哈大笑，道："你呀，这样算就没意思了。我敢保证，约翰压根儿没那心眼儿！人们常说，中国人有八个心眼儿，老外顶多有三个。不是一点儿心眼儿没有，而是肯定没中国人多，尤其是在人情世故上！"

我奇怪单英为什么打听起约翰来了。原来，他们俩好上了。

一个单身母亲拉扯三个尚未成年的孩子十分不易，没有正式工作，靠家里房间出租为生，即便这样，三个孩子学钢琴、学游泳什么的，一点不能输在"起跑线"上。一个女人如果这种情况，在中国再找对象恐怕太难了，但是约翰却义无反顾地加入了她的生活，承担起了一个丈夫和父亲的角色。

首先，他每天工地上下班以后，先回到我们这里换下满是泥土、灰尘的工作服和靴子，冲个澡，含一口漱口水，二话不说，开上车就奔赴那单家，到了她家就帮着做饭、管孩子，时不时还要给她修修这里，弄弄那里。这个约翰还是西餐烹饪高手，他给单的孩子们烤的蛋糕，孩子们比商场里卖的还喜欢。他甚至还给单的小女儿和儿子辅导功课，直至深夜十点。近 12 点离开单家，回到我们这里，第二日早晨六点多起床，上个厕所冲个澡便又去上班，周末也不睡懒觉，还坚持去教堂做义工，真是个劳累命。

我内心祝福这对异国情侣，也为单英找到归宿而高兴，但是似乎我这个红娘白当了，因为单向我明确道："其实我们本来就认识！以前去教堂的时候我们就有过一面之交，只不过又重逢了。"

没多久，单英说为了节流开源，打算把家里地下室全部装修打隔断，以增加出租收入，约翰将承担这一浩大工程。

我问单："这工程挺大的，那得给约翰多少工钱啊？"

单回答道："我们现在既然都这个关系了，当然就免费啦！"

做女人，或者说做一个亚洲女人，生存还是蛮容易的，尤其在国外。

"我们既然已经好上了，工钱就不要了，我只出材料钱而已。"

我心想，估计那修房顶和车道的工钱，单也省了。

她倒是省了不少钱，而我白交给那黑心房东安东尼的 1,200 加元还没有要回来，这安东尼是不见棺材不落泪，倘若没有法律部门的强令，他是一分钱不退的。

耐人寻味的是，所有的中国朋友都无一例外问我，这黑心房东是不是中国人？当我说是白人的时候，又无一例外问我是不是俄罗斯人或东欧人？当我说是加拿大本地人的时候，所有人都瞠目结舌，不敢相信。

金秋九月上网缴纳了 50 加元向当地房东与租户仲裁委员会提交了投诉申请，到了大雪纷飞的 11 月下旬才通知原告被告出庭——其实不是什么法庭，就是一个会议室内一群有纠纷的租户和房东，等候着仲裁员的问询和裁判。

华人估计当惯了房东，总说加拿大法律偏袒弱势的租户，而我感觉这一艰辛的秋菊打官司历程中我根本没有得到任何偏袒和同情，要钱回来比登天还难，最后只要回来 800 加元。

欲知详情，且听下回分解。

♣ 18 ♣

智斗无赖

上回说到因工作来到多伦多附近的大学城，不巧遇上差劲的加拿大房东安东尼，从未谋面，只在网上沟通，到了出租房子那里，却满屋一片狼藉——不但没有大门钥匙，我的卧室没有门锁，没有电灯，沙发床没有床垫，只有木片"排骨"，更可怕的是旁边房间里还住着一个疑似卖淫女，群奸群宿，令人发指。

无论怎么跟房东沟通，他死活不退我预交的 1,200 加元，其中包括第一个月房租 400 加元，最后一个月房租 400 加元，还有 400 加元电费押金。

我知道，除非你遇上一个正人君子，否则谁会把到手的钱再退给你？更何况你们素不相识，更不知他住在哪里；只有一个手机号，一个电子邮箱，他完全可以不搭理你。有一天你催款催烦了，自然也就懒得要了。

当时报警后出警的警察给我出了主意，让我向"房东与租户仲裁委员会"投诉。于是网上交了 50 加元手续费，填了表，简单描述了事情来龙去脉，复印了当时跟房东签的租赁合同和来往邮件，然后就可以等着这个委员会的出庭聆讯传票了。

一个多月后，委员会给我寄来传票，还让我负责把另一份传票递交给房东安东尼，并确保他收到，要有他收到的凭证——或者是挂号信签收证明，或者是他收取时有旁观者目击，总之，你必须提交证据，证明他收到了。如果被告收到了但缺席出庭，那么仲裁员可以在被告缺席的情况下作出裁决，而这种情况可想而知——通常是对缺席者不利的。

可是问题来了：我不知道房东安东尼具体地址，怎么递送传票？这不是胡扯吗？这就是加拿大法律对于弱势的租客的偏爱？于是我给安东尼发去手机短信，索要他住家地址。

他本身就想赖钱，可能告诉我他家住哪里吗？当然不会！想到这里，又来气了，这就是加拿大民主法治啊？吃了亏，难道就白吃了？

于是我只能将传票用挂号信方式寄到他的出租房那里，虽然他不在那里住，但是那登记的房主就是他的名字。那不是他家，又是谁家呢？

不到一周，还住在那里的李强告诉我挂号信到了，他替安东尼签收了，并发短信告诉安东尼。他取不取就是他的事情了。

到了开庭那天，坐了一屋子人，基本上都是租户投诉房东，只有个别的是房东投诉租户。现场没有正规法庭那么正式，倒是有点像中国古代的县衙门。别看那么随意，这个仲裁委员会的判决是有法律效应的。

果然，安东尼缺席。仲裁员是一个黑发黑眼浓黑眉毛大眼球的白皮肤女人，究竟是欧洲裔还是伊朗裔，说不清。听了我的陈述，看了我出示的挂号信签收证明，当庭宣布判安东尼还我 1,200 加元。

当我绘声绘色描述隔壁房间的卖淫女的时候，只见全场所有人愕然不已，眼珠子都快掉出来了。他们不敢相信这样的事会发生在这座以高科技产业、知识精英云集而著称大学城里。

只要是司法机构宣判了，执法力度是很强的，极少有人敢抗法，因为代价太高。

这一回我堂堂正正把仲裁委员会的判决书电邮给了安东尼，又短信通知他查看邮箱。点了发送键后，感觉终于扬眉吐气。我不再联系他，等着他乖乖地联系我吧。他不是屡次三番不理睬我的短信、电话、邮件吗？看看他是否敢不理睬司法机构的判决书。

　　等啊等，没等来安东尼跟我联系，却等来仲裁委员会的又一封通知，说他们收到了安东尼的回复，上次传票他没收到，故而缺席出庭，因此仲裁委员会准许撤回判决，重新审理！

　　翻手云覆手雨，这善变的仲裁委员会着实让我见识了诉求正义与公平的艰辛。

　　我想，安东尼明知第一次他缺席的情况下判他退还我全部的 1,200 加元，依然死活不认账，还要坚持出庭据理力争，说明他会无理狡辩，会找我这方面的软肋。所以，二次出庭之前，我务必思虑周全，不打无准备之仗。大多数人在这种情况下总凭着冲动、感性，想象着自己多么在理，多么正确，多么委屈，而对方多么理亏，多么蛮缠，多么可恶。而我知道，打官司不能只打苦情牌，要有谋略，要知己知彼，就像下围棋一样，每走一步都要考虑到下三步的可能性。

　　我仔细过目了所有资料，理清脉络，初步判断安东尼会怎么呈词，仲裁员会怎么回应。我心想，这仲裁员轻易撤回判决，有可能有偏向房东的嫌疑；我作为在加拿大的一个中国人，面对的将不是一个对手，而是两个，而且是两个加拿大的对手。

　　我这么想：第一，安东尼的目的就是 1,200 加元都不退。第二，如果不退钱，他就要找不退的理由。第三，当地租赁房屋的有关法律规定，房东不退钱的理由可以是租户已经入住，但自行放弃，另寻他处。他肯定会咬准这一点不松口。

　　而他毕竟不是弱智，很可能考虑到我会反驳说入住后我发现房屋条件和合同上陈述不一致或未达到适宜人的居住条件而做出应对。法律有规定，在这种情况下，租户有责任主动和房东联系、协商，解决问题。他可能会狡辩说，他跟我通了电话，答应一一解决我提的问题。可是除了警察打电话他接了，我打电话他永远不接，他是在电话里跟警察毕恭毕敬地有求必应，警察一走他就杳无音讯。为防止他当庭撒谎，我上手机网站打印了从入住第一日到出庭那日的所有电话进出的清单，还打印了跟安东尼往来的 80 多封电子邮件，其中后面十几封全是我的单方邮件，可以看出压根没有他的回复。

二次出庭的那天，外面大雪茫茫，一片银装素裹白色世界。我没有车，一步一个雪坑步行到了仲裁现场，其实就是社区活动中心中的一个会议厅。

未开庭前，会议厅里已经坐满了被告、原告以及他们的家属朋友。

一个自称是调解员的中年白人男士找到我，身后跟来一个神情紧张、目光游离，不敢正视我的年轻白人男子，原来他就是安东尼本人。正如最初我的那个朋友的朋友所说，这安东尼怎么看都像个体面人：金发碧眼、眉清目秀、身材修长，约有一米八几，年龄约 30 出头。上身穿着精致的羊毛衫，下身笔挺的西裤，脚上是一双皮靴，手上不停地晃动着一把车钥匙，似乎在做自我安慰。

那调解员负责我的案子，把我们带到了仲裁现场。这一次仲裁员依旧是上次那个黑发黑眼浓黑眉毛大眼球白皮肤的女人，一脸严肃，不怒自威，颇有王熙凤协理宁国府的气势。

果不其然，问讯的时候一问一答都是我事先预想到的。

仲裁员问我道：“你是否入住了？”

我回答：“是的。”

仲裁员道：“是不是你第二天自己放弃的？”

我回答：“是的，但是……”

仲裁员立刻打断了我的话，道：“你只回答我的问题，是还是不是。”

我一看这形势不妙，和第一次出庭那种酣畅淋漓大相径庭。

旁边站的安东尼，面无表情。我暗自琢磨，难道就因为这安东尼唬人的外表，女仲裁员就背离了职业道德，开始偏袒无赖？

仲裁员问我道：“你为什么要放弃？”

我又重复了一遍重复了无数次的话，一五一十描述了我的奇葩遭遇。

仲裁员听完，那双威严的黑眼转向了安东尼，问道："你有没有与租户保持沟通，并答应解决租户提出的刚才那些问题？"

安东尼那张人五人六的斯文面孔后隐藏的厚颜无耻终于显露了，只听他面不改色地道："我一直在和租户联系，接下来的几天我都和他通电话，我很诚恳地愿意解决他提出的那些问题……"

这下子，那女仲裁员仿佛如释负重一般，目光转向我道："房东没说不解决问题，是你自己放弃的。"

我一听，简直怒火中烧，这是什么混账仲裁员？简直荒唐透顶！

我回敬道："他所述不属实！"

我用气得有些发抖的手打开文件夹，取出资料，道："这里是我打印的过去三个月所有的手机进出电话清单，上面没有一个对方打来的电话，没有一条显示对方接听过我的电话！"

说着，我像洗扑克牌一般故作声响整理了那堆纸张，做出要提交给仲裁员过目的姿态。

她给了我一个手势，道："就不用看了。"然后目光转向安东尼，问："人家有证据，你怎么解释？"

安东尼顿时哑口无言，理亏词穷。

我趁热打铁，又掏出厚厚的电子邮件打印稿，以我最锐利的目光巡视了现场一周，和所有的观众都对视了一下，然后提高了嗓门道："我这儿还有 80 多封邮件的证据，证明房东自从网上收了我的钱之后就彻底失踪，再也不跟我联系！"

只听全场一片唏嘘。

仲裁员看我在煽动公众情绪，顿觉不妙，赶紧示意我打住，好像我在藐视公堂。

没有当庭宣判，只是在聆讯后，那个男调解员再把我们二人带到另一间小办公室。原来程序是这样的：调解员先庭外调解，如果被告、原告达成一致了，就省了等候判决的旷日持久的过程，对于三方（仲裁方、被告、原告）都是省时省力的好事。如果被告原告达不成一致，那只好再走下一步了。我当然也不愿意打持久战。

这个调解员快人快语，看来人都是同情弱者，他方才听了我的遭遇，明显站在我一边，还没听安东尼如何狡辩，就已经开始言辞犀利地劝他老老实实把 1,200 加元都还给我得了。

安东尼终于退了一步，说只退电费押金 400 加元，两个月房租不能退，原因是因为我的放弃，当月和接下来的一个月我的那个房间都空着，他没有房租收入，所以损失就得由我那 800 加元弥补。

这个满口谎言的家伙，再一次被我揭穿了：我事先已做了功课，李强透露给我，我那个房间第二个月他就租给了一个来自哥伦比亚的租户，他怎么可以信口开河说两个月无租户呢？一听我揭穿他，他满脸通红、无地自容。那调解员更是变得开始有点替安东尼难为情起来。这时，情形发生了逆转，我成了强势一方，面对我的气势，安东尼倒成了弱势一方，只见他垂头丧气坐在那里，像是犯了错的小学生，等待着老师的责备，家长的惩罚。

调解员目光又转向我这边，让我做出让步，说道："你看，你毕竟入住了，他当时也答应解决问题，但是你匆匆离开另找别处，确实也没给他机会解决问题。我看，就退还你800 加元吧？"

调解员那灰绿色的双眸里有尴尬，有无奈，有疲倦，有自责。

听他这么一改口，我多少有些失望，因为我怎么看都觉得应该 1,200 加元全部退还，但是我无心恋战，生活中还有更重要的事情，所以我只犹豫了两秒钟，就同意了。

这调解员如释负重，立即转向安东尼，道："你看看，人家都同意了，你还要怎么样？"

这安东尼可真是爱财如命，让他退钱比割肉还疼，半天不吭声。

调解员道："你现在同意也罢，不同意也罢，最后判决了，未必结果比现在这个更好，何必呢？你好好掂量掂量吧。"

不见棺材不落泪的安东尼，咬咬牙，只好同意了。

调解员顿时满面红光，像是喜事临门，突然精神矍铄起来，拍拍安东尼的肩，又跟我握握手，然后就宣布结案走人了。

离开的时候，安东尼依然目光游离，不敢正眼瞧我。他掏出手机，面无表情地跟什么人打起电话来，可能是他老婆？他攥着车钥匙在我前面离开。我心想，如果我请求搭他的车一程，他会如何反应？算了，我还是一步一个雪坑，步行回家吧。

第三天，他从网上给我打来 800 加元，不多不少。

后来，听李强说安东尼终于把那个卖淫女撵走了。后来李强也搬走了，他搬到了自己买的公寓里，有泳池，有健身房，自己的房子自己住，舒服多了。

严格来说，我没有取得应该的胜利，我交了 1,200 加元，退回 800 加元，那 400 加元就算是交学费了。生活中总要有交学费的时候，不是这个地方，就是那个地方，我们不可能一点冤枉钱都不花，我们只能是把损失降到最低。人生中，最不可惜扔掉的就是钱财，所以我没有什么遗憾。

一场鸡毛蒜皮的官司，让我对社会、对人生又有了新的领悟，那就是正义无论在哪里都是在极少数人手里的。我还算有点墨水，况且这样，试问那些英文不通、甚至是英文尚可，但不足以出庭跟加拿大人雄辩的，岂不是干吃哑巴亏？如果自己不善辞令、缺少辩才，容易被人抓住瑕疵，恐怕还要支付昂贵的律师代理费用。如此一来，正义、公理，岂不是纸上谈兵、水中捞月？

从地球这端来到地球那端，哪里都没有绝对的正义。碰了很多次壁，人只能开始在天国里寻求慰藉。一次华人聚会，打开了另一扇门，结识了形形色色的人，使我有机会了解那一个酸楚、隐秘又抚慰破碎心灵的世界。

欲知后事如何，且听下回分解。

♣ 19 ♣

小城故事

上回说到来到多伦多附近小城，原以为可以过上无忧无虑、与世无争的田园生活，谁知一去先打了一场维权官司，即便是千百元的纠纷，也耗费了好几个月的时间，心想，以后无论怎样可千万别惹官司，所谓"祸福无门，惟人自招"，要自己本本分分做人，多吃点亏，少与人经济往来；接触人虽不可避免，但要敬而远之，说话时莫信口评论。如此这般，多半会远离是非。当然，也有是非从天而降，那只好去应对。

这座小城，似乎就没见过没有雪的样子。每年从 11 月开始下雪，一直下到来年四、五月间，几乎每天都雪花飘飘，然后家家户户就开始了冬眠般的生活。如有一日不扫雪，恐怕家门都难以迈出。

可怕的不是大雪，而是雪化的日子，街道到处泥泞不堪不说，被雪覆盖了半年的各种花花绿绿的垃圾逐渐裸露出来，蔚为壮观。

我倒是不介意大雪。我总觉得晴暖的天气代表着肤浅，而雨雪天气象征着深奥。我能想象出雨果在阴雨连绵的巴黎书房中、摇曳烛火下笔耕不辍，托尔斯泰在冰天雪地的图拉家中烧木取暖、奋笔疾书，但我难以想象哪个作家只穿着沙滩裤躺在白色沙滩的芭蕉树下在思索命运的悲怆和人类的苦难。

那是寒风刺骨的一天，说是零下 17 度，但是加上风冷效应足足有零下 30 度的感觉，开车的人们都迟迟不愿意触摸冰冷的方向盘，但是我却出门来参加便利店老板姜大鹏介绍的一个华人文化沙龙，据说由当地一新移民孔孝先主持。

孔孝先，年龄 50 岁左右，移民前系北京出版社编辑，妻子则是北京理工大学教授，儿子已入多伦多大学，据说在那里很快崭露头角，成为多大一名学霸。

孔先生总是一副温和有礼的样子，爱广交朋友，颇有《水浒传》里柴大官人的遗风，不过柴进爱结交四方豪杰，这孔某则爱往来文人墨客，家里经常高朋满座，可谓是"谈笑有鸿儒，往来无白丁"。

华人文化沙龙就在这种情况下油然而生，每月一次，每次一个地点，大门向小城任何华人敞开。每次有数人演讲，每人 20 分钟，向大家介绍一部作品，或小说，或诗集，或哲学历史专著。

经姜大鹏引荐，我和孔孝先联系上了，他盛情邀请我参加演讲。我初来乍到，自然想顺便给众人介绍一下自己，索性就带去了自己的书《改命》。

那一天的沙龙在一家庄严肃穆的教堂的会议室里举办。

日光透过彩绘玻璃照进室内，外面凛冽的北风此起彼伏地呼啸，室内则暖意融融，一派祥和。现场来了十几个人，都是陌生面孔，少的十八、九岁，长的七老八十。另外三个演讲人都是女士，一个是华为离职的 IT 工程师杜文丽，一个是 80 后文艺青年徐春红，一个据说是曾经的工程师、现在的自由职业者，名叫谢明霞。

杜文丽第一个发言，她选读了颇有争议的有关奥修的著作。如果一个人每夜入睡前床前灯下爱读这类书，说明她的灵魂还是有救的，否则吃吃喝喝、家长里短，看看肥皂剧，不就如同行尸走肉？况且这是一个前华为 IT 工程师，看来不完全只和枯燥乏味的程序打交道。前半生效劳华为赚取生活的自由，后半生移民加拿大养花种草、读书思考，真可谓完美人生。

我第二个发言，向大家谈了我的《改命》一书创作经过，只见孔孝先听得耳朵都竖了起来——他尤其对命理、宗教、超自然之类的话题兴趣盎然。我一共带了五册，他当即表示要购买两册。我身旁又有三个人都要购买，五册书当场宣布售罄。

其中买我书的一个 70 岁上下的老太太没带现金，还问别人借了钱购买了一册，令我感激不已。然而她一句话就让我大跌眼镜，她问我道："你出这本书，花了多少钱？"

这简直让我哭笑不得，我回答道："我没花钱，我是收版税收入的！"

我心想，这老太太够奇葩的，大庭广众之下，和她素不相识，这样的问话够直的。老太太名叫田秀英，一桌十几个陌生人，唯独她给我留下了印象。

孔孝先听得入神，破天荒地让我打破 20 分钟限制，继续说。我说，还是留着时间给下面的人吧。于是文青徐春红开始向大家介绍起《少年维特的烦恼》。只见她还没说上五分钟，就被田老太太没好气地打断了，道："你废话太多，太啰嗦了，还是捡重点说说就行了。"

众人一听，顿时全场一片僵局。

徐春红本来埋在书页里的如醉如痴的脸，缓缓抬起来的那一刻唰的一下泛白了，两眼委屈地眨着，似乎要挤出几滴眼泪。

会议桌另一端一男子满脸通红，杀气腾腾，似乎要挥拳打人。我还纳闷这是何故，原来他是徐春红的老公——自己老婆被人羞辱，当然看不下去。而永远一副敦厚样子的孔孝先依旧笑容可掬，道："没事，没事，继续说吧，有大把时间呢！"

被田老太太这么一激，徐春红只好硬着头皮草草收场，接着轮到了压轴的谢明霞。这是一个 50 岁的女人，看上去倒是很朴实，一开口让我见识了小城大戏——她向大家推介的"名著"是直销公司"呼优那"的保健小册子。我正纳闷孔孝先为何会纵容此事，田老太太又发话了："我看你可以打住了！你这既不算是文学，也不是什么哲学、历史。我知道你也去过我们那个教会，你还不如为我们读一读《圣经》呢！"

谢明霞辩解道："可是我这本书被称作是保健品行业的《圣经》啊！"

田老太太道："你趁早拉倒吧，不就是那个搞传销的吗？她们好多人拉过我好几次，我家门槛都快磨平了，我就是不入！"

谢继续辩解道："文学是人类的精神营养品，可是我这也是在推广营养品啊，而且是货真价实的营养品，钙片啊，葡萄籽精华啊，舒肝宝啊，我们一家都确实受益匪浅。我送您一本小册子，您不妨回家好好看看……"

田道："得了得了，可别给我看，我眼睛不好，白内障，没法看你们那些东西！"

话音未落，谢马上接着如连珠炮单般迎合道："眼睛不好啊？那就得吃我们的视力宝！我们的视力宝含有维生素 C 和锌，有植物营养素叶黄素、玉米黄素和山桑子，能通过对抗自由基损伤维持眼睛的长期健康，帮助维护良好的眼睛健康和视力，还通过支持神经功能和抗氧化活性来帮助大脑……"

田像是椅子着了火一般突然起身打断了谢，道："我没兴趣听。"

她又扫视了现场众人，问道："你们现在谁回家？开车捎我一下。"

时间也差不多了，孔孝先见状索性宣布这次沙龙结束。

我也没车，正好有人顺路把我和田老太太依次送回家，如此就有进一步机会和田老太太认识了。看了今天这出戏，感觉这是个人物。她也就是来了加拿大，倘若还在中国，这性格不知得得罪多少人！老太太是有故事的人，有着十分悲催和离奇的经历，后来居然跟我成了温哥华的邻居。

　　逐渐熟悉了此人，发现她是一个矛盾综合体，善的时候可以留生人在家里免费吃住，恶的时候可以指人鼻子骂得狗血喷头。

　　90 年代就铁了心"润"到了加拿大，是 20 多年的老移民了，但是至今仍活在《新闻联播》中，拥护党中央决无二心。出身书香门第，祖辈尚佛研易，但是她却笃信基督新教，热衷查经传道，常常自夸曾经带领多少人决志受洗。

　　了解田的故事，先是从别人口中，然后再是她的自述。移民前她是兰州大学图书馆的一个不大不小的行政干部，丈夫杨树平则是化学系副教授。上世纪 90 年代中期老杨得到一个机会来蒙特利尔的麦吉尔大学做访问学者，做着做着，在田的鼓动下顺便就办了技术移民，把老婆也顺带一起办了。就这样，田秀英国内的工作彻底没了，如今人已退休，但国内一分养老金都没有了。

　　来到蒙特利尔后田秀英跟人去了教堂，开始决志、受洗、敬拜、祷告，《圣经》不知翻烂了多少本。想当年她也曾是"不爱红妆爱武装"铁骨铮铮的红卫兵头目，誓死捍卫毛主席，坚信从来就没有什么救世主，但是东方出了个"大救星"。就这么一个人怎么会跟信基督教沾上边？

　　认识她之后的一个周末，田给我打来微信视频电话，道："达哇，你的《改命》我看完了，大部分内容我很认同，但是你有一个极大的硬伤，我要给你纠正一下。"

　　我好奇道："在下洗耳恭听，愿闻其详。"

　　田慢条斯理道："你的书里面把佛教抬得太高了。你知道吗？我们这个世界只有一位真神，《提摩太前书》、《申命记》、《以赛亚书》都多次提到。你要好好看看《圣经》。如果没有的话我可以送你一本，我这儿中文版、英文版的都有。"

　　我答道："谢谢！佛教的智慧是博大精深的，当然，《圣经》也有《圣经》的智慧。博览群书、触类旁通，都是好的。"

　　田有些不爽了，道："你就别给我提佛教了，我恨死佛教了！佛教是最骗人的宗教！我爷爷、奶奶、我姥姥，他们都吃斋念佛，要说对佛教的了解，我不比你多？"说着，她讲述了一件心酸往事……

　　她和丈夫杨树平青梅竹马，自由恋爱结合，婚后先有一女天赐，后有一子，取名天宝，意为上天赐予的宝贝，于1975年冬季降临人世。天宝从小乖巧可爱，别人给他一块糖，他知道省下来先给妈妈吃。田晚上洗脚，他知道给她递擦脚毛巾。看了春节联欢晚会，他会学费翔的《一把火》，逗得她夫妻俩捧腹大笑。

　　一次深夜，天宝从噩梦中惊醒，田秀英听见哭泣声赶紧去问个究竟。只听天宝说："妈妈，我梦见你出国，不要我了。"

　　田赶紧亲吻孩子的额头，道："傻娃子，妈妈要是有出国的好事，还能不带你？"

　　1987年那年，天宝未满12岁，一家去九华山旅游，在一座寺庙里遇到一黄袍白须老僧人，据香客们反映说此法师能掐会算，精通周易。虽然原始佛教反对占卜，但是自佛教传入中国，逐渐和本土文化相融，以至于学佛者都研易，研易者皆信佛。佛教信因果宿命，常言"一饮一啄，莫非前定"；易经信命定，认为富贵穷通，皆有定数。所以二者一拍即合。

　　老法师门前香客云集，但他似乎一眼就看中了小天宝，两眼顿时放光，道："这孩子不一般啊！有没有生日啊？"

　　田是爱听好话的人，没来不理会这些佛呀道呀什么的，一听老法师这话顿时停了下来，道："有的！1975年12月26日，几点我记不清了。"

　　田转身问老杨，老杨倒是记得死死的，道："凌晨一点不到。我记得刚生出来，钟就响了一下。我瞅了一眼，刚好一点。"

　　法师翻了翻万年历，将生日转换成了农历，得出八字：乙卯、戊子、辛卯、戊子。

　　然后他用笔在一张纸上写写画画，全是田秀英和老杨看不懂的东西。

　　念念有辞了几分钟，法师说道："好啊！这八字，有两个文昌星，主学问。这孩子将来前途无量啊！一定要好好培养，将来不是清华就是北大。"

　　田秀英一听，欣喜万分，激动不已地问道："师父，您看看有什么注意事项吗？"

　　法师摇摇头，道："有点磕磕碰碰，但都无大碍，有护法加持，一路畅通。我看啊，你这孩子不是一般人家的孩子，不仅将来有名，还会官高爵显，也就是说，会当大官儿呢！"

　　老杨道："还是继承我的衣钵吧，就老老实实当个学者。当官哪那么容易啊？我们可是都经历了无处次政治运动，都怕了。"

　　法师道："莫怕。你知道吗？你儿子的八字和胡耀邦的八字一模一样啊！我乍一看，就觉得眼熟，因为昨天还有人拿胡耀邦的八字来找我看。"

　　田和老杨听了更是乐得合不拢嘴，问老法师收多少钱。

　　老法师道："佛家普度众生，怎能收钱呢？你就看情况随心留下香火钱即可。"

　　田当即给法师留下 10 元钞票，老法师面有不快之色。老杨见不合适，又添了 40 元，又从法师那里请了念珠、观音像等佛具，并花钱请法师开光。带了那法力无边的佛具，回家路上都神清气爽的。

　　然而，刚回家不到一周，天宝天天嚷嚷着说头疼、恶心，起初以为是感冒，但是头疼逐渐加剧，以至于夜里从睡眠中疼醒，只好送去医院。

　　很快诊断就出来了——儿童脑质瘤。这是一种恶性肿瘤，是医学上的难题，由于它与正常脑部组织基本没有明显界限，采用手术难以完全切除。即使能够进行手术，也存在着很大的危险，稍不小心就可能危及生命。况且脑部不适宜放疗化疗，效果也不会好，因为这种手段杀不死多少癌细胞，却杀死大量正常脑细胞。

这一消息对于田秀英夫妇来说犹如晴天霹雳。好好的孩子，一向健康，怎么会突然有了这个病？况且二人家族都无此病史。医生说，十万个人里才有几个人会得此病，为何偏偏落在了自家儿子身上？

从送到医院到宣布死亡，仅仅一周时间。

就这样，一个活泼可爱的儿子没了。

那"文昌星"呢？

北大、清华呢？

前途无量呢？

官位亨通呢？

想起那和尚的信口雌黄，田秀英恨得咬牙切齿。

一年多来，田秀英每每遇见亲朋好友，她总会说同样的话："唉，我真傻，我竟然相信老和尚的话，他说我儿子会有出息，会上北大、清华，还会当大官儿，我真信以为真了。结果半个月不到孩子就没了。"

久而久之，人们管她叫"祥林嫂"，能有耐心听她絮絮叨叨的只有她的"贺老六"。

等到"贺老六"得到出国进修的机会，田秀英义无反顾地辞职跟他陪读去了。她总忘不了那一晚天宝的话："妈妈，我梦见你出国就不要我了！"

田默默道："天宝，妈的心肝儿，我会把你带到加拿大的！"

走的时候，她带上了天宝的所有照片和一小瓶骨灰，到了蒙特利尔，先去圣劳伦斯河把骨灰撒在了河中。

可是，福无双至，祸不单行，不出几年，"贺老六"也走了，撇下田秀英母女二人。

欲知后事如何，且听下回分解。

♣ 20 ♣

悲情人生

上回说到田秀英和丈夫老杨出国到了加拿大蒙特利尔，老杨在麦吉尔大学得到一个访问学者的机会，每个月可以从校方领取一些津贴。那是 90 年代中后期，当时的中国和加拿大生活水平差别还是巨大的，自然来了以后如果有机会申请移民都不会轻易放弃。

二人得到了枫叶卡，后又都将枫叶卡转为了加拿大公民卡。

田秀英初次享受了一点法语区的福利，那就是魁北克省政府给新移民出钱，让他们免费去学法语。就这样，曾经学过一点儿俄语而一点儿英语没学过的田秀英来到加拿大先学了法语，没多久甚至能用法语做一些基本的会话，只是偶尔会将法语和俄语搞混，常常搞得法裔加拿大人一头雾水。

田秀英学外语有很多窍门：俄语的"星期六"是"袜子搁在鞋子里"，"请坐"是"杀鸡见血"，"再见"是"打死你大娘"；法语"你好"是"笨猪"，"再见"是"杀驴"。凭她学语言的独门绝技，很快就成了中、俄、法三语大拿。

起初二人主要生活来源都是靠老杨学校里发的访问学者津贴，虽然不多，好在蒙特利尔房租便宜，交了房租紧紧巴巴够二人生活。访学期限到了，老杨又申请到了多伦多附近的密西沙加读博士后，二人搬离了蒙特利尔。那之后的收入全是靠奖助学金，发完了就没了，还得去打工。

于是田秀英硬着头皮也出去找活儿干。她发现认识其他华人最佳途径就是去华人教会。去教会未必都冲着上帝，而冲着"组织"，那里总有热心人帮忙，从翻译个材料到介绍工作，时不时有免费快餐饮料，逢年过节还有晚会活动，虽然号召各位奉献捐款，量力而行，但也不是强求。吃了十几次慈善圣餐，田秀英只奉献过五加元。

田秀英起初倒是对宗教活动毫无兴致，但却乐于在那里结交朋友，在那里可以找到免费司机，偶尔开车带她办点事，也可以找到免费托运，回国时候顺便帮她给国内亲友捎带一个包裹。她还在那里经人介绍先后去了几家制衣公司和几家华人开的便利店，但凭她的性格，没有一家工作超过三个月的。

俗话说一物降一物，否则夫妻过不到头。以田秀英的性格，这世上除了老杨，估计没有第二个男人能跟她过到一块儿。田不擅长收拾屋子，结婚前的老杨还算是挺干净利落的一个男人，结婚后也凑合起来，家里只要有一处随意，就有三处、八处、15 处的邋遢开始累积起来，久而久之就成了杂货店一般，几乎无法下脚。

田舍不得扔东西，家里活像废品收购站：书橱成了半个碗橱，里面横七竖八躺着老杨的书本、田淘来的瓷盘瓷碗，还放着药瓶、点心盒、购物发票、信件等物。貌似大街上捡来的沙发上胡乱盖着一个床单，一屁股坐歪了，也从来不规整一下。盘子和碗里的剩饭菜，上面再扣一个大碗，就这样放进冰箱里，懒得用保鲜盒。百叶窗有几页脱落了，就永远那么脱落着，似乎眼不见心不乱。

田爱去二手店淘画，但是淘回家又迟迟不挂，就堆在墙角，全都落上了灰尘。

她爱包饺子、拉面，每干一次活儿案板上、桌子上、地板上全是面粉，那案板擦都不擦，还沾着四处飘扬的面粉就收进了橱柜里。

大街上捡来的吸尘器，没吸两个星期就坏了，放在那儿也舍不得扔，期待着有一天突然哪个松了的零件又紧了，机器又可以转动了。旧的不去，新的就不会来。

别人进她家如果脱鞋，脏的绝对是袜子。

田倒是一日三餐都给老杨准备得好好的，从不让老杨下厨房。她爱打发老杨去买菜，但是每次都要数落老杨半天：这个菜买得不新鲜，那个菜没买对；这个菜买贵了，那个菜买少了。

老杨属于那种十锥子扎不出一滴血的，总是笑呵呵地就过去了。老杨爱收看"美国之音"，只要被田秀英碰到，她准开始絮絮叨叨骂那些华人记者、播音员为"汉奸"，所以老杨只好偷偷摸摸收看。老杨是个理工男，不太相信中医阴阳五行理论，总觉得说得之乎者也的，但是不解决问题，而田秀英是坚决捍卫中医的，只要说到这个话题上她总是要拔高调门儿时刻准备要吵架的样子。她总要说中医是中国的国宝，西医治标不治本，只有中医标本兼治。但是老杨始终搞不明白，究竟哪个人类难以攻克的疾病，西医无能为力而中医宣告标本兼治了？老杨总会说："老百姓信中医的多，多半都是人云亦云，古装电视剧上看来的。"

"你懂个屁！你以为你多喝了几年墨水，就比老百姓懂？你不是老百姓啊？你不是老百姓生的啊？"田这时候总爱这么教训老杨。只要一有爆发战争的苗头，老杨赶紧闭嘴，出门到外面转一圈，琢磨着田的气头缓和差不多了，才回家来。

田一遇到不顺心的事就开始埋怨老杨把她带到加拿大来，似乎所有的不顺心都是因为这个国家造成的。看病、化验、取药，只要一有排队，田就一百个不满意，因为她总是恨不得去了以后她是第一个病人，所以她总要挂在口边："加拿大可真耽误人的病啊！这要是在中国不就立马办了？"

但是老杨不这么认为，他深深记得那一年带他老母亲去国内三甲医院看病，带着老太太挂号科、诊室、化验科、药房楼上楼下到处跑，人头攒动、孩哭娘叫，到处是医院的药水味儿不说，取尿的厕所里的茅坑还趴着肉乎乎的蛆虫；老人走不动了，偶尔遇到有电梯，总是有人进了电梯以后迫不及待赶紧按关门键，以至于他们迟迟进不了电梯。

有了对比，老杨是既来之则安之的，田秀英则是既不愿意换回中国护照回国定居，还要天天抱怨加拿大。老杨不能劝她，只要一劝，她就会发飙道："怎么啦？我就不能发表我的意见了？"

他们的儿子天宝早夭了，她用了七、八年的时间才缓过劲儿来。两人生活在加拿大，稳定下来，总觉得少了点什么。老杨说还可以再生一个，还起名字叫"天宝"，她马上就会发飙道："你以为我儿子是猫是狗呢？再养一个还叫原来的名字就行啦？"

虽然一年365天至少有360天田秀英在和老杨抬杠中度过，但并不等于他们没有了感情。田是深爱着老杨的，他们算是青梅竹马，自由恋爱结婚，没有介绍人，没有家长安排，一切都是水到渠成，老杨是田的第一个男朋友，也是一生中唯一的一个男人。对于田来说，爱的结果就是抬杠，就是找茬儿；假如她对你客客气气了，那反而说明她对你没有了兴趣。

她女儿天赐以前总爱说："妈妈，我怎么觉得爸爸好像爱你更多一些？"

田总是得意洋洋地说："那当然啦！要是他不爱我更多一些，我能找他吗？"

70后的人问父母这样的话极为罕见；40后的那代人，说出这样的话，有这样婚姻的人，更属罕见啊！不知有多少老一代人羡慕？

自来到加拿大，为了省钱，二人一直没有舍得回国一趟。

这一年秋季，田秀英接到家里电话，80岁老母亲前两天吞了一枚金戒指想自杀，被家人喂了韭菜拉了出来。她母亲在她出国后被诊断得了老年痴呆，即阿兹海默症，总是健忘、失忆、失语，生活已经不能自理。众人不解她为何要吞金戒指，大家都分析说可能是老人家怕自己的病连累大家，想早点了却此生。

田一听赶紧订了机票回国去了。走的时候给教会的牧师、师母和教会的朋友们匆匆打了个招呼，牧师和师母号召大家紧急集体祷告，希望神的恩典降临到田秀英母女身上。

风尘仆仆赶到国内，到了医院，母亲恢复尚好，很快可以出院。田出国的时候，母亲还千叮咛万嘱咐让她常来电话报个平安。等她再回国的时候，她已经不认得她这个女儿了。

"谢谢你，闺女！你从哪儿来啊？"她母亲攥着她的手，问道。

"妈，我是秀英啊！我昨天刚从加拿大回来，专门来看您来了！"田秀英心里一阵酸楚。

"哦，你从加拿大来啊。就你一人在国外啊？你爸妈都在加拿大吗？"母亲脸上十分安详，依旧是那张熟悉的脸，但是如今又那么陌生。

田秀英不想再多说什么了。她暂时住在她二姐家，晚上回到家就开始连夜祷告。大洋那边的加拿大密西沙加，华人教会里的弟兄姊妹也在为她母亲祷告。第三天，医院说她母亲没有什么危险了，可以回家了，于是他们把她接回了家。等她再去看望出院的母亲时，她惊呆了，这一回她母亲竟然认出了她，老泪纵横道："秀英啊，你可终于回来了！我还以为再也见不到你了呢！"

再聊几句，田和姐妹们发现她们的母亲老年痴呆症竟然痊愈了！不仅思维清晰，记忆力恢复，而且还能跟人打麻将。这之后她母亲又健健康康活了四年，直到 84 岁时候寿终正寝。

田秀英跟她们的姐妹们议论道："这简直太奇怪了。难道妈的老年痴呆症是因为吞金戒指吃韭菜好的？"

二姐哈哈大笑，道："希望如此，以后凡是得老年痴呆的都可以这么治疗了！"

她又转念一想，"莫非是祷告被神垂听了？"

她母亲的确是被诊断为阿兹海默症，医生已经说了，这个病在全世界都是难题，是不可逆的。如果不是因为吞金戒指吃韭菜好的，那一定是因为祷告的缘故。

"在神没有难成的事！"从那时起，田秀英觉得自己真正开始信主了，并在自己的亲朋好友间开始积极传道。

接下来的几天她陪母亲很开心。

一天，她和母亲还有两个朋友打麻将的时候，接到加拿大的一个长途，是老杨的朋友打来的，让她赶紧回去。至于什么原因，对方没说清楚，只是说老杨住院了。田秀英顿时感觉不妙，因此改了机票第二天就回去了。

等到她到家的时候，家里空无一人，饭桌上还有老杨没刷的碗筷。她放下行李，和接她的朋友匆匆赶往医院，有个医生专门接待她，告诉她老杨已经突发性脑溢血去世了。女儿还在外地大学，尚不知晓。田顿时犹如五雷轰顶，不敢相信这是真的：一来走之前无任何征兆，二来老杨从来没有什么心脑血管病史，压根儿就没听说过有什么类似的毛病，连高血压都没听说有过。等她赶回来，人已经不在了，遗体放在了太平间冷冻了起来。

医生问她要不要看看确认一下。她战战兢兢点了点头，甚至还怀有一丝希望是他们搞错了。她不知道是怎么走进太平间的，两条腿似乎已经不听使唤。

到了那里，看见一面墙全是巨大的金属抽屉。医生拉开一个抽屉，拉开尸袋拉链，只见头朝外躺着一个人，熟睡一般。田的两条腿已经软了。

她不知应该是恐惧还是悲哀还是凄凉，浑身颤颤巍巍挪步上前。那紧闭双眼的敦厚面庞，不是老杨，又是谁呢？她想嚎啕大哭，可是已经哭不出来。医生在旁边，一脸沉重、无奈的感觉，似乎逝去的人也是他亲人。

田不知道看了多久，好像走过了漫长的一生，医生没有催她的意思。她最后用麻木的手轻轻地摸了一下老杨冰凉的额头，默默扭身走出太平间，轻轻擦了擦湿润的眼角。那医生缓缓地把那大抽屉推了进去。他们接下来要跟田秀英商议遗体交接问题，在医院里不能停滞太久，需要有殡仪馆接走，安排下一步遗体告别仪式和火化事宜。

老杨究竟是怎么走的？说来真是不可思议。就在前一天晚上，老杨和田秀英共同的朋友张志高夫妇二人的台式电脑坏了，总是死机，二人急得像热锅上的蚂蚁，打电话请理工男老杨来给看看。

老杨绝对是个热心肠的人，换了别人找个冠冕堂皇的理由推脱易如反掌，而老杨则不，他可是放下碗筷就匆匆赶了过去。到了张家，椅子还没坐热，热茶还没喝上一口，就开始给他们修起电脑来。只见他蹲在地上捣鼓那笨重的主机，终于快弄好了，想站起来捶捶腰，孰知刚一站立起来，仰着头直直地"咚"的一声倒了下去。

张志高夫妇都在跟前，看到那一幕都吓傻了，趴在跟前喊着老杨的名字，半天也不见反应。他们一不会做心肺复苏，二也不知道该先打电话给谁。

打到老杨家里，没人接电话；又打给老杨别的朋友找田秀英，都说田回国了。这下子这夫妇乱了手脚。

张志高老婆问是不是要报警，而张志高说应该赶紧叫急救。张志高老婆犹豫半天，道："万一过一会儿老杨醒过来了，这叫急救的钱不是白花了吗？"张志高道："是啊，这是在咱们家出的事，这急救费账单可是要寄到咱们家的哟！"

就这么琢磨来犹豫去，半个多小时过去了。老杨不仅没醒，他二人倒是更慌了——就这么下去麻烦更大，左思右想，看来还是得叫急救。就这样，这夫妻俩硬着头皮拨通了 911，十分钟不到，急救车便来把老杨抬走了。

到了医院急诊部，抢救了好半天，医生说错过了最佳抢救时间，宣布人已死亡。

田秀英后来得知了真相，起初确实满心埋怨张志高夫妇，耽误了最佳急救时间。但是在那困难的时刻，有教会的朋友们陪伴、劝慰，她很快就原谅了张志高夫妇。她默默道："这能怪谁呢？人算不如天算，自己该着了，谁都怪不着啊！"

她的人生还要继续。

先是儿子没了，后是老公没了。50 多岁，还可以再走一步，但是她没有再找，对于她来说，谁也比不上她的老杨。人走了，她才意识到是不是以前对老杨刻薄了一些？倘若时间能倒流，人生能按一下"撤销"键，她会好好改改自己对老杨的态度，让老杨多感受一些温存。可是没有如果，过去的，就过去了。

从那以后，她的人生主要与《圣经》相伴；寂寞了，教会里还有很多朋友。

我认识田的时候，老杨已经走了十几年了。讲起以前的故事，我看不出亲人的离去给田的心理带来什么阴影；她的每一天都充满了喜乐。

一天，她说要带我去见一个灵恩派教会的牧师，绘声绘色地描述这个牧师如何受到圣灵感召，能够洞察人的内心世界，甚至发出奇准的预言。她第一次见这个牧师的时候，他竟然能说出她去世的儿子的事情。怀着好奇的心情，我同意随她去拜访这个牧师。

欲知后事如何，且听下回分解。

♣ 21 ♣

如此神迹

　　话说田秀英先是儿子没了，再是丈夫突然撒手人寰，原本和谐美好的一家四口只剩下她和女儿，女儿不在身边时候，她就一人形单影只生活着。但是她不仅没有沉沦，反而通过信教让自己振作起来，凡是初次见她的人都不相信她曾有过这般伤心的经历。

　　我总觉得像她这样有个信仰也好。

　　有愤世嫉俗者总爱引用马克思的话，戏谑宗教是"麻痹人民的鸦片"，而信教的人又有不少互相抨击对方的宗教或教派，但是平心而论，不管你信何宗何派，只要不是邪门歪道，人生都有了一个盼头，否则人死如灯灭，那活着岂不是就是行尸走肉、坐以待毙一般？

　　我在加拿大本拿比的临终关怀医院做过志愿者，最大的体会就是有无信仰的巨大差别——这个信仰，不一定指某个宗教，而是任何一种引导你人生价值取向、驱动你人生前进的念头。

　　我见到的那些垂死的老人、病人，已经被医生宣判"死刑"，才从正规医院转到了临终关怀医院。我亲眼目睹，凡是什么都不信的，最后的日子充满了恐惧、彷徨、困惑、遗憾、愤怒。而那些有所信的，则如此坦然、淡定、平和，甚至视死如归、幸福圆满。而且这跟人种无关——西人按说有基督教传统，但是未必"信"，因此一样六神无主、贪生怕死；华人也未必都是无神论者，有的半道受洗或皈依，弥留之际都如此祥和平静。

　　我服侍过一个华人老太太，病房里四处可见十字架，还有一个大大的"爱"字。聊天得知她终生信奉天主教。去看过她三次，虽然每次起卧都伴随着病痛，但时时不忘敬拜、感恩，还请我用中文为她祷告。她是少数几个临终前还充满正能量的人。没几天她的病房就腾出来了，原来人已经去了天堂。当然，未必只信基督教才能有如此心态。病人中也有信佛的，临终一样地安详。

　　精神之旅，万法归一，没必要厚此薄彼，更没必要上纲上线，争论出个对错正误。形而上学的领域，谁敢站出来宣布正确答案？恐怕只有那些巨婴似的半瓶子醋敢于如此，因为毕竟童言无忌。

　　田秀英对华人教会很熟悉，我也希望多了解一下这个群体。她要带我认识教会的人，我总是欣然答应。很多人说我开明包容，的确，我也去参加过巴哈伊的活动，也听穆斯林给我讲《古兰经》，也跟犹太人探讨他们的宗教节日和沉重历史；大脑有多个扇面，何必只打开一扇，关闭其他？无知可以永远是无知者的借口，狭隘也永远是狭隘者的托词。

　　田陆陆续续向我引荐了几个华人教友，却都有一个特点，那就是见人就爱自报家门："我是基督徒！"

　　我一直纳闷，为何不见某个老外奔走相告"我是基督徒"？

　　还有一福建人、一台湾人更甚，见人就自我介绍道："我们家三代基督徒！"我暗想，那加拿大欧洲人后裔，要是溯祖追宗，恐怕几十代都是基督徒，因为他们生下来就受洗，牙牙学语就被带到教堂做弥撒。为何"三代基督徒"也可以是骄傲的资本？田倒是不像他们那样高调，她是真读经，真敬拜，真祷告，真布道。心里是真的，口上就懒得去广而告之了。

　　田先去福音派，后去灵恩派，后来又不限门派。福音派扎根《圣经》，注重宣讲；灵恩派更自由活泼，重圣灵启示。田秀英对于这两派倒是说了句公道话："福音派自认正宗，但比较沉闷。灵恩派虽然很有活力，但是容易走偏。其实要是能结合起来就好了！"

她曾经一直去福音派，偶尔听人说有一灵恩派华人教会"橄榄园"，经常有"神迹"发生，大大增加了教徒们的信心，一传十，十传百，口碑相传，门庭若市。

田不是那种轻信的人，凡事都先以怀疑、反对为主，但是她这次颇为心动，因为她刚读到过灵恩派的介绍，很想亲眼目睹一下。一次，"橄榄园"请来了来自多伦多小有名气的灵恩派华人牧师韩彼得布道，田秀英半信半疑地去了。

这是一个年轻、时尚的牧师，看上去也就是 30 大几、40 出头的样子。他穿着修身的西服、包腿的西裤。没打领带，白衬衫敞开领口，露出金光闪闪的项链。脚上蹬着擦得锃亮的尖头皮靴；一头飘逸的半长发，颇有摇滚歌手的风采。

当晚的流程第一部分是敬拜，第二部分是宣教，这和她去的福音派如出一辙。第三部分则全场沸腾了——韩牧师和一群义工在台上站成一排，挨个给众人一对一祷告。只见霎那间台下一群人蜂拥上千，不到十秒钟，韩牧师前已经排起了长队，而那些义工前每个人也有五、六人排队。

田坐在前排，因此得以排到韩牧师队伍的第六名位置。不出几分钟，只听得现场有多人此起彼伏哇啦哇啦说起了别人听不懂的口令，自称是"方言"。《圣经》中的"方言"讲的是为了方便在不同语言的人群中传播福音，神恩赐给说外语的能力；也可以是自己与神的沟通，不可译，也无须翻译给别人。第一次讲"方言"记载在《使徒行传》，时至五旬节，使徒被圣灵充满，出去用"别国的话"传播福音，"都听见他们用我们的乡谈，讲说神的大作为！"（使徒行传 2:11）。《哥林多前书》中，保罗说："弟兄们，我到你们那里去，若只说方言，不用启示，或知识，或预言，或教训，给你们讲解，我与你们有什么益处呢？"（哥林多前书 14:6）。灵恩派教会里的"方言"，基本上都是不可翻译的。

田不会说"方言",因此认定那些说方言的都是胡言乱语而已。

田眼睁睁地看着她前面的五个人相继被韩牧师说哭了，更加好奇了。终于排到了韩牧师跟前，第一句话就让她心里颤动一下——

"我看见了一个男孩子的形象，笑容绽放，流光溢彩……"

韩牧师的话音未落，田已经落下了两行热泪，这说的不就是自己早夭的儿子天宝吗？他活到现在，也该有 40 岁了。

韩牧师继续道："神说，你为儿子而来，他现在天堂，一切安好，请勿牵挂……"

至于接下来韩牧师又说了什么，田完全听不进去了，她已经在四下里到处找纸巾。

一义工很快递上来一盒面巾纸。她赶紧揪了一大把，擤擤鼻涕，擦干眼角。

她相信，韩牧师绝对是被"圣灵"感召了，否则说不出那么"到位"的话。

她和我认识以后，不出两个月，赶上韩牧师第二次来"橄榄园"，她带我去了。

这一次田秀英没有什么要问的，她倒是热情地把我介绍给了韩牧师。等到要挨个祷告的时候，她又赶紧把我推向前台。我心想，我要听什么指导呢？我想听听自己何去何从吧！因为到哪里都是匆匆过客，今年总看不到来年，怀揣着未知数，能活到哪月哪年？

到了韩牧师跟前，他建议我打开手机录音，因为他即将受"圣灵"感召，会脱口而出"圣灵"的忠告。只听他说道——

"我看见一片麦田，麦子都倒了。神说，不要拔掉麦子重新种植，扶起来麦子，让它们继续长，你就会有收获……"

他那"圣灵"驱动的嘴几乎贴在了我脸上，都能闻到他嚼过口香糖的味道。

一听这话，着实毫无感觉，因为说谁都可以，说哪种情况都可以。

他又接着道：“我看见你背着一袋子金币。神说，不要守着钱财，要把它们花出去……”

这一席话让我心里一块石头落了地，那就是，我得出了结论：田秀英的见证有误。

回家路上跟田说起韩牧师的“一袋金币”之“异象”，田却连连叫奇，道：“哎呀，这还不准？你不是北京的房子刚卖了吗？卖了的钱，不要存着，赶紧在加拿大买房子，把钱花出去。韩牧师不就说的这个意思吗？”

我笑道：“得，怎么说你都认为准。你怎么知道韩牧师的意思不是让我把钱全捐给他们教会呢？”

过了几天，田给我来了个电话，道：“达哇，看来韩牧师还真是不如以前了，因为我认识几个朋友也都说他现在没以前灵了。以前他给所有人祷告，还确实是比较灵的。自从他开始只给现场奉献的人祷告，就失灵了。看来圣灵知道他的目的是收钱，于是收走了赐给他的能力。”

韩牧师灵还是不灵，田秀英没有什么遗憾的，因为她总说：“我都一把岁数了，也没有什么可求的，自己祷告就行了，神也不是只垂听他韩牧师一人。”

她还煞有介事地说：“可能因为我经历非凡，我的祷告，神总爱垂听。有好几次神迹，有机会说给你听听，你判断判断是不是很神奇？”

我说好的。结果，不仅她有“神迹”见证，我后来也见证了几桩“神迹”。

严格来说，天主教说的“神迹”是指一切有悖自然与科学法则的现象，如耶稣用神力驱魔、医治、水上行走、清水变酒、五饼二鱼喂饱五千人等等。如有世界各地有“神迹”报告，梵蒂冈要派人严格鉴定，在穷尽一切科学手段都无法解释时候才认定为“神迹”。但是现在很多人把“神迹”扩大到生活中不可思议的巧合，田秀英就是一个。她告诉我的第一个"神迹"就是祷告后，她母亲的阿兹海默症竟然好了，虽然医学界公认这个病是不可逆的。事发时候我不在现场，不知具体情况，所以听她那么一说，没有完全当真。

但是第二个"神迹"有点匪夷所思。有一年，田秀英和教会朋友回国在桂林一带旅游，火车上认识一个老人姓金。这个金老爷子在旅途中闷闷不乐，因为他家的宝贝金毛犬丢了 20 多天了，一家人魂不守舍，老伴则茶不思饭不想，终日以泪洗面，痛不欲生。

金先生叹了好几口气，道："唉，你知道，这丢了狗比丢了孩子还让人心里难受啊！人毕竟还会说话，还认字，可是这狗不会说话呀！这 20 多天，它住哪里，吃什么，是不是被人宰了吃了，我们都提心吊胆啊！"

不得已，田秀英向龙先生宣教，讲述耶稣行使神迹的故事，然后提出给金先生祷告，祈求神帮助他们家找到丢失的狗。

金先生道："如果能找到狗，我定信耶稣！"

说实话，田秀英根本没有信心，联想到中国流动人口多、流浪狗多，卖狗肉和吃狗肉的也多，若要找到失踪 20 多天的狗，难乎其难！但是说出去的话，泼出去的水，即使不成，该给人祷告还是要认认真真祷告。

结果出人意料，第二天，金先生接到他老伴电话，他老伴在狗市上竟然见到有狗贩子在卖他们家的大金毛，要价 2,000 元！老太太一接近那狗，那狗活蹦乱跳、激动不已，拼命地往老太太身上扑，围观的众人看在眼里，一致咬定：这狗的主人一定是老太太！

大家义愤填膺，强烈要求狗贩子将狗归还原主。

狗贩子则委屈地说，这是他从别人手里买的，就冲着他养了这狗那么多天，就给了 200 元赎金吧。老太太二话不说，掏出 200 元，把心肝宝贝带回了家。

头一天祷告，第二天宝贝狗失而复得，如果说是巧合，这巧合别说在中国，就是在加拿大，也是极其不可思议的。

田秀英自己都觉得很蹊跷。打那之后，金先生真的开始信耶稣了。

第三个例子是又有一年，田秀英和教会的朋友开车横跨北美自驾游，开开停停，游览大好河山。有一日她们来到中西部的大峡谷，那里荒无人烟、地势险峻，大自然的鬼斧神工给这一带造就了光怪陆离的奇特地貌。田因为连日爬山涉水，一双鞋已经穿坏了。于是她祷告，希望神能赐给她平安、健康。

没想到，这一天她们开车到大峡谷的某一个休息区，她一眼看见休息处垃圾箱旁边有人放了一双女式旅游鞋，大约八、九成新，两只鞋鞋带系在一起，而且不大不小，正好是她的尺码 36 号！这双鞋穿上很舒服，至今她还放在家中珍藏。

我也曾经横跨北美自驾游，知道一路上游人本来就不多，而且因为所有人都是开车旅游，如果有一双八九成新的鞋不穿了，一般就扔到后备箱里带回家了，根本不会扔在荒山野岭中，扔在路上的鞋只有可能是穿破的不能再穿的鞋。

第四个例子是又有一年，田秀英回国和二姐旅游，二人上了火车，却想起忘带手纸，而中国火车厕所从不提供免费手纸。田坐在下铺开始祷告，希望主赐她手纸。话音刚落，她二姐发现她的铺上恰恰放着一卷手纸，莫非是前面的乘客不小心遗留下来的？

我不敢说田的这些案例都是"神迹"，几乎所有人都说是巧合。人生中充满了巧合，但是瑞士心理学家卡尔·荣格认为就没有巧合这种事儿。神迹总会以巧合的方式出现，或者说总可以以非神迹的理由给予解释。但是有的巧合纯熟一般巧合，有的巧合就不那么简单了。有的解释是可以解释得通的，但有的解释又不通。

对于我来说，这又引申到另一个艰深莫测的哲理，那就是世间若有神迹，那一定也是显示给信的人，愿意与之契合之人，决非显示给每一个人。这世界如果没有神迹，岂不是太无聊了？正是因为有神迹之传闻，我们才会对身边的这个世界充满未知的领域永远充满好奇。

倘若耶稣不显神迹，恐怕就不会有后来的基督教。耶稣的门徒跟着他走，没有一个是听了他"爱人如己"教诲而决定跟随他的，而无一例外都是亲眼目睹神迹以后才毅然决然跟随他的。最后，所有门徒在经历疑惑和恐惧之后又一次坚定信念则是因为耶稣一生最大的神迹——从十字架上复活。这也从另一个方面说明一个玄之又玄的深奥哲理，那就是道德与正义倘若没有神迹的介入，就等于是空谈。

我们思考神迹和巧合之间辩证关系的终极目的是什么？我们不是在茶余饭后闲聊解闷，而是在了解天人合一的秘密下探索人如何与"天"沟通，从而主宰自己的命运。读书读到与荣格同时代的心理学家瑞恩在实验中证实：人的心理是可以扭转随机发展的事务的结果的，所谓事务随机发展，也就是爱因斯坦说的"上帝掷骰子"。他的实验结果证明，灰心丧气和焦躁不安会使随机发展的事务结果朝令你更不如意的方向发展，而集中注意力和乐观的期待则反之，会让随机发展的事务朝随你心愿的方向发展。这也解释了为什么我在教会遇到的人都幸福快乐，而看不到牢骚满腹、怨天尤人的满载负面能量的消极人士。有一个朋友常年患病，但是也很巧，她恰恰是世间万事万物从来都不从好的方向来解读，这不证明了心理学家的研究结果吗？

♣ 22 ♣

耶路撒冷

时光荏苒，小城教书两年后拿到了加拿大社会科学与人文学科学会颁发的为期两年的博士后奖金，约八万多加元，但是人家要求自己联系接收单位和导师。倘若规定期限内联系不到接收单位，这笔奖金就会作废。一旦开始，人生又要开始新的启程。安然老师这里像走马灯一样，又来了只有国内学历的新移民被安排教课。我正好趁此机会赶紧给人家腾位置。

以为很容易，因为有联邦政府机构出资，不需要接收单位出钱，但是实际上也颇费周折。网上到处发邮件，不是一去无回，就是有人已经退休；或者是对方说领域不吻合；或者是对方很积极，但是系里又没有这种安排；或者是对方同意，但是他或她也不知该如何操作，所以迟迟没有明确答复。

心里暗想，怎么世间这么多眼看到手的好事就这么多障碍呢？

就这样，前后给 30 多家单位和个人发了邮件，如果加上每个人来来回回的邮件，估计上百封。

终于多伦多大学有一叫娜丁的女教授表示浓厚兴趣，其实我们的领域非常不相配，她是黎巴嫩人，幼年随家人逃难来到多伦多，研究领域也都是和中东有关，但是我们第一封邮件就十分投缘。我邮件中说我会唱黎巴嫩国宝级歌手法鲁兹的歌。生于 1934 年、至今还健在的法鲁兹在阿拉伯世界无人不知、无人不晓，是黎巴嫩人全民偶像。娜丁惊讶不已，回邮道："这太不可思议了！我已故的母亲最崇拜法鲁兹了！"

本来就对我有兴趣，一听我会唱法鲁兹的歌，娜丁很快刀斩乱麻，立即在我发去的表格上签字，之后她又去找他们的系主任签字，于是这件事就搞定了。

我觉得还是有必要很快再见一下本人。

于是在积雪成冰、寒风刺骨的一天，我开车去多伦多，把车停在郊区的一座大型商城，再乘坐地铁来到多伦多大学市中心的校区。我和娜丁约好在大学附近的一家咖啡馆见面。敢情校园里的咖啡馆都是知识精英，连气氛都不一样。一连串经历让我深深感觉到，无论你申请博士还是博士后还是找工作，这世界哪有什么百分百衡量评估一个人的学术背景？还不都是跟找对象一样凭直觉来看彼此是否投缘？当然，你的业务也不能太次，否则你连一块敲门砖都没有。

本来通电子邮件就有好感，坐在一起喝咖啡就更有好感了。

聊着聊着我用阿拉伯语为娜丁演唱法鲁兹的《愉快的旅行》，又唱了《明亮的眼睛》，其实都是小时候听朱明瑛的磁带学会的。

娜丁一听，真傻了，乐得满脸像一朵花一样绽放开来，犹如情窦初开的少女，那感觉就好像改革开放初期中国人听洋笑星说相声一样。

我又唱了在埃及学会的一首歌，满首歌都是"哈比比"（阿拉伯语昵称宝贝的意思）。她更是开怀大笑，道："你的阿拉伯语比我的还标准！我自小就来加拿大了，阿拉伯语忘得差不多了，是你勾起了我童年的回忆。"

随后没多久，我就回到了温哥华。

接下来的两年，娜丁很给力。这一路倒是畅通无阻，没有障碍。障碍，总是人给你设置的；人生是否顺畅，很大程度上要靠情商和处理人与人之间微妙关系的能力。这方面我很不足，因为我也是性情中人，是装不来的。

国家给钱，没有要求你如何去花。反正就这么多，你自行安排。

　　第二年的冬天，酷爱旅游的老朋友王闹说约我一起去旅游。他已经周游了 50 多个国家，唯独土耳其以外的中东国家没有去过。他让我找一个国家，说道："你看吧，可以去你去过的，也可以去你没去过的。"

　　中东地区我已经去过埃及、卡塔尔和以色列。以色列，那是圣地的所在，爱读《圣经》、笃信基督的人，就是去个十次八次也毫不稀奇。

　　但是埃及正值内乱之际，多国政府警告公民谨慎前往。这么看来，还是以色列是首选。虽然已经去过一次，但是那一次是我独自前往，毕竟有很多不便，很多地方没有尽兴。比如说，自己去，上下大巴、去厕所都要带着随身行李，因为没有人给你看包；名胜景点照相留念，要用自拍杆，感觉也很别扭。吃个饭，点一汤一菜一米饭，又太多；点少了又吃得不过瘾。既然王闹愿意同行，再去一趟以色列，也可以考虑。

　　但是问题是有过一次圣地之旅，去一趟也很辛苦。首先是安检繁琐；其次旅途很长，需要转机，旅途会比较辛苦；第三，那里没什么旺季淡季之分，一年到头都有世界各地去朝圣的，酒店或者民宿都会比较紧俏，很难预订；第四以色列消费高昂，已有领教；第五，当地旅游景点遭遇过刁民纠缠，去了少不了纠纷，跟团会好很多。

　　正犹豫不决中，一天，我去银行存一张支票，心里还在思前想后，突然看见厅内沙发上坐着一个戴犹太小帽的顾客，让我一惊。因为戴犹太小帽的人在温哥华地区极其罕见，过去十几年也没见到过，怎么这一次就让我见到了呢？

　　一个加拿大本地朋友说："是啊，这也太巧了。戴犹太小帽的这里的确一辈子也没见过。"

　　一位牧师则说："这就是圣灵的力量。"

　　一个犹太裔朋友则说："可能是天使，在引导你重返耶路撒冷。"她还说，她小时候奶奶说，如果神有暗示，会连续给你三次巧合。

是圣灵，是天使，无从证明。目前我能肯定的说法就是这个巧合太巧了，所以让我下定决心，一鼓作气网上订购了去以色列的机票。

这件事如果说纯粹巧合，那么几周后的另一事件就更巧了。

那一天我乘坐城铁前往列治文的华人教会，因为要经过五座城市，路上用耳机听 iPad 里面的音乐以打发时间。我存有几十首歌曲和音乐，其中只有两首是和基督有关的，而且采用的是打乱顺序、随机播放的方式。没想到的是，当到了教堂门口的那个十字路口，耳机里突然响起了电影《耶稣受难记》主题曲《复活》，于是这个曲子伴奏我步入了教堂。我惊讶不已，很多朋友说真是神奇，但是后来一个朋友道："这就是每天发生的巧合而已，不是什么神迹。如果你 iPad 里面没有那个曲子，但是却播放起来那个曲子，那才叫神迹呢！"

我半开玩笑回答道，如果是那样，那不是神迹，而是恐怖了！

我和王闹从温哥华起飞，在伦敦转机，先飞以色列特拉维夫，再乘凌晨三点的机场小巴去耶路撒冷。

第一次来的时候我还在特拉维夫的本古里安机场被拦截，被国家安全人员叫到一间办公室详细问话，估计那是因为一人独行的原因，通常一人独行更有可能和独狼行动联系起来。这一次倒是大大方方就让入境了，没有任何为难。

我预订的简易酒店距离大马士革城门只有十几分钟步行距离。

第二天一早我们早饭后便前往久违了的圣墓大教堂。到了这里，感觉就跟到了家一样。这里据信是耶稣钉十字架、下葬并复活的地方，因此是基督教最为神圣的朝圣地。

王闹早在 1985 年就去蒙特利尔留学，在那里被人拉去教堂受洗，但是他却不信任何宗教，所以我每每想起有中国人爱自称"我是基督徒"就好笑，什么叫"是"？什么叫"不是"？如果对耶稣没有感觉，到了圣地每一个地方就和参观任何历史遗迹别无二致，少了些敬畏和膜拜之心，心态也就是一个观光客的心态。

到了圣墓大教堂，我飞也似地跑到入口附近的那块红色石床跟前——这块巨石人称涂膏石，相传死后的耶稣被人从十字架上取下，放在这块石头上为尸身涂抹膏油，准备下葬。原来的石床早已荡然无存，这块石头是后人在 1810 年放置的。鲜红的纹路，象征着耶稣留下的宝血；光滑冰凉的表面，不知是被多少人触摸亲吻的结果。每次去总是有一群人把圣像、香烛、《圣经》等物放在上面，低下头贴着石板默默敬拜。

好像专门有人给我留了位置一样，我找了个位置，扑通一下趴在石床上，口鼻都紧紧贴着石面，百年来的熏香已把石头熏出淡淡的香味。

我仿佛有一生一世的委屈，顿时失声痛哭起来，哭成了泪人，也顾不得大庭广众下的斯文和矜持。我哭冤死的耶稣基督，哭被世人讥笑咒骂的好人，哭只在人世活了 33 年的青年，哭被酷刑折磨、在剧痛中痉挛的肉身，哭临死还要宽恕刽子手的胸怀。

接下来的一个多星期我每天早晨七点多早餐后都来到圣墓教堂。各各他、小墓室，排队排到跟前，进去以后念念有词敬拜祷告完毕，又回到队尾再排一次队，再进去；再回到队尾，再进去。就这样反反复复，别人进一次，我进了好几次。稍微多逗留了一会儿，便有神职人员劝阻加轰赶："可以了，可以了，下一个！"

在圣墓，可以一坐就是几个小时，思考人生，反省自我。

我看见一人，瘫倒在小墓室外的墙边，久久不肯站立，把自己身心臣服给了上帝。忽然间觉得自己如此渺小卑微，会觉得在耶稣的大能面前，自己犹如无助的羔羊，不禁为自己以往不当的言行羞愧，为他人的伤害之举宽恕。

圣墓教堂里每一处我都去停留、祷告，想起耶稣的话，"你祷告的时候，要进你的内屋，关上门，祷告你在暗中的父，你父在暗中察看，必然报答你。"

其实没必要再争论有神无神，我权当耶稣为一真实的历史人物，单从他流传后世的话语来看，气度风格就在无数圣人之上，难道不值得来瞻仰敬拜吗？

接下来的一天，我们前往加利利一带，在五饼二鱼堂祷告后发生了一件匪夷所思的怪事，众人纷纷说是"神迹"。

头一日，我和王闹报了一个当地旅行社的一日团，前往耶稣的故乡拿撒勒和耶稣早期传道的塔布加、加利利一带。这是我第二次前往《圣经》中描述的这一系列神奇又神圣的地方。

这之前，温哥华的周牧师的太太周师母在微信上为我引荐了住在加利利的华人牧师黄家奇。早上五点，我收到黄牧师的微信。得知我这一日将去拿撒勒和加利利，他一早为我祷告，得到领受，说这将是一个"奇妙旅程"，愿我在报喜堂得遇天使长加百列，让我"像马利亚一样得信"，并"让更多的超自然事件"发生在我旁边。

报喜堂是我最喜欢的地方之一——这是现代建筑与考古遗迹完美结合的典范。我向往拿撒勒很久了，如今这是一座阿拉伯人云集的城市，只有这座报喜堂尚有当年的感觉，圣母马利亚在这里由圣灵感孕。就在这地点，后人们先后盖了毁，毁了盖，一共建了五座教堂。我现在看到的这座报喜堂建于 1966 年，墙壁上镶嵌着世界各国的教会捐献的圣母像。尤其看到日本的那幅像令人忍俊不禁。

这一天上午我们 16 人团跟犹太导游和司机先去了拿撒勒报喜堂，后去塔布加五饼二鱼堂。我们临时拼凑的 16 个人来自不同国家，包括美国、阿根廷、南非、危地马拉、越南等等，素不相识，加上司机和导游，一共 18 个人。一个超级奇怪的事情就在我们之间发生了——

　　五饼二鱼堂是耶稣显神迹的一个地方，位于以色列西北部加利利海（湖）西北岸的塔布加，靠近迦百农。修建这座教堂是为了纪念耶稣用五饼二鱼喂饱 5,000 人的神迹。这座教堂修建于据信是当年耶稣五饼二鱼喂饱 5,000 人的那个地点，祭坛下面就是那块石灰石，耶稣曾把五饼二鱼放置在这上面。该堂最早由西班牙朝圣者于 380 年始建，百年后得到扩建。614 年被波斯人摧毁，地点失传。直到 1888 年，天主教科隆总教区的德国天主教巴勒斯坦协会重新找这个地点，随后开始考古发掘，发现了五世纪教堂的马赛克镶嵌画和四世纪小堂的基础。

　　来到这里，面对那块石灰石，我找了个视角绝佳的位置悄悄坐下，默默祷告，感谢主耶稣牧养我们并赐予丰富的食物。祷告其实是赞美，没有索求什么，只是表达对主耶稣的敬仰，我说道："主啊，只要信你，还愁什么缺吃少喝？你能用五饼二鱼喂饱 5,000 人，最后还可以打包，我们还有什么可担心的？"

　　人生中我目睹了亲友们有各种担忧——没房子的担心下个月房租，有房子的担心还不起月供，年轻人担忧找不到工作，中年人担心被裁员减薪，老年人担心老无所依，一旦有个三长两短，身边没有一个端茶倒水的。有人说有钱人没有担忧，像马云那样的。其实不然，财力有多大，烦心事恐怕就有多多。如果一个人什么担忧都没了，那恐怕这一生的使命也结束了，也就该往生了。

　　宁静下来，远离尘嚣，不禁庆幸：只要头上有个天花板遮风避雨，餐桌上有一日三餐，还有什么别的苛求与奢望？

　　除了默默祷告，我还打算在随后的景点——耶稣受洗的约旦河，体验一下施洗约翰为耶稣施洗的感觉。然而，就在这之后发生了极其匪夷所思的事件！

　　离开五饼二鱼堂，包括导游和司机在内，我们 18 个人前往加利利海的圣彼得餐厅吃午饭。这个餐厅我来过一次，有所了解——这里常年每天接待来自世界各地的朝圣团，摩肩接踵，人声鼎沸，络绎不绝。因餐厅与世隔绝，物流不便，运输困难，故而餐费较贵，也情有可原，每个人约 25 美元多（80 谢克尔），还不包括饮料。

临到餐厅前，犹太导游说，有一家"神秘组织"给我们全体人埋单了，而且让大家都闭嘴，不要问谁埋的单，也不要跟别人说。

吃饭的时候，果不其然，餐厅服务人员单单来到我们桌前说："你们这一桌有人埋单了。"

一时间大家交头接耳，连连称奇，王闹好奇得不得了，起初还以为团费包括午餐，后得知并不包括，又问坐在旁边的南非男子，那南非人也说："太奇怪了！"

我则像侦探波洛一样分析究竟谁埋的单。莫非是犹太导游埋了单？导游不可能，因为他们挣钱不易，而且最后我给他小费时他受宠若惊。他因为什么、为了什么会破费给近 20 个人埋单？18 个人的单是 450 美元，导游一天还挣不到这一半。

莫非是某一个团员？也不可能，因为这些老外最后没有一个给小费的，怎么可能给 18 个人埋单？一个人 25 美元，18 个人得多少钱啊？那可是 450 美元啊！即便可能当日是自己生日或结婚纪念日，也没必要默不作声吧？

难道是圣彼得餐厅给我们免单了？更不可能。这家餐厅收钱还收不过来呢，怎么可能无缘无故单单为我们这一桌免单？即使是他们干的，那也没必要那么鬼鬼祟祟保持匿名吧？

后来，美国一个退休政府官员朋友分析说，可能是以色列政府看到我来自加拿大，为了促进以色列和加拿大双边关系，特意给我们埋单。这也太离谱了。第一，以色列政府要想和加拿大示好，给我一人埋单就可以了，为何埋全团 18 人的单？第二，即便是以色列政府干的，为何不光明正大，还要匿名？

饭后上车，团员们一致说谢谢导游，导游说："不是我！要谢上帝！"

大家没有再刨根问底，只是一直觉得诧异。

我不禁联想到黄牧师的微信，难道这是天使长加百列干的？这也太蹊跷了。

跟耶路撒冷华人餐厅君子堂老板袁女士说起此事，她连连称奇。不过她不信超自然之说。她分析说："肯定是有人给埋单，但是这个人是谁？"

她说："我们这里常有牧师悄悄给顾客埋单，就是为了隐姓埋名做点善事。"

她的厨师陈师傅恰巧也认识黄牧师，拍着胸脯说："肯定是黄牧师给你们埋的单！"

回到旅馆我给黄牧师发微信核实，他则道："不可能。我都不知道你们去哪里吃饭，我怎么会给你们埋单？"他说的有道理，虽然他知道我要去拿撒勒和加利利，他根本不知道我跟哪一个团，哪一个导游，去哪一家餐厅吃饭，他怎么能做到给我们埋单呢？

想想也是，黄牧师收入有限，还要养家糊口，三个孩子都在上学，即便知道我们在哪里吃饭，也不可能花450美元给18个人埋单。

当然，教会的朋友们一致说这是"神迹"，有的说是上帝埋单，有的说是天使埋单。

田秀英特爱听这个故事，她兴致勃勃说，上帝埋单是不可能的，但是天使化作人形，来到人间做这种事倒是很有可能。

就这么一个不解之谜，让我们这么多人猜来猜去，最后，黄牧师和何师母一锤定音道：就不要再执著于谁埋单了，谁埋单无关紧要，关键是我们要多多感恩！

这件事就这样，成了一个永久的不解之谜。但是，这件事给我以新的启迪。

《新约》中《马太福音》在《登山宝训》中记载耶稣道："你们要小心，不可将善事行在人的面前，故意叫他们看见；若是这样，就不得你们天赋的赏赐了……""你施舍的时候，

不要叫左手知道右手所作的，要叫你施舍的事行在暗中，你父在暗中察看，必然报答你。"（马太：6:2-4）

这段文字很重要，这是基督徒建立自己无私忘我的品格的一个核心指导思想。佛教也提"阴德"比"阳德"更重要，但是在世俗化的佛教圈内，我目睹的是许多人更倾向于彰显功德，功德榜总以捐款数额名列诸位善信，钱多的肯定排在前面，钱少的则垫底。

由此我想，加利利神秘埋单人，就因为不透露自己的身份，大家猜来猜去——这个说导游，那个说餐厅，这个说某团员，那个说某牧师，还有的说是以色列政府，我还一度猜是不是温哥华的牧师胳膊伸到了加利利给我们埋的单。你说好笑不？就是因为猜了一大堆，也猜不出谁，所以对每一个怀疑对象都充满了感恩。

做善事公开做，留了名，人家可能只感恩你一人；而做善事暗中做，且不留名，人家可能感恩整个社会。这才是基督的境界啊！再回味《登山宝训》，感觉耶稣的确太伟大了。请问：古往今来的无数圣贤，除了耶稣基督，还有谁能有这般境界？

回到耶路撒冷，我们又徒步走到橄榄山。殊不知王闹也自称发生了"神迹"——他一口气健步如飞爬到了山顶，而他长年的膝盖顽疾竟然不翼而飞。他描述道："太奇怪了，我这膝盖是年轻时候跳舞练功留下的老毛病，在温哥华逛街都走不了三百米，但是我竟然一口气爬到了山顶！"

还有一个奇怪的事是，在以色列的十天，每天只吃一顿早餐，但是全天都不饿，尽管每天都马不停蹄到处游览。这个现象也是从来没有过的。

高高兴兴离开了这里，回到温哥华，心里多了几分淡定，但是也会有反复，那就是总面对杳无音信的未来每一天，不禁会有担忧。很快，发生了一件屈辱的事情来考验一个人的忍辱能力。

欲知后事如何，且听下回分解。

♣ 23 ♣

通灵大师

　　话说第二次到圣地以色列，遭遇几桩不可思议的奇事，包括牧师和田秀英在内的一干信教之人都连连称好，说我是有属灵恩赐之人，但是无论何种属灵恩赐，都不旨在给你带来你所希望的俗世间的东西。

　　田秀英曾得意地告诉我她为侄女祷告，得来一份微软公司的工作；为外甥祷告，得来一栋性价比超高的独立屋。她还自夸道："我的祷告总是被神垂听。"

　　垂听又能如何？生活平淡中继续，渐渐地断绝尘念。即便上天给你挫折磕绊，那都是对属灵的考验；况且只要头顶有天花板遮风避雨，餐桌上有粗茶淡饭，人就心满意足了，切不可将执著迷惑了心窍，将那神圣的殿堂当作讨价还价的场所。

　　回顾历史，1858 年二月到七月间，据信圣母马利亚向法国南部露德的贫苦少女贝尔娜黛特显圣 18 次之多。起初人们普遍认为这是她的一派胡言，后来因为确有神迹发生，人们逐渐开始深信不疑。尽管如此，贝尔娜黛特于 1879 年 35 岁时在病痛中去逝。1909 年，她去世 30 年后开棺验尸，人们发现她手上的念珠和十字架早已氧化，但尸体完好无损。1919 年再次开棺验尸，法医报告称，一些部位皮肤腐化，但大部分皮肤保存完好。1925 年第三次验尸，尸体依旧基本完好，犹如睡美人一般。验尸报告称此现象似乎有悖于自然规律。1933 年，贝尔娜黛特最终被梵蒂冈教宗封圣。

　　凡人都不解命运为何没有垂青这么一个有属灵恩赐之人，为何让她出生赤贫人家？为何让她目不识丁，以捡柴为生？

为何让她未体味人间烟火便出家修道，为何又让她病痛缠身，35 岁英年早逝？有多少人因此以玩世不恭的态度讥笑别人的人生抉择和道路，讥笑别人所信乃是虚无缥缈、自欺欺人的骗局。在这些人眼中，活着能让人羡慕和高看，才算是达到了人生的终极目标，这岂不是太短浅了？贝尔娜黛特称，一次圣母显圣中对她道："我不能保证这一生给予你幸福，但是我可以在下一生给你幸福。"贝尔娜黛特还说道："童女马利亚用我作为一把扫帚，扫去尘埃。我的任务完成了，扫帚就要重新放回到门后了。"在病床上弥留之际，她最后一句话道："圣母马利亚，为我祷告吧，我这个可怜的有罪之人。"

仔细听来，这一切和佛教话语多么相似！文本虽不同，但内涵如出一辙。回望世道沧桑，顿然感悟世间一切信仰间的纷争、诋毁，归根结底都是来自无知与偏执。同去圣地的老朋友王闹戏谑道："20 多岁的时候，别人拉我去教会受洗，我去了，也没觉得给我带来什么好。后来，别人又拉我去皈依活佛，我又去了，也没觉得有什么好。天堂里估计都要发生争战，因为都说自己是唯一的真理。我现在都不敢信了。我妈嫁过两个男人，你说，他们如果现在都在天堂，我妈该跟哪个丈夫呢？他们会不会打起来呢？"

我回道："所以说，人经常需要'灵魂出窍'般地跳出来看问题。假设自己是一面镜子，你如果站在某一边，那镜子只能照见另一边。但是如果你从这两边中跳出来，看看这两边，恐怕就看得更清楚了。"

回到家，长达十天夜不成寐，有人说是"耶路撒冷综合症"，即圣地归来，思绪万千，兴奋残留，故而难眠。那些日子，不知是多了一些开悟还是多了一些迷惘，那联邦政府颁发的博士后奖金很快要到截止日期，而下一步可去何从尚无着落。到处申请职位。这个害人的加拿大，够格申请的教职大概二、三十年才出一两个，却招那么多博士生；美国倒是有不少职位，但肯定都是在藤校中挑完了才会考虑加拿大。

发到美国不少简历，依旧犹如大海捞针般音信渺茫。有几度几乎登堂入室，离成功只有一步之遥，却又功亏一篑——的确，任何赛事只要不是那冠军，其他都是失败者。

一日，强作欢颜应邀去 Home Depot 建材城应聘去了，心想，就是搬搬货物，整理货架，也心甘情愿了。

对方事先只给了店面地址，却没有办公室门牌号码。到了那里，不知道该找谁，只好硬着头皮到收银员那里询问道："你好，我是来面试的，我应该去哪里呢？"

这个印度女收银员又带着我跑到客服柜台那里帮我询问了一番，那个人打了个电话，让我站一边等着。以前我在这里站着是以顾客身份，今天却是来讨一个饭碗。

过了十几分钟，一个穿着黄色工作围裙的华人女士笑眯眯地走过来。看那样子像是一个干杂活的员工，其实她也是一名不大不小的管事的经理。

她先问我姓甚名谁，然后带我七拐八拐绕过几排货架，从一小门进入只有内部员工可以通行的楼道，又爬到二楼，进入一间大屋，外间一群穿着满是灰土的制服的员工在吃极其简易的午饭，里间是一斗大的办公室，只有一桌二椅，还有一个书架不是书架、货架不是货架的架子。

这女士自称叫凯西，从一堆纸张中抽出我的简历，匆匆扫了几眼，抬起头问我道："你说国语吧？"

我点点头，道："嗯，是的。"

于是她改口完全说起普通话来，又低下头看了两眼我的简历，道："啊，你有硕士学历，为什么会愿意来我们这儿啊？"

本来刻意把博士学历从简历中删掉，只保留了硕士学历，没想到这都成了绊脚石。看来没戏了，下次应该只保留高中学历。

她的话不知该如何接应。我如果说我多么爱 Home Depot 的工作，那完全是违心的话，人家绝对不信；我如果说我碰壁太多，只要有份工作就行，则显得自己太无尊严，倒和那讨吃要喝的没什么两样了。

她看我迟迟没有应答，倒是快人快语起来，道："其实我都不应该跟你说这个。我的学历应该比你还高。我……还是博士呢。"

我心里一惊，差点说出"同命相连"来。

原来，这凯西在国内就是复旦大学英国文学博士，凭这一纸文凭办了移民来到温哥华，却一直在餐厅、咖啡馆打工。眼看自己的文凭自入境加拿大后就等于一张废纸，她又申请了温哥华当地大学的中国文学博士，主修春秋战国文学。磨磨蹭蹭七、八年后拿下了文凭，可以勉强东奔西走赶场般地代课，一口气跑了维多利亚、多伦多、渥太华等好几个地方，给外国人教中文，给中国人教英文，却都是那不靠谱的营生，总是招之即来，挥之即去。有课则有一份饭钱，没课就分文无有；课多了钱还尚有盈余，课少了钱还不够交房租的，所以还要再找一份兼职。有的地方还有些人情，只要有课都给老人儿留着；有的地方则很冷血，有一学期她因国内父亲病重回去两个月，一回来她的课已经安排了别人上，好容易占的一个坑就这样飞了。

她道："我可真是烦透了！不知我走这条路是否是上了贼船！就这样，我改了改简历，就说自己是社区学院毕业的，学的是客户服务管理，正好赶上 Home Depot 招会汉语的客户服务，我就来应聘了。干了两年，好歹混了个经理。不管别人怎么看，反正我现在也算是全职，更何况这是大店，也不轻易裁员，所以可以比较踏实了。"

"不瞒你说，我和你一样，也有博士学位。我还在做博士后呢。"我牙缝里终于挤出这句话。

她眼珠子差点掉了出来，道："那你还真打算在我们这里工作？没想继续申请个大学教职？"

"申请了，还在继续申请中啊，可是这就跟买彩票一样，猴年马月能碰到呢？"

"我有同感！你还别说，我的同学中就有运气好的，英文还不算利落，业务也不算突出，但是一申请就有了初试，然后校园面试，100 多个人里挑一个，就中了。你说这邪乎不？不知哪一世烧高香积了福。"

"那你这就算是已经放弃学业了吗？"

"原先我也打算来这里先干着，骑驴找马，可是久而久之人就有了惰性，也就不想再折腾了，况且加拿大人不在乎这些活给别人看的东西，真是无所谓。就好比买鞋，有的人先要考虑别人看在眼里如何；有的人则只考虑自己的脚穿上去是否舒服。"

聊到这儿，只听有人敲门。凯西忙道："可能是下一个来面试的。跟你聊得不错，你且先出去等我几分钟，我们再接着聊。"

我连忙起身，开门告辞，只见门口站着一个文文静静、戴着黑边眼镜的华人女士，约莫 40 岁，穿着一身修长的深紫色呢子大衣，袖边和帽边还镶着一圈蓬松的貂毛，颇显华贵。我正好出去上了趟洗手间，查了查电话，回了几封短信，再回来时，凯西办公室的门已经敞开，她二人站在那里如同老友一般有说有笑。远远看见我，凯西招手道："看来我们仨很有缘，这位是莎拉，北大才女！"

莎拉连忙摆手道："不敢当！"

凯西笑道："看来我们伟大的祖国为加拿大贡献了第一流的打工族！难怪人说加拿大人均学历世界数一数二！"

过了一会儿，又来了一个白人男子应聘，白白净净，西装革履，手里攥着打印好的简历。凯西只好打发我们先走，并互相加了微信，约在周末煤港海边的咖啡吧聚会。

回家路上，路过一间小店，橱窗里满是魔幻题材的装饰。透过窗户一看，里面坐着三、四个人，才发现这是一间塔罗牌占卜店。进去以后，得知外间都是排队的客人和他们的家眷朋友，里间门帘后有一塔罗牌大师在给客人一对一占卜。

关键是她墙上挂着她和好莱坞明星的合影。没两下子能把大明星给忽悠了？

我心里一动，不妨也试试，看看大师如何说。

对面沙发上坐着一位三十多岁的白人男子，朝我点头笑问道："你也是来找伊丽莎白的？"

我问道："这位大师叫伊丽莎白？"

"是的。"

"怎么样？准吗？"我问道。

"还可以，否则我不会再来了。"他回答道。

"哦？怎么讲？"

"啊，我原来丝毫不信，是我前女朋友带我来的，她特别信。当时伊丽莎白见了她非要跟她说她会跟我分手。那个时候是她在猛追我，如果要分手也应该是我跟她分，不可能是她跟我分。她跟我说了，我们俩都不信。结果半年后，她有了外遇，还真跟我分了。"

"然后呢？"我总觉得这叫碰对了，谈不上多么精准。

"伊丽莎白还说，我跟她分手后会三个月再遇到一个新的女朋友，名字叫克里斯蒂娜。"

"那你遇到了吗？"

"没错，还真遇到了，就叫克里斯蒂娜。"

我虽然面无表情，但倒抽一口冷气，心想，这有点儿稀奇了。

"不过，再次见伊丽莎白时候，她说这个克里斯蒂娜一年后又会跟我分手。一年后还真分了。"

"哦，那你今天来还是问这个？"

"不是，我想问问开公司的事儿。我找了一个合伙人，准备开个刷车库地板漆的小公司，想看看前景怎么样。"

刚说完，里面叫他进去，轮到他了。

大概过了二、三十分钟，看见他喜气洋洋地走出来，擦肩而过时跟我说了句"祝你好运"。

　　这回轮到了我进去。这个伊丽莎白是一个披着一头波浪金发、一口伦敦音的英国女人，年龄约 50 岁上下，和蔼可亲，仿佛是个邻家大姐，有一见如故的感觉。她既没问我的名字，也不问何事，一上来就让我洗牌、分牌，她再接过去布牌阵。都说这种大仙会察言观色，套你的话。我心想，我只说我想问问工作，其他一概只字不提，看她能说出什么来。

　　"我先问你一个问题。"她一脸祥和和沉着。

　　"什么问题？"

　　"你有没有申请美国的职位？"

　　我心里咯噔一下，道："有的，你接着说。"

　　"我觉得你会去美国。我看见你三个月之内有搬家移居之相，我看是因为工作的原因！"

　　我一听，顿觉好奇，连忙问道："搬家？是不是从一条街、一个区，搬到另一条街、另一个区呢？"

　　她道："没那么简单！我看是搬到遥远的东边！"

　　我乍一听不免有些困惑，连忙问道："这东边是远东地区还是东海岸啊？"

　　我心想，如果是远东，岂不是说我又要打道回府了吗？好不容易出来的，咋又回去了呢？

　　她马上解释道："我说的东是东海岸的意思，而且是美国的东海岸。"

　　有点像天方夜谭，但是我耐心地继续听她说下去。

　　只听她还说，去那里是因为有工作；而且去之前还会有去度假旅游。

　　我暗想，度假旅游有可能，因为我几乎每年都会出去旅游一趟。但是其他都不着边际，反正不准了也不可能退钱，就听她那么胡侃一番。

　　"我还看见你有一只狗，但是很快还会有第二只，这第二只年纪很小，但是跟第一只是一个种，一个颜色，来给第一只作伴……"

　　一听这话，我马上就判断完全是胡说八道，因为从种种因素看，这都是不可能的事。第一，我压根儿没有再养一只狗的打算，因为两只狗旅游出行不便，看兽医费用更是双倍；第二，我的宝宝是纯种玩具贵宾，加拿大如果买这个品种，不仅很罕见，而且动辄两、三千加元，我也没有那个预算；第三，即便我再有一只，也只可能是到动物收留站领养，但是通常都是岁数较大的杂种犬，不可能有纯种玩具贵宾。

　　说来蹊跷，就在十天后，果然我家里来了一只两个月的小狗，和宝宝一个种，一个颜色。欲知原委，且听下回分解。

♣ 24 ♣

无心应验

　　话说去 Home Depot 建材市场面试，却认识了两个新朋友凯西和莎拉，二人都不愿意透露中文姓名。

　　海外中国人有两种，一种是独来独往、拒人千里之外，因为有难言之隐或要守护秘密而不愿多与人交流；一种是一见如故、相见恨晚，很快就跟人推心置腹、无话不谈。我们三人却是第二种，一见面就约好周末在煤港的咖啡吧汇合，凭海临风、畅所欲言。

　　二人见到了宝宝，都喜欢得不行，又是抱又是亲。一位漂亮的白人女服务生走过来还专门给宝宝打了一碗清水，所以我仅点了四元的咖啡，却给她留下二元小费。

　　煤港，听上去毫无诗情画意，却犹如天堂中的 VIP 会所。这里北邻狭长的一片内海，远山含翠，近水凝芳，海岸上是曲曲折折绵延数里的人行道和自行车道，还有鳞次栉比的餐饮娱乐场所，所来游客无不赞叹。

　　我们仨各自品尝着啤酒和咖啡，沐浴着清爽的海风，讲述起了每个人的故事。

　　莎拉多年前北大国际关系专业毕业后去上海工作了一段时间，后跟随新婚丈夫移民到温哥华。国际关系这种专业等于没有专业，还不如修鞋匠有一技之长，于是在这里又去社区学院学了会计，才算从餐厅切菜洗菜端盘子的工作解脱出来，先后找了几家公司，香港人的、台湾人的，她都干得不爽，最后找到了一家加拿大大银行工作，一干就是三年。有了对比，才觉得能跻身主流社会做个白领简直是再幸福不过的事情。

　　"那你为什么离开了呢？"凯西十分不解，"那要是继续干下去不比我们建材城的工作体面多了？"

　　"咳，我不是抽风了吗？人家也没让我走，倒是我觉得在那里日复一日，年复一年，就那样等着自己人老珠黄，有朝一日退休？我呀，自己辞职，去大学里学了一个神学。"

　　凯西开怀大笑起来，道："你可真逗！怎么又跟基督教干上了呢？"

　　事出有因。

　　这莎拉和她丈夫陈启亮是在上海认识的。她丈夫是做 IT 的，作为主申请人来到了加拿大，她算是副申请。两人来到温哥华后先是一起在一家台湾人开的中餐厅打工。老板娘比较苛刻，以他二人没有餐厅工作经验为由，让他俩免费试工一周再说。至于为什么要白干一周，老板娘自有道理："那，你们没干过餐馆，是不是？那我就要给你们培训，培训是免费的啦，我也不收你们培训费，也就免你们工钱啦。"

　　三天后，老板娘认为陈寡言少语，但年轻力壮，所以安排他在后面帮厨。莎拉外貌清秀，性格外向，口齿伶俐，就让她跑堂。

　　一日，餐馆生意奇好，客人要七个宫保鸡丁，四个堂食，三个打包，老板娘忙里忙外，跑到厨房让陈启亮赶紧多切几个鸡胸脯，再准备葱段、花生米等等。陈启亮一着急，愣是切掉半个食指指甲盖儿，连带着一丝人肉，顿时血流如注。他赶紧捂着手指问别人有无创可贴，谁知老板娘压根儿没在意他的手指，却喊叫道："你还站着干什么？客人都等急了！"

　　说着，她接过菜刀，自己三下五除二干了起来，还一边牢骚："还是要我亲自上阵，这哪里少得了我？要你有什么用？"

　　陈启亮站在一旁，怒火中烧，倘若他再冲动一些，恐怕就要出人命了。他忍住了自己的火，等生意消停一会儿，不冷不热地跟老板娘说他不干了，让老板娘把这一天的工钱结给他。

回到家，陈启亮让莎拉也不要去那里干了。

莎拉道："正好，我听说西人餐厅小费收入更高，对员工也是极有人情味的。凭你的勤力，我的口语，找一家西餐厅应该不是问题吧？"

说着，二人抽出当日报纸就给一家刚营业三个月的西餐厅打了电话，第二天就去面试，第五天就上班了，他们没有告诉人家他们是夫妻关系。先是试工培训一周，发最低时薪。老板兼厨师是个瘦高的白人男子，名叫马修，倒是十分客气，说话慢条斯理，没有任何架子。这个区域华人众多，恰好需要会说中文的服务生，于是马修安排他二人都去跑堂。赶上周末，一晚上一个人小费最多的时候能拿到 100 多加元。

陈启亮遇上一件奇怪的事情——几乎隔三差五都会有一个红头发女士一个人来吃饭，看样子大约 65 岁，但是洋女人通常会早衰，所以他也不敢确信究竟多大。此人身材肥硕，行走蹒跚。无论冷暖，脚上永远是一双厚底皮拖鞋，通常起蹲不便的人爱穿这种鞋，省去了弯腰穿脱的麻烦。每次来都是陈启亮接待她，帮她脱掉外套，挂在衣钩上，安排她坐下，倒上一杯冰水。她每次晚上来只点两样东西——一个蔬菜沙拉，加一小碗红菜汤，两样加起来不过 20 加元，但是她每次都给陈启亮留下五元的小费。看到这位客人如此慷慨，陈启亮更是殷勤备至，久而久之二人几乎成了旧相识，一见面还总是问寒问暖。就这样一晃就是四个月过去了。

突然，有一个月红发女士再也没来。陈启亮不免有些失落，与其说是心疼少了的一大块儿小费收入，倒不如说他对红发女士的下落担心牵挂。

一个月后的一天，红发女士重新出现在餐馆里，她瘦了不少。

这一次她又照常点了蔬菜沙拉和红菜汤。

结账的时候，她悄悄给陈启亮裤兜里塞了 200 加元，道："实在对不起，我生病了，这一个月没有能来吃饭，影响了你的小费，这点钱就算我的补偿吧！"

那陈启亮岂肯收下如此巨额的小费？他连忙掏出来要退还。

红发女士却坚决不收，道："你快收起来吧，叫老板看见不太好！"

二人推来推去，陈启亮执拗不过，只好收下。而这一幕叫莎拉看在眼里，回家就问陈启亮跟那个女客人是怎么回事。任凭陈如何解释，莎拉都坚决不信。陈急了，道："我就是外面有人，也不可能找那么一个又老又胖的洋女人啊！"

莎拉是个倔性子，第二天就赌气不去上班了。不上班就没有收入，柴米油盐都要靠陈启亮一个人的薪水，所以她在家里坐立不安，连开个冰箱都要看陈启亮颜色。就这样二人从冷战到热战，最后就闹起了分手。陈启亮搬了出去，后来又找到了 IT 行业的工作，而莎拉申请了学生贷款，去社区学院学了会计。

在她形单影只、寂寥乏味的时候，有朋友拉她去了教会，众多教友知她工作、婚姻都不顺意，每次都集体为她祷告。谁知没多久她就找到了银行的工作，她认为这是祷告被神垂听了，从此参加教会活动愈发积极，甚至萌生了做牧师的念头。最终，在银行只干了三年，她自己辞职又去华人的民办神学院读了一个神学证书，成全了她的一个心愿。而这一纸证书却没有任何实际意义，所以我们才会在建材城里遇见来求职的她。

她问凯西道："你看我去你们那儿能行吗？"

凯西笑道："你呀，恐怕我们庙里装不下你们俩啊！你们俩，一个是精神境界高，一个是知识水平高，怎么会愿意在我们那里天天和建材打交道？我看，就算了吧。你们还是继续申请更好的工作吧。"

莎拉听了，默不作声。她抱起了宝宝，转变了话题，问起来宝宝的饮食起居。凯西突然问我道："你工作的时候，宝宝怎么办？"

我答道："我这些年都是教课，所以除了一两个小时在课上，基本上都和宝宝作伴。"

凯西问道："那如果你去做那种朝九晚五的工作，该怎么办？宝宝会多可怜啊！"

我说是啊，正因为如此，我没有怎么卖力去申请朝九晚五的工作。

说到这里，我把那个塔罗牌大师伊丽莎白的预测将给了她二人听——什么宝宝很快会有一个伴儿，和它一个种，一个颜色。我说我死活不信。

"宝宝要是有个伴儿就好了！"凯西感叹道，"这样你上班的时候，它们俩一起玩，不至于太寂寞。"

我们三人聊着、笑着，夕阳西下，很快天色转黑。华灯初上，咖啡吧也要打烊。

凯西打车回家，莎拉步行回家，我则乘坐有轨天车和宝宝回家。

然而，匪夷所思的事情发生了——

就在十天后，凯西打车带着一只两个月大的香槟色小玩具贵宾犬来到了我家门口，说是让这个小东西给宝宝作伴。她刚刚在网上从一个台湾狗贩子那里花了 2,000 加元买了它，事先我毫不知晓。

她下了出租车，又从后备箱取出一整套宠物用品，包括狗玩具、尿垫子、狗罐头、狗碗等等。这突然一幕让我惊诧万分，怎么一只幼犬，说送来就送来了？

我是收也不是，拒也不是。看见那蠕动的毛茸茸小东西下了地就往我跟前爬，我犹如接过一只烫手的山芋。而凯西从未有过宠物，更不知如何照顾一只脆弱的幼犬。我只好暂且收下，第二天便去带小东西打疫苗。宝宝似乎对它毫无兴趣，甚至不乐意它侵占自己的地盘。

突然想起英国大师伊丽莎白的预言：你很快会再有一只狗，跟现在这只一个种，一个色，比这只小……

觉得有些不可思议，于是打电话问凯西道："你说，你是不是为了让英国大师的预测应验，而特意买了这只小狗？"

凯西听了先是一愣，接着发毒誓道："我确实记得你说了英国大师的预言，但是我 100%确信我买这只小狗的时候根本没有想起她的预言！"

我道："那也太蹊跷了！这叫什么？这叫预言应验吗？"

"呵呵，我也觉得太诡异了！"凯西也连连叫奇。

我转念一想，世间哪会有这种巧合？莫非凯西跟英国大师早就认识，特意为我设下的圈套？于是我又问道："你老实交代，你是不是英国大师的托儿？"

电话那头只听她憋得半晌说不出话来，接着道："你……你这也太离谱了！我根本跟她不认识！还是听你说起此人我才知道有这么个人，我怎么可能是她的托儿？即便是她的托儿，我这又为了什么？"

我心想，所言极是，看来世间总是有这样稀奇古怪的事儿，只能说是是概率万分之一的巧合，叫我赶上了。

♣ 25 ♣

无事生非

上回说到新朋友凯西冷不丁地给贵宾宝宝送来一个小弟弟——一只只有两个月大的香槟色玩具贵宾犬。这么大的幼犬正是最难养的时候，首先它大小便毫无控制，所以要时刻留神；第二它的牙还没长齐，所以一日三餐要在温水中提前泡好狗粮；第三，要打齐所有的疫苗，要更新芯片信息；第四，它的本性是要出去玩耍，所以要适当带到户外接触阳光和空气，但是又要提高警惕，不能接触其他动物。我还为此买了一个护栏，可以围成一个四面有墙的小院落，小狗在里面不会憋屈，还能分出游戏、餐饮、大小便区域。

撒开了投简历，90%都是徒劳的，终于来了一个实质性的电话，那是一个略有口音的女人，自称名叫杰奎琳，在市中心写字楼云集的区域经营着一家叫"马赛克"的语言培训连锁机构。电话里现聊了半个多小时，听口气倒是十分客气礼貌，说着说着就开始对我满是赞赏褒奖之词，马上就约我三天后下午二时去面试。

那天早早准备齐全，事先为此还破天荒买了新衣、新鞋和新包，毕竟好久没有正装打扮了。到了那里，果然是高楼林立的商务区中的一座高耸入云的写字楼，楼里满是律师事务所、会计事务所、建筑设计公司等等。

因为提前半个小时到，所以先在楼下咖啡厅坐了一会，还差十分钟的时候移步大堂又坐了五分钟。眼看还有五分钟到两点，这才去乘坐电梯。等到到了这家公司门口，还差一分钟到两点，于是又在门口等了一分钟，盯着手机时间，当秒数刚到一点 59 分 59 秒，准时推门而入。

前台是一个眉清目秀的亚洲女人，以为是华人，却见她点头哈腰、满脸堆笑，说着口齿不清的英文，猜想多半是日本人，于是我用日语跟她打了招呼，她鞠躬的度数立即随之增加，赶紧用日语回应，顺便夸夸我的日语水平如何高超——其实我就记得那几句而已。

她果然是日本人，名叫田中美智子，先是把我领进一间办公室，里面有一张宽大的老板桌，靠墙还有一张边桌。随后她端来一杯水。

等了七、八分钟，又有一个亚洲女人走进来，身材高挑，皮肤白皙，单眼皮、眯缝眼，似笑非笑、似睡非睡。原来她就是杰奎琳，自称是菲律宾人，但强调自己家族主要都是华人血统，还说她有西班牙血统（多半是扯），难怪她不是典型的东南亚长相。

她毫不见外，一股脑儿把这家公司和她的来龙去脉全说给我听了。这家马赛克培训机构属于特许经营品牌，全世界都有这家公司，他们的温哥华分部目前只有包括她在内的三位员工，加拿大总部设在多伦多。温哥华分部的前一任老板是个德国后裔，当初公司地址一直在吸毒流浪汉云集的温哥华东区，和一家会计事务所合用一个门脸。那时候他们的前台就是田中美智子，老老实实跟他们干了七年。德国老板赶上退休，公司正好被杰奎琳的老板穆罕默德买下。穆罕默德是个善于经商的伊朗人，从菲律宾请来了当年他的老同事加部下杰奎琳，一点一滴将频临倒闭的公司做起来，头一年换了地址，从破败不堪的东区办公楼搬到了温哥华市中心的商务区。因为田中美智子熟悉公司所有业务，加上又是个日本女人，对公司忠心耿耿，对上级言听计从，就沿用了下来。

那之后，杰奎琳又从网上招聘来一个日本男士，名叫中岛太郎，做一些办公室打杂的工作，和田中美智子的工作有交叉的地方，为的是二人如有一人生病或辞职，公司业务不至于立即瘫痪。

我问道："莫非这家公司和日本有关？"

杰奎琳诡秘地笑道："哪里和日本有关系？我们三个人就有两个是日本人，原因是我试了很多人，还就是日本人好管理，没有白人的特立独行、人权至上，也没有华人的口舌是非、人际来往，倒是融合了中西的优点，既敬业，又听话，又不多事。只要用了他们，你绝对可以放心。"

这一席话马上给我带来很多困惑，她既然那么看好日本人，为什么把我叫来？

我还没问出口，估计她有读心术，马上猜到了我的疑问，道："对于你，我是很钦佩你的学识和经历。说实话，我就羡慕你们这些读书多的人。我 18 岁就开始在这家公司打工了，从前台接待做起，一直到分部经理，就是没有好好上学读书。"

她曾经是穆罕默德的老部下，那时是在马尼拉的马赛克分公司，从事英语培训工作。穆罕默德后来经过多年打拼，有了原始积累，先是收购了马赛克公司的多伦多分部，开辟为加拿大总部，又逐渐收购了其他加拿大城市的马赛克，最终来到了西海岸，从德国人手里买下了马赛克温哥华分店。那时的这家公司，已经入不敷出，人员流失，只剩下田中美智子一个员工，维系着可怜巴巴的三、五个客户。好在每个月房租只有 2,000 加元，除此之外没有什么硬性成本，还算比较容易维持。穆罕默德毅然决然把杰奎琳从菲律宾请来。杰奎琳本来已经改行做户外野营培训，这时临危受命，一个人飞到温哥华，和田中美智子两个人又重新把公司做了起来。

眼看着生意略有起色，杰奎琳决定冒险将公司搬到商务区的高档写字楼里，这样也是为了公司的未来。她道："我跟穆罕默德提出这个建议，他原先犹犹豫豫，生怕挣的钱还付不起房租，但是我说服了他。公司如果为了图房租便宜，窝在那贫民窟里，就永远不会翻身！"

我透过她办公室的玻璃窗扫视了一下，她索性起身带我参观了一下整个公司，除了前台、她的办公室，还有一间超小的厨房，剩下四间屋都用作教室了。谈不上豪华，但是叫那日本女人收拾得井井有条。

杰奎琳问道："你猜猜我们的房租多少钱？"

我不愿意初次见面就显得对公司机密如何好奇或在意，摇摇头说："猜不出来。"

她颇为自豪地道："一个月才 6,000 加元！"

我一听，惊讶不已，暗想，就这价位，我都可以在这里开公司了，为何还要来给人打工呢？

她又道："这个价格是我谈下来的！那时候我一心想搬到商务区来，因为这里有很多上班族可以成为我们潜在的客户。我挨个楼察看，这儿原来的那家租户是一家旅行社，不打算干了，于是我让他们转让给了我，不仅沿用了他们的租赁合同和价位，连他们的办公家具都全部留给我们了。"

她领我看了前台，回到她办公室，又指了指她的老板桌，道："这一桌一椅全是他们留下来的，我们一分钱都没花！"她接手后，唯一的工作是把前台的标识换成了马赛克。

她越自夸，我就越不安了，他们都这么能干，究竟要我来做什么呢？平白无故白给一个人开一份薪水，这钱拿得不会太轻松。

我们又坐了下来，她貌似语重心长地道："这几天我面试了很多人，我感觉只有你能把我们公司引领提升到一个新的高度……"

我只想安安稳稳有口饭吃，殊不知却面临如此重任，心里犹如打翻了五味瓶。我的职责是两个日本人以外的所有工作，他们负责引人过来，我就是那见客人并销售课程的。换句话说，我做的是销售。

她又道："今天我还不能决定，因为我明天还要面试几个人，再跟穆罕默德汇报一下，后天就有信儿了。不过，我觉得你应该差不多……"

她那眯起的杏眼，似乎在暗示着什么喜讯，但是我却喜不起来，冥冥之中感觉这又像是千百万个小作坊私人公司一样，他们确实需要人，但是给你开一份薪水又多么咬牙切齿，如同割自己身上肉一般；他们一元钱都舍不得让你白白挣去，而每付给你 100 元都恨不得你能带来 500 元的收益回报。

所以，两天后杰奎琳打电话告诉我"喜讯"，并通知我下周即可上班的时候，我不知"喜"从何来。她发来的合同，职位是总监的职位，薪水却是前台的薪水，还有所谓的"佣金"，多半都是永远见不到、摸不着的。

上班的第一天，田中美智子和中岛太郎已经在前台电脑上各自工作，我却不知道坐在何处，只好坐在前台对面的椅子上，等到杰奎琳来，再如履薄冰、客客气气问她我坐在何处。

她指着她办公室老板桌旁的那张边桌，道："你临时先坐在那儿吧！我们办公室确实很紧张，因为所有的房间都用作教室了，所以先委屈你了。"

我倒是不介意。我把我的包放在边桌下面，从包里掏出自己的苹果电脑。

她指着她的那台廉价的戴尔手提电脑道："以后你可以用我的这台电脑，就不用带你自己的了。"

这一天，都是她在给我"培训"，把办公室每一个抽屉，每一个文件夹，每一个客户明细，田中美智子和中岛太郎的性格特征、工作特点，全部讲给我听，恨不得我一天之内就熟悉所有情况。我隐隐约约感觉她好像是在找一个人无缝对接地替代她，但是出于礼貌我没敢多问。

当天下午，老板穆罕默德从多伦多赶来，跟我面谈，又给我讲解培训一番，晚上还请我们吃饭。总体感觉这是一个很和蔼可亲的老者，没有老板的架子，就是吃饭的时候还要谈生意——销售、市场、广告投放、客户反馈，等等，没完没了。那俩日本人是有问必答，马上入口的饭菜还要吐出来先回答老板的问题。这一幕活像回到了旧日中国的白领生活。

第二天，我一早提前半小时赶到，办公室里只有田中美智子，要赶去做物业安排的失火演习，因此留下我一个人。

　　我按杰奎琳所说，来到她办公室坐在那个边桌旁，掏出电脑和文件，温习她昨天的培训内容。

　　大约十点多，杰奎琳才到公司，见到我，似乎不再有前几日的客气，以略有命令的口气道："你今天先到隔壁教室里临时坐一下，我要用这张桌子办事。"

　　我二话没说，合起电脑和文件夹就挪到了隔壁房间。这一天的培训于是就在这间小房间展开。

　　第三天，我干脆一来公司就直接坐到了这间教室里。

　　十点多杰奎琳到了，知道我在，却一直没有进来跟我打招呼。过了半晌她进来，面无表情道："十分钟后你到我办公室里来一下，我要跟你谈谈。"

　　一听这话，顿觉不妙，听口气不像是什么好事。但是转念一想，我一共才来三天，一言一行、一举一动，已经够小心翼翼了，实在想不出有什么可以挑刺儿的地方。

　　进了她办公室，她表情像是变了一个人，开门见山道："我好心好意把你招来，是我招的你，可是你还没坐稳，就急着要取而代之！"

　　我顿时感到丈二和尚摸不着头脑，伴随着莫名的气恼，问道："这是怎么讲的？"

　　她愤愤不平道："昨天，你没经过我允许，就坐了我的桌子。你怎么也应该事先问我一下！我毕竟还是这家公司的经理，我还没有走！你就这么着急想让我赶紧走？"

　　一听这话，我恍然大悟，又气得头晕耳鸣，简直想拍桌子骂人，从来没见过这么胡搅蛮缠之人，而且前后反差如此之大。

　　我平息了一下自己，回敬道："其一，我坐在那个边桌那里，是事先问过你的，你亲口告诉我办公空间紧缺，可以临时坐在那里。其二，我压根儿不知道你要离职，谈何迫不及待希望你赶紧走？其三，我当然知道你招我来，自然心存感激，什么'取而代之'，这又是从何说起？"

　　我以为这一番理性的解释能够让她明白和释怀，但事实是再如何解释都是徒劳——这世上不是所有人都明事理、易沟通的。我们总是千方百计说服别人来为自己设身处地着想，却不知绝大部分工作都是浪费时间，所以生活中，大多数情况下，如果沟通无效，你就要回避、躲开。想到这里，我心里已经在盘算离开之前该跟她说些什么。

　　"我很感谢你对我的认可和这几天的培训，但是我也是一个人，是有尊严的。我并非没有这份工作就要露宿街头。说实话，这样的公司，就是我自己都开得起。"

　　杰奎琳一听这话，马上客气下来，不再是上下级的态度，恢复到了面试时候的平等。

　　我以为这事就这么说开了，摆平了。她没有说让我走，倒是说还要接着培训，还夸我不愧学历高，记性悟性就是好；与我相比，那两个日本人就是木头疙瘩。

　　于是我第四天照常来上班。

　　这一天很奇怪，我来了，杰奎琳一直没到公司，倒是下午四点快下班的时候，那个穆罕默德出现了。他跟两个日本员工说了半天话，又轻轻走到我跟前，请我到另一个房间里说话。

　　我心想，肯定和昨天的事情有关。

　　他沉思了半晌，终于开口道："昨天下午，杰奎琳给我来了电话，我想你知道是什么事情。我觉得我们之间还是不合适，以后有合适的合作机会，我们再请你吧。这几天的钱我会让公司总部的人力资源部结给你。"

　　他这么说，我一点儿没有吃惊，本来就已经如坐针毡了。

　　我回道："你肯定听了杰奎琳的一面之词。但是任何故事都有两面，不过我也不想多说了，她毕竟跟你那么多年。我只是想说，我在这儿就那么几天，很小心，内心是把你的公司当作自己的来看待。"

　　穆罕默德一听，竟然眼角都湿了，想说什么，又说不出口。

我说："好吧，那我走了。"

他坚持出门送我到电梯口。

我进电梯前，看到他双眼还是湿润的，不敢直视我。

出了这座写字楼，顿时浑身一阵轻松。

远处迎来了莎拉和凯西两个朋友——我们事先约好再次海边聚会。我一五一十把这里的经历说给她们听。

莎拉道："就这么个小破公司，6,000 加元房租，咱们仨都开得起，一人平摊 2,000 加元，我们两个博士，一个北大，我就不信，我们必须要忍辱负重去给那些龟孙打工？"

我问凯西："如果是你，你会怎么办？"

她道："这要看你多迫切需要这份工作了，如果特别需要，那就只好给人认个错。"

我暗想，就是上街乞讨，也不能认根本不是错的"错"。我错在何处？简直是一派胡言。不过，这件事确实有些过份，都过了好几年了每当想起这件事和那表里不一、胡搅蛮缠的菲律宾女人还有些义愤填膺。

我望着我一身新西服、新鞋和新包，笑道："他们这几天给我开的钱刚好买这些无用的东西了。也好，我正好回家陪宝宝了，命该如此。"

塞翁失马，焉知非福。

刚受气不到一个星期，接连收到两个聘书，一个来自本地私营二年制学院——凯撒学院，虽说先签一学期合同，但是人家负责人明确告诉我：你可以指望以后每学期都会给你排课，所以不用担心；一个是美国康涅狄格州的正规大学，仅仅是替人家请假的教授一年而已，三个月后报到——那塔罗牌大师伊莉莎吧还真碰准了。为了去那美国的学校，跟凯撒学院毕恭毕敬、客客气气地谢绝了。本来我可以占的一个坑，刚谢绝就被另一个人占上了，一直到今天，所以说那个坑几乎是终身职位了。

很快就要飞往美国东海岸开始新的历程，走之前，莎拉提议我们先来个欧洲自驾游——这又叫伊丽莎白碰准了。欲知后事如何，且听下回分解。

♣ 26 ♣

情欲文革

上回说到去美国之前有朋友要约我一起去欧洲自驾游，我觉得那是一个好主意。这两个朋友一个是王闹，一个就是莎拉。二人为此还专门来我家商议此行。

我的不少朋友都愿意跟我出行，这样有了我他们会省了不少麻烦，比如订机票、找酒店、看地图、问路、讲解、安排参观行程，等等，全都对我有依赖。王闹想去欧洲深度旅游一趟主要是因为他加拿大"干爹"威廉刚刚于 88 岁寿终正寝，他想去散散心。莎拉则是因为失业后一直在家拿着失业金，新工作又迟迟没有着落，所以决定撒开了出去玩儿一趟，期待着破而后立。

他们俩来到我家，交谈甚欢，我则上网搜索欧洲各地便宜酒店，实在很难找到三个床的房间，大多数都是两张单人床的房间。

"很少有三张床的酒店，咱们仨可怎么睡呢？"我问道，"是不是让莎拉另外开一间房？"

"那我的房费不就贵了吗？我想大家一起出行就是为了省钱的呀。"莎拉道。她说她和三个姐们儿有一年去班芙旅游，四个人挤一间标准间，房费节省了一半。

王闹拍着胸脯道："没关系，如果是标准间，两张床，那我睡地上，你们俩睡床上。"

我问道："哟，那合适吗？睡地上多硬多凉啊！"

王闹道："没事儿，我还就喜欢睡地上！"

我应和道："好吧，那我给你准备一个睡袋，我家里还正好有一个从未用过的睡袋。"

就这么定了，我于是制定了环绕欧洲的线路，在网上订了三个人的往返机票，并在网上从阿姆斯特丹的国际机场租了车，而且还订好了酒店。每个人往返机票才 800 多加元，他二人连连拍手称便宜。

谁知没几天，王闹和莎拉等人在另一朋友家聚会而我没去的时候，却跟众人抱怨道："这达哇也够自私的，也不看看我是 60 多岁的老人了，非要我睡地上，还要给我准备一个睡袋！"

不出几天，这话让莎拉一五一十学给我听了，着实让我百思不得其解。

我到现在不明白这是一种什么心理状态：当着我的面一个说法，背着我则是另一个版本。口是心非者遇到好多次了，貌似大多出在国人中。

这不禁让我回想起有一年我回北京八天的故事——

平时带宝宝去欧美都没问题，基本上都很"狗性化"。宝宝上飞机、进地铁，出入博物馆、歌剧院、餐厅、咖啡馆，都没问题，但是到了中国，能进超市吗？能进地铁吗？能进故宫吗？能进国家大剧院吗？种种顾虑，所以回国前我不得已只能在温哥华请人看护宝宝八天。

一个朋友介绍了一对夫妻，男的是广州的，女的是成都的，二人有一儿子在多伦多上大学。据说这二人就喜欢小动物，愿意看护宝宝。朋友说他们收费一天 30 加元，我看网上老外的公司都收 20 多加元，但是既然是朋友介绍，更知根知底，30 加元我也同意了。

接宝宝那天，他二人来我家做了客，我又请他们吃了日本料理。

带宝宝上车回他们家的时候，我问要不要现在付款。

这一对男女抢着话道："不用，不用急，我们不差钱儿，回来再说。我们也就是出于对小动物的热爱，不差钱儿。"

我心里踏实了很多。

在国内的八天，这女人几乎每天都给我发来宝宝照片。可以看到她让宝宝上床上沙发，应该对宝宝还不错。只要有一天没发照片，我就会心急如焚、坐立不安。

回温哥华的那天好不激动，因为马上就要见到宝宝了。机场就在列治文，是这对夫妻居住的温哥华卫星城。我想下了飞机直接去他们家接宝宝，我一刻都不能耽搁了。所以一出机场我就给他们打电话，可是永远没人接；又发短信，永远没人回复。不免有些担忧，莫非宝宝有了个三长两短，他们不肯联系？

我只好先回家了。

快到家时，这女人终于回了短信，道："我们把宝宝给你送过去，不用担心。"

我在家里数着分秒，在等他们送来宝宝。心里砰砰砰直响，仿佛要跳到了胸口。

他们的车终于到我家楼下了，给我来了电话："我们就在楼下！"

我接上电话，带上装有 240 加元的信封，就匆匆下楼了。

接上了宝宝，千言万语感激不尽，并递给他们信封，让他们点点钱数。

那男人又一次道："不用点，不差钱儿。"

于是我跟他们道别，转身回家了。

巧的是，他们手机没挂，我耳机没拔。回家途中只听到耳机里那男人道："快快快！快点点钱！"

接下来是噼里啪啦点钱声。

只听女人道："240 加元，一分不多，一分不少！"

又听那男人道："这人人品够差的，竟然一分钱没多给！你看我们给他看得那么好，又管接管送，竟然一分不多给！"

听到这里肺都要气炸了，我当即就要转身回去骂他们：他们只知道他们接送，估计忘了我还请他们吃了一顿日本料理？有哪家上门服务行业要求另外再付交通补贴？

　　但是就在那一秒之间我改变了主意：算了，人家已经把宝宝送来了，这八天安然无恙，我还要怎么样呢？

　　估计他们开车上路后意识到手机还开着，只听得那男的一阵慌乱，赶紧关上了手机。

　　当晚，我给这女人发了短信道："不好意思，你们送宝宝来还有油钱吧？请你给我一个地址，我给你寄一张 50 加元支票，就算支付你的油钱了。"

　　那女人又一次道："不用不用，不差钱儿，我们就是出于对小动物的热爱……"

　　人是多么虚伪的动物！当面一副和善面孔，背后却是真实吐露，假如这世界所有人都会忘关手机，忘拔耳机，到处都有窃听器，那不知会有多少人的面具都给无情地扒得一干二净！

　　和一些朋友说起这种口是心非之事——这是赶巧让我偷听到的，那些没听到的还不知有多少？所有朋友都叹息道：没辙，这就是中国文化；虽然不是所有人，但不少人都这样！

　　因为我不这样，所以我比较难理解这种口是心非的心理。我当一个人面说的，和背着他说的，肯定是一致的。我只要说出口的，一定是我心里所想的，否则干脆就闭嘴不说。

　　所以王闹闹出个口是心非案例，和其他诸多案例相比，我也不诧异了。

　　我巧言质问王闹，王闹虽无法矢口否认，却对莎拉传话耿耿于怀，这一来二往，导致莎拉很不愉快，当即决定退出，取消廉价机票损失了 600 多加元。莎拉说，这还没出行呢，三个人就闹出一台戏来，假如去了欧洲再闹出什么来，大家不开心都走散了，该如何是好？我心想，这二人也真是，一个 60 多岁了，一个奔 50 岁了，怎么还这么小孩子脾气？其实我一点没有计较，如果计较的话，人生中很多有意义的事情都要被搁浅、放弃，何必呢？

　　我和王闹经多伦多飞到了荷兰。一个多年未见的老朋友让我们务必开车到捷克布拉格去见他。他名叫蔡宏京，曾在捷克布拉格发迹，后回北京发展，近年来又回到了布拉格，微信上盛情邀请我去找他一聚。

蔡宏京 1960 年 12 月生于北京的高级知识分子家庭，人都说像是《鹿鼎记》中的韦小宝，年少时风流倜傥、沾花惹草，且活泼顽皮、风趣幽默，在哪里都是一个开心果。他从小被父母送去少年宫学唱歌、弹琴，还参加少年合唱团，后来专门学习黑管，并在恢复高考后录取至首都音乐学院。

大学期间，有奥地利维也纳国立音乐学院的教授西格蒙来华做访问学者。在首都音乐学院上课时，在几十号人中西格蒙教授唯独看中了蔡宏京，打算资助蔡宏京去维也纳考试，如果合格，直接留在维也纳国立音乐学院继续学习黑管，一切费用由学校提供。欧美国家艺术院校和团体都有这种习惯，在全世界搜罗优秀学生，提供全额奖学金去他们那里学习，声乐、器乐、芭蕾、绘画，等等各个领域都有人才被选拔。改革开放后的中国，不仅中国人对国外充满了向往，西方人也对中国充满了好奇。

班上有业务比蔡宏京好的没选上，却选中了他，原因很简单——西格蒙教授后来解释说："我们不要那出窑的砖，都已经成型了，就没有什么好再培养的了。我们更看重的是一张白纸但有很高的音乐天赋和领悟力，这样你可以随心所欲在那张白纸上勾画，画成一幅完美无缺的佳作。"

蔡宏京就是一张白纸。论成绩，远非班上尖子；论用功，更赶不上班上一大堆出身苦大仇深家庭的孩子；论思想表现，他从来政治上不积极，连共青团员都是勉强入的，还特别蔑视耻笑那些拼命巴结老师、写思想汇报、申请入党的同学。他给班上同学的唯一印象就是，这是一个穿着时尚、嬉皮笑脸，每隔一周就换一个女朋友的小帅哥，而且总是大手大脚，兜里只有五元钱都敢请同学吃饭、为别人埋单。

但是就这么一个业务上并不突出的韦小宝式的顽主，音乐之都维也纳向他投来了橄榄枝，人家看中的是他绝妙的悟性和乐感。这一下在学校掀起了轩然大波，校方处处刁难，不放行；同学和家长使绊子，告黑状；老师也有竭力反对并推荐各自的得意门生或关系学生的。学校以集体户口为名坚决不放人走，理由是他们这波学生全是公费培养，突然出国了，以后不回来了怎么说？蔡宏京每天去学校人事处软缠硬磨，西格蒙教授也通过奥地利大使馆向学校施加了压力，最终学校还是放行了，不过达成一个协议：蔡宏京维也纳毕业后必须回来报效祖国，否则赔偿培养费三万人民币。为了出国，蔡宏京咬咬牙签了三万的卖身契。

随后他办理了退学手续，又去北京外国语学院突击了一段德语，随后前往奥地利维也纳，先考试，考试通过当即留在那里准备入学。

那是 80 年代中期，人们还一贫如洗，根本买不起机票，所以需要从北京坐国际列车先到前苏联首都莫斯科，这就需要七天七夜，然后再从莫斯科到维也纳。

出发的那天，蔡宏京浑身只带了父母好不容易换来的仅有的 50 美元。当时国家规定，出国人员每个人只允许换 50 美元。

他的女朋友送他到火车站，他二人在站台上热拥，千言万语道不尽，迟迟不肯分手。

火车开动了，他上了火车，摇下车窗，二人继续道别。火车跑起来，她就一边哭着一边跟着火车跑。蔡宏京心里一股酸楚，索性掏出那仅有的 50 美元从车窗里给他女朋友扔了出去。

在火车上的那一周实在漫长。

出发的时候火车里的喇叭播放的是朱逢博唱的《请茶歌》

———

同志哥
请喝一杯茶呀，请喝一杯茶
井岗山的茶叶甜又香啊，甜又香啊
前人开路后人走啊

前人栽茶后人尝啊
革命种子发新芽
年年生来处处长
井岗茶香飘四海啊
棵棵茶树向太阳　向太阳啰
喝了红色故乡的茶
同志哥
革命意志你坚如钢啊

出了国境，到了乌兰巴托，蔡宏京就拿出了他的砖头录音机，放起了日本电影《追捕》的那首没有一句歌词的主题曲。他不由得竖起了风衣的领子，戴上了自己最喜欢的墨镜。

兴奋和期待中坐火车，七天也没有觉得多么漫长。很快就到了莫斯科，又接着换火车到匈牙利布达佩斯，再从那里换火车到奥地利维也纳。一到莫斯科便有了出国的感觉，到处都是俄语字母。英语、德语还没学利落，俄语就更不用说了，简直成了睁眼瞎。不过他感触最深的是即便苏联的生活水准都比中国高不少档次，至少满大街看上去人们穿的都是呢子大衣、皮夹克、皮靴子，满大街跑的也都是轿车。

苏联的女人只要没老，一个个都犹如出水芙蓉，修长的身材、精致的妆容，像是行走中的橱窗模特。

蔡宏京浮想联翩，想起了自己经历的所有女人。他才 20 多岁，在男女关系上已经经验十分丰富了。他的初蒙发生在他五岁的时候，那还是在谈性色变的文革期间，他看到了一个五岁儿童不应该看到的一幕幕。现在回想，那一幕幕对他的成长是有一定影响的，说不清是正面还是负面，但是或多或少还是让他过早比同龄人成熟了。

那时他父母正在接受改造，有时候晚上回不了家，就把他托付给亲戚家的一个大姐姐带回家照顾。此人名叫何慧芳，不到 30 岁，他管她叫芳芳姐姐。她总梳着精干的短头，皮肤很白嫩，右嘴角上方有一颗美人痣，平时爱穿着洗得都起毛边的白衬衣，脚上是一双黑布鞋，常拎着一个"为人民服务"的帆布包。因为身材比常人都丰满，为了掩盖凸凹有致的身材曲线，她总要穿着超大的上衣和超肥的裤子。

1966 年的中国北京，那是什么年代？样板戏还没开始登场，人们熟悉的电影有《雷锋》、《苦菜花》、《青松岭》、《烈火中永生》、《地道战》、《地雷战》、《霓虹灯下的哨兵》等等。

没有时尚杂志，没有电视机，没有互联网。儿童对世界的认知从《地道战》和《地雷战》开始。

那一年，有一次芳芳姐姐把五岁小宏京接回自己家。硬板床、破棉被、水泥地、墙上贴着报纸，几乎家徒四壁，所有人家都一样。她家里正巧也都无人在家。她很能干，回到家撸起袖子就开始生炉子、淘米、洗菜。二人简单的晚饭后，芳芳又照顾小宏京洗脸洗脚，安顿他上床睡觉。

就在半夜，睡梦中的小宏京被咯吱咯吱作响的床给震醒，睁开朦胧的双眼一看，吓他一跳：芳芳姐姐一丝不挂俯身双手扶在床沿上，脸冲着他，大汗淋漓，像是刚从热气腾腾的澡堂里出来，身后则站着一个也一丝不挂的干瘦男人，一样的满身大汗，下身紧紧贴着芳芳姐姐的臀部，一边撞击着芳芳一边大口喘息，还露出一口玉米粒般的大黄牙，背景的墙上是那伟岸的毛主席在挥手俯视着这一切。

小宏京幼小的心灵充满了困惑，只以为那黄牙男人在欺负芳芳姐姐。却见芳芳姐姐没有哭也没有叫，而是满脸通红，急促地轻声对他道："小京京，快闭眼！"

小宏京只好佯装闭眼，很快又睡着了。

不知过了多久，他又醒了，又微微睁开双眼，这时只见那二人还没完事儿，依旧一丝不挂，黄牙男人站着，芳芳姐姐面对他蹲着，如醉如痴地用口品尝着那个男人的大茄子，地上则扔了一地乱七八糟的粗糙手纸……

五岁的孩子，看到这一幕幕，的确看傻了。

小宏京记不得何时才又睡着的，因为那一晚几乎一宿他都是在微闭双眼佯装睡着。

蔡宏京回忆说，那是 1966 年，文革之初，轰轰烈烈的破四旧已经开始，耍流氓的行径可能会遭来灭顶之灾。芳芳姐姐平时多么正派的一个大姐姐啊！怎么还没结婚就这样，还当着小孩子演活春宫呢？

他说："其实每个人平时都是戴着面具而已，每个人都在生活中给自己一个人设。因为人到了那褪节儿上，他脱光了，起性了，他就不是他了。人的本能是不用教的，每个人都有兽性的一面。没有这点儿兽性，人类怎么可能繁衍至今，都 70 多亿了！"

我暗想，估计也有不少人可能没那个"本能"，如果没有互联网和发达的信息流通，多数人恐怕没有他芳芳姐姐和那个男人的"悟性"。

这个芳芳大姐姐如今还健在，已是耄耋之年的老太太了。

多年后蔡宏京在六里桥附近一个菜市场又碰见了她——一个无比正派、传统、保守的老太太，衣着极其朴实无华、谈吐极其和蔼可亲，拉着买菜的小推车在那儿买胡萝卜、黄瓜、茄子、西葫芦……

他上前去跟她打招呼。她不知是尴尬还是健忘，淡淡一笑。

蔡宏京说，人嘛，不奇怪，这就是人性，谁也不要站在道德制高点去对别人品头论足，因为都是人。

我因为跟他经历不一样，童年少年一尘不染，比他人晚熟，所以我曾经看待人性幼稚了很多，我总觉得毛主席怎么还会有老婆，还生出了孩子？我一直觉得只有耶稣和圣母玛利亚是最纯的，只有童女受孕才没有原罪。只要是人来到时间，就带有原罪。

禁欲的文革，禁不了人们内心的躁动；一旦放开，一个个就火山爆发了。蔡宏京后来出了国何尝不是如此？

欲知后事，且看下回。

♣ 27 ♣

欧洲往事

上回说到我准备去欧洲进行一场环欧自驾游的壮举，正好远在捷克首都布拉格有一位多年老朋友蔡宏京邀约我们去那里一聚。我设计的自驾游本来要历时一个月，但是由于要去美国工作，不得不临时缩短为半个月。行程从荷兰阿姆斯特丹开始，再往东，往南，折回西，再折回北，最后回到阿姆斯特丹。

众所周知，西欧是现代文明的发源地，而荷兰虽然是弹丸小国，只有两个北京的面积，却是人类历史上举足轻重的伟大国家。人口仅比北京略多，却是粮食和农产品出口大国。在 17 世纪全国人口仅有 150 万，却是欧洲乃至世界的经济中心和第一海上强国，而且成立了世界第一家证券交易所。

更何况，这个国家有一半的土地高于海拔一米，将近三分之一的土地低于海平面，洪水灾害频繁。历史上荷兰人一直与海争地，修坝拦海，风车排水，填海造地，目前 17% 的土地是人造的。

当年彼得大帝前往荷兰学习，回国后就推行改革，把落后的俄国打造成欧洲强国。明治维新前的日本排斥所有西方列强，唯独与荷兰成为贸易伙伴，且推崇"兰学"，使其快速发展现代化，成为亚洲唯一的发达国家。

这么一个小国，当然必去无疑，没准我也能学到点儿什么。

果不其然，到了荷兰，基础建设、城乡规划、百姓民居，处处令人赞叹不已。

蔡宏京 80 年代初到欧洲，落脚奥地利，这也是和荷兰不相上下的发达国家；奥地利是世界的音乐之都，顶尖的宜居之地。作为学黑管的蔡宏京，来到这里和国内音乐院校同学一比，顿时有了一种优越感。虽然幸福感油然而生，但是一来到就面临要填饱肚子的问题。

来时全家好不容易换了 50 美元，他全扔给了哭着追火车、与他道别的女朋友。学校承诺会有奖学金，学杂费、基本生活费都够了，他不用担心花销问题。

安顿好了住宿，他便去超市里买日用品和食品，谁知那些瓶瓶罐罐花花绿绿的全是德文，他根本不知道哪个是洗涤灵，哪个是沐浴露，哪个是酱油，哪个是醋。这些还好办，慢慢查字典再说，当务之急是赶紧买点快餐填饱肚子，什么便宜买什么。沿着一排排货柜走啊走，终于看到一堆罐头，是所有罐头食品中最便宜的。他饥不择食，赶紧买了一小桶，又买了最便宜的面包，回到宿舍就狼吞虎咽地吃了起来。

谁知那罐头吃了一半，越发觉得不对劲，再仔细瞧那外包装，分明是一只猫头。原来这是猫罐头，难怪是最便宜的！

多年后蔡宏京给我描述这段故事，我问道："你不是留学前去北外德语速成班培训了吗？连这个都不认得？"

蔡宏京一拍大腿，道："咳！你知道我们，文革中学工学农学军，英语 26 个字母都认不全，那北外突击德语，压根儿一点儿没学进去！我这点儿德语还都是后来在奥地利逼出来的！"

说是要好好学习，报效祖国，有的留学生做到了——比如他的忘年交老朋友、后来成为中央音乐学院院长的左因老太太，同一时间国家送她到莫斯科柴可夫斯基音乐学院学管风琴，彼时全中国只有三人会弹管风琴，左因便是其一。

但是蔡宏京心思不在报效祖国上，他道："刚来欧洲发达国家，对我震撼很大。欧洲学生周末可以去酒吧，假日可以晒太阳，而对于我们中国留学生来说，只能缩在宿舍里流泪想家。看电视看不懂，看杂志看不懂，打电话打不起，写信邮票舍不得买。我的当务之急是要解决经济问题，没有钱，一切都是扯蛋。"

一个周末，一群西欧各国的同学约着他一起去酒吧，大家围绕一长桌，点了扎啤、薯条、花生米、汉堡包等物。学生在一起聚会，自然各埋各的单。蔡宏京却不知西方这一习惯，以为谁招呼他去，就会为他付账，且兜里分文无有。

到了酒阑人散的时候，每个人掏出钞票或硬币搁在桌上，他才意识到并没有人给他埋单，天下没有免费的晚餐。他坐也不是，走也不是，如热锅上的蚂蚁，心想："这可怎么办？好歹我也是七尺男子汉，不说我没抢单，却要躲单，这多给中国人丢脸！问同学借？这不是我蔡宏京的性格。跟服务员解释，先欠着，下次再还？可是这一桌高鼻深目的老外无一人这样，为何偏偏我一中国人要这么丢人现眼？"

好在他们人多，根本没人注意，服务员也清点不过来，所以就放他白吃白喝跑了。蔡宏京是典型的好面子的北京男人，这件事让他恨不得有个地缝钻进去。

蔡宏京是哼着谷建芬的《年轻的朋友来相会》步入青年时期的。

他 20 多岁，风华正茂，告别了十年动乱，赶上了恢复高考和改革开放，正是"80 年代的新一辈"。

出国前他憧憬着"再过 20 年，我们重相会，伟大的祖国，该有多么美！"等到出了国了，才发现伟大的祖国再不改革开放几乎要被开除球籍了，即便再过 30 年也没有人家的美。

入学没多久，当地华人社区一位华侨前辈的启发让蔡宏京就有了小算盘。那位前辈也是音乐人出身，但是很早就改行做了生意，因为音乐走到头儿，要么就在某乐团里拉一辈子琴，拿着最低的薪酬，要么就跑到音乐学院里教课，即便那样，教职都屈指可数，要么就沦落为街头艺人，在中国人眼中跟讨吃要饭的没什么差别了。他总说："小蔡啊，音乐这玩意儿，只能当个爱好，不能吃饭啊！"

　　蔡宏京一听，觉得言之有理，很受感触，于是打算一半儿精力放在学业上，另一半儿精力放在如何省钱和赚钱上。他从小不爱读书写字，所以不愿意给家人写信，只愿意打电话。可是打长途要去投币电话亭，经常是还没讲几句话电话就断了。当地留学生想出一个妙招，传到他耳朵里——即用女生一根长发，一头拴着硬币，手提另一头缓缓将硬币降入投币孔，等到硬币用完，电话终止，再用那根长发将硬币提出，接着投币再打。这个办法一传十、十传百，相当一段时期维也纳电话局发现国际电话量大增，收入却不涨，百思不得其解，最终发现了奥秘，不得不重新修改投币电话的投币孔设计。

　　语言不好，暂时没法打工，但是他听说了一个挣快钱的办法，那就是去赌场。在那里，赌场为了鼓励顾客去赌钱，会经常免费发放代金券，每人凭每张代金券可以去领取一个可以兑现的筹码，价值200先令，约合20美元。

　　蔡宏京听说这事儿，心想："这奥地利赌场的规矩，岂不是漏洞太大了吗？我要是多领几个筹码，赌场转一圈，不赌钱，再到兑换窗口换现金，或者干脆卖给新来的游客，不就挣钱了吗？领一次筹码是100先令，一晚上跑个七趟八趟，不就可以领七八百先令吗？"

　　于是他带着另一个中国留学生去试了几次，果然挣了些钱。结果是，他去得多了，哗啦啦又跟了好几个中国留学生，赌场注意到了，就永久取消了这一促销方式。

　　他们每有一计策，这奥地利人就有一对策，总是要断他们的生财之路。毕业前蔡宏京要尽快找到生财之道，于是他准备去街上练摊儿。他亲眼看见维也纳一区域有一些人街边铺张塑料布就卖些皮包衣物，不乏亚洲人模样的，经常围满了奥地利顾客，他颇为动心。打电话告诉北京的哥们儿托人捎来雅宝路的一些皮货，有皮帽子、皮靴、皮夹克、貂皮围巾等等。等上三、五个星期，货到了，他也去跟着练摊儿了。那里别的华人摊贩大多是相貌猥琐的福建、浙江老华侨，而突然出现了这么一个北京来的韦小宝，又帅气又可爱又逗乐，不仅有艺术家气质，还会说德语，很快围上来一群金发碧眼的女士；就冲着不多见的东方帅男，一个个也慷慨解囊，很快一堆货物一扫而光。

蔡宏京第一次尝到了做生意的甜头，心思更不在学业上了。他心想，这器乐专业，限制太多，时不时要上课、排练、演出，即便将来毕业了，最好的出路也就是有个靠政府和社会救济的乐团能够接收。那华侨前辈又给他出主意：干嘛不学声乐？限制比器乐少，自由比器乐多，虽说曲不离口，但是基本上只靠自己支配时间。蔡宏京非常认同，于是他去跟学校的教授谈，想在来年改声乐专业，因为声乐专业自由得多，他可以腾出更多时间去练摊儿，去挣钱。他平时说话就洪亮高亢，一听就是男高音材料，但是他还真地从来就没往那个方向想。反正手里已经有黑管这张牌了，再试试声乐也没害处，于是他报了名。

包括他在内一共有三个中国留学生参加声乐考试。另外两个人一个也是新手，另一个居然还是来自中央音乐学院的男高音高材生，名叫陈雷，像一个老前辈一样，见到蔡宏京还时不时拍拍他的肩膀安慰道："小蔡同学，胜败乃兵家常事，不要气馁，坚持就是胜利！"

发榜的那天，蔡宏京一眼看到了自己的名字，兴奋异常，这叫要风得风，要雨得雨。那陈雷，望穿双眼，愣是没看到自己的名字，却看到了蔡宏京的名字。他坚信学校打印错了，跑到办公室去查询，办公室人员明确告诉他：没有弄错。

改行学声乐以后，他基本上都处于放鸽子状态，除了基础的乐理课和辅修课，教授只是每周偶尔约见几次，主要靠学生自主练习。蔡宏京心里想："我可是除了睡觉都在练啊！我摆摊儿的时候不也是在喊嗓子吗？"

又一次去同一个地方练摊儿，这一回却摊上倒霉事了——两个警察过来叽里咕噜问话，他一时没听懂，人家就收了他的摊儿，把他带到了警察局。一问才知道，原来那个地方练摊儿也都是要有执照的，他压根儿不知道！

他问警察道："这不公平！为什么前几次没查我，这次偏偏查我呢？"

老一点儿的那个警察拍拍他的肩膀，道："年轻人，前几次没查到你，是因为你幸运而已。"

交了罚款，货物没收，警察就把他放了。

回宿舍路上，蔡宏京连连捶自己的脑袋，为自己的巨大损失心痛不已。他迟迟不肯回去，拖沓着脚步走到了多瑙河边，一个人坐在河边发呆，掏出兜里的烟，一根接一根抽了起来。他心想："这究竟是老天跟我过不去，还是我跟这世界过不去，咋做什么什么不成呢？咋挣个钱就那么难呢？"

直到一包 20 根烟全抽完，他才慢慢走回宿舍。他的宿舍二人一间，同屋是个学大提琴的奥地利男生，名叫弗里茨。

走进漆黑的宿舍，他懒得开灯，一头倒在床上，拉上被子就想蒙头大睡，却见对面的单人床上两个人影在颠鸾倒凤、淫声浪语。

蔡宏京打开床头台灯，只见弗里茨和一女人一丝不挂，在颠鸾倒凤。那女人没有丝毫羞涩，骑在弗里茨身上，挺着两个西瓜大的乳房，扭过头来冲着蔡宏京抛了一个媚眼。弗里茨则向蔡宏京招手道："京，来，我们三个一起来玩儿！"原来这女子是弗里茨花钱招来的东欧妓女，按小时收费。弗里茨既然不打招呼就用了二人共用的宿舍，当然要意思意思。

蔡宏京虽然是血性方刚的青春男儿，看到那一幕活春宫颇受刺激，但是他内心对两男共一女是很抵触的。他倒是很有修养地道："谢谢你，弗里茨，我就算了。我还是到楼下大堂里看一会儿电视吧。"说完，他起身就下楼了，把房间留给了那二人。那晚他就在大堂沙发上睡了一宿。

自来维也纳以来，蔡宏京还没有过女朋友。他不满足于微薄的奖助学金，觉得经济是首要问题，不解决经济问题，就没心思琢磨男女问题。谁知很快，他竟然成了维也纳中国留学生中第一个开饭馆的。

　　欲知后事如何，且听下回分解。

♣ 28 ♣

人在旅途

　　说来很巧，这蔡宏京和王闹很早就认识了，那还是 80 年代，那时候蔡宏京有个女朋友叫戴燕燕，是北京师范学院外语系的高材生。有一次蔡宏京去戴家，只见客厅餐桌边坐着一个文文静静、眯着笑眼的年轻男子，正在跟戴燕燕学英语。据说他早就一门心思要出国，找了很多门路，最后他妈还是靠嫁了一个英籍华人才终于解决了他的出国问题。这个年轻男子便是王闹。

　　十几年后蔡宏京回忆那一幕，记忆最深刻的就是王闹当时的穿着打扮。蔡宏京描述道："别看我有时候不记事儿，马大哈，但是有的细节我是一辈子忘不了的。那时是 80 年代初，人们还都穿得很土，男的基本上都是松松垮垮、皱皱巴巴的中山装，不是灰就是蓝，哪里有什么款式造型？可是我那天一眼就注意到这王闹虽然也穿的是中山装，但是就是和别人不一样！他的中山装显得服服帖帖，还有恰到好处的垫肩，而且还收了腰，所以特别衬托出宽肩细腰，显得这个人特精神。"

　　那个年代人们着装确实款式单一、色调沉闷，而这王闹偏偏有什么诀窍让自己与众不同呢？后来我问起王闹此事，他也记得那天，道："那时候蔡宏京还是个小帅哥，怎么现在成了这幅模样了？老倒是不显老，就是不光谢顶了，脸也圆了，腰也粗了。"

　　说起他那套亭亭玉立、玉树临风般的中山装，他自夸道："没错，我那时候的衣服不是我自己做的就是我改过的。即使再没有什么选择，我也会把到手的成衣加工一下，尽可能时尚一下。我那中山装本来比较肥大，叫我那么一改，走在人堆儿里立马脱颖而出。"

别人还穿纯棉的，他就开始穿涤纶的，夏天则率先穿上了的确良，特意到西单、东单、王府井等处转一圈，引来无数艳羡的目光，他心里特别得意。他还很早就学会了烫发，常用一个电钳子，把自己的刘海儿烫成一个大波浪，颇有文艺范儿。

这王闹当时已经从专攻跳舞的文艺兵退役，开始往裁缝上转型了。从小就喜欢缝补、绣花之类的女工，当时正要恶补英文，准备出国学习时装设计呢。王闹的故事更加离奇、另类，不亚于蔡宏京的经历，以后章节再详谈。

有人问，王闹既然口是心非、表里不一，怎么还会与他结伴同行。王闹缺点不少，优点也很突出，他是一个只有一块儿土豆都能跟人分一半儿的那种人；在旅行中的消费观上，跟我十分一致——我谈不上穷游，更谈不上奢游，只不过不想虐待自己罢了。我自由行结伴过多人，大多有致命的毛病，以至于你无法再与这类人结伴出行，但是王闹还真没有那些常见的毛病。

一到荷兰，先参观阿姆斯特丹运河风貌，还有那闻名世界的红灯区，还有诸多博物馆，第三日我们便驱车来到羊角村，一路上对荷兰的基础建设之精细赞叹不已，甚至怀疑这荷兰人是不是都有强迫症，一桥一路，一石一砖，都要那么规规矩矩、整整齐齐。

这羊角村被中国游客熟知和向往的程度甚至超过了荷兰本地人。这里有村民 2,600 多人，每年却迎来 20 万中国游客。这里消费率先接受微信支付，并处处可见中文标识。这里被称为是"北方的威尼斯"、"荷兰的威尼斯"，整个村落的交通全靠人工运河中漂泊的船只和 180 多座小桥。这个小村美轮美奂，有人说是人间天堂，有人说是天上人间，有人说是童话王国，有人说是流动的画卷……历史上这里一片贫瘠，村民发现地下富含泥煤，于是靠挖煤为生，挖着挖着挖出了很多羊角——这里曾经洪水泛滥，很多羊被淹死在这里，留下了众多羊角，于是索性就把这里叫作"羊角村"。而且，由于过度挖掘，形成一道道沟渠，村民们干脆把沟渠改造为人工运河，村里的交通全部依赖小船。久而久之，羊角村被大小运河所包围，成为今天的"荷兰威尼斯"。

"太美了，我觉得应该在这里租一个民宿，住两晚上多感受感受。"我说道。

王闹道："老蔡怎么不来羊角村买房子呀？"

"他一直说捷克做生意更容易，反而在西欧国家不容易。他的第一桶金是在捷克赚的。"我道。

"捷克还是捷克斯洛伐克？那不是东欧社会主义国家吗？"王闹问道。

"捷克斯洛伐克曾经是一个社会主义国家，现在分开了。捷克的工业基础很好，现在也发展得不错，房价估计也比荷兰便宜不少啊！"

我当即手机上网搜了一下，得知羊角村一栋房子价格至少要 100 万欧元，真心不便宜。

话说 80 年代中后期，蔡宏京留学维也纳，心思不在学业上，而一心要赚钱，从街边练摊儿开始，又去了一家犹太人开的亚洲餐厅打工。严格来说留学生是不可以打工的，但是当地执法人员对此睁一只眼闭一只眼，他们也知道中国留学生的不易，更多是同情和怜惜，犹如我们今天看北朝鲜留学生一般。

犹太老板是一个不到 70 岁的弱小老头儿，名叫汉斯，子女都不在身边，只有一个老伴儿，腿脚不便，深居在家，只是偶尔会到店里。这亚洲餐厅以中餐为主，但多是不甚地道的粤式快餐，如炒面、捞面之类。汉斯也是刚从前任老板那里接手没多久。蔡宏京去了，先是在厨房和几个南斯拉夫人一起打下手，切菜洗菜，后来专门跑堂。有一次，中国大厨因涨工资的要求没被满足，跟汉斯吵了起来，撂挑子不干了，而店里的客人催着要上饭菜，可是那汉斯根本不会中餐烹饪，一时间急得团团转。救场如救火，情急之下，蔡宏京自告奋勇去当一回临时大厨。他心想："有什么呀？不就是炒饭炒面吗？是个中国人都应该会啊！"

于是他系上围裙，抡起大铲就准备开始大干一番。谁知饭馆里烹饪和家里不一样，在家里炒一小锅，淡了可以加盐，咸了可以兑水，但是这一下子要炒好几个人的份儿，谈何容易？虽然初露锋芒，不是很成功，但是奥地利客人吃不出来，还连连竖起大拇指，称中华美食果然名不虚传。汉斯看在眼里，乐在心里。

几个月后，汉斯把蔡宏京叫到他家里，道："京，我看你里里外外挺能干。我岁数大了，也不想干了，这餐厅就转给你吧！"

蔡宏京一听，以为汉斯在开玩笑，道："我？您在拿我取乐吧？"

汉斯道："我就看好你了，我觉得你能行。我实在不想干了，准备跟我妻子搬到以色列去，和我的三个女儿团聚。"

蔡宏京问道："可是我没有那个经济实力接手啊！"

汉斯道："没关系，我不收你转让费。你就自力更生，交房租、发薪水、采购，挣多挣少都是你的。将来我回来，你管我饭就行了。"

蔡宏京听了不禁大喜，他早就想有自己的生意，没想到这一天过早到来了。就这样，这家餐厅实质上成了他的，那爱撂挑子的中国大厨叫他给彻底开了，曾经任劳任怨打下手的南斯拉夫人留了下来。他又改了菜单，稍微重新装饰了一下店面，将店名改为"龙的传人"。很快这家餐厅竟然成了维也纳男女老幼有口皆碑的热门去处，连他们学校的教授和同学都喜欢上了。他竟然成为当地第一位开饭馆的中国留学生。

时光匆匆，很快到了 1989 年，那个不寻常的一年。本来要面临毕业回国，蔡宏京早早把餐厅转手，小赚了一笔。谁知赶上了六四，回也不是，留也不是。他心生一计，和一个中国同学举着声援六四的牌子和募捐箱子静坐在在学校里、大街上、教堂门口，竭力作出沉痛、悲催的模样。那过往的奥地利人无一不大发怜悯之心，纷纷往募捐箱里塞钱。三天下来，二人回宿舍一清点，足足有五万多先令，合 5,000 多美元！二人立即平分，喜不自胜。

此时的蔡宏京和作曲系台湾女生陈诗菱成了恋人。他身边不能没有女人，而且他不喜欢太强势的女人，偏爱那种小鸟依人型的。陈诗菱娇娇滴滴，会煲汤沏茶，会看男人眼色行事。她也赶上毕业，却焦头烂额不知该如何下手写毕业论文——作曲系的毕业生写论文，一个华人如果去写贝多芬、施特劳斯、莫扎特、舒伯特、贝多芬，怎么也写不过人家奥地利人，况且导师还要看到新意才行。

蔡宏京点子多，给陈诗菱出主意道："我看，你不如写京剧的音乐！首先，这奥地利人本来就对东方文化有兴趣；再者，这里的教授不懂京剧，所以你写什么就是什么，也容易通过。"

陈诗菱一听，豁然开朗，找找中文书籍囫囵个儿地抄一抄再翻成德语，什么西皮二黄之类的，就算是毕业论文了。谁知那奥地利的教授看了如获至宝，连连叫好，还给她颁了一个年度优秀论文奖，以表彰她对中西文化交流的贡献。

自那以后，陈诗菱对蔡宏京佩服得五体投地，二人越发如胶似漆，难分难舍。

蔡宏京不情愿回国，虽然因为六四维也纳给予中国留学生永居待遇，但是还要面临工作与生计问题，正好台北文化大学音乐系招聘，他很容易谋得职位，跟着陈诗菱去了台北。

到了台北，才知道陈诗菱的家世非同一般——父亲是开厂的，自己独居一栋豪宅，光保姆就有五、六个。她把蔡宏京像金屋藏娇般地养了起来，家务活儿一根手指头都不需要他动。久而久之，蔡宏京还发现她有强烈的占有欲，生怕他的女学生招他，有时候还跑到学校教室边上监视他。

　　蔡宏京一来不喜欢占有欲太强的女人，二来不肯吃女人软饭，三来不甘心教书为生。陈诗菱看出他的郁闷，道："你要是上班不开心，那就不去了，待在家里好了。"

　　蔡宏京听了更觉刺耳。

　　一日，他听说远在捷克的老同学做生意发了财，也让他赶紧去。那里办永居很便捷，只要注册一个公司即可。他所做的无非是倒买倒卖的生意，把中国的便宜货卖到捷克，从几个大包到几个集装箱，越做越大。后来为了竞争而恶性降价，得罪了当地黑社会组织，传闻说是要追杀他，他不得不又回到国内。陈诗菱虽然跟他去过大陆，但是最终二人还是没有走到一起。

　　至于蔡宏京的感情归宿问题，欲知后事，且听下回分解。

♣ 29 ♣

蔡氏性经

　　人在荷兰，特意要考察一下究竟有何地方比加拿大更开放、前卫。

　　带泰迪宝宝来到举世闻名的梵高博物馆，随后去了荷兰国家博物馆。徜徉在阿姆斯特丹的红灯区，可看见橱窗里搔首弄姿的妓女和街巷里人潮汹涌的游客，偶尔透过橱窗看到和妓女讨论价格的顾客，谈吐得体、举止优雅，却不见丝毫混乱与喧嚣。原以为这里有庞大的性产业，没想到和广东东莞比，这里简直太纯洁了。到处可见有待出租的窗户，说明生意并不成气候。妓女所租的房间都是私家所有，代代继承。全世界的烟花女子都可以来这里租房，在窗口亮相，晚上的租金是 150 欧元，而接待一个顾客起价是 50 欧元。也就是说，这些小姐一晚上要有三个客人才可以把房租给赚回来。另有英文报道说，每年来这里的顾客仅四、五千人。

　　我看的不是风俗产业，而是荷兰人对此行业的观念和管理。荷兰这个国家认为，黄赌毒是彻底禁不了的，越禁则越容易滋生黑帮犯罪、人口买卖、地下洗钱。与其法律严禁，不如有限度地合法化并予以严格管理。不碰的人，永远不碰；碰的人，也不再偷偷摸摸。

　　蔡宏京对此特别认同，凭他多年的经验，形成了他无师自通的性理论。他常常道——

　　"人就是人，关起门来在卧室里干的，不都一样吗？别出门看上去都人五人六的，其实那些一本正经的最虚伪。那些大大咧咧的，毫无顾忌敢说出口的，反而是最健康的。"

他回忆在维也纳留学期间，国内河北某市委书记率一个地方代表团来维也纳，来到他常去的一家赌场，一进门就问他道："有女服务员吗？"

原来，此人一出国，专打听哪里有三陪，哪里有脱衣舞，倒是对音乐会、歌剧毫无兴趣。

他所言极是，他的话使我想起在北京通过亲戚曾经接触的一个中东某国大使馆文化参赞，因为跟他熟了，才无话不谈。按说此人信教虔诚，又有三个孩子，竟然从中关村、三里屯买了 500 多张欧美黄色光盘，天天都津津有味地用 DVD 机观看，如醉如痴，聚精会神，以至于沉迷其中，不能自拔。他甚至还利用外交官身份之便，将光盘带回国跟铁哥们分享，在那里男人们看了光盘一个个如饥似渴、欲火中烧，又捶胸顿足、懊悔不迭，仿佛看了光盘才知道枉费了青春大好年华。

蔡宏京道："人嘛，都是人！越压抑，越容易压出病来。"

他讲述了两个人性压抑并畸形释放故事。

第一个故事发生在文革时期的江西农村，那时候他父亲被批斗，下放到江西农村接受再教育，他和姐姐也都搬到了江西。住家附近有一个驻扎的军营，有一个猪圈。有一个负责养猪的小士兵，虎头虎脑的，也就是十七、八岁，正值青春期，一次撞见了公狗母狗交配，那就算是他人生中上的第一节性教育课，算是对他开了蒙。结果没几天，他强奸了一头母猪，被人撞见。再后来没多久，没经过审判、量刑、定罪，他三下五除二地就被连队给枪毙了。这是发生在文革期间的真人真事。蔡宏京多次跟我讲起这段往事，至今对他震撼很大。

第二个故事发生在他留学时期的 80 年代维也纳，好几个中国留学生乘放假之际，接待国内访学的学者，一群人想体会一下西方社会的性解放，竟然招了一群东欧、前苏联的妓女，包了酒店，集体淫乱。有的在地毯上，有的在沙发上，有的在床上，有的在餐桌上……有一个天津来的快枪手，感到自己要率先结束了，操着天津话对蔡宏京道："老蔡哪，我先走一步了！"

蔡宏京一边节奏分明地做着活塞运动，一边哈哈大笑道："那我就不送了！"

蔡宏京对此很看得开，也从不介意谈论这些。他道："文革压抑太久了！我们那群人要是在国内，赶上严打，恐怕个个都是死刑！"

实际上，蔡宏京不是什么好色之徒，他每一段感情都是真挚的，也从来不沾花惹草、脚踩多只船。他对成人书刊、录像毫无兴趣，用他的话来说，是"见多不怪"了。那种东西只有国内的朋友总要托他带一些回国，在奥地利当地则几乎无人问津。

他初尝禁果发生在他 15 岁的时候，文革尚未结束。那个被他弄怀孕的女孩儿是他班上的英语老师，才 18 岁。最后的结果是女老师被开除，身败名裂，全家被迫搬家，以避邻居闲言碎语，而他算是被害者，毫发无损。

两年后，高中毕业了的他无所事事。虽然恢复了高考，由于文化课基础薄弱，艺术类考生大多入学较迟。此期间，他又和邻居家一个名叫蒋丽萍的女孩儿好了。那个女孩儿是这家人领养的孤儿，从小没少挨打。蔡宏京姐姐参军，父亲挨斗，父母离异，家中无人，因此总是招那个女孩儿来家里玩，还一起买菜做饭，过起了小夫妻的日子。这女孩儿竟然为他堕胎三次。最后结果是两家人闹得鸡犬不宁，二人还一度离家出走，但是迫于生计不得不又返回到家中。

成年后的蔡宏京，说他一生中最纯真、最投入的就是这段感情。留学以后回国的他还打听过蒋丽萍的下落，知道她早已嫁做人妇，是个贤妻良母，就没再去打搅。

在北京上大学的时候他几乎是一周一个女朋友，但是基本都不是认真的。其中有一个还是在《人民日报》报社工作，二人有一次竟然下班后在《人民日报》总编室里云雨一番，一边大汗淋漓，一边还喊着："下定决心，不怕牺牲，排除万难，去争取胜利！"

出国前最后的那个女朋友是他在乐团里认识的弹竖琴的，她就是那个一边哭一边跑，追着火车跟他道别的那位。他为她动了真心，把身上仅有的一张 50 美元钞票透过车窗扔给了他。可是后来因为联络不变，天各一方，二人通信越来越少，那女的等不及，就嫁人了。

蔡宏京难过了许久，但是他嘴上是不承认的，他哼一声，道："女人嘛，不能太当回事。我就是公共汽车，到站就停，她要是不上车，下一站还会有别人上，过时不候！"

他这辆公共汽车停了无数的站，上了无数乘客。

要说最刻骨铭心的，还是蒋丽萍，毕竟一个弱小孤女，为他堕胎三次。

后来有几次感情，都是女人离开了他，不是因为不爱他，而是因为太爱他了，而受不了他的占有欲，更多的是因为受不了他的暴力倾向，他可以对一个女人很好，甚至为她的家人花钱出力，但是如果发现有背叛或者挑衅，他会以拳脚交加。他平生最恨背叛，估计和年幼时他父母离异有关。文革初期，他母亲主动揭发他父亲，划清界限。文革后他父亲平反，夫妻二人又复婚了。后来的他对他母亲还算孝顺，但是总抹不去童年的阴影。

一回到北京，他就开了一家英语培训学校。先是报纸上招聘经理，湘妹子谢美华率先应聘来了，而且成了他的又一任新女友。再接着北师大的冯亚琳老师应聘来做教务长，负责帮蔡宏京招兼课老师，结果把我招去了，就这样我和冯亚琳、蔡宏京、谢美华都认识了，且成为了一生一世的朋友。

这家学校租用了一所市属院校主楼二层的一部分教室，在当年来看，设计还算前卫。刚开业的时候只有五个学生，却要请三个老师。为了显示档次，蔡宏京还让我请来两个外教，每人一小时 150 元，在当时已是天价。所以刚开始是赔钱的，但是赔钱也要开，否则那五个学生也流失了。

　　蔡宏京是敢赌的人，他不在乎这些。结果不出半年，学生多达 400 多人。生意火了，令人不解的事也多了。

　　欲知详情，且看下回。

♣ 30 ♣

穿越德国

从荷兰阿姆斯特丹开车前往德国科隆，开始了环欧自驾游。这一程我先开，因为德国境内高速路很多路段不限最高车速，因此我一脚油门便踩到了极致，以至于小小的紧凑型尼桑车开始有飘飘悠悠的感觉，估计若是打个盹儿都可能开到别的车道上。王闹吓得高声尖叫。后来的路程以他开为主。此人开车活像小心翼翼的老妇人，左顾右盼，见车便让，也正因为如此，他开车时候你可以踏踏实实在后座上躺着睡一觉。

人们都说，要看清一个人的人品，最好一同旅游一次便尽览无余。这王闹纵有百般缺点，凭良心说，此人还是很善良的。走到哪儿口干舌燥没水了，他会把他唯一的一瓶水给你。到了旅馆酒店，他会让你先上卫生间，他先看手机候着。如果只有一张床，他会让给你，他睡地上。你买了易碎工艺品没处放了，他会帮你放在他的拉杆箱里，一直帮你拖回到你家。一起旅游的游伴，能做到这些的并不多。所以说人性是复杂的。他的众多仇人把他说成魔鬼，但是只要调动起来，他又会尽力展示天使的一面。

我们入住了一家装修典雅现代的三星级酒店。当日科隆奇热，而酒店不仅没有空调，连电扇也没有，原因是这里历史上极少有如此高温，人们根本不需要电扇。

科隆是一座二战几乎被夷为平地的城市，虽有历史，但无甚可看，唯有一座双子大教堂，堪称哥特式建筑奇迹。相传二战时盟军轰炸科隆，竭力避开这座教堂，所以这座教堂得以保存下来。尽管如此，还是有 70 多处被炮弹轰炸严重受损，但在战后得到了很好的修缮，并于 2006 年脱离了濒危世界遗产名录。

我们放下行李便离开酒店在找这座教堂。在我请教路边一个德国人的时候，他二话不说便让我们跟他走。他放弃了正去办事的路线，专门带路，还说道："我会带你走一条最近的路。"

跟着他身后，在街巷中，在人群中拐来拐去，我心想："不会再次遇到那一年在耶路撒冷遇到的泼皮无赖吧？"当时我问路，其实我去的客西马尼园就在眼前，他指了指，便强行索要了 16 美元。我心想，这德国人带我走了那么多街区，不会问我要 50 欧元吧？

这人把我们带到了一条宽敞的大街上，我们一眼便看到了高耸入云的双子大教堂两个尖顶。他还不放心，告诉我们怎么继续走便到教堂大门。握手道别，我的一句"Danke"（德语谢谢）令他惊喜。他随即沿原路回去——这么一个以后恐怕再也见不到的陌路人，就这样永别了，但是他给我留下了极好的印象，这一天的心情都十分舒畅。由此我想，人与人之间都那么良善，生活不就轻松愉快很多吗？为什么社会处处非要充满戾气，人和人之间都那么防范和仇视呢？

更耐人寻味的是，这个德国人带着我们走了十几分钟路，一直没有搭讪，只管默默走他的路。看似不苟言笑，临别时我的一句德语"谢谢"又让他心花怒放。

王闹道："看到没？这就是为什么我不喜欢发达国家！尤其不喜欢加拿大、德国、英国这样冷若冰霜的国家。一个个都拒人于千里之外，那么不容易接近，说句什么话都要小心。还是泰国好！在欧美国家我去酒吧什么的，从来没有人主动跟我搭讪。而到了泰国，人人都那么热情友好，主动跟你称兄道弟。"

我心想，主动套近乎，恐怕都是有目的而来；那热情友好的面孔后有时深藏的是步步为营的计划，希望得到经济上的接济、物质上的帮助。我对王闹的提醒最后一一全都应验。

　　王闹早在 2010 年 50 多岁的时候就开始准备移居泰国了。他在温哥华的干爹威廉去世前，就陆陆续续把自己的值钱家当用集装箱运到了泰国。这次欧洲自驾游之后，王闹就彻底搬到了泰国芭堤雅。不出两年，我的预言全准了。他道："唉，泰国人还是太穷，左邻右舍全问我借钱！泰国人你是知道的，借多少花多少，只要钱一旦借出去，就别指望他还钱了！"

　　知道泰国人从他手里"借"走多少吗？约合 40 多万加元！那是他好不容易从干爹那里套来的。用他的话来说，他是搭进去几十年宝贵时光的。但是，他依旧享受着那种热带风情和第三世界国家的热闹、喧嚣、随意。

　　德国人看似严肃古板，但是这一路上需要帮助时，活雷锋也不少。人分两类：一类是独来独往的，远离尘嚣、洁身自好，独享一人世界的逍遥自在；另一类是群居动物，离不开有人陪伴、同吃共眠，少不了高朋满座、吃喝谈笑。加拿大华人大多属于第二类，因此常有"好山好水好寂寞"的牢骚。可是，一个人若是喜欢读书思考，焉能有独孤寂寥？王闹和蔡宏京都是群居动物型的，好笑的故事有不少。

　　再说回蔡宏京。因为跟黑道儿上的人发生冲突，说是被"追杀"，于是从布拉格又回到北京，投资十万人民币开办了语言培训学校。他身边少不了女人，因此很快又有了女朋友，那就是前来他学校应聘教务员的湘妹子谢美华。别人是宁缺毋滥的，而他是宁可凑合也不愿意身边缺人。有过感情经历的人，男女有明显性别差异：女人经历过一次感情破裂，大多再次择偶都会慎之又慎，且有可能长期独身，等待着那个对的人，不敢再犯第二次错误；男人结束了一段感情，则很快又有了新人，甚至会闪电再婚，兴许还会赶紧再生一个，似乎要向世人证明他魅力永存、不缺女人。

　　谢美华比蔡小十岁，虽然喝墨水不多，但是很喜欢有文化的人，尤其崇拜蔡宏京这样留过洋的音乐人。蔡宏京有个特点：女人只要年轻、单纯，但是对他特别崇拜，就很容易搞定他。他不需要一个女人有多么高深的智慧，多么丰富的经历，多么滔滔的谈吐；他只要一个欣赏他、崇拜他的女人，哪怕在经济上对他有依赖的女人，而不是跟他说起话来就一较高低或句句抬杠，搞不清社会性别认同的女人。而后面一类的女人，他在他艺术圈子和生意圈子里遇到的还不少。

蔡宏京的故事多，从小讲到大，从文革讲到出国，从莫斯科讲到维也纳讲到布拉格，把个谢美华侃得佩服得五体投地。很快两个人干脆住到了一起。小谢流产两次，蔡宏京执意不肯生。第三次，谢美华执意要生，因为她觉得蔡宏京这个浪子，如果没有个孩子是拴不住他的。他是北京的，家里有老房子；她是外地来的北漂，无依无靠。今儿好了，可以住北京男人的家里；明儿不好了，又要去租房蜗居。蔡坚决不要孩子，既然她唯独在这件事上不从，他说那就散伙得了。小谢情急之下，当着蔡的面割腕自杀。汩汩鲜血涌出，吓得蔡赶紧给她包扎，又送去医院，于是不得不妥协。

但是这段感情究竟是良缘还是孽缘？若说孽缘，二人也有恩爱甜蜜时刻，但是不出三天，二人就在学校办公室里当着众人面争执起来，不出三句话，蔡宏京便拳脚交加，还会抡起凳子朝小谢身上砸去。一次，已经怀了孕的小谢被蔡宏京打得满院子跑。学校里有两个女老师看在眼里，不劝架倒不说，背后还说道："这男人打老婆啊，多半儿是这女的嘴不好！责任在这女的嘴上！"

我心里倒抽一口冷气，心里想，要是你挺着大肚子被老公打得满院子喊救命，你也会这么责怪自己吗？那是不是要赶紧跪地上向男人求饶赔不是呢？

就这么打打停停，二人奉子成婚，一起过了 15 年。

跟他们一起共事的一个美国女外教道："这要是在美国，打一个耳光就意味着婚姻的彻底终结。不知道你们中国人这是怎么了？隔三差五吵架打架，竟然还过了十几年甚至一辈子！"

她分析说，看来婚姻中的中国人都有斯德哥尔摩综合症。斯德哥尔摩综合症是指被害者对于施害者产生情感，甚至反过来帮助施害者的一种情结。通俗一点讲，就是施害者总虐待被害者，而一旦稍微对被害者好一点点，被害者反而感激不尽，久而久之甚至把施害者当成恩人，并对此产生心理上的依赖。

话说蔡宏京的学校开了三个月开始收益。当年大学同学汪建国夫妻俩经常来学校串门儿，还介绍了他们学校的美国外教道格拉斯来代课。小谢又招来两个下岗女工老荣和老傅担任前台接待，二人轮班。蔡宏京脑子很多，点子很多，但是就是不抓细节，因此经常是他拉屎，小谢给他擦屁股。还好，有纰漏都能对付过去。

他也给我安排了一门课，报酬还不错，比其他地方都高。至于你教什么，怎么教，他一概不问，只要把学生唬开心了就行。有一次一群学生闹事，说非要金发碧眼的外教不可，黑头发的都不行，更别说美籍华人了，于是蔡宏京拉上我便去语言学院、友谊宾馆等外国人多的地方拉外教，专门瞅那些金发的，结果找来两个白俄罗斯的，虽然他俩英语错误百出，但是因为金发碧眼，得到学生热捧，蔡宏京喜上眉梢。

有人质疑这是误人子弟，但是蔡宏京马上显示了当律师的天才，铿锵有力辩护道："谁说学英语就要学英国英语、美国英语？学英语就要学会适应世界各个国家的英语！印度英语、苏联英语、南斯拉夫英语、日本英语、德国英语，啊，你都得能懂！我就认识一个人，大学里学了英语，到了莫斯科，苏联人的英语一句也听不懂，那不是白学了吗？现在都讲究全球化，所以，我们的学校就要针对这一现象，因材施教，与国际接轨！"

那人顿时被他侃蒙了，点点头，觉得言之有理。

其实蔡宏京爱用这些东欧、俄罗斯的冒充英美外教，更多原因是他们更好管理，给一点儿报酬一个个就感激涕零、俯首帖耳。他请过的英美国家外教大多爱较真儿，原则性很强，稍微觉得不爽就撂挑子。蔡宏京平生最恨那种人。

每天晚上九点半下最后一节课，蔡宏京会带上小谢、汪建国夫妇、道格拉斯等人去东来顺下馆子，一顿火锅可以吃到夜里 12 点以后，天天如此。最开始从来不叫我，据说是因为蔡宏京觉得我太古板正经，跟他们不是一路人。谁知接触久了他才发现原来我也是一个爱说笑逗乐之人，于是夜夜饭局都把我叫上，每次都一堆人，全是他埋单。我都觉得他甚至可能会家里养着一堆食客。他活像那《红楼梦》中贾母，只要身边有王熙凤、刘姥姥这类插科打诨的活宝，你天天去吃他的喝他的，他都乐意；你在他跟前再怎么放肆都可以。他是个性情中人，也许和搞音乐有关：他要是喜欢你，你骑他脖子上拉屎都可以；他要是不喜欢你，你多么优秀他都看不上你。

有一阵儿他那儿招了一个北外女研究生，大家叫她小于老师。一次，她用前台电话当着蔡宏京和别人的面给同班同学打了个电话，只听她道："哇，你都交入党申请书了！我刚写好思想汇报，你帮我看看写得成不成？"

这小于扭头刚走，蔡宏京当着员工面骂道："你们让这个傻 X 赶紧给我滚！最讨厌这种女共党了！"

小于走了，又应聘来了个自称是复旦大学外文系毕业的小龙，尖嘴猴腮，一口老北京腔。很快小龙跟蔡宏京打成一片，成了蔡宏京的"宠臣"。蔡宏京还自夸道："北外算什么？北外的走了，我这又来了个复旦的！哈哈！"

小龙自幼丧母，由父亲一手拉扯大。有一次只见他一人在办公室里缝扣子。蔡宏京见了顿时大发恻隐之心，当即把小龙如同亲弟弟对待，表示要重点栽培。没多久，蔡宏京每晚的食客又多了个狼吞虎咽的小龙，别看人精瘦，饭量大得惊人，吃起来顾不得说话理人。

一晚，饭桌上众人聊起上海，就一些沪上地名和风俗纷纷问起了小龙，谁知这平时快人快语的小龙突然腼腆起来，也许是喝酒喝多了，脸上通红，没多会儿找个理由就先撤了。汪建国老婆问道："这小龙不是上的复旦大学吗？怎么就跟没去过上海似的？"

蔡宏京听了，没有多想。他觉得疑人不用，用人不疑，况且小龙是拿着复旦大学毕业证来应聘的，这能有假？

他没怀疑过小龙学历，小龙倒是先怀疑了蔡宏京的学历，一次私下里悄悄问我："你说，这老蔡那维也纳音乐学历是真的吗？是不是瞎编的呀？"

我说道："那不可能吧？他那么多音乐学院的朋友我都见过，那要是假的，不早就揭穿了？"

谁知，道格拉斯的一席话让蔡宏京终于动摇了。道格拉斯是美国人，对众人道："这个小龙英语很差，你别看他说得那么快，挺能唬人，其实全都是错误，不可能是复旦大学外文系的。"

即便如此，蔡宏京仍然不相信，但是还是委托我给复旦大学外文系去电话核实一下。

第二日我拨通了对方教务员的电话，想查询最近几年是否有此人毕业。对方倒是十分配合，让我报上小龙性别年龄，翻了一会儿档案，明确回复道："查无此人。"

小龙简历上称他还曾经在新东方任教，于是我又打给新东方。对方说确实有过这么一个人，但是没待多久就走了。

我问道："请问他是复旦大学毕业的吗？"

对方话外有音地答道："他是自己那么说而已。"

我好奇问道："请问此话怎讲？"

对方答道："呵呵，我的意思很明显，他只是自己那么说，我们不信。"于是电话就挂了。

都这样了，蔡宏京还是没有百分百相信，甚至还怀有一丝希望是大家搞错了。于是他把小龙单独叫去长谈，小龙一把鼻涕一把泪承认了他的学历是假的，证书是找街边"办证"的给伪造的，花了150元。他没办北大清华的假证，是因为世界太小，况且就在家门口，不太好骗，于是办了个复旦大学

的，谁知饭桌上会有人聊起上海，他压根儿没去过，可不就
露馅儿了吗？

但是他有他的辩解："如果我不这么做，您就不会给我
这份差事。"于是又开始打苦情牌，从他自幼没了娘说起，
说他爸爸一把屎一把尿把他哥几个拉扯大，又当爹又当妈。

蔡宏京心软了，没有让小龙走，而让他继续留下来，教
一个儿童班，同时做点营销之类的杂物。

小谢倒是气不过，问蔡宏京道："都这样了，你还留着
这种人！"

蔡宏京语调软了几分，道："看他那样也挺可怜的，从
小没了娘，扣子掉了自己缝。算了，就不计较了，人活着都
不容易啊！"

小谢心想："呵呵，你打我的时候可没这么心慈手软，
对这么一个江湖骗子却成了活菩萨。"

不过，蔡宏京的一片好心却没有得到好报。虽然蔡答应
继续留用小龙，但小龙暗暗找好了下家，继续用他的"复旦"
假学历找到了另一家私立语言学校去工作，而且当着老荣和
老傅的面给那家学校老板打电话，老傅傻乎乎没上心，老荣
听出了端倪：原来小龙在把蔡宏京这边的学生往那一家学校
拉，说白了就是吃着蔡的饭，砸着蔡的锅。老荣随后就给蔡
宏京汇报了。不过蔡就是这么个人：他只要看你看得顺眼，
你骑他脖子上拉屎都可以，所以他没有太在意。

那之后小龙就彻底从所有人眼中消失了。蔡的食客永远
不会缺谁。

食客虽多，却鲜有人是真心。蔡宏京后来倒霉了，那些
食客却一个不露面了。我总想，那些喜欢群居的、热闹的，
像王闹、蔡宏京这些人，平生如同及时雨宋公明，接济不少
人，但树倒猢狲散，最后才发现，除了我没有一个真朋友。
我跟他们来往是纯粹的，没有丝毫利益关系。后来蔡宏京进
了看守所，我回国五天，还专门抽出一天与小谢去探监。

欲知详情，且听下回分解。

♣ 31 ♣

命由心造

　　原计划在柏林逗留四天，这座城市既没有伦敦的厚重人文历史，又没有巴黎的浪漫艺术风情。勃兰登堡门一带美学上有违和之感，该城门被建筑专家认为是最丑陋的城门之一。几家博物馆走了一圈，和卢浮宫、大都会博物馆无法相提并论。大街小巷走了无数圈，毫无规划设计感，一派杂乱无序。况且连日高温都在 36 度以上，以至于不得不一天就待在柏林最大的商城中，享受免费的空调。

　　在捷克布拉格的老朋友蔡宏京来了好几个电话，问我们何时能到布拉格。于是我们索性提前一天退房，驱车赶往捷克。想当年，蔡宏京离开台湾又回到欧洲，来到当时还是捷克斯洛伐克的这个国家，定居在布拉格，做起了中国和东欧的贸易。

　　蔡宏京有浓厚的捷克情结，原因是他走过这么多欧洲国家，捷克是最适合他的，一是比那些西欧国家生活费用便宜，二是在东欧社会主义阵营中捷克工业基础最好、经济条件最好，且毗邻德国、奥地利、匈牙利、波兰，地理位置优越。彼时的苏东各国正赶上中央计划经济向市场经济转轨，正是下手的大好时机。蔡宏京从最初的几个大包都几个集装箱，中国廉价商品源源不断地运到了东欧。但是当年那些人做什么都一窝蜂，没多久就开始非法涨价、变相提价、囤积居奇，而且进的货物大多粗制滥造，又常有违背合同现象，最后给当地人留下极其恶劣的印象。

　　说到蔡宏京，他有个特点，可以说是既是优点又是致命缺点，那就是虽然脑子快、点子多、敢想敢为、一马当先，但是就是不注重细节，不注重可持续发展。换句话说，那就是创意不错，执行力不强，因此很多本来可以干得轰轰烈烈的一番伟业，总是虎头蛇尾不了了之草草收场。有时候如此收场还能卷一点儿钱跑路，多数时候则是血本无归，甚至还惹得一身官司。

按说蔡宏京从 15 岁初尝禁果开始就女人不断，但是实话说基本上全部是女人追他，散伙的时候也基本都是女人要离开他。拿她们的话说，离开他会很痛苦，但是跟他在一起更痛苦，两种痛苦相比较，还是选择分手。

90 年代初在布拉格，他很快又跟一个精明能干的上海姑娘好上了。那人名叫王晓虹，是六四之后来的，对于当地情况十分熟悉，也会一些捷克语，帮了蔡宏京不少忙，诸如跑警察局、税务局、海关等等。一来二去二人就住到了一起，还养了一只大德国牧羊犬，名叫玛丽。前面说到蔡宏京生意做大了，也就胆大了，因为变相提价和假冒伪劣产品得罪了当地的华人黑势力，说是要追杀他。于是他卷了一点儿财物又回到了北京，顺便还带回家一顶捷克水晶吊灯。

刚在北京开办了一所语言学校显山露水，不到一年便遇到麻烦。原因是租给他教室的干部管理学院换了领导，看到他生意兴隆，不免产生妒意，要在第二年撕毁协议，大幅度上涨房租，否则就要赶他走。蔡宏京是不吃他那一套的，执意不搬，而且干脆房租也不交了，能赖一个月是一个月，同时他再私下里找人疏通关系。这一年过年的时候，蔡宏京跟小谢去湖南岳父岳母家过年，就在大年三十，学院的女院长指使人趁其不备破锁而入，强行把蔡宏京教室的所有课桌椅、电视以及他办公室内的设备全部抬走。

等他们回来时发现所有教室一片狼籍，已经无法复课。小谢一时性急，找到那院长给了她一个大耳光子，打得蔡宏京连连拍手叫好，称赞小谢的护夫壮举。后来又打了旷日持久的官司，各说各有理。

　　总之，学校是办不下去了，蔡宏京又重整河山，先后开了婚介所、广告公司。他和小谢生养了一儿一女，但是 15 年后这段婚姻走到了尽头。

　　二人都是我的好朋友，到了快离婚的时候，二人都隔三差五给我打电话，每次少则半小时，多则一两个钟头，无非都是数落对方的不是。乍一听公说公有理，婆说婆有理，弄得我实在无法表态，我既不能帮蔡宏京说小谢的不是，也不能帮小谢说蔡宏京的不是；我若是在蔡宏京面前说小谢的百般好，蔡宏京会一百个驳斥；我若是在小谢面前说蔡宏京的种种好，小谢则会一百个否定。

　　蔡宏京总说："这女人也是，我给了她一个家，是她自己不珍惜。"

　　小谢说："老蔡的大男子主义使得他把每个女人都当成物品，和一只狗一只猫一样。"

　　蔡宏京说："不是我爱打她，而是这女人朽木不可雕也，实在无法沟通。"

　　小谢则说："老蔡的暴力倾向会让他迟早吃大亏。"

　　二人结婚 15 年，打架是家常便饭。久而久之，小谢也学会了以暴抗暴。一次我们一群朋友约蔡宏京到野三坡游玩，一大早蔡宏京来了个电话："对不起，我去不了了。我破相了，我这脸被小谢挖破了，从额头到下巴颏儿，长长一道血印子，实在不敢出门丢丑。"

　　即便这样，婚姻依旧继续维持，一来是为了孩子有个健全的家庭，二来凑合过着比离婚分家恐怕更方便一些。但是总有压死骆驼的最后一颗稻草，那就是当蔡宏京把广告公司全部交给小谢经营的时候，小谢高薪聘请了一个能吹会侃的北漂，甚至不把蔡宏京放在眼里。蔡宏京要插手的时候，小谢则将广告公司的账目全部转走。蔡宏京叹道："如果夫妻间都走到这一步了，看来没法走下去了，那就只好离婚了。"

　　签署离婚协议的时候，二人都恢复了冷静和理智，突然一夜之间成了过去 15 年中偶尔擦肩而过的陌路人。二人协议离婚后三居室公寓让小谢和孩子使用，蔡宏京搬到原先父母分的老房子里去。小谢继续经营蔡宏京一手创办的广告公司，蔡宏京另谋出路。小谢虽然读书不多，但是颇有远见，早在土豆网纳斯达克上市的那一年就意识到将来广告行业都是自媒体、短视频的天下，传统广告将失去优势，所以她招来了摄像、剪辑人员，自己尝试写剧本，拍短剧。

正好我在温哥华认识的一位颇有名气的香港导演要去北京拍戏，我特意引荐给了小谢。导演姓高，60 多岁，家境殷实，在温哥华市中心拥有五套高级公寓。此人离婚多年，子女都成家，现在什么都不缺，唯独缺一个老婆。

第一次去北京，他对小谢的印象极佳。第二次去北京之前，他将我请到了他位于温哥华市中心的一座高层公寓内，带我从大堂到物业游泳池、健身房，一直到他家转了一大圈。家里装修高档，但空空如也，很久无人居住。最吸引眼球的是那可以眺望海滩的偌大的阳台。

他解释道："我根本都不住在这里。这原来是给我母亲买的，但是老太太不喜欢市中心，一心要住在华人居多的列治文，所以这套房子一直空着。"

他请我坐下，一本正经地道："明天我就又要去北京见小谢了。这套房子将来就留给小谢和我住。她的孩子嘛，我会视如己出……"

我一听，愣了，介绍他们拍戏，没想到已经到了谈婚论嫁的地步。

没出几天，蔡宏京从北京给我来了电子邮件，让我打电话给他，似乎有什么紧急事件。

我打过去，他刚开始客客气气问道："我想跟你核实一下，有个什么姓高的香港导演，是你的朋友吗？"

我说："是啊？怎么了？"

蔡描述道："昨天凌晨近两点，我回家一趟取东西，却看见小谢和这个老高挨在一起坐在沙发上聊天，二人竟然喝着同一个茶杯里的水。我问这是怎么回事，小谢说他是你的朋友，是拍电影的，我就没再问下去。"

看到杀气腾腾的蔡宏京进家，高导演顿觉不妙，赶紧告辞离开了。

蔡宏京厉声告诫小谢："这房子是给孩子们住的，不是留给你找姘头的！"

小谢听了十分不快，道："这什么话？我就不能来个朋友了？更何况是达哇老师的朋友！"

蔡提高了嗓门吼道："来朋友有凌晨两点来的吗？"

小谢回道："谁还规定了两点就不能有朋友？干电影这行的都是夜猫子，晚上不睡觉，白天不起床的大有人在！"

看在孩子们都熟睡了，第二天一大早还要上学，二人克制住了，就没再继续争吵。蔡宏京取了点东西就回自己住处了。

谁知过了一个星期，又有一晚过了午夜，蔡宏京临时回家一趟，在走廊里看到小谢挎着老高的胳膊缓缓走了出来。这一回蔡宏京二话不说，上去就照老高脸上一拳，将其眼镜打飞。因为打得太狠了，自己的手当时就肿了起来。老高被打倒在地，蔡宏京还不罢休，上去便专门照他的裆部猛踢。那老高瘦瘦小小，哪有招架之势？只能蜷缩在地上喊救命，一双手捂眼睛也不是，捂下体也不是。小谢劝也劝不住，只好跑到物业办公室去敲门求助。半天没人回应，于是又报了警，没出十分钟警车呼啸而到，把三个人都带到了派出所盘问。

老高说是被蔡宏京无端袭击殴打，而蔡宏京执意说是老高先动手，二人是互相打斗。警察问小谢，小谢自然站在老高一边，还提出调看物业的监控录像。

一群警察看了录像，确实是蔡宏京打老高。二话不说，让小谢带老高去医院，把蔡宏京扣了下来，这一关就是十天。

那十天是蔡宏京一生中最漫长的十天，和 20 多人挤在一间密闭小屋里，墙角就是大小便的地方，谁拉一泡屎，撒一泡尿，臊臭味马上传遍整个房间，经久不散。晚上想倒地睡觉根本没有空间，谁能靠着墙睡一下就已经很舒服了。

老高那边也度日如年，小谢带他到了人民医院看急诊，垫付了三万元钱。全身查了个遍，眼睛看不清了，嘴里肿得无法吃饭，小便又出不来，搞得老高直冲着她发脾气。

蔡宏京那边一日三餐吃的是白菜帮子、茄子头之类的东西，凡是厨房里经常扔掉不要的，都是给他们吃的。

老高那里倒是有小谢一日三餐送汤送饭。小谢烧得一手好菜，而老高没心思赞美她的手艺，只是口口声声说不能饶了蔡宏京。

等老高出院了，蔡宏京也出了局子。老高不相信公立医院，出院后又去了外国人常去的私立和睦家医院。法医初次鉴定结果是轻微伤，因此不构成刑事案件，蔡宏京没有刑事责任，只有行政责任和民事赔偿责任，只需要接受治安处罚和民事赔偿。蔡宏京是拒不赔偿的，且被刑事拘留了十天，而小谢白白垫付医药费三万元，就算是蔡宏京的赔偿了。

但是老高是不甘心的，半年后他又回到北京，找了关系，重新将法医鉴定从轻微伤改为轻伤，想送蔡宏京进监狱。之后派出所几次通知蔡宏京"投案自首"，但蔡宏京拒不服从。结果是有一天他在网吧里的时候被突如其来的警察给带走了，这一次一关就是一个多月。

那个春天我回国五天，最后一天抽出一天时间准备去探监，想去看看蔡宏京。

约了小谢，她找了一个正在追她的朋友开车，好不容易找到了丰台看守所。那是一片尘土飞扬的城乡结合部，犹如回到了 80 年代的北京。破败、无序、嘈杂、脏乱。几乎没有像样的路。这部老旧的丰田开成了越野车。我还纳闷，在北京那么多年，这座一线城市、首善之区，竟然还有这种地方？

到了看守所接待处，我说我来看望蔡宏京，对方查了，说确有此人，让我登记了姓名，小谢也登记了她姓名。警察问我们是蔡宏京什么人，我回答是"朋友"，小谢回答是

“前妻”。警察说，前妻不行，必须是直系亲属；朋友更不行。因此我们白来了一趟。

临走的时候，我回头遥望着高墙内的一座座房子，不知道蔡宏京此时此刻在哪一座里面面壁发呆还是思过？他被关押的那些日子，没有一个人去探望他，给他送点儿钱来。他至今认为自己身陷囹圄的原因就出在这个女人的身上，他一想起来就咬牙切齿、恨之入骨——他恨小谢家里留客，恨小谢报警，恨小谢去医院照顾老高，恨她在警察面前没有替他说话。

后来再次跟他通话，我弱弱地问他一句：“这样值得吗？冲动是魔鬼，你已经不是 20 多岁的年轻人了，就为这口气搭进去宝贵时间和人生，图了什么？”

但是冲动下的人只会看着那一刹那，不会看到五年后、十年后、30 年后。

时间会医治一切，过了很久，才发现当初执著的事物原来都毫不重要，而自己当时偏偏一口气堵在那里了。

当然，说的时候容易，真冲动了，恐怕理智全没了。想起这之前有人给蔡宏京算一卦说是来年有“牢狱之灾”，蔡宏京一笑置之，没想到还真应了。说是命中注定也罢，可是这命中所注定要发生的，不也是自己一时冲动导致发生的吗？所以说，命既是既定的，又是自己的内心造就的——拿蔡宏京的例子来说，你改变不了小谢请老高到家里来的事实，但是可以改造自己易动怒和施暴的内心。我们生活中掌控不了的，自然没办法改变；但是我们能够掌控的，就应该把它做到最好，让良缘发挥到极致，把孽缘控制到最低。

关了一个月，蔡宏京和两个狱友同一天被放了出来。手机已经没电，身无分文。先是坐看守所的车到了一个荒郊野岭中的长途客车站，一直把他们拉到了地铁站口。地铁票需要二元人民币，可是即便这二元，蔡宏京都没有。

他站在检票闸口，挨个问过往的乘客，能否帮他买一张票。所有人都躲之不及。

他又跑到人工售票窗口，说明了自己情况，问售票员能不能给他一张票。售票员一脸木讷，断然拒绝。

这可如何是好？难道就为了这两元钱，一生一世都回不了家了吗？

他又回到检票闸口，继续拦问每一个过往的乘客。至少问了百十来号人了，终于有一中年女子给了他一元钱，而且还满腹狐疑般的。

他攥着那一元硬币，接着又去要一元钱。这一回则是一个中学生给了他一元。

他说这是他一辈子第一次要钱。他倒是不觉得丢人，但是对人情冷漠颇有感触。

我想起了纽约地铁。没错，纽约是犯罪天堂，纽约地铁惨绝人寰，但是你真没钱买票了，会有很多人帮你。有一次是半夜我在售票机上刷卡买票，机器迟迟不出票。有几个已经检票进站的乘客看在眼里，赶紧从里面为我开开铁丝网门放我进去。还有一次，我在检票闸口刷了信用卡，扣了三美元，但是那挡人的大粗铁棍却纹丝不动，一热心白人女子建议我跳过去逃票，她可以证明我已经买了票，一看我不好意思跳，又赶紧拉住一已检票进站的黑人女子让她为我开门放我进站。还有一次，干脆是一个黑人帮我刷了他的卡，让我进站。我还没来得及说声"谢谢"，他早已不见人影。

不能完全归罪于中国人情冷漠。只能说中国是一个熟人社会，而生人往往充满了猜忌和防范，这在鲁迅推崇的明恩溥的《中国人的德行》中就有描述。谁知道你一个大男人守着地铁闸口挨个问人要两元钱买票是怎么回事？人家躲之不及呢。

蔡宏京后来出来没多久，就又回到阔别已久的布拉格了。

我们连续开车五、六个小时，从柏林赶到了捷克首都布拉格，在那里多年未见的蔡宏京汇合。

欲知后事，且看下回。

♣ 32 ♣

今夜无眠

到了捷克首都布拉格，这是我第二次来这里，这是一座可以把人美哭的城市，人走在流动的历史画卷中，难免会质疑是否穿越到了中世纪，或者是置身在好莱坞的片场。

我们上午十点多到达市中心，鉴于酒店 12 点以后才能入住，因此先去查理大桥走一圈，然后来到皇宫一带，看到街上有一家台湾奶茶快餐店，于是进去准备吃点儿东西垫垫肚子。那蔡宏京是不到下午两点不起床的主，因此没必要现在就跟他联系。

进了狭小的奶茶店，柜台后面一女人掀开帘子走了过来，问我们想点些什么。我很喜欢吃台湾的卤肉饭和香菇饭。

我问道："您是台湾人？"

她说不是，但是经营这家挂着台湾名号的奶茶与快餐店。我估计多半是从前面老板手里盘下来的。问她尊姓大名，她只说姓王，叫她王小姐就好了。

她梳着齐耳短发，穿着围裙，戴着套袖，脸色暗黄、五官下垂，似乎心事重重。

我和王闹点了两杯奶茶，他一盘卤肉饭，我一盘香菇饭，一共不到十欧元，约 80 元人民币。我不禁纳闷，这在寸土寸金的皇宫区，两个人才消费这么点儿钱。这要是在北京故宫一带吃个快餐，还不知要多少钱呢！

我想问问王老板她的房租需要多少钱，但又不好意思问，只好改口问道："您这儿收费不贵啊！承担房租压力大吗？"

她回答道："要是房租承担不了我还怎么开店呀？"

我点点头道："您这儿房租应该不便宜吧？"

她挥挥手指指外面这条青石街道，道："这是哪儿？这是皇宫区啊！能便宜吗？"

于是我心里猜出个几分：这里开店的房租不会很贵，至少和北京或温哥华比。

她又将目光转向王闹，问道："你们是从哪儿来的？"

王闹一向回答是："从加拿大来。"

他回答的当然没错，他 1984 年就去加拿大了，拿加拿大护照也快 30 年了，不是从加拿大来从哪儿来的呢？

但是他在加拿大是坐不住的，一年有多半时间不是在中国就是在泰国，因此对中国的近况比我熟悉多了。

她又道："我问的是你是中国哪里人！"

王闹回答道："啊，我是北京的。您呢？听您口音应该是江浙一带的。"

她答道："是的，我是上海人。"

王闹问道："您来捷克多久了？"

"我是六四时候来的，这么些年了只回去过三次……中国现在很不错了！尤其阿拉上海，变化太大了。"

王闹道："是的，中国现在基建是很棒的，日新月异。"

王女士看着窗外，有些发呆，道："是啊，这里这二、三十年就没有变化。我当初来这里真是来错了，这二、三十年我要是在上海，肯定比我现在混得好。"

她最遗憾的是出国太早，国内亲友 2000 年前后买的商品房，早已经翻了数十倍价格，如今个个都坐持百万元乃至千万元资产。

她突然转过头问我道："你猜我有多大？"

对猜人年龄我略有尴尬，心想，还是少说三岁吧，于是我弱弱地问一句："您应该 58 岁吧？"

她脸突然沉了下来："什么？我看上去 58？"

我不知道是猜大了，还是猜小了，无言以对。

她仿佛是自言自语，道："想我刚来的时候，还是小姑娘，现在成了老太婆了。"

　　她话锋一转，接着道："不过，这里的民风是国内永远比不上的。你看，我这里来的捷克客人，几乎每个人吃完饭都把盘子刀叉给我送到厨房来，中国游客则给你杯盘狼藉弄一桌子。有时候我去马路对面办点事情，就请店里的顾客帮我盯一下店，人家客客气气地就坐在店里帮我守着，直到我回来。这在中国可能吗？"她又罗列了捷克的一大堆好处来。

　　说到中国的不好，王闹慷慨激昂起来，口若悬河地抨击中国种种时弊。这时女老板话锋又一转，道："再不好，中国人都有钱了，有钱就是大爷。我那时候刚出国来这里，哪有中国游客？中国穷的时候，我们出来就觉得低人一等，现在则都知道是中国游客在支撑着这里的旅游业！"

　　我明白，她的内心是矛盾的。你说中国好起来了，她心里是酸楚的，为这 20 多年在捷克的飘零打拼而懊悔；你如果说中国的不好，又会伤她作为旅居捷克的华侨的自尊心。总之，你怎么说，她心里都不会平衡。这些人也是，你既然安身在哪儿，就多看那个地方的好，就别再比较了；人内心的痛苦和浮躁，大多来自于横向比较。时光不能倒流，历史没有如果，人每走的一条路都是偶然加必然的唯一结果。

　　她的茶饭清淡可口，我们打算还要再来，于是要了她一张名片。出门后才看到她名叫王晓虹，难道她就是蔡宏京曾经在布拉格的那个上海女朋友？如果是的，这也太巧了吧？

　　一顿饭吃了两个小时，多半时间都在聊天儿。出来以后我们去圣维塔斯教堂和黄金小巷转了一圈，这就快到了傍晚。我们去酒店办理入住，然后给蔡宏京打了电话，把他约到了酒店大堂。

　　一个身材壮硕、头戴棒球帽的中国男子闯入了眼帘，那正是蔡宏京。一脸的胶原蛋白，除了脸胖了一圈，基本没有什么褶皱和松弛，他说这是和他爱吃肥肉和生鱼片不无关系。人的老化和吃什么关系有多大，还有待于考证，但是可以肯定心态和基因一起决定了一个人外表——蔡宏京不是走常规渠道的人，并不把年龄总挂在心上，因此不会总是给自己以心理暗示。很多人到了什么年纪就想到该穿什么衣服、摆什么姿势、说什么话，去什么场所……该当爹妈的年纪就强迫自己去当爹妈，该当爷爷奶奶的年纪就想着该抱孙子，久而久之，他的年龄就要刻在自己的脸上和一举一动上。

按蔡宏京的话说，年龄就是个数字而已，他从不介意告诉别人他的年龄，也没经历过什么中年危机，该吃吃，该喝喝，天塌下来当被盖，只要还再活一天，就多有一天的梦想。

王闹也是如此，60多岁的人，去时装店还在看小青年爱穿的花花绿绿的时尚服饰；他决不会暗示自己：我已经60多岁了，该去看看那些灰暗保守一些的衣服了！

我要请他在酒店里就餐，而他执意带我们去了一家中餐厅吃饭聊天。

看来没猜错，那个经营快餐店的王晓虹正是他多年前在布拉格的上海女朋友，她早已成了捷克公民，发过财，又赔过钱。此次就是她协助他办了过来。移居捷克相对容易，只要在捷克注册公司，便可申请捷克居留，三年后可获得欧盟永久居留权。

再次回到布拉格，在飞机上一夜无眠。蔡宏京思绪万千——曾想着回国大干一番，却官司纠纷不断，最后为了躲债不得不再次出国；自己虽然是土生土长的北京人，有很多人脉，最后发现如果不是皇亲国戚或是像高俅那样攀上什么大人物，只有别人吃骨头你喝汤的份儿，中国毕竟不是单靠本事吃饭的国家。他没想到回流之后最后还是要出国，这一回哪怕沦落到街边卖唱，他可以重新练起他的美声，唱一曲他爱唱的《今夜无人入睡》。不过，以他留存的一点实力，开一个小买卖绰绰有余。够了，还要什么雄心壮志？养条狗，找个女人，买一个郊区的房子，前面有花园后面有菜地的，不也很舒服吗？北京那夜夜笙歌、觥筹交错的生活，他已经够了。

到了布拉格机场，王晓虹来把他接到她家中。他再次看到她，感觉她的形容举止倒更像是他的长辈。而她默默无语，没有久别重逢的激动，只给了他一个缓缓的贴心拥抱。再次见到他，她不知是应该高兴还是怨恨，想起他离开她后，他们的狗玛丽每天都要到他留下的拖鞋上闻上半天；12 岁的一天，玛丽倒在了他的拖鞋上，永远地睡着了。

到了王晓虹家，这是布拉格郊区的一座犹如童话王国的小独立屋，只有地面一层。捷克民族自小就有审美的熏陶，每一个小栅栏、小招牌、小把手、窗棂、门框，都做得精巧可爱。

进了家，王晓虹直接把他带到了一间小而温馨的客卧，道："你就暂时住在这里吧。"说着，她就去做饭了。

晚饭的时候，只见王晓虹准备了三套餐具，其中一套放在长餐桌尽头主人的位置。王晓虹是单身还是已婚，她只字未提。蔡宏京很知趣儿，人家只要不说他决不会问。

正纳闷家里还有何人来就餐时，有人掏钥匙开房门进来，王晓虹顿时扑过去来了个欧式拥吻，然后把那人介绍给蔡宏京，道："这是我先生帕维尔！"又把蔡宏京介绍给帕维尔，道："这就是我的老同学、声乐才子蔡宏京！"

帕维尔是捷克人，这房子就是他自己建的，盖房子、装修、打家具，无所不能。一见到蔡宏京，他就伸出那张宽厚的大手准备握手，蔡宏京也赶紧出手相迎。一顿饭其间，他尽量做到大度。

当晚，王晓虹收拾了一间卧室要留宿蔡宏京，但是蔡执意出去住。

蔡宏京道："我还是另找住处吧！"

王晓虹道："你要是执意出去找地方住，也行。不过还是我带你出去找旅馆，好不好？"

说着，王晓虹开车带蔡宏京找旅馆去了。

伏尔塔瓦河畔既便宜又漂亮的旅馆数不胜数，蔡宏京特意选了查理大桥下卡夫卡曾经居住的旅馆住了下来。晚饭没吃饱，他又在外面吃了个捷克烤猪肘。回到旅馆，澡也没洗就脱个精光钻进了被窝。谁知心潮澎拜，久久难以入睡，于是他穿上衣服，出去找了个酒吧。

正赶上周末。布拉格的周末夜生活多姿多彩，因为周边的德国人、瑞士人，都会驱车来这里度周末。这里的啤酒世界闻名，据说比水都便宜。这里的女人也风姿卓越、窈窕妩媚。

在吧台，他叫了一大杯有名的捷克扎啤。一个披着一头瀑布般金发的少女凑了过来，穿着黑色吊带裙，下面是一圈蕾丝边，腿上套着长筒袜，脚上是一双超高的高跟鞋，用英语向他问好。蔡宏京则问她是否会说德语，她连连点头，于是说起了一口俄罗斯口音的德语。

女子问道："先生这么晚一个人，需要有人陪伴解闷吗？"

蔡宏京单刀直入问道："呵呵，多少钱啊？"

女子哈哈大笑，道："你太有意思了。你就请我一杯马提尼就可以了！"

蔡宏京道："没问题，几杯都行，奉陪到底。"

于是蔡宏京又为这小姐叫了一杯酒。二人如此般畅用德语聊了起来。

欲知当夜后事如何，且看下回。

♣ 33 ♣

俄国妓女

几杯酒下肚，二人用德语聊得颇欢。

酒保催他们埋单，因为马上要打烊。蔡不可能让女人埋单，所以抢着结了账，并问伊丽娜是不是需要把她送回家。

伊丽娜道："哦？我可是要收费的哟？"

蔡宏京一愣，心想，果然是个卖的，于是道："我不进你家，你放心，我就是把你送回去，这么晚了，不安全啊。而且，我也没多少现金。"

伊丽娜道："哈哈，不用担心钱，你要是能接一个让我满意的结局，我就免费！"

蔡宏京笑道："呵呵，什么故事，请说吧。"

他二人走到酒吧外，空气格外清新。路边有酒醉的男女，跌跌撞撞，擦肩而过。

伊丽娜接着道："从前，有一个女孩儿酷爱芭蕾艺术，但是天资不够，因此梦想有一双神奇的芭蕾舞鞋，穿上它便舞技大增……"

蔡宏京心想，"这故事怎么听上去那么熟悉？"但是他没打断她，继续听她讲。

"这个女孩儿一念如磐的愿望终于打动了上帝，于是上帝赐给她一双神奇的红色足尖鞋。她穿上以后，果然舞技突飞猛进。狂喜之余，她突然发现她停不下来了，她意识到照这样跳下去，她很快就会累死……"伊丽娜一口气喝完了酒杯中最后一口酒，冲着蔡宏京问道，"故事该怎么结局呢？请你来编个结局吧！"

275

蔡宏京心想，这倒是不难，他从小就是编故事的好手，于是他只考虑了五、六秒，便绘声绘色地接起了故事：

"这女孩儿跳啊跳啊，跳到山坡上，跳到田野里，始终停不下来。累得不行，想坐下歇息，却被这神奇的舞鞋所驱赶，于是还得接着跳。这时候她跳着来到了一条小河旁，那里水流湍急。她心想，也许跳到河里，逆流而上，会让她速度得以减缓。于是她纵身一跳，钻进河水中，逆流慢游，终于得到一丝歇息。就在这时，一头鳄鱼看见上下摆动的红色舞鞋，意识到来了食物，马上追了上来。这女孩儿拼命游泳，希望甩开鳄鱼，不料鳄鱼一口咬住了她的双脚。她拼命挣扎，终于挣脱了双脚，却把舞鞋留在了鳄鱼的嘴里。鳄鱼吞了舞鞋，开始疯狂地跳起舞来，根本无暇顾及这女孩儿。最终，女孩儿使出最后的力气游到了岸边，鳄鱼却累死了。女孩儿爬到了岸上，已经昏了过去。这时候，路过一个白马王子，给这女孩儿进行人工呼吸，女孩儿活了过来，二人结了婚，过上了一生一世的幸福美满生活。"

蔡宏京一边说，一边走过了查理大桥。

伊丽娜听罢，兴奋不已，对蔡宏京道："太完美了！我让很多人给这个故事接尾，都不让我满意。唯独你的结局又有创新，又充满浪漫，又合情合理！"

二人走到了伊丽娜公寓楼下。伊丽娜迟迟不肯上楼，盯着蔡的双眼，欲言又止。

蔡宏京看着伊丽娜那扑闪扑闪的睫毛和碧绿色的双眸，世俗中又透着一丝清纯，颇有些动心，道："谢谢你，时候不早了，你该回家休息了。"

伊丽娜充满期盼的脸马上耷拉了下来，斜睨着问道："你觉得我不够漂亮？"

蔡宏京道："那倒不是，你相当漂亮。"

"那你家里有女人在等你？"

蔡宏京道："永远有的，世界各地。"

　　"好吧。"伊丽娜毕竟有了一些江湖经验，耸耸肩，马上恢复了老成的姿态，从小包里掏出一张名片递给蔡宏京，道："这是我的联系方式，有时间我们再喝酒，下次我请你。"

　　蔡宏京收下了名片，摸索着步行回到了自己的旅馆。

　　人一刹那会有无数起心动念，他自己都理不清他当时是怎么想的。要是自己年轻一、二十岁，也许他就把伊丽娜带回旅馆了，她不但年轻、漂亮，性感，而且聊起来能感觉到这还是一个很有意思的人，举止、谈吐都是有些修养的，但也许正因为如此，他不想那么随便，好酒应当慢慢品尝，权当做一夜情未免有些浪费。再者，找妓女和找个聊得投机的朋友是两回事，掺乎到一块儿有些说不清道不明，反而让人备觉尴尬。如果是单纯找个妓女，他也觉得没意思，因为他常挂在嘴边那句话："男女不就那么点儿事儿吗？有什么呀？"如果只找一个聊友，那就应该与性分开；如果分不开，那就麻烦了，那就意味着情感投入，意味着伴侣、婚姻、家庭、责任、义务，甚至法律纠纷……他这个年龄，经历了这么多，想想这些，都怕了。

　　但是一回到旅馆，脱了个精光钻进被窝，从床头柜上拿起伊丽娜那微微发出香水味的名片，他又有些后悔了，心想，这送上门来的免费服务，怎么就让自己回绝了呢？想给伊丽娜打个电话，又觉得不妥，只好作罢。

　　接下来的几天，王晓虹带蔡宏京东奔西跑办了很多手续，注册公司，找公寓，一切都安顿好了。王晓虹几次请蔡宏京去家里做客，都被蔡宏京谢绝了，他实在不情愿去她家里，但是她的捷克老公帕维尔倒是大大方方，几次出面陪蔡宏京买家具、电器、生活用品，出了不少力，蔡宏京也请他们夫妇下馆子吃了好几次饭，以表示感谢。他们陪蔡宏京考察了很多生意，最终蔡宏京选择暂时先收购一家店面先作为实体根基，慢慢再滚雪球。

　　他开的是类似名创优品的店，小五金、小电器、文具、玩具、工艺品，应有尽有，因设计独特而特别受欧美人欢迎。他雇了一个学中文的捷克大学生弗拉斯提拉夫，既能跟他沟通，也能跟捷克客人交流，他也开始去语言学校突击一下日常捷克语。因为刚开始他捷克语不大灵，对弗拉斯提拉夫依赖性较大，所以给弗拉斯提拉夫开的薪水比市场上平均水平高出一些。

　　开张以后，从第一天开始就有客人，买塑料杯、纸盘、小五金、生日卡等等，虽然都是小东西，但是薄利多销。弗拉斯提拉夫很敬业，有客人就接待客人，没客人就去收拾整理货架，手底下永远有活儿，蔡宏京一百个满意。

　　第一个月，突然连续有三天只来了三个客人，蔡宏京是经过风浪的，心态还算沉稳，但是弗拉斯提拉夫有些为老板着急，道："蔡先生，您看可能因为是刚开业的原因吧，这几天生意不好，我拿这份薪水心里有愧，我想请您给我降一些薪水，以后生意好了再给我加薪，好不好？"

　　蔡宏京是个顺毛驴儿，吃这套，越是替他着想、不计报酬的，他反而越是给你厚待；越是跟他锱铢必较、毫厘不爽的，他就越是要克扣、拖欠你的薪水。

　　他回道："不用。别只看这眼前几天，要往一个月、一年、三年来看。"

　　果不其然，三天没生意，过了这三天，顾客们就跟商量好了似的，一群一群地来，以至于他和弗拉斯提拉夫两个人都应接不暇。过了半年，回过头一看，每个月的流水几乎都一模一样，且略有上升，所以根本不用在乎哪几天没生意。他感到需要再雇一个人，马上想到了伊丽娜。

　　当晚，他掏出伊丽娜的名片，拨通了她的手机号。不知道半年过去了，伊丽娜是否还记得他，是否还在布拉格。铃声响了，电话那头迟迟没有人接。

　　到了深夜十点半，他的手机响起，那头有一女人问，是谁给她打过电话，背景是嘈杂的酒吧音乐声。她正是伊丽娜。

她当然没有忘记他。他约她第二天到他店里来看看，她欣然答应了。

第二天，伊丽娜来到店里，一副女大学生的打扮，充满了知性，和酒吧里的她判若两人。她在杂货店里走了一圈，赞叹不已，对蔡宏京道："你们中国人真神奇，在伊尔库茨克、莫斯科也是，我见过很多中国人，来的时候就拎着一个包，灰头土脸，不出几年，就开了自己的饭馆、工厂、商店、菜园子，车子、房子都有了。你们到底是怎么发起来的呀？难道你们都会种金子不成？"

蔡宏京笑道："谁都是从零开始，从第一桶金开始。小本生意，有口饭吃就行了。"

伊丽娜陷入沉思，心想："苦难的俄罗斯人，残酷的现实逼得人借酒浇愁，但凡我也有足够的第一桶金，我也会做一番事业。"

苏联解体的前一年，伊丽娜出生在伊尔库茨克附近的小镇，她还有两个姐姐。父亲在他们姐妹很小的时候就因为心脏病在家中猝死，由在中学教书的母亲一人把三个姐妹拉扯大。她母亲那个时候月收入仅约合十美元，就靠这十美元，一家四口勉强维生，一个月都未必能吃上一次肉和水果。伊丽娜是 18 岁才第一次吃上香蕉，还是大学一个宿舍的同学给她的。

伊丽娜还在家乡的时候就没少接触中国人。貌似在所有的外国人中，还只有中国人能跟他们俄罗斯人走得近一些。对她来说，那些以为很了解俄罗斯人的中国人只是一知半解而已。中国人心目中的苏联曾经辉煌过，所以老百姓的生活也一定曾经富庶、安逸，所以他们的现状只不过是从鼎盛时期堕入暂时的衰退，瘦死的骆驼也比马大。而伊丽娜却想，苦难的俄罗斯人，就从来没有富裕过：那苏联的 GDP 第二，只不过是冷战对决的政治业绩；两大阵营的角逐，战后美国扶植的西欧与日本的复苏和崛起，让苏联领导们打肿脸也要充胖子。发射卫星和原子弹，加加林太空之行、莫斯科奥运

会，在彼时中国人眼中看得轰轰烈烈，但和苏联老百姓生活
没有什么牵系——她的祖父母、外祖父母、父母和他们所有
的家人，不乏红军高干、工程师、医生、教师，从来都是紧
紧巴巴过日子。那是卢布貌似值钱，和美元汇率却是人为制
定的，所以并不代表人们手里有钱。况且，本来还攒了一些
卢布，苏联一解体，卢布狂贬，顷刻之间都成为废纸。俄罗
斯人不相信什么西欧式的民主能够给这个国家带来西方式的
繁荣和文明。他们崇尚明君大帝，像彼得大帝和叶卡捷琳娜
二世那样的，可是从赫鲁晓夫，到勃列日涅夫，到戈尔巴乔
夫，再到叶利钦、普京，还没有谁能够扭转这个民族的宿命。

伊丽娜 18 岁就结婚了，丈夫是她高中同学，名叫安德烈，
比她大两岁。18 岁结婚，彼时在她家乡并不少见，苏联因为
二战的原因女多男少，因此 14 岁就可以结婚。

20 岁的安德烈，高大威猛，性欲旺盛，每天都要三、四
次。18 岁的伊丽娜，却从来没有体验过快感。好多次都是安
德烈在"埋头骨干"时，伊丽娜捡起地上的报纸自顾自读了
起来。小俩口过的那不叫日子：谁都挣钱不多不说，安德烈
打打工挣来的那点钱基本都买酒了。虽然没动手打过伊丽娜，
但是因为清贫无聊，又没有什么娱乐，所以一旦出门在外会
酩酊大醉，在家时候多半时间都是半醉不醉。

伊丽娜不明白结这个婚干嘛。图钱？没有钱。图爱，爱
在哪里？图性？这 20 岁的安德烈是直奔主题形的，所以她从
来没有享受到性的愉悦。

二人草草结婚，也草草离婚。离婚后的安德烈很快又结
了婚。结了还不说，同时还有五个女人和他保持着性关系。
伊丽娜则一直单身，但是也有偶尔的一夜情，但是每次过后
都觉得太亏，所以决定开始收费。

如今俄罗斯这个庞然大物，能出口的只有能源和女人。
想嫁出去的有不少，首选是瑞士、荷兰、瑞典等国，临时找
不到金龟婿的做做小姐也无妨。虽然在有些方面俄罗斯人比
较传统保守，但是他们很早就对婚前性行为、婚后出轨和钱

色交易方面看得淡一些。伊丽娜的道德标准不取决于社会的习俗和认知，而取决于她内心的判断。她只要爱上一个人，就会死心塌地、从一而终；她的忠诚决不取决于那一纸婚书。在她感情还处于空白的时期，她的身体完全由她来做主，谈不上什么耻辱。

一路向西。一路向西。

从西伯利亚到了莫斯科。

从莫斯科到了圣彼得堡。

从圣彼得堡到了布拉格。

布拉格因为西方游客众多，尤其德国人居多，而且消费比西欧低廉，所以伊丽娜选择在这里落脚。在这里你可以收西欧的价格，生活费用却是西欧的一半。

伊丽娜虽然条件好，价钱能要高一些，但是每接待一个新客都不禁要提心吊胆——又老又胖又丑的，她嫌恶心；吸毒酗酒的，又有人身危险。更何况时不时有变态客人，以性虐待为乐。还会有很多客人，各种各样的传染病，也未可知。她就有个姐们儿，干着干着最后得了子宫颈癌。为了安全起见，她加入的这个地下"协会"提供保镖，但是要收取一定比例的保护费，所以虽然她要价高，但是她得不到全部的收入。

她一直提醒自己，这一行是暂时的，挣够了，见好就收，因为女人的归宿还是婚姻、家庭，还是要相夫教子。但是什么时候才叫"够"呢？她以请客人故事结尾的方式给自己心理上一个精神补偿——那就是，我还没有沦落到失去灵魂和人格的地步。

回首往事，伊丽娜沉思良久。

蔡宏京半开玩笑道："怎么样，我这儿缺人，你要不要来帮个忙？我这儿就是白天忙，你晚上该干嘛就干嘛去，我不管。"

没想到伊丽娜很爽快地答应了，道："可以啊，我什么时候来上班？"

　　“明天就来吧！”

　　就这样，价钱还没谈，人就来上班了。当然，蔡宏京也不会亏待她，给她开的时薪和弗拉斯提拉夫一样。店里多了个美女，弗拉斯提拉夫干活儿就更起劲了。正好，弗拉斯提拉夫也没有女朋友，几次暗示伊丽娜想请她出去喝杯咖啡什么的，但是都被她谢绝了。

　　赶上了蔡宏京生日的那天，他把弗拉斯提拉夫和伊丽娜都请到他家中，他弄了火锅招待二人。就在那晚上，极具戏剧性的故事发生了。

　　欲知详情，且看下回。

♣ 34 ♣

无爱可诉

上回说到蔡宏京在布拉格安顿下来以后在家里举办了一次生日聚会，请来了王晓虹夫妇、俄罗斯伊丽娜、捷克员工弗拉斯提拉夫。王晓虹又带来两个曾经住在他家里的中国留学生，李芳芳和陈嘉，都在查理大学学钢琴。蔡宏京和伊丽娜事先达成默契，如果有人问他们怎么认识的，就说是伊丽娜是留学生，看了招工广告来的。

吃着饭，大家表示要唱歌助兴。得知伊丽娜来自俄罗斯，众人便一致要求蔡宏京为大家演唱一曲《莫斯科郊外的晚上》。唱完了《莫斯科郊外的晚上》又唱了《三套车》。王晓虹则唱了《山楂树》。伊丽娜听得入神，也轻轻哼唱起来，还说道："中国人对俄罗斯歌曲总是这么熟悉。"

王晓虹道："我们那个年代嘛，跟着苏联老大哥，谁不会唱苏联歌曲？"

接着众人又唱起来《我爱你，中国》、《我的祖国》、《我的中国心》、《爱我中华》等脍炙人口的爱国歌曲。

伊丽娜很好奇这些歌的内容，所以问起来众人他们唱的都是什么。听了众人的解释，她笑了起来："怎么你们中国的歌曲那么多中国如何如何，祖国如何如何，而我们俄罗斯很少听到俄罗斯如何如何的歌曲？"

蔡宏京又唱了电影《闪闪红星》中的插曲《红星照我去战斗》。优美的旋律感染了伊丽娜，问唱的什么内容，大家给她解释"党的教导记心头"。

伊丽娜又耸耸肩、摇摇头笑了。

王晓虹颇为兴奋地问伊丽娜道："对了，你们现在的俄罗斯人对我们中国人怎么看？"

伊丽娜一听，颇有些丈二和尚摸不着头脑，耸耸肩，道："奇怪，怎么我遇到的中国人都问我这个问题？"

她心里想，这人的逻辑思维是怎么了？俄罗斯有一亿四千万人，中国人有 14 亿，有学富五车、才高八斗的知识精英，也有目不识丁、足不出户的乡村农妇，什么叫俄罗斯人怎么看中国人啊？

她脑子转了转，想想如何回答这个问题，道："俄罗斯人每个人都不一样，一个一辈子没离开自己故乡的人，和一个多次去中国旅游的人；一个从未接触过中国人的人，和一个学习汉语和中国文化身边不少中国朋友的人，恐怕对中国人的看法都不一样。"

"哦，是这样！"王晓虹似乎恍然大悟，蔡宏京则连连称是。

王晓虹又问道："那你觉得中国人好吗？"

伊丽娜耸耸肩，眨了眨眼，正不知道该如何应答，蔡宏京接过话茬，道："中国人有好的，俄罗斯人也有坏的！"

王晓虹道："随便问问嘛，我来布拉格那么多年了，还没去过俄罗斯呢！"

伊丽娜笑笑，道："呵呵，是啊，哪里都有好人！"

王晓虹又问道："你们俄罗斯和捷克一样，都曾经是社会主义国家，现在已经发展得不错了吧？人们还怀念苏联时期吗？捷克人可不怀念那个时期哟。"

王晓虹的捷克丈夫帕维尔点点头，道："那倒是。二战前的捷克斯洛伐克工业基础就很不错，全世界能排到前十名，自加入苏联社会主义阵营，就穷了起来。1989 年东欧剧变天鹅绒革命，捷克和斯洛伐克逐渐分割为两个主权国家，都实行了私有化，并建立市场经济，到了 2006 年世界银行就把捷克列为发达国家了。"

王晓虹道："是啊，持捷克护照可以免签去很多国家呢。又是申根区国家，欧洲基本可以随便跑，方便得很。"

她又问伊丽娜道："俄罗斯现在也应该不错了啊，怎么我看见俄罗斯游客来布拉格还都需要签证呢？"

每次有人问这话时，和别的俄罗斯人一样，伊丽娜都会觉得自尊心有些受伤。曾经的超级大国，一本护照的通行便捷度却赶不上一个弹丸小国；都在欧洲境内，别人可以畅通无阻，但是俄罗斯人出境却需要签。虽然签证也不难，毕竟要填表缴费等一系列手续，没有那种买机票或开车说走就走的潇洒和便捷。

伊丽娜如是说："那是因为免签是对等的，俄罗斯也不给他们免签。"

年轻的中国留学生陈嘉问道："据说莫斯科红场其实并不大，比天安门广场小多了！"

不知为何这句话又伤了俄罗斯人的自尊心，伊丽娜貌似有些不快地回问道："哦？你去过莫斯科吗？你去过红场吗？你怎么知道？"

陈嘉一愣，心想，这还用亲自去一趟才知道吗？这俄罗斯人的个人自尊为何非要和红场的尺寸绑在一起呢？

帕维尔则是哪壶不开提哪壶，说起了当年"布拉格之春"遭到了苏联和华沙成员国饿武装镇压，苏联的坦克开进了捷克斯洛伐克，最终镇压了民主运动。帕维尔那是还是少年，但记得家仇国恨，记得人们对苏联的厌恶和抵触。他义愤填膺地说着，似乎忘记了在座的还有一个俄罗斯人，而她的自尊心不容外国人当她的面指责她的祖国，但是和同胞们一起怎样批判自己的国家和政府都不为过。

弗拉斯提拉夫观察到了伊丽娜似乎有坐立不安之感，于是将沉重的历史政治话题转向西伯利亚的森林、贝加尔湖的风光。一说到贝加尔湖，王晓虹又来劲了，道："其实贝加尔湖就是中国的北海啊！苏武牧羊不就是在那里吗？太可惜了，被你们俄罗斯给占了！"

　　陈嘉一听，接着道："海参崴、海兰泡也是中国的呀！"

　　伊丽娜自我解嘲道："是，都是你们中国的，呵呵。全世界迟早有一天都是中国的。"

　　蔡宏京吆喝大家干杯、唱歌。他打开电脑，找到现代京剧《红灯记》的伴奏，唱起了李玉和的那段"狱警传，似狼嚎"的片段。众人听得津津有味，尤其是伊丽娜，仿佛被李玉和那英雄气概给迷住了……

　　这一晚聚会总体上伊丽娜感到浑身不自在，觉得自己非常不合群。她只有回到俄罗斯人中才觉得如鱼得水，因为他们有着共同的身份认同。

　　散会的时候，弗拉斯提拉夫与她一起离开，请她上家里坐坐，被她谢绝了。他要陪他走一程，她同意了，但是到了她租的小公寓楼下，他黏糊啦半天，她还是执意跟他分手道晚安了。

　　没人知道伊丽娜的内心世界。每次参加这种聚会，她都恨自己为什么好端端地选择这个不可告人的行业。这一选择注定了她的社交圈也都是同行中的姐妹。

　　……

　　听着蔡宏京津津有味地回忆这一个个故事，我很想见一见这个伊丽娜。

　　我问道："后来怎么样了？伊丽娜还在布拉格吗？"

　　蔡宏京不好意思笑了，习惯性地拍了拍后脑勺，道："咳，这不后来她就来我家住上了嘛，再后来又出事了。彻底了结了。"

　　我吓了一跳，问道："怎么？她死了？"

　　"那倒没有，说来话长。"

　　原来，问题的根结就在伊丽娜做过妓女的历史问题。他二人干柴遇烈火的时候，蔡宏京总爱把这个话题带出来，问道："你的活儿那么好，是不是跟每个客户都这样啊？"这话对伊丽娜来说是致命的侮辱。

女人心，难琢磨。而当伊丽娜稍微有些冷淡和被动的时候，他就会问："你跟你的客人也都这样吗？"

终于有一天她爆发了，抄起一个啤酒瓶把酒浇在蔡宏京头上，然后摔门而去，彻底消失了。

我叹道："既然她一心一意跟你，何必旧事重提呢？"

蔡宏京道："是啊，人倒是好人一个，但是知道她有过那段历史，毕竟是个阴影，所以每次干那事儿眼前全是那一幕幕摆脱不掉的画面。"

能让蔡宏京摆脱掉那一幕幕画面的女人，只有一种，那就是处女。他是需要一个历史清白的，最好他是她的第一个男人，因为他说他从来不要"二手货"。这倒不是难事，因为总有女人需要找个经济依靠，大千世界从来不缺少这种女人，所以他把男女之间的事儿看得很淡，他有着一套自己的男女两性关系的理论。他偶尔说起社会学家李银河来总会嘲笑道："那老娘们儿能研究个什么两性关系啊？还是我研究吧！"

按照蔡宏京的男女两性理论来说，经历过一场失败的婚姻后，女人会更多因为受伤而慎重，故而选择独身许久；而男人，或者说他们圈子里的那个年代出生的男人，反而会很快再婚甚至再育，以显示自己的能耐和抢手。蔡氏的公交车比喻正说明这种心态：我就是那到店就开的公交车，这站你下了，下一站就有人上。

这种心态能有健康的关系和真爱吗？

蔡总重复那些老话："人一生最刻骨铭心的爱情只有一次，那就是第一次认真的那一次，其他都是扯蛋了。爱谁都不如把自己爱好。"

不过他心思早不在感情问题上了。"不就是那么点儿事儿吗？"是他总挂在嘴边的话。

他又拾起了他的声乐专业。当年一无用处的专业，让他毫无留恋地抛弃了。如今时过境迁，多少老同学、老同事都开了了自媒体频道，教课的、带货的、拍短剧的，一个个都不亦乐乎。有的一个视频在全网就挣了一万多人民币。他也开始着手开办自己的频道，还打算邀请我一起来个"锵锵三人行"。

我说，好啊，这么多精彩故事，又身居这么美丽的欧洲古城，不来个自媒体不亏了吗？

离开了布拉格，我和王闹又开车去了中世纪 CK 小镇，那是小一号的布拉格。接着开车继续前往瑞士、法国、比利时，最后从荷兰飞回加拿大。

从欧洲回到温哥华，我就准备去美国了，莎拉依旧在网上发简历找工作，王闹则彻底搬到了泰国芭堤雅，过上了退休的生活——戏剧多的人到哪里都充满了戏剧，到了泰国甚至比在中国、加拿大还是非不断。想想这些人的情感世界，蔡宏京的理论何尝又不是呢？那么多人在其所谓的情感或婚姻世界扮演的角色，要么是当寄生虫的，要么是去扶贫的，要么是有交易的。这世界哪里有爱可言呢？

王闹一句话很精辟，既然这世界没有互相的爱，而只有单方面的爱，所以只能一报还一报——他欠他干爹的，就要还到他干儿子头上。年轻时认干爹，年老了认干儿子，他这一生跟男人们不清不楚的关系在外人眼中都冠以"干爹"和"干儿子"的名份。

欲知内情，且看下回。

♣ 35 ♣

出国大军

　　上回说到从欧洲自驾游回到温哥华，王闹就准备彻底移居泰国了。写到这回才第一次开始详细讲述王闹的故事，是因为他的故事完全可以另外写成一本书——他的故事离奇得任何好莱坞编剧都编不出来。

　　他现在过着退休的生活，在泰国芭堤雅家中养花种草，闲暇时间还在继续写他那部永远写不完的自传，曾用名《午夜牛郎》，此名源于他曾经长达数年当"午夜牛郎"的经历。他曾经去香港找过香港的出版社要出版手稿，孰知对方看了几章后就断然谢绝了，道："你这写得也太露骨了，连《金瓶梅》都会自愧弗如啊！"

　　王闹生于北京的一个艺术家家庭，自幼习舞。舞蹈演员职业寿命太短，所以后来改行从事时装行业。他总感慨说自己昨天还是阳光灿烂的小帅哥，突然间就成了一个领取加拿大养老金的老者。

　　我问过他，对于时光流逝、年龄增长，他是否经历过心理危机。他说那倒是没有，因为他走的这条人生之路不是常人走的路，那就是到什么年龄就该做什么年龄要完成的人生使命，所以没有什么事情会时刻提醒他到了什么年龄段。因此年龄对他来说就是一个数字而已，不影响他及时行乐、潇洒人生。

　　初次认识王闹还是在北京三里屯的一个酒吧里。

　　一个叫韩峰的电影爱好者与人合作，盘了一家即将倒闭的酒吧，用二手市场淘来的烂桌椅沙发稍微改装一下，变成了"燕尾蝶电影吧"。

《燕尾蝶》本是一部日本电影，这位韩峰，自称在东京电影学院学了电影制作，回国后壮志未酬，没能拍上电影，但是开了这么一家供京城电影圈人士聚会的场所。据他说连陈凯歌、冯小刚都是他酒吧的座上客。后来网上搜索，查无东京电影学院，只有北京电影学院。

一天晚上，韩峰来电话通知众人当晚会有一位"加拿大著名华人时装设计师"来率众业余模特展示他设计制作的中年妇女时装。设计师名叫王闹，据说在多伦多、蒙特利尔学了时装设计，一心要"报效祖国"，于是"毅然决然"抛弃了加拿大的"荣华富贵"，回到贫穷但慈爱的祖国母亲怀抱。他认为，国际国内时装行业全是年轻人的天下，鲜有为中老年妇女设计的作品，因此他独辟蹊径，立志服务于中国中老年妇女。

当晚酒吧里灯火通明，人头攒动。

一群大妈级业余女模特穿着靓丽的服装穿梭在人群之中，多次博得热烈的掌声。最后主持人请上来设计师王闹。只见此人约 35 岁上下（彼时真实年龄是 43 岁），文质彬彬、玉树临风，穿着紧身且闪亮的短袖衬衫，下身是一条包腿的白色西裤；精心修剪漂染过的发型，不知打了多少发胶。左耳悬挂着一个不停摇曳闪烁的耳坠，更显眼的是那一副宽大的黑框眼镜，后来才知道那是纯装饰用的——他并不近视，也不远视，只是公众场合讲话他会怯场，所以要用黑边眼镜遮挡一下他那总是顾左右而言他的双眼。

确实，他不善于公众演讲，有些词不达意、语无伦次。但是下台后和人们交流，又滔滔不绝、笑容可掬。

我们这一桌坐着两位女士，一个已经 50 多岁，是个时尚编辑，正好对王闹的事业充满兴趣。另一个是当时一位知名男演员的秘密女友，所谓秘密，也就是说两人同居在男演员回龙观的别墅，但是那男演员对外从不公开他们的关系，逢人便说自己还是单身贵族。

就这样我们认识了王闹。这人真不见外，和我们桌这么多人第一次见面就掏了心窝子——

他的父母、哥哥都已癌症去世，一家四口只剩他一人。他从小喜欢唱歌跳舞、绣花针织，五岁的时候就觉得自己生错了，应该是个女孩儿。打雷下雨时候总要望着天空，希望一道闪电下来，一下子把他劈成一个女孩儿。

上中学的时候，有邻居家孩子对他哥哥说："你弟弟是个娘娘腔！"结果他哥哥给人一顿拳打脚踢，以至于人家家长告到王闹父母那里去。

严格来说，王闹并不算娘娘腔，只能说是比较中性。如果在一群操着吴侬软语的江南的男人中，他甚至还算是爷们儿的。

到了青春期，他的性别认同更是模糊不清。文革末期，他参军了，成了一名光荣的文艺兵，住在夏季清凉但冬季寒风刺骨的山西大同。连队里排练舞蹈，不是《红色娘子军》就是《白毛女》。领导让他跳洪常青，他也能跳出阳刚劲儿，但是骨子里却一心想跳吴清华；让他跳大春，他也跳得满堂彩，但是他特别有想跳白毛女的冲动。

"我不知道为什么，反正我对表现男人的东西有种先天的排斥。"他总是那么说。

在部队里，还有两个文艺兵战友跟他特别要好，男的叫路星，女的小名叫丫丫。那丫丫，后来可不得了，留学美国洛杉矶，又因为一部反映华人在美国打拼的电视连续剧一跃而成为中国知名女演员。

王闹总说，丫丫是他的初恋。

说来奇怪，按说他认为自己的灵魂是女性，却说不清道不明为何对丫丫能有懵懂的感觉，也可能因为丫丫骨子里有种男人的刚毅，二人能发生异极相吸、化学反应？但是丫丫最终跟路星好上了，后来一波三折在美国成了家。青年时代路星的英俊是众人皆知的，走到哪里都有很高的回头率——高个长腿、浓眉大眼，正是那个年代的俊男标准。

在连队里，王闹和路星一个宿舍。一次去集体澡堂，路星让王闹帮着搓背，突然有一刹那，王闹脑子里跟充血了一般，脸红到了脖子根。他帮路星完，路星又给他搓背。人家大大咧咧的，可是王闹心里却又一百只小鹿在乱蹦。

冬天到了，宿舍里没来暖气，王闹以冷为借口，要跟路星挤一张床。路星完全把王闹当成铁哥们儿，因此毫不介意。

一天晚上，宿舍里所有的战士都睡着了，只有王闹一人辗转反侧。他又从上铺爬到下铺，轻轻拍怕路星，打个招呼，又钻到了路星的被窝里。路星似醒非醒，拍拍床板，示意"来吧"，然后扭头继续呼呼大睡。

这夜里王闹做了出格的举动——他面朝路星的后背，竟然在路星的背上湿乎乎地亲了一口。路星顿时惊醒，回头悄声道："干嘛呢你？"

王闹不好意思地笑嘻嘻道："我以为你睡着了。咳，人家喜欢你呗。"

路星笑道："你又不是女的。喜欢我干嘛？"

王闹道："那我要是变成了女的呢？"

路星开玩笑道："你要是变成女的，我就娶你！"

王闹记住了那句话。但是后来他一直没有变成女的。

他每次电视节目上看到金星，总会想起曾经的自己。不过不是每个有跨性别倾向的人都有金星那样持之以恒、坚如磐石的变性决心。他们中的绝大多数都是此一时彼一时，人生不同阶段会有不同的感受。以王闹现在的话来说："我觉得自己身上有个那家伙甩来甩去的挺精神的，干么要'一剪梅'啊？"

如今年过六旬的他从温哥华移居到了泰国芭堤雅，朋友们都开玩笑以为他要去泰国做人妖呢。他会自我解嘲道："人岁数大了，就没那个资格了。就这么过吧，挺好的。"

按说王闹如何从温哥华去了芭堤雅，如何又从北京到了温哥华，这里的故事可以单写成一本书。他在北京三里屯燕尾蝶酒吧举办时装秀的时候，早已经去加拿大一、二十年了，他这属于回流。

前面章节曾经提到，改革开放初期，蔡宏京在当时的一个女朋友家中遇到一个来学习英语的青年，模样清秀，身材苗条，虽然穿着是当年千篇一律的中山装，但是他的中山装明显与众不同——那是的确良面料，当时的稀罕之物，而且腰身是收过的，显得人亭亭玉立、精干挺拔。那个学英语的青年就是当时一门心思要出国的王闹。

话说文艺兵复员以后，回到北京，街道给他安排的工作是在王府井东风市场看守仓库。他向往着大舞台、大银幕，要当明星，哪里肯在那种地方待下去？所以他时时刻刻都不安分，只要有机会就唱唱跳跳，别人甚至都以为他有精神病。

一次，有人从广州带来几块电子表来北京卖，被一抢而光，他心痒得不得了，于是跟人干起来倒卖走私手表的生意，不料被人告发，在派出所被关了十天。

即便在关禁闭的时候，他也带领狱友们唱歌跳舞，唱《唱支山歌给党听》、《北京的金山上》、《草原上升起不落的太阳》；他一会儿跳藏族舞，一会儿跳蒙古舞，都有模有样。甚至还操练起了英语："我爱北京天安门！"等等。

狱友们都羡慕他身陷囹圄也能那么心情愉悦。

他跟狱友说道："你们知道吗？我要出国了！"

众人问道："去哪儿啊？你小子有这本事？"

王闹道："当然去美国了！"

"呵，什么门道儿啊？"

"有海外亲戚呗。"

"嘿，真行。去了国外别忘了咱哥们！也给咱找个出路啊！"一狱友道。

王闹吹嘘道："没问题，到时候我就把你塞到我行李箱里，给你托运出国，哈哈！"

关了十天以后放了出来，王闹更是铁了心要出国，茶不思饭不想。他母亲更是心急如焚。

那年头，邓小平上台，搞改革开放，全国大城市都掀起了出国热，先是有海外亲戚的只要有能耐都出去了，好一些的去美国、欧洲，差点的也去了香港，下了南洋。再接着就是大量的公派留学，然后又开始了纯自费留学和自费公派留学。别说老百姓，家喻户晓的影星、歌星出去留学的就有陈冲、张瑜、朱明瑛，嫁出去的有龚雪、郑绪岚、斯琴高娃。还有小有名气的罗燕、娜仁花、张铁林、王伯昭、麦文燕、邬君梅……

都知道国外的月亮比中国圆。上译厂配音的一大批外国电影更让封闭已久的中国人对国外充满了好奇和向往。出国大军前赴后继，似乎出国是一件极为光彩的事情，比上北大、清华还光宗耀祖。

一看到有路子的人都坐飞机远走高飞了，王闹心里总是痒痒的。他的父亲已经在文革末期因为癌症去世了，只剩下母亲和哥哥。他让母亲问遍了他们知道的所有近亲远亲、七大姑八大姨，打听有无海外关系，却都没有听说有海外血脉。他母亲爱子心切，心想，没有海外关系，咱可以创造海外关系，于是凭借自己的一番风韵和姿色，先后嫁了两个中央高干，条件就是：你得把我儿子办出国！

王闹的母亲那时已经 50 开外，虽不算天生丽质，身材也略微有些像大赤包，但是极有风韵。她是京剧团小有名气的程派青衣，举手投足、一颦一笑都有着旦角演员独有的神采和魅力。一双兰花指会勾魂摄魄，一双动情眼妩媚妖娆。对她来说，生活就是演戏，演戏就是生活。为了儿子，逢场作戏也未尝不可。

可是，这两位"中央高干"最终都没有能履行诺言，压根儿没有把王闹办出国，所以以两次离婚而告终。

再一次婚姻则是跟一个海外华侨牛先生，此人是京剧名票，跟程派名家赵荣琛有过交情。来北京看过几次王闹母亲演出的《锁麟囊》。那晚只见王闹母亲在台上深情地唱道：

一霎时把前情俱已昧尽，
参透了酸辛处泪湿衣襟。
我只道铁富贵一生注定，
又谁知人生数顷刻分明，
想当年我也曾撒娇使性，
到今朝哪怕我不信前尘。
这也是老天爷一番教训：
他教我，收余恨、免娇嗔、且自新、改性情，
休恋逝水，苦海回身，早悟兰因。
可怜我平地里遭此贫困，遭此贫困！
我的儿啊！
把麟儿误作了自己的宁馨！

声音未落，全场响起雷鸣般掌声。一谢幕，老牛就捧着鲜花蹿到后台，当即拜倒在王闹母亲的石榴裙下，经人介绍二人认识并闪婚。

老牛妹妹住在加拿大蒙特利尔，好歹也是个经营着酒店餐厅的富婆，答应可以帮助联系王闹去蒙特利尔学习时装，并给予一定资助。王闹心想，虽然没去成美国有点小失望，但是加拿大也不错，满是欢喜，学英语的劲头更足了。

凭着继父这层海外关系，终于有一天，那是 1985 年，王闹怀揣东借西凑的 1,500 元港币和 100 美元，从北京坐火车到深圳罗湖口岸，再去香港坐飞机前往多伦多。

不料在罗湖口岸通关的时候，身上带的 1,500 元港元还叫小偷给摸走了。

欲知后事如何，且看下回。

♣ 36 ♣

蒙城艳遇

　　时光飞逝到人类历史上史无前例的新型冠状病毒疫情期间的泰国芭堤雅，年过六旬的王闹在那里过起了退休的生活——每天起来浇花、喂鱼、海边散步，在家里弹弹电子琴，唱唱歌，晚上逛逛比以往清净不少的红灯区，大排档吃一顿泰国海鲜饭，街边品尝椰汁、榴莲、山竹，按摩院里再来个一个半小时的泰式按摩。

　　虽说 20 多岁的时候他一门心思要去西方国家，还是多亏自己的亲妈嫁了一个海外华人，换来了一段海外关系，才把他送到加拿大，但是除了刚落地的头几年以外，他后来在加拿大住得并不踏实，因为他更喜欢泰国。温哥华卖一套公寓，泰国可以买好几套，自己住一套，其他用于做家庭旅馆，再领取加拿大的养老金——他盘算着在泰国养老一定比加拿大舒服得多。至于医疗福利，虽然他没有泰国的福利，但是泰国医疗水平倒是不低，而且费用也便宜。他心想，等到有一天老得动不了了，再回到加拿大申请养老院也不迟。趁现在还能蹦能跳，能吃能喝，先在芭堤雅快活几年再说。

　　上回说到1985年他初来加拿大，浑身仅有的1,500港元竟然在深圳罗湖口岸被人偷走了。好在加拿大有继父老牛的妹妹接应，还不至于流落街头。老牛的妹妹虽说财力雄厚，但是王闹并没有沾光太多——那个"姑姑"只是为他联系了一家私立时装学校而已，且给他交了一年的学费，又帮他找了一家人家的地下室，另外每个月资助他500加元零用，直到他学完，仅此而已。

　　尽管这样，王闹已经欣喜若狂了，这和他国内的生活比已经是天壤之别。那家私立时装学校由一个名叫索菲亚的意大利裔老太太所创办，校址就在她自己家里。

　　王闹初见索菲亚，便掏出自己曾绣的毛主席像，还有自己织的毛衣、裁的西装、中山装和唐装等等。老太太戴上老花镜仔细看了看那针线活儿，没说什么。对这位从不轻易夸人的严师来说，如果沉默不语，便是最好的褒奖。

　　初来加拿大，一切都新鲜。没多久，王闹便被人拉去教堂受洗了。华人教会的善男信女们认为这些来自共产主义世界的不信上帝的人都是灵魂得不到救赎、死后无法进入天堂的孤魂野鬼。对于这一切王闹都充满好奇和兴奋，但是脑子里还带着深深的冷战思维，时刻铭记资本主义已经腐朽没落，人民生活在水深火热之中，自己身负重任，势将共产主义旗帜插遍全球。因此每次遇到对这个来自封闭落后的社会主义中国的小伙儿充满好奇的加拿大人，他都不忘充当一下《人民日报》海外义务宣传员，让外国人知道一个"真实的中国"。

　　比如，他会义正词严地对加拿大人说道，加拿大有卖淫嫖娼现象，而社会主义中国却早已消灭了这一道德沦丧、残害妇女的古老产业；加拿大随处可见无家可归的流浪汉，而社会主义中国消灭了贫富差距，人人都分配有工作；加拿大新闻报道总看到有吸毒贩毒现象，而社会主义中国的人民群众对于毒品是闻所未闻；加拿大可以买到色情刊物和录影带，而在社会主义中国，出版、音像市场绝对一尘不染，代表着社会主义精神文明达到了西方难以企及的高度。

　　但是，说是这么说，他被人第一次带到蒙特利尔的成人商店，看到那一本本充满肉欲的画册和录像带，顿时面红耳赤、心跳加速，舍不得买，回到家又彻夜难眠，满脑子都是那勾起人荷尔蒙的画面。他也许来错了地方，因为蒙特利尔乃是加拿大最性开放的城市，多伦多与温哥华都望其项背。他一宿都在辗转反侧，一边是腐朽堕落的资本主义花花世界，一边是壮志未酬的共产主义事业；一边是勾人魂魄的洋春宫和花样无穷的性娱乐业，一边是工农兵革命造反的无性世界和十亿被压抑已久的饥渴灵魂。更何况他曾以为自己的性倾向是中国人中的异类，没想到出了国却发现这里还有这么一个庞大的弱势社群，时不时游行示威、争取权益。他心里暗自乐道：原来自己并非心理疾病患者，甚至还可以引以为豪。

但是很快，他受了一个奇耻大辱——

一天，一个刚认识不久的华人朋友告诉王闹有一家夜总会将举办舞蹈比赛。那人说，多参加这种文艺活动，将来有利于办理移民，因为移民局希望多招纳一些有文体特长的特殊人才。王闹自幼学习舞蹈，劈叉下腰、摸爬滚打，自然是专业水平；论翻跟斗、拿大顶，都不在话下，这是那些业余舞者无法相比的。王闹心想，这是多么好的展示中华文化的机会啊！他打算跳一出中国传统的剑舞，并穿上自己特地从北京带来的古装行头，头上戴上一个贾宝玉那样的如意冠，两根丝带在下巴颏儿下打一个结，一亮相英姿飒爽、豪气逼人，准会鹤立鸡群、全场叫好。

那晚他在家精心装扮一番，镜子里照照，颇有小李广花荣的少年英武之气。

第一次在加拿大演出，他多少有些紧张。被朋友开车拉到了最繁华的圣凯瑟琳大街，各色酒吧霓虹灯闪烁，空气里弥漫着香水和脂粉的味道，又夹杂着酒气、尼古丁和大麻味。

来到了一家夜总会，他都没顾上看看店名，直接被带到后台化妆穿衣。

一进后台，他顿时糊涂了，这里怎么看上去像是男澡堂？只见一个个肌肉猛男赤条条在更衣、打扮，绝大多数是白人，其中也有一、两个黑人。和人家硕大结实的肌肉块儿相比，自己简直瘦小得像个发育不良的豆芽菜。更让他傻眼的是，每一个等待上场的"舞者"都在急不可待地撸着肥大的"飞机"，以让自己的家伙看上去更粗壮坚挺一些。

这究竟是什么鬼舞蹈大赛？他悟明白了——这是一场脱衣舞男的艳舞比赛，观众绝大多数都是女性。原来，色情业不仅有女性从业者取悦于男顾客，也有男性从业者服务于女顾客，这是西方人理解的男女平等和妇女的解放。这可是 80 年代的蒙特利尔，竟然如此开放，没有人家做不到的，只有那个时代刚出国的中国人所想不到的！

很快到了王闹上场，他有些六神无主，原先的计划彻底被打破。他指望着展示一下中华文化的博大精深、古典舞蹈的优雅多姿，没想到刚一上场先是一片鸦雀无声，接着就有人吆喝"赶紧脱！"

然后就是一片喧哗起哄。他还想来几个云手，再来个金鸡独立的造型，这时全场一起喝起了倒彩，甚至还有人向他泼来啤酒。他恼羞成怒，连幕都没谢，回到后台拎起自己的背包，就匆匆离开了那里。

他不知道带他来的朋友在哪里猫着呢，不知道自己该怎么回家，更没钱打出租车，所以就在街上一个人站着，失声哭了起来。

他心里如打翻了五味瓶，又是震惊，又是恼怒，又是沮丧，浑身哆嗦起来。

他怀疑那个朋友诓他来这种地方就是想看他出丑。他总觉得加拿大人是友好的，是喜欢中国文化的，怎么会受如此般的奇耻大辱？

他想到了这外国人的性开放，却着实没想到会这么开放，世上还有这种"舞蹈"大赛？而大洋那边，他的同龄人们还在唱着《祝酒歌》、《年轻的朋友来相会》，憧憬着四化建设，畅谈着五讲四美三热爱……与此同时，他们还深夜拉上窗帘悄悄播放邓丽君的"黄色歌曲"，以至于人们戏说年轻人"白天听老邓，晚上听小邓"。

就在这时，一个一头金色卷发的白人姑娘从夜总会里出来，跟他打了招呼——

"你是刚才那个跳中国舞的吧？"

王闹一愣，道："是的。"

"我在台下看了，你跳得真好，我从来没见过这种舞蹈，感觉又像是舞蹈，又像是武术。"

"谢谢，我还以为没人喜欢呢。"王闹心情开始好了起来。

"当然大家都喜欢了，只不过这个场合有很多女酒鬼，她们喝多了就是那个样子，并不代表她们不喜欢你的舞蹈。"

"我的那个朋友也真是，没跟我交代清楚。"

"没关系啦，明白人其实都知道，这里面也就你是真正的舞者。"

白人姑娘自我介绍说她叫伊芙，是法裔加拿大人。她这晚和几个闺蜜一起来这家夜总会，是为了给她庆祝 23 岁生日。

伊芙道："你不要往心里去，不是大家不喜欢你的舞蹈，而是这种地方不是艺术家来的地方。我从小学过芭蕾，舞蹈都是相通的，我知道你一定有专业基础，看得出。"

王闹一听来劲儿了，道："芭蕾啊！我也会！"说着就踮起脚来了一下常青指路的舞姿。

伊芙笑了起来，道："你现在急着要回家吗？如果不着急，我请你喝杯啤酒，怎么样？"

看到王闹望着夜总会的大门面有犹豫之色，伊芙道："如果你不喜欢这个地方，我们可以换一个酒吧，清净一些的。"

王闹马上就同意了，点头如捣蒜一般。

就这样，王闹和伊芙成了好朋友。

后来他二人还成了合法夫妻，正是这段婚姻，帮助王闹成功移民加拿大，成了加拿大公民。但是他们的婚姻有名无实——王闹自己认同自己是个女人，用现在的术语说应该属于跨性别人群，所以如果他和女人结婚，内心感觉如同是两个女人的结合，心理上是绝对抵触的。伊芙都明白，但是不介意。她知道王闹想留在加拿大办身份，而跟她结婚是当时唯一的渠道，她愿意帮助他。婚后还跟他去了中国一趟，北到北京，南到桂林。在广西还有一场冒险经历——他二人在阳朔旅游景区看人家小贩的纪念品，摸了半天什么也没买，叫几个小贩抢着菜刀追着他们逼他们买。二人吓得拔腿就跑，魂飞魄散。

回到酒店，伊芙戏谑道："这就是我们的蜜月之旅！"

说是夫妻蜜月，但是王闹从来没有碰过她一根指头。王闹早就跟她摊牌了，说只把伊芙看作是姐妹。但是伊芙毫不介意，她爽快地道："只要能帮上你，这点事儿不算什么。"

伊芙是个这样的人，她宁可爱一个街边卖艺的流浪汉，也看不上西装革履的华尔街白领；她宁可选择她爱得更多一些的人，也不正眼儿瞧一下爱她更多的人；她宁可跟她爱的人露宿街头，也不羡慕香车豪宅里的阔太。

三年后王闹获得了公民身份，伊芙悄悄跟他办理了离婚手续，不过二人后来再也没有往来。

至于王闹如何从蒙特利尔又混到了温哥华，如何又做了"午夜牛郎"，且听下回分解。

♣ 37 ♣

午夜牛郎

2021 年不平静。

接种疫苗的速度赶不上变异病毒传播的速度，无数人在过去的一年里安然无恙，反而在民众纷纷开始打疫苗的时候不小心感染了病毒，而且症状还很严重。

这一天，王闹在泰国芭堤雅平日繁华、如今却百般萧条的大街上散步，想去做个泰式按摩，却都关门歇业。

他不禁追忆起了自己年轻时在加拿大的按摩生涯。

时光倒流到 1989 年，他当时已经通过结婚取得了加拿大身份，又赶上了那一年不同寻常的六四事件。没身份的都不肯回国，他这有身份的就更不会回国了。

这时的他，已经先后上了两家私立时装学校，毕业后先后在蒙特利尔、多伦多两地给人家裁缝店打下手。说实话，越来越没什么生意。他的目标是成为大品牌的设计师，可对他这个初出茅庐的年轻后生来说又谈何容易。

一个偶然的机会，他在报纸上看到广告：温哥华有一个百老汇剧《蝴蝶君》的剧组在征集亚裔男演员试镜，需要会说英语、汉语，会京剧旦角表演等等。该剧由美籍华人剧作家黄哲伦根据京剧剧作家时佩璞的真人真事改编，但是剧情却与真实事件相去甚远，全是他一厢情愿的凭空想象而已。中国人看来荒诞不经，而西方观众却热捧此剧，且获奖无数。

王闹看到广告，当即觉得这简直就是为他量身定做的角色，立即订了机票飞往温哥华试镜。

他心想，本地出生的华人英语流利，可是国语却磕磕绊绊，京剧更一窍不通，举手投足都是洋范儿；而中国人普通话没问题，但是英语却未必能胜任话剧。他经过三四年打拼，英语已经过关，加上他曾经学过中国古典舞，手眼身法步和戏曲大同小异。因此，这角色非他莫属。

果不其然，一去试镜，剧组眼前一亮，一高瘦一矮胖两个大胡子导演助理对他兴趣盎然。也许他们试了无数人都不满意，突然天上掉下这么一个稀世珍宝，因此他们当即决定可以筛选他进入下一轮。

很快进入了无观众试演阶段。王闹扮演的是男扮女装的京剧名伶宋丽玲，台上是风情万种的大青衣，台下是妖艳狐媚的女间谍，而本人却是百分百男儿身，居然还自称为法国人怀孕生子，法国人竟然信以为真——跟真实事件比这简直是雷人的狗血剧情。

剧中有京剧舞蹈表演，王闹不费吹灰之力可以胜任，但是到了和法国外交官加里玛对手戏的时候，他居然高度怯场——平时人称话痨，这时却吞吞吐吐，不知所云，手脚打颤，恨不得有个地缝钻进去。最后剧组再三商议，决定还是可以留用他当群众演员，跑个龙套什么的。但是他也不可能总坐飞机来跑龙套啊！

温哥华之行，虽然他和成为亚裔明星的机会擦肩而过，但是他却爱上了这座城市——这是一座和多伦多、蒙特利尔截然不同的城市，三月的初春，细雨绵绵，但是温暖宜人；所到之处，放眼望去，处处都可入画；绵延不绝的海岸线，郁郁葱葱的森林，宛如近在咫尺的远处雪山，都让他心醉。

他心里想道："来加拿大四年多了，竟然没有来过这座人间天堂，真是白费了四年青春！"

他即刻决定彻底移居温哥华，把那开放的蒙特利尔、繁华的多伦多早已抛之脑后。

回了趟多伦多，收拾了两个大衣箱，跟房东退了房，订了机票就飞回了温哥华。先是汽车旅馆中住了三晚，白天就出去找房子。找到一户人家的半地下室，独立厨卫、单独进出，每个月 300 加元。所谓半地下室，也就是地基在地平面以下，但是有窗户，有光线，不像全地下室那么终年暗无天日。

安顿下来就去找工作。由于语言和文化原因，华人首选多是华人公司。他想起他曾经有一个本地华人朋友住在温哥华，名叫珍妮，祖上来自广东，到她已经是第五代了。他找了珍妮，帮他先去唐人街找了一家服装店，去卖了几天唐装。又去了一家台湾人开的家具店，卖了一阵子家具。他倒是想去西人公司，但是那种正规和专业，又让他心生胆怯、望尘莫及。华人公司优点是好说话，跟老板几句话投机了，就可以去上班了。但是烦恼也不少，那就是责权利不分明，人与人界线是模糊的。举例说，那服装店老板请他卖衣服，给的是最低时薪不说，时不时还让他帮她临时带一下孩子。

"我是来作销售的，不是来带孩子的！"王闹心里有一百个不满意。出于面子，从不说出口，但是回到家给亲友们打电话时候就吐槽个没完没了。

可是那女老板不这么认为。她想，我是你的老板，给你一份工作就不错了，怎么了？帮我带带孩子又怎么了？你现在没顾客，闲着也是闲着，那一小时工资我也没欠你的。

去了那家台湾家具店，这毛病没了，另一个毛病来了——说好了五月一日正式上班，那老板四月 25、26 日就让王闹来帮忙抬家具归置店面。王闹当然去了，毕竟年轻力壮。人家夸他了两句，说他终归是学时装设计的，摆放家具就是有眼力。他听了，干活儿劲头更足了。

王闹以为这两天也给工钱呢，结果到了五月第一次发薪水才知道，那两天是白干的。

台湾老板也许这么想，你都是我的员工了，马上就来上班了，帮帮忙又怎么了？我何必再花钱找外人呢？给你一份工作是多么大的恩赐啊，你还计较这两天吗？

他不好意思问那两天的薪水。因为他不问，那老板就没再提，也许是忘了，也许是揣着明白装糊涂。

就这样，华人公司干了不下八、九个，基本上都是这类问题。主流社会职场肯定好很多，一是一、二是二，主流社会的人基本上来说原则性还是比较强的，可是那得能进去啊！英语没有人家说得溜，只能永远打打累脖工。

挣着那最低的时薪，还受着老板的气，划不来。王闹琢磨着如何能不受气继续生存下去。

让他创业开服装公司？他暂时没有那个实力。他每天早晨醒来第一个念头就是下个月第一天要给房东交房租了，此外还有柴米油盐费用、交通费用、电话费等等。

他喜欢交洋人朋友，因为他觉得既然来了加拿大，就应该交这里的朋友，更何况加拿大人习惯路上跟陌生人微笑打招呼，很容易就可以展开一场友好的对话。而华人同胞大多对此充满了戒备，总会想："这人是不是有毛病？是不是要向我兜售什么东西？是不是要问我借钱？"

这天去菜店买菜，王闹看什么便宜买什么。他掌握了一个窍门，每天快打烊的时候买的菜最便宜，而且打烊后菜店附近的垃圾箱里会扔一些不要的东西，有菜叶子、烂苹果什么的，他总会捡一些带走。回家路上，遇到邻居一个洋人老头子，名叫马克，经常在这附近遛狗。老头儿左手牵着狗绳，右手拎着一袋刚买的肉骨头，专门给狗吃。

王闹看在眼里，心里骂了一句："妈的，我想吃肉都舍不得吃！人家狗都比我强！"

马克每次撞见王闹都会远远地招招手，笑一笑，虽然他们素昧平生。这一次终于近距离接触，马克先打起招呼——

"嗨，你今天怎么样？"

洋人这样打招呼纯粹是客气一下，走一下过场，他并不希望知道你今天吃了什么、喝了什么，有没有打嗝放屁，有没有喜得贵子，有没有中彩票得大奖。

可是王闹却不甚明白，一股脑儿把自己打工受的气全跟老头儿说了。

马克很绅士，就那么耐心听着，那狗都有些不耐烦了，咬着狗绳拽着主人让他挪步，他却厉声责令它安静下来，不得无礼。

马克很同情他的经历，道："我还真不了解华人雇主，因为我没有跟他们工作过。其实这样的雇主哪里都有，我相信加拿大老板也不少像你说的那样的，不过也许我很幸运，我一个都没碰到过。"马克自我介绍说他已从轮渡公司退休，17 岁跟父母从苏格兰移民温哥华。

突然间，马克豁然开朗般对王闹道："你不妨可以做按摩呀！你就在自己家里做，不需要租门面，那一小时可比你打工挣的多多了。"

王闹道："可是我没学过啊！"

马克道："那有什么难的？自己花钱先去找人给你按一次，不就会了？况且，加拿大人觉得是个亚洲人就会按摩，你就是不会按摩而乱摸，我们也不知道啊！你如果做这个，肯定能招来不少顾客的！"

王闹一听，颇为心动。给谁打工，都难免受气，何必呢？不是遇到刻薄的老板，就是遇到难缠的顾客，而且在人屋檐下，不能不低头，谈何容易？如果薪水高也罢了，捞一个月是一个月的，可是打工收入又那么低，真是在耗费大好年华！自己创业？一没本钱，二没客源，万一头半年没生意，这房租岂不是要把人拖垮？但是按摩是个好办法。一来不需要另外租门脸儿，在自己家就可以；二来按摩不需要高深技巧和专业知识，哪怕随便给人摸摸，也很舒服啊！这老外有谁会知道你是不是专业按摩师呢？三来，他是舞蹈演员出身，喜欢展示身材，也喜欢身体接触，所以很适合按摩这一行业。

但是，他又想到，客户人群要如何定位呢？如果针对主流人群，客源庞大，但是人家可是男客人要找女的来按，女客人也要找女的给按，哪里还有王闹的生意？马克强烈建议王闹只针对男同志人群。他道："虽然客源少了很多，但是竞争也少了很多！"原来马克是个老手，凡是在温哥华做过这行的男按摩师，他都试过了。条件好的不多，亚洲人更是凤毛麟角，能持之以恒的几乎没有。因此他十分看好王闹。

在马克的点拨下，他在自己的半地下室住处布置了一番：用彩灯装饰窗帷，又从二手市场买来几条旧浴巾，买了点几瓶便宜的婴儿油和护肤霜。

广告费是一项大开支，报纸一周出一期，所以广告也要一周要打一次。他咬咬牙，花了 50 加元在当地报纸上打了豆腐块儿小广告，还请马克帮他写了广告词——

东方花样美男
专业中式按摩服务
来我家 50 加元，上门服务 60 加元

马克还开玩笑道："我帮你写广告，你是不是要免费给我按摩一次啊？"

1989 年的温哥华，华人还不是很多，因此王闹没遇到过什么竞争。一个"东方"，一个"中式"，这样的字眼儿充满了神秘的异国情调，对于洋人有莫大的吸引力。不像今天，温哥华每四个人就有一个华人，华人的生意俯拾皆是，谁还会感到稀奇呢？

打了广告，几天后见了报，马克第一个看到并告诉了王闹："嘿！你的广告今天上报纸了！"

正出门倒垃圾的王闹兴奋不已，道："是吗？可是我刚才半天都在家，一直没接到电话啊！"

"你别着急啊，肯定会来电话，你赶紧回家等着吧！"

王闹一溜烟儿地跑回家，一分钟都没离开，眼巴巴等着电话铃。起初有几个小时一个电话都没有，令他万分沮丧，几乎要疯狂了。

但是，随着第一声电话铃响起，直到半夜他就再也没有消停过。

　　第二天出门买菜，又撞见遛狗的马克。老头儿问他生意怎么样。王闹喜笑颜开地道："你猜怎么着？我昨天一天就来了九个客人！钱点得我手都抽筋了！一共收了450加元，一天就把几乎一个月的房租挣回来了！"

　　马克连连祝贺，道："我说你会成功的，我没说错吧？"

　　问题是，干起了这行就没有了自由，王闹想不错过任何一个客人，所以就要一直在家等电话。有时候出去买个菜，都会流失几个顾客。有时候去社区中心游泳，一回家听电话留言就知道错过了五、六个客人。有意思的是很少有客人要求提前预约，至少 80%都要随时打电话随时到，因为这里面很多人是游客，或外地来探亲访友、开会、办事的，都想在百忙之中舒服一把，哪里会像见牙医一样预约？因此，要想多赚钱，就只能牺牲很多兴趣爱好。王闹最大的乐趣就是看见一抽屉的钱越来越多起来。每次去银行存钱，他都担心银行职员质问他这么多现金怎么来的。因为加拿大很多业务都是直接转账、刷卡、支票；如果现金太多，人家会怀疑有毒品之类的非法交易。不过他多心了，人家根本没人在意这些。他总是爱多想。

　　钱多了，烦恼也开始多了，奇葩人物也纷至沓来了。欲知内情，且看下回。

异国干爹

上回说到王闹在温哥华站稳了脚跟，做起了按摩生意。

因为那时温哥华的中国人少，没什么竞争，加上洋人对东方人有猎奇心，所以基本上每天都客人不断。有时候两三天会一个电话都没有，他会有些发慌，但是不要紧，因为突然第三天就一下子来八、九个客人——这些人就跟商量好了似的，要来就一起来，要不来就都不来。客流量似乎跟天气没什么关系，赶上刮风下雨天也可能来很多客人，赶上晴空万里客人也未必就会减少。琢磨出规律了，他心态也就踏实了。

时间久了，奇葩客人就出现了。先是有好多人电话里问这按摩是否包括"快乐的结局(happy ending)"。凭王闹那英文水平，他哪里懂那暗含之意。为了多拉些客人，赶紧应承下来，谁知来了才知道是那回事儿。还有不少客人会问是"深部组织按摩"还是"感官形按摩"，这些委婉语词汇，王闹何曾学过？可不是干着干着才都学会了吗？总结起来经验，他发现这洋人基本上都冲着"感官按摩"而来。原来，这"深部组织按摩"说的是中医或理疗诊所进行的那种具有理疗性的按摩，不脱衣服，不讲求情调，而且有时候按上去还会很痛；而他们说的"感官形按摩"即类似中文里的色情按摩，但是又不完全等同于色情按摩，因为色情按摩纯粹是打着按摩旗号的色情性接触，而感官形按摩结合了理疗性按摩和色情按摩的特点，要在全裸下进行，不仅要让人感到按、压、揉、抻、拉、推、搓、抖带来的筋骨肌肉的舒服，要感到松闹减压的理疗效果，还要有肌肤亲近带来的快感，乃至性快感。这洋人对于全裸明显比亚洲人大方自如，没有一个扭扭捏捏的，而绝大多数男客人都希望最后有一个按摩师手辅助下的"快乐的结局"，其中又有一些对按摩师看上眼了，则期待干脆来个真刀实枪的激战。王闹接客接多了，也就老道了，所以基本能应付自如。

但是，林子大了什么鸟都有。随着他开始阅人无数，接下来变态的客人多了起来，有花钱让他抽鞭子的，他乐此不疲，想像着南霸天在抽打吴琼花。有要求花钱品尝他屎尿的，他也欣然应允，要让万恶的资本主义社会尝尝无产阶级的粪便。还有一个客人竟然出50加元让他搜集20个用过的避孕套，这要求令人作呕。不过一想到这 50 加元来得很容易，他就答应了，刚开始还认真搜集了五、六个，到剩下的干脆连吐痰加擤鼻涕，充数交给了客人，50加元到手。

所有细节，他都笔耕不辍地记载在他的日记中，一口气写了80多万字。

每一周过去，王闹的抽屉里都塞满了现金。他数着这一周的收入，赶上了那些在餐厅、超市打工的一个月的收入，还不必须上税——当然，论道理来说只要是个人收入就应该上税，但是他没有雇主，没有注册，所以他逃税也无人知晓。

他很快就攒够了首付，买了温哥华市中心布洛德街上的一套客厅卧室一体的单身公寓，全价还不到八万加元。通透的大窗户占据了一面墙，可以一览无遗温哥华天人合一的现代都市市容。他忠实的客户们也跟着他从那个东区半地下室来到了闹市区的现代高层公寓里。

这一天他点钱的时候，一边偷着乐，一边回想起了出国前的日子。那时他可谓出国无门：论文化水平，文革中就没上过学，最后只不过是个退役的文艺兵，想出国留学简直是痴人说梦；论海外关系，七大姑八大姨打听遍了，压根儿没有。有时候做噩梦，都是文革中打砸抢斗的场景、文革后百废待兴的场景。他在文革中在武汉看见过红卫兵拿着四、五岁孩子当活靶子练习拼刺刀，一辈子也忘不了，做噩梦总会看到那一幕。也会经常做美梦，则都是在夏日的温哥华，他沿着海边走着走着，突然眼前变成了类似桂林那样的山峦，近处则变成了一大片户外泳池，池中悠闲地游荡着五色斑斓的热带鱼。他没有氧气罐，没有面具，却可以恣情在水中畅游，就像一条鱼一样，也不知道是怎么呼吸的。

他觉得能来到加拿大就像是一场梦。命中本没有这个机缘，他曾经绞尽脑汁也要创造这个机缘。他想起了甘家院李春平的传奇经历，曾给了他多少启迪！

李春平何许人也？他是个传奇人物，一个大撒币的慈善家，因跟比他大 38 岁的美国女星结婚而继承巨额资产。那女星究竟姓甚名谁，至今没有可靠的信息来源。上世纪 70 年代末，一心要出国的李春平天天去北京饭店，点上一杯咖啡，等着邂逅一个能带他出国的老外。哪知就这么巧，那美国女星一直有东方情结，专门来中国找情人，对李春平一见钟情，很快就把他带到了美国。老太太临终那年二人结婚，李春平理所当然地继承了她的大部分财产。回国后他以每天七万人民币的速度往外捐款，目前已捐出至少七亿元人民币。故事出自李春平之口，但是到手的巨额资产却不是吹出来的。

李春平找美国老太太出国的事，那个年代北京大街小巷里一传十、十传百，凡是跟文艺圈沾边的人都听说了。

王闹心里痒痒的，心想，我也不丑，而且比李春平还年轻八、九岁，会跳中国古典舞、民族舞，也学了些英文，按说也能碰上个什么好莱坞大明星什么的。

于是他也瞄准了北京饭店，可是那里毕竟是以貌取人的地方，凡是高鼻深目的洋人，可以堂而皇之任意出入；若是亚洲模样，也都是穿着洋气的日本、港台人士。大陆人的打扮和气质一眼就能看出来，再加上游离的眼神、紧张的神态，还没迈进人家的门槛，就马上会被几个门卫拦出去。

王闹是有备而来的，他吹着大波浪，留着大鬓角，戴着蛤蟆镜，下身穿着哥们儿从广州带来的喇叭裤，上身披着日本电影《追捕》里杜丘式的风衣，还学着杜丘的样子，把风衣领子竖了起来。进北京饭店的时候他十分紧张，他只要一紧张就会流露出游移不定、躲闪不及的眼神，好在那宽大的蛤蟆镜，遮住了他大半个总是顾左右而言他的神态。看他那副打扮，别人恐怕以为他不是日本、港台的，就是海外华侨，所以这一路竟然没有人拦问。

连续两个月，每周末都去点一杯咖啡，却没有李春平的运气——虽然有外国人和他点头示意，却没有人能跟他"一见钟情"。

直到有一天，饭店两个工作人员过来了，客客气气地问他道："先生，请问您住这儿吗？还是等朋友？"

"我，我，我，呵呵，在等人。"王闹一紧张就口吃起来，那一口北京普通话，分明不是海外华侨或港澳台同胞。

"能看看您的证件吗？"

"不好意思，我没带啊。"王闹怕闹出事来。他毕竟蹲过一次看守所了，即便带了证件也不敢轻易交给他们。

"那不好意思，您不能坐在这里。"

王闹听了，赶紧溜之大吉，庆幸的是没有国家安全局的人把他带走盘问。打那以后他再也不敢去北京饭店了。

别人又给他出了一个主意——80 年代，北京大学外国留学生多起来了，只要是发达国家来的基本上都是来学汉语和中国文化的，没准儿他能遇上一个爱屋及乌的中国文化爱好者，跟他一见钟情，把他带到国外？况且北大校园那么大，也不像北京饭店蹲点那么抢。

于是，每周只要有时间，王闹就会往骑着那辆永久自行车往北大跑。未名湖畔的英语角少不了他，留学生的舞会也少不了他。他还颇有心计，带着行头去留学生来往频繁的路边耍耍剑舞，时常令留学生驻足观看。

终于有鱼上钩了，这是一个中国面孔、汉语却是幼儿水平的华人女子，英文名叫珍妮，中文名阮文玲，来自加拿大温哥华。她的家族已经在加拿大生活了五代人，最早的一代来自广东台山，前往加拿大温哥华修建太平洋铁路。铁路修完了，人也留在那儿了，娶妻生子，繁衍后代，到了她母亲那一代已经完全不会说中文了。为了弥补这一遗憾，她自费来北大进修一年汉语。

围观王闹耍剑的不少，但是只有珍妮一人和王闹主动攀谈起来——

"好厉害啊！你会功夫？"珍妮上前问道。

"啊，是的！"王闹马上亮相来了几个武打动作，其实他根本不会武打，只不过舞蹈中的花拳绣腿而已。

"哇，你会功夫啊！你知道李小龙吗！"

"当然啦，谁不知道李小龙呢？"

"你知道吗？李小龙曾经住在西雅图，离我家不远哟！"

"你家在哪里啊？"

"我家在温哥华，就在西雅图北边。李小龙曾经在西雅图开过武馆，我爸爸妈妈还去过呢！"

"哦！你也学过功夫吗？"

"我没有，不过我一直想学。"

"那我可以教你啊！"王闹想，这可是机会到了！

"那我可以拜你为师啰？"珍妮问道。

"可以啊！"王闹求之不得。

"我们交换，好不好？你教我功夫，我教你英文？"珍妮简单描述了她的家世，虽然一幅中国面孔，但是英语却是她们全家的母语。

从那以后，王闹和珍妮来往频繁起来，甚至跑到珍妮宿舍给她做饭、包饺子也是常有之事。王闹本来不会和面，他妈的面活儿也不灵光，但是为了跟珍妮来往，特意找邻居老太太学了和面、拌馅儿和包饺子。

两个多月后，王闹有些迫不及待了，因为珍妮很快要回国，而他的目的是找外国人结婚出国，否则的话一个浪费时间，一个浪费感情。他本来是一个好面子的人，但是这种情况下再顾及面子就和千载难逢的机会失之交臂了。

这一晚来到珍妮宿舍，他陪她练汉语口语，她教他英文口语，他问她道："求婚怎么说？"

珍妮查了查字典，回答道："propose marriage。"

王闹嬉笑着道："我要向你 propose marriage！"

珍妮愣了一下，道："什么？你再说一遍？"

王闹一字一句道："我要跟你求婚。"

珍妮捧腹大笑起来，道："王闹，你就别闹了。你看，我能让你随便来我宿舍，做饭、包饺子、学习，无话不谈，是因为我一直把你当成好朋友，我甚至把你当成个哥们儿，或者说是个姐妹。"

王闹脸红到了脖子根。

珍妮道："我知道你想出国，但是我不能这样帮你。"

王闹死了这条心，这两个月光和珍妮来往搭进去的醋钱、菜钱，还有面粉、猪肉、香油，就是一大笔投资开支。早知今日，何必当初？算了，就算肉包子打狗了。又一想，也别变脸，没准儿哪天能用得上她，就算前期铺垫了。

想走李春平的路子没走成，谁知不出两年，王闹母亲倒是嫁了一个海外华侨，帮王闹联系去了加拿大，前面章节有描述。漏读的读者可以再返回到前面重温一下。

初到了温哥华，他先去见了珍妮，和他们一家都成了很好的朋友。珍妮性格开朗豪放，虽然王闹有过令人尴尬的求婚，但并不妨碍他们作为朋友继续往来。

珍妮家也在温哥华东区，家里有父母和两个妹妹，一起住在一栋庞大的独立屋，谈不上多么豪华气派，但是房间众多，楼上楼下都数不过来。厨房很大，比他北京家里全部面积加起来还大。厨房中一个巨大的岛台，貌似那一个岛台都比他北京家里的厨房还大。中国人家里的厨房钻进两个人都转不过来，案台上放个切菜板，其他什么都放不下了。况且珍妮父母不是什么医生、律师、工程师，也就是开洗衣房的，而且她两个妹妹还都在上学。他心想，乖乖，这怎么比哟！原来好莱坞电影上北美人的大房子是真实不虚的！

他落脚温哥华，珍妮一家也力所能及帮了些忙，比如给他一些锅碗瓢盆、床单被罩什么的。有时候他们过节吃饭也都会叫上他，让他打包一些食物。他管珍妮的母亲叫"妈"。他藏不住秘密，所以他做按摩的事，全盘都告诉珍妮了，连他给客人用的浴巾等等都是珍妮送的。

最近王闹突然来了一个客人，名叫沃尔夫冈，大约五十岁，是德国后裔，自称是英属哥伦比亚大学的经济学教授。电话预约的时候听出此人温文尔雅，一定是个高端客户。所以他第一次来的时候，王闹事先就比平时精心十倍布置好了房间，所有灯都关上，只点了两个香蜡烛，摇摇曳曳的烛光，散发着海边椰子树的气息。恰到好处的暖气仿佛置身夏日澳大利亚大堡礁的沙滩，与室外连绵不断的秋雨形成鲜明对比。厚软的地毯上铺好了床垫、毛毯，旁边整整齐齐摆着浴巾、纸巾、按摩油。CD 机放起了舒缓的瑜伽音乐，优美的旋律夹杂着雨声、风声、鸟鸣声、水流声，搞得十分温馨，客人一进门就会双腿酥软。

八点一到，当即敲门声就想起。王闹只穿着内裤，怀着忐忑不安的心情打开门，突然发现他一眼看到的却是一个人的胸脯，而他的脑袋几乎顶到了门框。此人大概有 1.95 米高。只见他略微有些谢顶，两眼不停眨动，不知是紧张还是兴奋。他手里拿着一把长柄雨伞，不知放何处为好。王闹赶紧接过，放在了卫生间里。

他像一座黑铁塔站在那里，等着王闹发话。王闹已经不知所云，半晌才反应过来，道："请脱衣服吧！"

这客人倒很自觉，不用多说，他自己就脱了个一丝不挂，趴在了地上的床垫上。王闹给他按了头又按了脚，按了后面又按了前面。

可能吃了带蒜或奶酪的披萨饼又不漱口，这个客人所以还略有些口臭，因此王闹服务起来也不是很上心。不过王闹想，他也爱吃蒜，所以谁也别嫌弃谁。

有不少客人都是话痨，无话不说，可是这个客人除了介绍自己叫沃尔夫冈，在大学当教授，又问了问王闹的来历，其他只字不谈。

走的时候，这个客人一分钱没多给。王闹还有些郁闷，一般高端一些的客人都会多给个二、三十，可是这个客人真够吝啬的，自己白那么尽心了。

来按了一次，沃尔夫冈可能很满意，于是每周都会来一次，每次都约在周五晚上八点，准时准到了秒，只要八点一到，门铃准响，准是沃尔夫冈。从第二次开始，每次沃尔夫冈都会多给王闹二、三十元，而且来之前都会刷牙、漱口，所以口臭也没了。

有一个周五，王闹从一个按摩客户家出来，赶紧搭乘公交车回自己家准备接待八点到的沃尔夫冈。

谁知这天公交车严重晚点，他到家的时候已经是八点一刻，沃尔夫冈就在楼下大堂门口一直傻站着。

他一见到沃尔夫冈，赶紧赔不是，解释说公交车晚点了。沃尔夫冈颇有风度，没有丝毫怨言。

三个多月后的一个周五，沃尔夫冈准点到达，这一次把王闹带到街边一部雪弗莱车前，道："你如果不嫌弃，这部二手车就是你的了。以后你去顾客家就别坐公交车了，太麻烦了。"

王闹欣喜若狂，这竟然就是他在加拿大的第一部车。说是二手，但是保养很好，看上去基本就是新车。他甚至不敢相信沃尔夫冈是来真的，直到办了过户，拿到钥匙，开进了自己公寓的车库，才知道这部车已经是他的了。他可以在温哥华、本拿比、列治文、新威斯敏斯特、高贵林、素里之间自由穿行，甚至远在枫树岭、兰利、阿伯茨福等地的顾客，他都可以去上门服务了。

他拼命要赚钱，一个客人都不放过，有时候跟朋友们吃饭，刚说好，就进来了一个电话，客人要求马上上门，于是他只好再打电话跟朋友改时间。最糟糕的是，有时候他取消了跟朋友的约会，而客人却爽约，迟迟不现踪影。

更缺德的是，还有恶作剧的人打电话约他到某边远小镇某街某号，谁知他到了那里，按了门铃，却是一个七老八十耳聋眼花的白人老太太，根本不是什么按摩客人。

还有一个印度客人，按完了，"快乐结局"也结束了，很满意，一边连连夸好，一边披上衣服、提上裤子就下楼了。客人尚在，王闹不好意思问钱的事儿。客人一走，王闹赶紧要点钱，这时才发现客人根本分文未留，于是追到楼下。到了大堂，他拦住那印度人，强作笑容问他是不是忘了给钱，那人说钱放在他桌子上了，于是他强作笑脸赔个不是，赶紧又上楼回家，却见桌子上空无一物，根本没有钱。等他再跑下楼，那人早已逃之夭夭。

林子大了什么鸟都有，但毕竟还是体面人多。

一年后，王闹卖掉了小公寓，交了三万首付，在温哥华东区买了一座 1,700 平方尺的海景房，全价 28 万加元，今天是断断再也没有那个价格了。当年首付低、贷款容易，但是利率比现在高很多。王闹没有正规工作，也不好意思跟银行说他是做按摩的，只好找珍妮冒充他的公司老板，证明他月薪 4,000 加元。银行还真给珍妮打了电话去核实，贷款就这么轻而易举批了。

王闹又花了一万做了简单装修。住进去以后，每个月要供 1,700 加元，王闹需要加倍卖命地按摩赚钱了，他现在是什么乱七八糟的客人都接，有求必应，无所不用其极，所有细节全记载在他的八十万字的日记里。他已经涨价到每小时 60 加元。他算了一个账，按一个人挣 60 加元，要按 28.33 个人才能把月供挣出来，此外还要挣出来吃饭钱、电话费、电费、汽车开销等等。外人眼里看上去住得那么气派，活得那么潇洒，而其中的艰辛、焦虑、烦躁不安、夜不成寐，只有他心里知道。

　　他的毛病也是北美中产阶级人的通病——本来没必要把自己搞得经济上那么紧张，非要图房子大。房子一大，欠款就多，而且家具、装修、电器，所有开销都水涨船高。住进去了才知道，房子大，他也就是睡那一张床而已。

　　这时又是沃尔夫冈帮了大忙。看到王闹鸟枪换炮，又听王闹吐槽还贷的压力，他提出一个办法，那就是他出800加元，租住王闹家一层的一间房，但是王闹需要负责他的一日三餐。沃尔夫冈是大学教授，薪水不低，旱涝保收，而且一个单身汉，自由得很，住哪里都无所谓。他就是懒得做饭，而王闹无论炒个土豆丝还是西红柿炒鸡蛋，都令沃尔夫冈垂涎欲滴。按说，沃尔夫冈出的800加元这价格不算低，解决了王闹一小半的月供压力，况且王闹是个喜欢做饭的人，所以他二话不说，当即答应，沃尔夫冈很快便入住进来。

　　一个雨夜，王闹家里突然来了一个60多岁的白人客人，文质彬彬、礼貌客气，就是一脸严肃、不苟言笑。按完之后也不知他感受如何，留下钱就告辞了。

　　过了几天这人又来了。来了好几次后，他的话多了起来。他名叫威廉，退休前是温哥华法院的一个文书职员。他说他从来没有找过按摩师，王闹是他找的第一个人。

　　威廉找王闹的时候是他人生中最消沉、迷惘的那段日子。就在那一年夏，他和他太太开车去阿尔伯达省自驾游，高速路上路遇三个不懂得左拐让直行的国际学生，瞬间酿成大祸。他只受了轻伤，他的太太却因重伤不治身亡。那三个国际学生中的驾驶员因为受到惊吓，知道在异国他乡闯了大祸，居然自杀身亡。

　　这事儿对威廉是个巨大的打击，看到空无一人的家、空空荡荡的床，形单影只、独守空闱，他不知道自己该怎么活下去。对于肇事者，他不但没有恨那个国际学生，反而为他的轻生深感内疚，恨自己为什么没有第一时间去安慰一下那年轻人。当他看到王闹的广告，心想，这恐怕又是一个国际学生，也许需要点友谊和关爱，也许他俩之间能发生些什么关联和互助。他就这么来了，好歹生活中又有了一个至少让他感到片刻亲近的人。

这个威廉后来成了王闹所谓的"干爹"。近 30 年后，王闹为他送了终。

欲知后事，且看下回。

♣ 39 ♣

无依之地

2021 年的四月间，凶恶猖獗的变异病毒让人类又一次感到前途未卜。接种疫苗的速度赶不上变异病毒扩散的速度；狡猾的病毒突变是否能逃避疫苗的保护，尚未可知。

王闹此时坐在泰国芭堤雅的家中看着电视，原以为泰国所报确诊病例较低，可以安然无恙，不料印度变异病毒早已洪水猛兽般地席卷了泰国多地。

这一天他看了宋丹丹继女赵婷导演的获奖电影《无依之地》，感叹道："这世界究竟哪里是有依之地呢？"

他心目中的养老天堂——泰国，如今开始不那么太平了。喜欢热闹的他，越来越感到寂寞无聊；平日经常聚餐，如今人们避之不及、不再往来。

有父母在，那里就是有依之地；父母不在了，这世界就变成了无依之地。王闹自称很早就成了一个孤魂野鬼。他父亲早在文革后期就因胃癌去世，文革中没有得到适当的救治。

等他在温哥华靠按摩站稳了脚跟，他唯一的哥哥在巴西也患了直肠癌。至于他哥哥如何到了巴西，长话短说——1989 年那场风波，很多年轻人担心政府秋后算账，纷纷找渠道出国躲避风头，关系硬的可以去欧美发达国家，也有的绕道香港，他哥哥则带着媳妇辗转去了南美洲，最后落脚在巴西里约热内卢。

和他哥哥不一样，王闹是有一点儿小毛病就要去找医生查个究竟，所以前些年一照肠镜发现有个良性息肉，马上切除了，一切安然无恙。而他哥哥才 30 多岁，自恃年轻力壮，从不吝惜身体，在异国他乡生了病，千辛万苦回了国，一检查就是肠癌晚期。医生说还有三个月寿命，后来果然三个月还差三天就撒手人寰。

不到三年，他最后的亲人——他母亲又从北京传来噩耗，也查出晚期肠癌。

王闹那天刚刚送走一个按摩客人，正蘸着口水点那一抽屉的钞票。突然电话铃响了，他以为又是一位按摩客人，颇为得意地哼着小曲赶紧去接听，谁知这是破天荒地首次来自北京的国际长途，是他继父老牛打来的。电话那头的声嘶力竭的喊叫声让他马上意识到不妙——不是什么生死攸关的大事，怎么会有越洋电话打到他家里？

继父让他赶紧回北京看他妈，说人恐怕不行了。

他不知道是什么时候撂下的电话，浑身所有的血液都冲到了脑中，双脚已经站不稳了。他不知下一步该怎么办。他本来正打算用这个月赚的钱再把家里的厨房、卫生间重新装修一下，现在看来一下子存款又要变成负数。他要赶紧订回去的机票，还不知何时能回来。他回去的时候，自然要暂时告别这边按摩的客人，没了收入，但是每个月 1,700 加元的房贷还得照常交付。他如果不回去，那他的按摩生意照旧，但是良心上他会对不起自己的母亲。他急得差点哭出声来，心想，这事儿为什么偏偏会发生在这个时候？早先还暗暗庆幸自己作为自由职业者挣现金不用纳税的乐趣，这时又大鸣世道不公，因为家里出了事，只能独自承担，没有雇主或政府给你任何津贴、福利。

他还是回去了。机票价格是平时的两倍。

他母亲最后的日子是在极度痛苦中度过的，不能正常吃饭，大小便都拉在床上，全靠王闹收拾。不知为何，他的继父不总在他母亲身边，也许人家觉得半道夫妻，没有必要给她送终？

王闹有一个优点，就是照顾人的时候还真不嫌人的脏臭。给他母亲擦屁股的时候还看见一个拳头大的疮，多半是因为卧床不起，没人帮着翻身导致的。为什么没有一针安乐死的药剂，让得了不治之症、痛苦中苟延残喘的病人长眠不醒、早点解脱？王闹百般不解。

看着他母亲每况愈下，最后只能呼唤着他的名字，他精神濒临崩溃。最终的那几天，他干脆撇开他母亲去外地旅游了。不明真相的人会谴责这个不孝之子，说是"久病床前无孝子"，而了解他的人知道他是因为太依恋他母亲了，看不得她受罪去死。此时的他几乎神志不清，只有逃避眼前的一切，才能避免自己彻底崩溃。

等他再回到北京时，他母亲已经化成瓦罐中的一抔灰土。打开看看，里面还夹杂着没有火化干净的骨片。

那一天，他感觉全世界只剩下了他一个人。曾经的四口之家，如今三个人都已经作古。

往事如梦，倘若没有记忆，就无所谓往事；如果没有变化，也就没有时间的存在。

别人再跟他说善恶有报，他开始嗤之以鼻，因为街坊邻居、同事领导都知道他母亲是世间少有的大善人——她能自己孩子饿着，工资借给别人急用，从不催还；单位去苏联莫斯科访问，她有资格却先让机会给别人；儿子被邻居孩子欺负并还手，她二话不说把自己孩子教训一通，再带着孩子和点心去给人家赔不是。她在单位业务水平属于一般，但是一生中做的善事足把她列为人上之人。

"这世界哪里有什么善有善报、恶有恶报？我妈可是全北京都知道的大好人，一辈子做了无数善事，最后死的时候那么痛苦！她才 50 多岁！所以我觉得什么因果报应、善恶有报，全他妈都是胡扯！我真希望有安乐死，真的到了那个时候，打一针赶紧睡过去长眠不醒，一了百了，多好！省得受罪啊！等我死的时候，要是有病痛，我就选择安乐死。我死后也不需要什么墓地，就找个人把我骨灰撒到大海里就行。我现在也看开了，有那么多东西最后不都得送掉、扔掉、卖掉？我死了，不是什么都带不走？我也不需要留给谁……"王闹多年以后感慨道。

在座的有自称信佛的，也有信基督的，这些人总有个癖好，就是说服别人跟她信的一样，所以作为朋友在一起难免会争执起来，这个说永生，那个说轮回。按王闹的话来说，都是被洗脑了，然后又去洗别人的脑，活着多累啊。

我回道："你也真逗，干嘛总说死不死的？那个字眼儿多不吉利啊！你要说你妈就说她'走'了；说你自己就说自己'百年之后'。"

"我'百年之后'就把我的东西捐出去就行了，卖也卖不出什么钱，留着钱花不完也带不走。"王闹马上用上了"百年之后"，感觉这词从他嘴里冒出来十分滑稽。

话虽这么说，他一直保留着有点钱就购买收藏物的癖好，虽都不是什么名贵古董，但也都是几百乃至上千加元的银器、水晶器皿之类的东西。我半开玩笑管这叫"玩物丧志"。后来托运到泰国的时候王闹还感叹道："说是不能再买了，还是弄了这么一大堆，也就摆着自己看看而已。"

我说道："是的，等你百年之后不是还得落入某跳蚤市场？"

说到他母亲去世之后，王闹很快就回到温哥华继续按摩生意。他这一走就耽误三个月，确实流失了不少客人。这些按摩顾客和理发的顾客差不多，他们习惯了一个师傅，就会一直找这个师傅；如果这个师傅找不到了，他们会找新的师傅；如果那个新的师傅活儿不错的话，他们就会一直跟着那个新的师傅。除非有的人跟找情人似的就认准你了，等你三年五载再回来，他们还会回来找你。

问题是王闹遇到的这种忠贞不渝的痴心顾客不是很多。三个月后再回来，感觉又要从零开始。而这时报纸上似乎又多了几个亚洲和拉美的按摩师，都是抢手货。他心想，都怪自己嘴太快，狗肚子里盛不了二两香油，到处跟人说自己按摩赚钱，结果别的华人都跟风学会了。

不过他还是有那么几个忠实"门徒"。刚回来的第一天晚上，威廉就来找他按摩，给了他 100 加元，但这都是杯水车薪。不过，威廉道："我知道你现在的心情。你要知道，这世上你还有亲人，我就是一个。"

王闹当即泪如雨下，从此对外跟人介绍说威廉是他的干爹。

他走了三个月，花光了积蓄，回来又要开始面对每个月1,700加元的月供。他丧母的心情直接影响了生意，导致客人逐渐稀少，直到寥寥无几。于是他赶紧找房产中介卖自己的房子，此时的沃尔夫冈是一百个不高兴。他租王闹的房子一来是好心好意为了减轻王闹的月供负担，二来是有机会接近他，吃他做的一日三餐，哪知这么快他就要卖房子。这房子其实并不好卖，卖了一年终于卖掉了。沃尔夫冈搬走的时候跟王闹彻底翻了脸，后来竟老死不相往来。

多年后的一天，王闹从中国回到温哥华，竟然在大街上看见沃尔夫冈好像喝醉了，跌跌撞撞从他车前面走过，一幅邋遢败落之像。

房子卖了，威廉请王闹住到了他的家中，那是英吉利海湾的一个两卧公寓，约有1,100平尺。威廉于1984年购买的时候价格才14万加元。家里满是厚重的地毯和维多利亚时期的家具，谈不上奢华，但是十分温馨舒适。威廉爱读书，家里的书架上全是精装版的图书，除了古董、家具、时尚之类的书王闹还爱看看，对于文学、历史、哲学之类的书他一概没有兴趣。这里的缺点是家里没有洗衣机、烘干机，洗衣要到楼下的公共投币洗衣房。楼里住着基本上都是耄耋之年的白人长者，彼时的威廉60多岁，还算是年轻的。

王闹的房子已经卖掉过户，正好要找住处，恰逢威廉慷慨邀请，所以他痛痛快快就搬到威廉家里去了。当初珍妮也说过，没地方住了可以住她家，有的是空房间。可是等他真需要地方了，珍妮又说家里不方便。他还想，也就是洋人，他要是说你可以住他家，他肯定是那个意思，而不是客气一下。威廉就是这么一个人，他说出来的话，一定是他想好的；

他的骨子里从来就没有什么话是客气话、委婉话。这样的人也好，摸清了他的脾性，你跟他相处不会太累。

从他们初次见面开始，王闹和干爹的关系一维持就是 28 年，直到 2018 年五月间老人家去世，享年 88 岁。据王闹自己说，从法律上来说，老人家是他"老公"，而从情感上来说，老人家是他的"干爹"。自从他父亲、兄长、母亲相继去世后，威廉就成了他这世界上唯一的亲人。有了他，他才感到温哥华还有他的家，无论他到哪里，还有个期盼和念想。最后连威廉都走了，这温哥华竟也成了他的无依之地了。

关于威廉和王闹的复杂关系，且看下回。

♣ 40 ♣

威廉之死

　　上回说到王闹在温哥华跟长他 28 岁的英裔加拿大人威廉达成默契，形成了一种非同寻常的四不像的家庭关系，对外称威廉是他干爹，其实二人经登记办理了类似夫妻的同性婚姻关系证明，还有政府人员来主持仪式。

　　说起王闹，有人说此人是一半天使、一半魔鬼，毛病不少，优点也很多。他一生帮了无数人的忙，属于那种他只有一个土豆都能跟你分一半的人，但奇怪的是最后都没有人记得他的好，恐怕能客观冷静、一分为二地看待、评价这个人的人不多。

　　威廉也是一个大好人，看似计较小钱，其实一生乐善好施，但是风格却和王闹大相径庭。跟他如果不熟悉，会觉得此人不苟言笑、拒人千里之外，而熟悉了则会觉得温和可亲，更熟悉一些又会觉得此人直言快语，缺少中式人际交流中常见的委婉折衷或口是心非。

　　前面提到王闹认识威廉的时候，威廉已经退休了。看看人家的退休生活——一个小小的公务员，只不过在政府部门整理文件而已，到了退休的年纪真真过上了夕阳红的生活，首先是一套海景公寓早已经还干净了贷款；其次是每个月退休金加养老金足足有 2,600 多加元，后来还涨了几百；第三是威廉没有子女负担，即便有也早就各自独立了，唯一的哥哥也几乎老死不相往来，没有亲友往来方面的开销。退休后的他没别的事可做，每年都出去旅游好几趟，不是乘飞机就是坐豪华邮轮，而且总要带上王闹，一来旅途中有个年轻帮手可以帮他订票、问路、提行李，二来万一有个健康方面的闪失，身边也有人随时照应。王闹就这样跟着威廉足足去了将近 50 多个国家。别人都羡慕不已，他却有口难言，抱怨说有威廉在身边，他"活动"不便，因此虽然周游了世界，等于走马观花、打卡报到而已，并未尽兴。

自打王闹搬到了威廉家，王闹就金盆洗手不干按摩生意了，而一门心思要回国发展。上世纪 90 年代中期，正是海归回国赚钱的大好时机，一本外国护照，加上外国学历，就成了回国捞金的敲门砖。王闹靠卖掉自己在温哥华的房产积累了一些加元，和威廉做了个简短的道别。威廉自然不肯将他放走，不过他承诺他去去挣些钱就回。谁知这一回去，中国就成了常驻之地，而加拿大却成了偶尔休闲度假的避风港湾。

回到北京，王闹先注册成立了自己的时装工作室，由演艺圈的朋友引荐，专门为大牌演员定制演出服装。以他的性格，实在不适合直接跟客服交流，因为谁都要占他便宜或找他麻烦，要么是没完没了免费修改，要么是做完了又不要了，要么是自己很有主见不听设计师的，总有不切实际的奇思妙想，而他又好面子，别人怎么说怎么是。久而久之，这生意做不下去了。名人难伺候，于是他又改做中老年妇女时装，在三里屯燕尾蝶电影酒吧举办了小型时装展，在那里我认识了王闹。谁知没多久他又说大妈们太难对付，又改行做了男装，全是花里胡哨闷骚型的紧身衣裤，颇有范思哲的风格，不过也没坚持下去，后来干脆改做宠物服装了。这一来二去就是好几年。

这期间，威廉没有少来北京探望王闹，每次一住少则两个星期，多则个把月。

有一天，王闹把威廉带到我北京家里来做客，这是我第一次见到此人，事先闻知他和王闹不清不楚的"父子"关系，还很纳闷为何不打招呼王闹就把这么个外国老头儿带我家里来了。

原来想象的是一个形象猥琐的外国变态老头，不是恋童癖就是食人魔，不料眼前是个温文尔雅、和蔼可亲的长者。

只见他个头不高，略有驼背，行动迟缓，从头到脚穿着干净利落；和王闹那话痨相比，老人家倘若不开口为我沏的一杯香茶彬彬有礼道谢，我还以为他是哑巴。

王闹聊着兴奋起来，毫不顾忌地当着我们的面打起了震天的饱嗝，只见坐在他对面的威廉若无其事、雷打不动，全然一副绅士作派。

第二次再见到威廉，就是在温哥华了。

之前听王闹提起，上次来我家做客，威廉对我的印象极佳，表示如果我去温哥华欢迎我临时住在他家，于是我初登温哥华时自然而然跟随王闹投奔威廉来了。

那年杏花微雨，四月间初到温哥华，往事历历在目。我要在身份失效前登陆，一分兴奋一分惆怅，一分憧憬一分颓丧——抛之脑后的是国内的亲朋好友、喜怒哀乐和是是非非，而未来的日子一切都是未知变数。说来也巧，恰巧威廉出资三万加元，为王闹报名参加了即将开幕的温哥华英属哥伦比亚省时装周，所以王闹带着他设计制作的十几套男装临时回温哥华，我们订了同一航班，座位也安排到了一起。我的登陆是幸运的，有一个资深温哥华人陪同，而且下飞机便有了免费落脚处。

十个小时的航程转瞬即逝，一出海关，迎面扑来的就是无比清新的空气，夹杂着淡淡的海味，原来人们所说的温哥华空气果然名不虚传。如果不来，恐怕还会觉得北京的空气就是人生的常态。我和王闹机场里里外外找了半天来接机的威廉，却始终不见人影。王闹打电话至威廉家，也无人接听。因此我们只好打了出租车来到了威廉家。

这一路上都是一生中没见过的场景，没见过这里的一家一户风格各异的洋楼，没见过到处是精心修剪的草坪和灌木，没见过只靠红绿灯和停牌悄无声响地指挥着有条不紊的交通，没见过几十年的老公寓维护得宛如三星级宾馆……不禁连连感叹人间竟有这般宜居之地。

　　到了威廉家楼下大堂，那是一座毗邻英吉利海湾的黄色四层木结构公寓，外观宛如童话世界，掩映在花红柳绿之中。正好看见佝偻着腰的威廉慢步走了过来，看到我他并没有惊喜和寒暄，只是淡淡地打了个招呼。原来老人家去机场接机，而我在海关要接受问话，所以他等了一个多小时也没见到我们，自己刚刚先回家来了。

　　威廉家谈不上豪华气派，但是比同等情况的中国人家里还是更讲究品味与温馨，不仅家具大多是维多利亚时期的，墙上挂的油画、古董柜里的器皿、壁炉前的铜挡板，据说都是有来历的。王闹总盘算着什么东西能在拍卖行里值多少钱。主卧和客卧都有书架，老人看书读报是一大爱好。最喜欢他家的地方是厨房天花板有一块通透的玻璃窗，白天正好可以自然采光，根本不用开灯。客卧里还有一张立起来的折叠床，俗称墨菲床，立起来外观貌似大衣柜，放下便可睡一人。晚上我睡在那里，王闹睡在客厅厚重的地毯上，威廉睡在他的卧室里。在他家住了十天，基本上一日三餐都由他们招待、请客。

　　随后我又去了多伦多闯荡一个月，感受一下另一座华人移民落脚之地，之后回了北京。

　　由于暂时难以切段的种种联系，我时不时要回国，又要时不时回到温哥华满足居住要求，所以威廉家成了一个定期落脚点。

　　再一次回到这里是第二年夏天，艳阳高照、和风习习，最高气温20多度，家中根本无须空调，电扇都很少使用。

　　因为那是八月初，而我联系的公寓要九月一日入住，所以这一次就要在威廉家住上一个月。虽然威廉没有收我钱，我也要有所付出，所以每日为威廉买菜做饭、刷锅洗碗。他吃得津津有味，一盘西红柿炒鸡蛋或醋溜土豆丝都能让他赞不绝口。他偶尔也带我出去吃饭或游玩，需要有人开车送我办事，他也义不容辞，总体来说是个正人君子。

不过，日子久了就确实发现了王闹描述的老人直言快语的特点，王闹说这是洋人的"通病"，我倒是不觉得这是"病"，因为有时候直抒己见反而省得去猜忌。我也不觉得洋人都一样直白，他们虽然通常没有中国人那么拐弯抹角，但是在表达意愿时候会有不同程度的为他人感受的考虑。

一天，我看错了时间，本来应该 12 点就做好午饭了，我误以为还只是 11 点，因此还没开始做饭。只见威廉走到我的房间门口，一脸严肃地问道："你什么时候做饭？我马上要出去，不知道是不是能在出去之前吃上饭。"

我一听这话，当然非常不快，好像我成了佣人，我又没义务给他做饭。又看看时钟，已经过了 12 点，在人屋檐下，哪能不低头？于是赶紧三下五除二炒了鸡蛋炒饭，外加一热一凉两个菜。

威廉吃饱喝足，擦擦嘴道声谢，就出门了。

我还是心里有些不舒服，晚上打国际长途电话跟王闹念叨此事。王闹毫不惊讶，说道："这洋人就这样，心里有什么就说什么，反正他也没有恶意，说过就忘了。"

我一想，也是，人家这么说也没有什么不妥的地方，况且人家留我在家里免费住将近一个月，为我省了多少钱，我还值得把这点鸡毛蒜皮之事往心里去吗？

你说威廉直言快语吧，可是轮到王闹直的时候威廉又委婉起来。王闹在表达经济财务往来上的意愿时候有一百个拐弯抹角，但是到了评论别人的时候则直得毫无顾忌——说到他的好姐们儿跳恰恰舞，他形容她是一伸手就像一个大"粪叉子"；说到威廉的一个中国女性朋友脸又扁又圆，眼小口小，活像"一张大饼上戳了几个眼儿"；说一邻居老头儿长得像一只老浣熊，两片大嘴唇湿乎乎的，如果有人跟他接起吻来一定很恶心。每到这时，威廉听了总会无可奈何摇摇头道："怎么可以这么说呢？"

倘若家里有客人带来礼物，无论是几元钱的点心，还是孤零零一只花朵，还是一元店里的廉价日用品，还是自制的口味一般的食物，换了王闹恐怕是不屑一顾，而威廉这时候总是要做出受宠若惊之相，聚精会神打量一番，连连道"太棒了，太令人惊艳了，太美不胜收了"等等溢美之词，然后是一连串的道谢。至于客人走后，那些东西恐怕就永远留在了厨房橱柜里或储藏室里，或者让别人带走。直率与伪装，粗鲁与文明，看来的确诠释不同、中西有别。

等我的公寓可以入住了，威廉不仅开车将我和两个箱子送了过去，还顺手送我一堆锅碗瓢盆、浴巾被褥之类的东西。他为接待客人专门买的 30 多加元的睡袋索性也送给了我。偶尔周末还会邀我去家里一聚，聊聊近况。

一日，从威廉家回到我的公寓，突然收到他的电子邮件，开门见山问道："你把我的电视遥控器怎么了？我收不到节目了。你赶紧来给我修好！"

一看这话，顿时让人耳晕目眩，我压根儿就没碰他的电视遥控器，这从何谈起？于是我压住了火气，还是彬彬有礼地回复道："你好，威廉。我没有碰你的遥控器。如果是你的电视机或遥控器出了什么问题，我会很乐意过去帮你看看。"

威廉很快回复，并诚恳地道了歉。原来是电话和网络公司临时调整线路，所以电视节目中断了数小时。而我刚刚去他家做客，走后他调不出来电视频道，就误以为是我把遥控器弄坏了。冤枉好人自然不对，但是一个老人家事后放低姿态诚惶诚恐地道歉，我也就释怀了。

时光飞逝，尤其是在这春夏秋三季犹如人间天堂的温哥华。

人说岁月静好，这里却感觉是掀挂历牌比翻书还快。

十多年过去了，威廉老人一晃就到了 88 岁的暮年。他想着他哥都 90 多岁了，因此他还可以活几年。王闹这些年倘若国内生意玩不转了，则会来威廉家住上数月，陪陪老人，但是他心思不在加拿大，早已经盘算着移民泰国了。

如果是回中国，通常是他找了猎头公司给他找了乡镇服装企业聘他做设计总监，那些大字不识的暴发户还就迷信他这"加籍华人设计师"的头衔，加上他又擅长忽悠，因此一开工资都是五、六万人民币的月薪。

按王闹的话来说，回国就是为了"PQ"（骗 pian 钱 qian 汉语拼音缩写），你还当真要发展一番宏伟的事业呢？在国内干什么不都是"PQ"一个月是一个月吗？从你上岗的那一天你就要想到人家炒你的那一天。纵然他有自认为高超的设计水平，还有一手的好活儿，农民企业家们高薪聘了他又把他不当个腕儿，指手画脚、粗话连篇，最后往往是"PQ"了个一年半载就终止了合同，不过他也到手了几十万。

威廉总给他暗示：你不用那么辛苦了，还要受气，你回来好好和我过，我死后给你留下的，够你养老了。

威廉卖了那套海景公寓，又买了一套小公寓，将差价送给了王闹。后来索性又把小公寓卖了，交房租给新房东，继续租住。老人知道自己无儿无女，如果能留下什么，也都是王闹的。王闹总说威廉还没到最后老得不能动的时候，还不需要他天天端屎端尿、递茶喂饭，可是这老人一过了 80 岁就开始不由自主地倒计时了，口中常自嘲：活够了，该走了，其实心里又怕死，所以一有个小病就要去看急诊。

我是目睹老人如何终了的——

威廉最后的一年基本上是由王闹的朋友薛刚陪伴，还有他的一只宝贝猫，名叫米西。这薛刚 30 出头，是王闹在国内开时装工作室时候的打版下手，跟王闹学了一套裁缝手艺。正好以旅游签证来温哥华打工，就住在威廉家中，平时也为老人洗衣做饭、打扫房间。有了这么个免费护工，威廉对总不在家的王闹就少了些怨言。

2017 年秋季的一天，只听薛刚说威廉被他送去了圣保罗医院看急诊，原因是腰疼。在医院也没看出个所以然，所以很快又送回家来了。

　　我带着糕点去看威廉，看他气色尚好，心想，估计是西方老年人娇贵，一点点毛病就要去看急诊，真是浪费国家的医疗资源。我哄了哄他，绘声绘色描述道我一个朋友长久开车，也是腰疼，但买了一个电热敷，就把腰疼根治了。威廉一听，立马红光满面，仿佛看到了一线生机，马上对薛刚道："快让王闹给我买电热敷！"

　　谁知没多久，薛刚第二次送威廉去了圣保罗医院看急诊。这一次依然没有个结论，于是又送回家来了。

　　到了 11 月某一天，薛刚第三次把威廉送到圣保罗医院看急诊，谁知这一去就再也没能回家。

　　那一日，我买了鲜花去圣保罗医院看望威廉，一个病房只有四个病人，他的病床靠窗户，和他人有布帘相隔。看他精神状态还算正常，只不过起身需要薛刚搀扶。薛刚悄悄说，我来之前，威廉拉在了床上，臭极了，全是由薛刚给他擦洗并更换床单、毛毯。

　　威廉看到我来十分高兴，看到我捧的一束鲜花，又直言快语念叨为何没有花瓶，没有花瓶这鲜花插在哪里？不可能就那么横在床头柜上。于是我又和薛刚出去买花瓶，顺便我请薛刚吃了日本料理，感谢他对老人的无私照顾。

　　再回到病房，威廉的多年铁哥们儿霍华德来看望他了。他二人岁数相仿，但似乎霍华德的精气神儿要年轻个一、二十岁，说话像连珠炮单。威廉语重心长地交代给霍华德一件重任：倘若他走了，请霍华德照看他的猫米西，因为没有别人能更让他放心，即便是王闹——老人家心里是有数的，但是这个状况了，还能怎样？只能认了。

　　聊天中，时不时有医护人员过来看看仪表、问寒问暖，又有医生过来为他检查。我知道威廉曾被诊断有白血病，不知这一次是否和白血病有关。想问问医生，没有跟我多说，只是说人老了，机能自然要老化，所以他经受的这一切都不是意外。

过了数日，王闹从泰国回来了，他估计再不回来恐怕就见不到威廉了。他面对这一切，可谓百感交集；知道我和薛刚在他不在的时候对老人的关照，他似乎有些感激，但没有语言的表露。他过早就经历了家人的去世，现在他视为唯一亲人的威廉又在医院每况愈下。医生跟他有了详细交代——在激进的治疗和保守疗法之间做出选择：激进的治疗，对于这个年龄的病人，凶多吉少；保守治疗，即每天输液，但日复一日，总有一死。最后医生说，根据目前情况，估计还能活两周而已。于是他们把威廉转到了温哥华总医院，一人一个病房。本来说要转到更为豪华舒适的临终关怀病房，但是根本没有空房，而威廉对现有的病房已经十分满意，就没再申请临终关怀病房。

住进了温哥华总医院以后我又去看了威廉两次。

第一次和朋友茅秀琪老师作伴，她曾多次参加王闹的聚餐活动，也和威廉认识。我为威廉带来了不久前去圣地耶路撒冷时候带回的纪念品，包括圣水、圣土、圣油、圣橄榄枝等等，装在精美的小瓶中。在医院一楼的礼品店，茅老师买了一大捧鲜花，又买了一张卡片，不知写什么为好，想写"祝您早日康复"。

我回道，这恐怕不合适吧？医生已经宣布他还有两周寿命，他也知道自己日子不多了，你这么写，不知他看了会怎么想？没经历过这一历程的人很难想象，他可能会觉得那是一个善意的谎言，甚至还会为此发疯；他也许会觉得身边所有人都离他而去，继续过着自己岁月静好的温哥华生活，而他即将告别这一切，一了百了。

我在我的礼品卡上则写下：愿主耶稣伴随着你。

威廉以前每周都去英国圣公会教堂，至于信不信主，只有他自己知道。

就在这时，旁边有一个胖胖的菲律宾女护士目睹了这一切，连连赞许我的意见。

到了威廉病房，老人已经骨瘦如柴、眼窝深陷、瞳孔扩散。他看到我和茅老师，只有气无力地说了句："你们真是好人啊！"

果然，茅老师的花，他已经无暇欣赏或感激。我带来的耶路撒冷的圣物，他居然还流露出一点好奇，看看究竟何物。我伸手过去，他仿佛是抓住了一棵救命稻草一般，迟迟不肯放下。他的手绵软无力，我不知道该说什么为好。

王闹是一会笑脸对着我们，一会又背过身擦擦湿润的眼角。他说威廉已经开始糊涂了，时不时问他为何墙角站着一堆人，而病房里当时只有他们俩。

最后一次再去看威廉，我带着泰迪宝宝。这一次威廉没有认出我来，但一眼认出了宝宝，道："宝宝来了！"

王闹接过宝宝，抱在怀里，坐在威廉身边，唉声叹气。

在威廉还有意识的时候，他曾千叮咛万嘱咐一定要把老猫米西交给霍华德收养，但是王闹在网上找了一个富有的香港人家，70 多岁的男主人早年从上海移民香港，后移民温哥华，开着酒店、度假村，和年轻的太太、十几岁的小女儿都酷爱猫咪，已经养了九只猫，多一只也不在乎，所以他们一家人开车来高高兴兴接走了米西。后来他们发来视频，住在豪宅里的米西俨然已经乐不思蜀。

又过了数日，一早收到薛刚的微信，告诉我医院发来通知：威廉老人当日凌晨四时辞世。

再回到威廉生前租住的那套小公寓，已经成了仓库，满是纸箱子，王闹正在清仓处理，该卖的卖，该送的送，该托运到泰国的托运到泰国。敢情没有什么值钱的东西，一堆收藏品寄放到古玩店代卖，迟迟没有感兴趣的买家。原来说是想把鱼缸送给我，不过后来又说要送给薛刚，于是只让我挑了几本书。

威廉的一生就这么走完了。

88 年的历程，好像很漫长，又感觉匆匆太匆匆。也就是在加拿大，最后不靠什么人，只靠这国家、这制度，也可以尽可能走得舒舒服服、坦坦荡荡、不疾不徐。

他走后，公寓交还给了新房东，薛刚出去租了一栋独立屋后面的一小套房。

一晚上他家里突然窜进来一只猫，迟迟不肯离去，发来照片给我看。我还纳闷，那猫，莫非是威廉的转世？老人生前的一两年，毕竟主要是和薛刚作伴，由薛刚承担了相当一部分的养老送终重任，或许老人执著不下，辞世后迫不得已赶紧化作一只小猫前来道谢？

王闹处理了一切事宜之后，又回到了泰国芭堤雅。不料，他想象中的朴实无华的泰国人，竟然都成了见钱眼开的老赖，带去的几十万加元转眼就全飞了。

欲知详情，且看下回。

♣ 41 ♣

泰式陷阱

　　上回说到威廉 88 岁寿终正寝，但是因为老年病的问题最后的日子受了很多罪才一走了之。

　　其实十来年前王闹已经和老爷子达成协议：王闹为老爷子养老送终，老爷子的这套房子，还有存款，留给王闹继承。

　　老爷子曾说过：你好好跟我过，我不在了，这都是你的，你以后养老就不用太辛苦了。

　　王闹听了，以为老爷子还有不少家底，因此心里踏实了很多。但是他不知道的是，老爷子没太多存款，而且唯一的一套自住公寓已经办了反贷款，也就是说，这套公寓在他死后本来是要留给银行的。

　　我是怎么知道的呢？有一日去威廉家做客，那时王闹基本上都在国内"PQ"（前面提及：PQ 是"骗钱"的拼音缩写，乃王闹爱用的暗号，将国内人挣钱的现状一针见血表现出来），不在老人身边。在威廉家，我无意中在茶几上看到文件和表格，上面醒目地打印着"反贷款"的字样。我知道这边老年人办反贷款的不少，他们觉得退休金、养老金不够支持自己到处度假、休闲的生活方式，于是将自己的住房抵押给银行，银行每个月支付他一笔钱；直到他去世，银行便可以收走他的房产。我还纳闷呢，这老爷子的公寓不是说留给王闹了吗？怎么又反贷款了呢？

　　一次与王闹通话，提及此事，王闹死活不信，坚持认为是我看走眼了。

　　我说，好吧，那我就不说什么了。

337

　　结果后来王闹回到温哥华，果然和威廉求证了此事。好在反贷款数额不特别巨大，在王闹的坚持下，威廉同意出售这套公寓——寸土寸金的温哥华市中心西端毗邻英吉利海湾和斯坦利公园的公寓，1,100 平尺，只卖了 75 万加元，所挣的钱一部分用于返还银行的反贷款，一部分再缴纳首付款购买一套更小的公寓供老人居住，剩余的钱全给王闹。其实他们要是迟卖两年，就可以卖到 120 万加元以上，可是当时王闹着急要钱啊，他三下五除二就把钱转到了梦寐以求的泰国，还办了所谓的"养老签证"。

　　老人家入住新买的 40 万加元的小公寓以后不甚满意，但是随着岁数越发见长，出行越发不便，只好顺着王闹折腾了。结果这小公寓没住两年，王闹又撺掇老爷子把小公寓也卖了，65 万成交，20 多万加元差价又带到了泰国，要买房置地。老人家继续租住这套公寓，每个月从退休金啊、养老金中缴纳房租给新任业主。新任业主是上海移民，来不了温哥华长住，找租户正求之不得，所以他们一拍即合，王闹可谓称心如意。

　　人在温哥华，类似的事情听到过不少——这边很多老年人要么没有子女，要么和子女无甚来往，所以时常立遗嘱将自己的房产赠送给最后为自己养老送终但无血缘关系之人。光我知道的就有一华人大姐照顾一香港老妪，最后香港老太太把自己价值百万的温哥华西区独立屋送她继承。威廉的老哥们儿霍华德现在是 80 多岁的老人，在他还是 60 多岁的时候，就因为他承诺给一 80 多岁的垂死老人在他身后照顾他的爱猫，那老人更改遗嘱将自己价值 50 多万加元的公寓转送给他。威廉还有一邻居，这老爷子三个子女都在美国工作，老人去世的时候竟无一人回来，于是老人一气之下立遗嘱将自己的房产送给了自己的菲律宾护工。敢情这里的人对于房产留给子孙后代的观念没有中国人那么强，他们从来没有那么多的养儿防老、传宗接代的念头。中国人不少人的观念是：儿女再不孝，最后的财产也要留给他们；而洋人大多数是看最后在闭眼前床跟前是什么人，对于血缘关系看得没那么重。

威廉去世头几年，王闹已经移居泰国芭堤雅了，偶尔回来看看威廉，并和我们一些老朋友一聚。他是逢人就说泰国种种好处，并忽悠大家都去泰国买房养老。

一晚，半道朋友凯西、莎拉，还有我，应王闹邀请去煤港一家西餐吧聊天。我们沐浴着海风，望着远处灯火阑珊的北温哥华，品尝着王闹为我们点的咖啡、啤酒，唯独觉得好像缺了个毛豆。于是让王闹把服务生叫来，看看菜单，可是人家这西餐吧哪来的毛豆呢？想点个下酒小菜，只有炸薯条。

莎拉道："没有毛豆也不能便宜了王闹，那就点个炸薯条吧！"

于是王闹就点了一大盘炸薯条。他摇摇头，道："在泰国，这方面可比这儿强多了。"

"怎么个强法？说实话，泰国我还没去过。"莎拉道。

"真的，你们真地要考虑考虑，应该去泰国买房，这边卖一套，泰国买八套！"王闹道。

"靠谱吗？别被骗了！"凯西似乎不感兴趣。但是莎拉似乎有些动心，还问我会不会考虑。

我道："真想不通。人说温哥华是养老的好地方，怎么他偏偏要去泰国？我又不是没去过，都去过五、六次了，就冲着那湿热，得让人减寿十年！"

王闹一听急了："你怎么就怕热呢？我就喜欢热，你是喜欢冷。"

"我倒不是喜欢冷，当然不冷不热最好，但是如果让我在冷和热之间挑选一个，我宁可挑选冷。"我解释道。

王闹不怕热我是很清楚的，那一年夏天我们去意大利，罗马 37 度高温，我都热得发晕打颤了，买瓶冰镇矿泉水就往头上浇，而这人就跟没事儿似的。

莎拉关心的则是泰国购房是不是能升值，因为她前些年在广西北海买的公寓，分文不涨。最后卖掉，分文不挣。

"肯定能涨，你看，现在中国人去泰国买房的越来越多，只要有中国人扎堆儿的地方，房价肯定能炒上去！"王闹道。

"再升值恐怕也升不过温哥华吧？泰国有什么魅力能让你抛弃温哥华呢？"凯西问道。

王闹眉飞色舞道："你们不知道，中国是地狱，加拿大是人间，而泰国就是天堂！"

"中国怎么成了地狱了？你也把中国说得太惨了吧？"凯西笑道。凯西心目中最好的地方就是深圳，连温哥华都比不上。那泰国，她更瞧不上了。

"我过的桥比你走的路都多，很多事你都没经历过，所以我有发言权。"王闹道。

"你说说看，加拿大怎么成了人间，而泰国则成了天堂？这么多泰国人还想移民温哥华呢！"莎拉问道。

王闹讲起来他的泰国故事——当然，这都是从他口里说出来的版本，因此听听就罢了。他很早就计划移居泰国，并选择了芭堤雅，一来距离曼谷很近，去机场便利；二来芭堤雅有海，可以尽享海滩、海鲜的乐趣；三来芭堤雅配套设施比较成熟，生活方便；四来有他喜欢的种种娱乐场所。

他喜欢打情骂俏、灯红酒绿、夜夜笙歌的生活。他喜欢搭讪陌生人并开过火的黄色玩笑，这在加拿大会被人认为是精神病或性骚扰，但是在泰国却无人大惊小怪。在加拿大他想约炮从来都约不上，但是在泰国他丝毫不愁，给个 20 加元，香的臭的直的弯的，什么人都可以招之即来。泰国路边快餐美味可口、超级便宜，炸鸡腿、炒河粉、菠萝饭，几加元管你吃饱吃好。他天天不用做饭，吃饱喝足再去做一个泰式全身按摩，回家游泳池里泡泡，再美美睡上一觉。虽然加拿大有全民免费医保，但是芭堤雅看病也超级便宜，私立医院诊所都像五星级酒店一般，态度好得让人觉得自己仿佛是尊贵的王室成员。

莎拉对此尤其心动。她前几年在美国种植了一颗牙，花了 5,000 美元。她心想，与其在这边种牙，不如拿着这钱去泰国连吃带喝带机票带看牙，没准还绰绰有余。

我道："别光说吃喝享受，请问芭堤雅有卢浮宫吗？有大都会吗？有歌剧、芭蕾吗？"

王闹道："咳！有人妖演出啊！特棒！还有'一枝独秀'、'美军俱乐部'、'金丝猫'、'美女与野兽'，多了去了。"

凯西听了，捂嘴偷笑。

莎拉不解，问道："一枝独秀是什么东西？"

王闹立即绘声绘色描述起来，毫无禁忌。二女士又想听又要让他打住。

俄罗斯人有句谚语：有尾巴的东西真简单。意思是说男人是用下半身思考的动物，故而"简单"。我则觉得这句谚语比喻很多男男女女都很恰当——活着，思考的尽是口腹之欲、声色犬马、公寓别墅、收入开支，等等，永远都跑不出这些话题。我其实很羡慕简单的人：也好，少了很多对于宇宙人生的困惑。

至于是什么让王闹把中国归为地狱，泰国归为天堂，王闹说是人。王闹道："活了一辈子，对你最好的是中国人，最坏的也是中国人！"在他眼中，泰国人个个都和颜悦色、不温不火、善良纯真、一尘不染，似乎是佛菩萨再世。王闹是喜欢结交朋友的人，很容易就跟陌生人穿一条裤子，一个锅里吃饭。加拿大社会人人保持界限，以礼相待，与他的性格格格不入，但是他认为到了泰国他则如鱼得水。

我笑道："王闹啊王闹，当着凯西和莎拉的面，我暂且把话先给你搁这儿，话别说太满了，不出两年，有你哭的时候。"

果然，这话叫我说着了。

不出两年，王闹辛辛苦苦带去泰国的 50 万加元，被泰国人卷跑 45 万加元。

给我一打微信电话，就是唠叨泰国人张三李四欠他钱的事儿，成了祥林嫂，我也听不出个头绪，最后我不得不直说：

请不要跟我说这些负面的，我不想听；你如果给我来电话，请只说阳光的一面。

王闹连连应允，不过他很善于阿 Q 精神疗法，反正钱没了，还有自住的一套独立屋，还有用于出租的公寓，每个月还可以从加拿大领取俗称"寡妇金"的津贴 600 多加元，基本生活是没问题的。本来希望在泰国当起富豪，没想到一夜间标准降到如此之低，这叫能伸能屈。

王闹自我安慰道："你发现没有？人一生每到走投无路的时候，总会熬得过去，总会有一扇门打开。"

我回道："王闹啊王闹，这话要是 20 多岁的年轻人说也罢了，可是你都是夕阳红的年纪了，该舒舒坦坦、安安稳稳享享福了，还说这话不闹心吗？"

王闹尴尬道："那是，那是。"

费尽周折从加拿大干爹那里弄走的 50 万加元，两年就叫他在"天堂"泰国几乎造没了，被他的一个个"佛面善心"的泰国朋友顺走了。

这原委说来好笑——头一笔 25 万加元，他要在芭堤雅投资买房，但是外国人在泰国买房需要注册公司，或者找一个泰国人持有，然而二人再签一个限制合同，所有中国人都是这么操作的，可是这王闹一冲动，没有操作好，直接把 25 万加元打到了他认识的一个泰国女律师账户上，让那律师帮他买房。他叫人家"老太太"，其实人家还比他小好几岁。

王闹有个特点：防君子不防小人，泰国女律师不知怎么把他虎得团团转，让他以为遇到了比亲姐妹还亲的人，不仔细研究法律法规，也不仔细过目法律文件，愣是把 25 万加元转账给了这泰国女律师。谁知肉包子打狗一去不回，每次电话联系，那女的要么不接，要么支支吾吾，最后找到这女人，她才告诉她，买房子用的是她女儿的名字，她女儿把房子卖掉了，钱给用了。

女律师依旧一脸客气，和颜悦色道："哎呀，我们家里也有急事啊！我儿子打死了人，蹲了监狱，我们需要钱来保释、赔偿，多亏遇到你这么个大好人啊！真是救了我们一家人的性命啊！太谢谢了！我们一定会慢慢还的！"

王闹好面子，叫人这么一说，顿时软了三分，道："不用谢，不用谢，应该的。"

不过回到家一想，不会吧，我怎么成了慈善家了？

于是他又找到这个女律师，拐弯抹角让她写个欠条。

女律师痛痛快快答应了，用那像蚯蚓爬行一般的泰文写了两行字据，王闹也看不懂，还要另找翻译证实。

女律师看他不放心，又道："哎呀呀，我一定会还的啦。你看，我这里有生意，有客户，我也跑不到哪里去，是不是啦？你就是起诉我，我也没意见，我们实在是没辙了。"

一晃又是两年过去了，这女律师至今一分钱没有还。你去找她，她也不躲你。你打电话，她也痛痛快快接。你催她，她永远说一定还钱，但是永远没有钱。你要是去法院告她，她说就是坐牢，也没钱还；坐牢更好，那就更不用还钱了。

这 25 万加元造没了之后，王闹不接受教训，又造了 20 万加元。

原来，他不知在哪里又邂逅了两个泰国女子，要向他借高利贷，每人借相当于十万加元的泰铢。王闹去过她们的公司、住宅，看到二人工作、家庭都很体面，有稳定收入和固定资产，又被二人说的"高利息"所打动，就那么借出去了20 万加元。

第一个月，二人都还了高额利息，王闹乐得屁颠儿屁颠儿的，还给我微信电话炫耀一番。

不料，到了第二个月，二人跟商量好了似的，都开始分文不还了，声称家里出现经济困难，于是又重演了女律师的一幕幕——你去找她，她也不躲你。你打电话，她也痛痛快快接。你催她，她永远说一定还钱，但是永远没有钱。她谢谢你雪中送炭，感恩戴德，又说，你要是去法院告她，就是坐牢，也没钱还；坐牢更好，那就更不用还钱了。

就这样，45 万加元没了。撒出去的钱，泼出去的水，不要指望能要回来。

远在温哥华的莎拉听说了，道："看来人家说的对，是你的就是你的，不是你的，到手了也得飞了。"

凯西则道："我看那王闹就是个败家子，你给他无论是四、万五，还是 45 万，还是 450 万，他都会给造没了。"

我笑道："也别这么说，就当他去泰国做慈善了呗。这不，他一口气帮了三个泰国家庭，济世救人，功德无量！"

说到王闹到了那泰国花花性都，自然少不了找男人。一次去街边按摩，认识一个泰国按摩男技师，来自清迈。王闹又一次做起了"慈善"，当然，因为丢了 45 万加元，这次手笔不可能太大，于是不惜用加拿大信用卡透支了两万加元，在疫情期间帮泰国按摩师家里开起了饭馆。

欲知详情，且看下回。

♣ 42 ♣

血光之灾

上回说到王闹从温哥华转了一笔钱彻底移居泰国芭堤雅，谁知没多久这笔钱绝大部分又都被几个泰国人给卷跑了。

敢情这全民信佛的泰国人就不能着钱，否则准花光了不可。王闹去找她们讨债，她们一不躲，二不逃，三也不否认，总是满脸堆笑口口声声说一定还钱，但是永远不见何日能还。你要是打官司，就是赢了，她反正光脚不怕穿鞋的，倘若抓进监狱，那就更别指望还钱了。王闹也想到找泰国当地黑社会去要钱，他们承诺会有办法要回来，不过人家要 50% 的回扣。可是话又说回来了，如果走黑道，本来自己有理也变成无理的一方，更何况黑社会就是砍了她一条胳膊一条腿，她还是还不了钱，你要她胳膊、腿又有何用？总之，时间一久，王闹就做好了一分钱也要不回来的心理准备。

心理素质再好的人，也不可能因为就这样白扔了苦心经营 20 多年才得来的 45 万加元还依旧闲庭信步。

王闹本来睡眠质量就不好，这一下子更是心事重重，夜夜不能入眠。情急之下，竟然得了带状疱疹，密密匝匝的鱼鳞状、菜花状的东西从肚脐开始绕着身子呈螺旋状缠了一大圈，像盘龙一样，一直快爬到胸口了。起初感觉不明显，以为是因为泰国湿热气候导致的湿疹，孰知后来越来越疼，又越来越痒，捂也不是、挠也不是，坐立不安、生不如死。去泰国诊所看病，医生说治晚了，只给了些药膏，基本不起什么作用。问了问微信上的中国朋友，都说民间把这叫"缠腰龙"，幸亏这"龙"中间还断了一小截，如果连上了，他的命恐怕就没了。

后来回了温哥华一趟，趁机赶紧看看家庭医生。医生说这和免疫力下降有关，应该当初尽早治疗，最好一有发作就赶紧求医抑制，否则就要长受皮肉之苦。

王闹心想，那些日子心情极度焦虑，多少年编织的美好的泰国退休养老神话，眼看着重新回到零点，免疫力下降也是在所难免的。

一年多过去了，医生说是痊愈了，但是还是留下了一些病根儿，忽疼忽痒。

说起养老，他们这些热衷泰国的人都只看到房价、消费、气候、民风等因素，却看不到意外和明天哪一个率先到来。王闹彻底搬到了泰国芭堤雅，温哥华没有留下一针一线，总觉得自己才 60 多岁，健康无恙，唯一担心的是自己肠胃系统，因为父母兄长都是肠癌、胃癌去世，于是移居芭堤雅之前在温哥华做了胃镜、肠镜，只发现胃里略有溃疡，直肠有息肉，顺便就切除了。到了泰国，看到医药费便宜，自己又买了健康保险，所以想当然地觉得自己可以高枕无忧。

谁知来了之后便破财、得病，没多久修房顶又从三、四米高处摔了下来。无有大碍，但也多日坐卧不便。去私人诊所看了医生，只花费几千泰铢而已。诊所装修豪华，医护人员彬彬有礼，他颇有泰国皇室成员之感。

王闹想起数年前在北京遇到的一个东北大仙儿名叫王月仙，年纪不大，自称能请仙家上身看事，每次看事收费 2,000 人民币，需要抽烟请仙。一旦仙家上身，此人便说起了常人不懂的语言。

说起这王月仙，也是京城演艺圈的朋友所推荐，专门在新源里一带租住一间高级公寓，来客都是朋友推荐。看那架势貌似有些手段，否则也没法在卧虎藏龙的京城混下去。

那天王闹带了 2,000 元去了，想问问自己移居泰国之后会如何。

只见王大仙要了他的姓名、生日，悠然点着了一根香烟，深吸一口，吐了一连串烟圈，用那香烟对着纸上王闹姓名、生日悬空画起了圈圈，然后口中念念有词，只听得"哦桑共桑妈妈桑"之类的发音，乍一听像是日语，但是王大仙说这是"宇宙语"，只有"仙家"能懂。

说了半晌"宇宙语"，王大仙皱紧了眉头，道："别怪我这人太直，我是有一说一，有十说十，明白吗？"

王闹挤出一丝勉强的笑容，道："没事儿，你就说吧，不会是什么不好的事儿吧？"

"仙家说，泰国不适合你，冲你克你，会有血光之灾。你可以去旅游度假，但不能久居，轻则破财得病，重的话可能断胳膊断腿儿呢！"

王闹倒抽一口冷气，结结巴巴问道："那，那有什么办法破解吗？你看，论善事我也做了不少，咋就不见好报呢？"

王大仙冷笑一声，道："要是善事都有好报，这世界就没有穷人、受苦人了！你想，人人都做善事，所以人人都中彩票，人人都长寿、没病，人人都兴旺发达，可能吗？"

王闹叹了一声，道："我早就那么说，我妈可是街坊邻居都知道的大善人，走的时候那么惨，好报在哪里呢？"

他恳求王大仙给一个破解的方案。

王大仙说可以给他画个道家的符，然后做些法事，不过需要 2,300 元人民币。

王闹不好意思道："我没带那么多现金，可不可以你做完法事以后我到外面找个自动取款机取钱，再给你送来？"

王大仙痛快地道："没问题，我还怕你跑了不成？仙家是不怕这个的！"

说着，她掏出红纸和黑笔画起了符，又操起了"宇宙语"，点着香烟悬空在上面画圈。最后将符折叠起来，让王闹塞进自己的钱包，务必随身携带，定能逢凶化吉。

之后，王闹乖乖地下楼去找自动取款机了，取了 2,300 元给王大仙送了过去。

后来数年里每次想到这事都后悔不迭道："我也真够傻 X 的，花 4,300 元算了个断胳膊断腿儿的命，本来都可以不去送那 2,300 元钱的，我怎么就那么傻，偏偏取了钱，还给那骗子送去了呢？"

不知是大仙说准了，还是泰国确实不适合他，来了之后不仅丢了钱，得了带状疱疹，还摔断了胳膊，又遇上一个无底洞般的泰国按摩师。

前面说及王闹的性史，理论上来说他是一个跨性别之人，内心深处希望被作为女士对待，曾有易经大师批了他的八字，说他要是生为女人的话，绝对是李香君、赛金花之类的名妓，让他喜不自胜，且逢人就说。

他一生最大的奢望就是找到"真爱"，但是这个领域对他来说一生都是遗憾，因为他要找的是一个真正的男人——伟岸、雄性，如同行走中的荷尔蒙，但是真正的男人爱的是真正的女人。他之所以对泰国情有独钟，就是这里找个情人实在太容易了，甭管他们为了什么，哪怕是逢场作戏，哪怕只是看中了他的钱包，至少他也有了堕入爱河的感觉。

这不，他去按摩院里几次后就和一名叫素差彭的泰国按摩师好上了。按摩师 30 多岁，来自清迈乡下贫苦家庭，老家有家有室，全靠他在芭堤雅打工赚钱养活。王闹对爱要求不多，每次请素差彭吃饭那素差彭都给他殷勤夹菜，就让他觉得深陷爱河、甜蜜无比。

没多久，这素差彭说手机有些过时了，王闹刷卡给他买了个苹果手机。

过了一阵子，又说上班通勤太辛苦，需要一辆摩托车，王闹又刷卡给他买了摩托车。

到了疫情期间，素差彭说按摩院没生意，不如在老家开个饭馆，至少可以做外卖赚钱，于是王闹又刷了两万加元。

这一来二去，信用卡欠了四万加元。

后来卖掉了自己用于投资的一套曼谷小公寓，比买入价便宜了两万加元，血本无归，但是至少可以还一些债务，于是信用卡又还了两万加元，所以还欠着两万加元。

2021 年三月的一天，王闹登梯修房顶，谁知这次一摔就差点要了他的命。

他爬到那个梯子顶端的时候，梯子下端开始打滑，也没有人防护，一下子就把他从几米高处摔了下来，眼角碰到了花盆，只差一公分便会把眼球戳穿。当即左臂不能动弹，汩汩鲜血顿时流满了地面。他躺在血泊中，不知该如何求救，第一个想到的是欠了他 25 万加元的那个泰国女律师，打电话给她，告诉他发生的事故，希望她能帮他叫个急救，谁知对方没听他说完，便冷冷地挂了电话。

他住的是独门独户的花园别墅，邻居多是欧美白人，于是他使出了吃奶的力气大喊"Help"——相当于"来人呐！"

幸亏还有一个英国邻居，听到赶来，知他有可能骨折，不能擅自动他，只有拨打急救电话。急救车慢慢腾腾 40 多分钟才赶到，问他要去哪家医院。他心想，当地曼谷医院是最好的，想到自己买过商业医疗保险，就说去芭堤雅曼谷医院。别小看这曼谷医院，这可是泰国顶尖的私立医院，还被评为世界十大医疗机构之一，无论硬件软件都有国际一流水准，芭堤雅曼谷医院是一间旗舰店。

到了医院急诊处，人家问王闹有什么保险。算了算账，用了保险，王闹自费的部分还需要十万多人民币。王闹大惊，心想自己不是买了保险吗？怎么才保那么少？他生平总爱把事情往好处想，所以一旦发生这种情况，就会措手不及、后悔不迭。他想到自己加拿大的万事达信用卡刚还了两万多加元，正好还可以再透支两万，突然又发现自己跟急救车出门时慌里慌张，信用卡根本没带在身上。

不刷卡，医院只好给他搁置在那里。于是他又恳求朋友上他家把他的钱包等物一并取来。他心里暗想：万一这信用卡刷不了，莫非就在医院等死了？医院有说法：如果他交不了这费用，那就把他转到公立医院去。

就在刷卡通过那一瞬间，他终于舒了一口气。一群医护人员赶紧把他拉到了手术室。

检查发现他的左侧肱骨严重骨折，需要打钛钉固定；眼角摔伤无大碍，只需要彻底清除伤痕里的土块儿并包扎。

手术做完了，还需要每周理疗，全是自费。

过了几个月，左胳膊仍然抬不起来，所以不能穿套头的衣服。

王闹心里犹如打翻了五味瓶：大话已经吹出去了，人人都知道我在泰国过着天堂的日子，可是接二连三破财、得病、受伤，这如果摔在温哥华，好歹一分钱也不用花，从来也没听说去医院还要带信用卡啊！人说破财免灾，我这灾也没免，财也破了。但是，好面子的他就是打断了牙也要往肚子里咽，于是对温哥华的朋友们他总是坚持说泰国还是天堂，只不过自己不小心而已。但是私下里他开始准备卖掉自己泰国的房产、银器、家具，以后还是回迁到温哥华定居。论哪里最靠谱，人人心里都有一杆秤。

出了事还没消停，好了疮疤又忘了疼。

这不，没多久，又有人介绍王闹去拜访了一位泰国阿赞，要给他看看究竟何故屡遭不顺。年轻的阿赞笑眯眯查看了王闹一番，道："你很有艺术细胞，一看就像是个搞设计的。"

王闹一听，连连叫奇称准，当日便在微信里学给我听。

我则捧腹大笑，这就叫准？这就叫奇？让我察言观色，我也能说个大差不离。他能说出你爸妈叫什么名字吗？他能说出你结过几次婚吗？他能说出你银行账户上都有多少存款吗？

阿赞道："没事啦，你的障碍都已经成为过去啦。你还是住在泰国最好，泰国很适合你，未来三年会很好的！"

这话正中王闹下怀，他听了心花怒放。他遇到的这些算命大师总说他未来几年如何好，眼看着这一辈子都说完了，他也没觉得多么好。

不管怎样，王闹只听他爱听的，对阿赞信得五体投地。阿赞承诺可以施法术为他进一步祛除障碍，收费是 **8,888** 泰铢，一看就知道深谙华人的迷信。王闹欣然答应。

　　又有朋友说，王闹屡遭不顺，是因为家里闹鬼。王闹暗想，家里又是威廉的遗照，又是父母兄长的遗照，又是墨西哥骷髅装饰品，莫非这些都是招鬼的东西？于是王闹又准备把房子卖掉，再换另一处房子。人生贵在折腾。

　　工作挣钱是为了活着，而活着又究竟为了什么？王闹吃喝玩乐之余，还在写他的自传，已经快 90 万字了。有的人写作为了出版，为了获奖，为了认可，为了留名，但是王闹不在乎这些，自己喜欢写什么就写什么，写给自己看，写给喜欢的人看，写给多年后的某个打扫他遗物时发现他手稿的人看。

　　欲知阿赞法术效果如何，且看下回。

♣ 43 ♣

午夜幽灵

话说王闹到了泰国还不出一年，先是被几个泰国人卷跑了 45 万加元，又因为着急、焦虑、气氛、懊悔，五内郁结，心火难消，得了严重的带状疱疹，俗称"缠腰龙"，疼痒不堪、生不如死。

屋漏又遭阴雨天，这期间从房顶七、八米处又先后摔下来两次。第一次只有皮肉之伤，躺床上休息几天就好了，还沾沾自喜，认为自己自小习舞练就童子功，经得起摔打。结果不总结教训，第二次再摔就直接摔断了肱骨，眼球也差点戳破。去芭堤雅的曼谷医院手术，用了商业保险，自费的部分还刷了两万多加元，约合人民币十万多。人常说"破财免灾"，他可好，财也破了，灾也没免。

接二连三的倒霉事，加上周围有朋友说起什么"因果报应"之类的话，不知是不是有目的地针对他，还是有口无心随便带过，他终于开始反思自己过去的言行了。

莫非确实有愧于老人威廉而遭报？

莫非自己还干了什么其他的缺德事儿，说了损人的话，现世现报？

尝了这些苦头，他终于开始尝试和自己的内心与灵魂对话——"我难道真有不对的地方？"

又加上周围人都提及相冲相克的五行之说，王闹又重新开始信这些玄之又玄的东西了。

泰国本身就是一个超迷信的地方——不说那港台明星趋之若鹜、顶礼膜拜的已故白龙王，当地百姓求佛牌、养小鬼、拜鬼妻、下降头，就一向盛行成风。经朋友介绍，他找了一

352

个曾经出家又还俗的泰国阿赞来他家做法事，收费 8,888 泰铢，外加 1,000 泰铢用于买贡品，无非是鸡、鱼、水果之类的食品。

王闹爽快地答应了。

泰国虽然疫苗普及率低，且疫情加剧，但是当地人并不是特别在意，该吃吃，该喝喝。毕竟这个国家百姓多以旅游、餐饮等服务业为生，你真是让他天天宅在家里，与其饿死憋死，还不如冒着染病的危险去赚钱养家。

这天下午，阿赞和一个懂泰语的华人朋友戴着口罩，带上贡品来到王闹家中。只见他年纪轻轻，精干有型，不苟言笑，顾不上王闹茶点招待，没坐几分钟就开始工作了。

先是家里、院里神情严肃地四处走动查看一番，然后在客厅摆设了临时神龛，摆满了贡品，点了香，开始念着那谁都听不懂的泰语咒。念了大半天又一边念念有词一边四处洒洒瓶中圣水，然后通过翻译告诉王闹说，他之所以麻烦不断，完全是因为这房子里有鬼，并问王闹，是不是每天半夜他会醒来。

王闹连连回应道："是啊，是啊，我每天夜里都睡两截觉，11 点准时上床睡着，然后一醒来就是 1:11 分，再也睡不着了，于是就滑手机，发微信，这样三、四点才再次睡着。"

阿赞道："你看，我没说错吧，半夜突然醒，多是鬼上门。"

王闹吓了一跳，道："师父，快帮帮我吧，怎么办？怎么才能把这鬼请走呢？"

阿赞道："放心吧，我已经念经持咒，给你加持，请这鬼不要找事。另外，还有一个办法：你今晚务必请来六个朋友来家里做客，加上你一共七个人，一定要留到夜里 1:11 分以后，走的时候每个人在你家门口吐口痰，你不要擦掉，留 24 小时再擦，鬼一看你们人多势众，一起唾弃它，就溜之大吉了！"

王闹信得不行，当即就发微信请朋友，又让他们帮助请他们的朋友。有的以疫情为由婉言谢绝，但是也有的不在乎，所以很容易就凑够了七个人。敢情这到泰国长居的朋友还真不少，如果都来的话，可以凑几桌麻将了。

阿赞拿了红包，笑容满面，就先离开了，感觉遇到这样的客人，钱就挣得太容易了。

王闹出门开始采购，准备晚上的美食，有大排档点的烤鸡、烤虾、空心菜、木瓜沙拉、菠萝炒饭、炒河粉等泰餐，自己又炒了最拿手的西红柿炒鸡蛋、醋溜土豆丝儿、麻婆豆腐等等。到了八、九点，一个个陆续赶来。这芭堤雅本来就是不夜城，夜生活从夜里九、十点才开始，因此到了凌晨一两点还在疯狂玩乐纯属正常。

第一个来客是个大腹便便的北京人，姓魏，70 岁上下，但看上去也就是 60 出头，别人叫他魏哥，王闹叫他"伟哥"，他们早在北京就认识了。这伟哥退休前是北京某机关领导的司机，虽然自己不是个官儿，但因为跟着官儿，给人家当司机，也沾了不少光。退休工资远够他花了，加上是老北京，前门一套房子拆迁，老婆家鼓楼一套房子拆迁，都补贴了不少钱。自己分的一套房子在潘家园，虽然楼道简陋粗鄙，但也价值千万。他近些年办了养老签证来泰国芭堤雅常驻，因为赶上疫情，就没有回北京。他来芭堤雅还有一个秘密，那就是在这里找了一个泰妹"小三"，20 岁出头，白白净净、瘦瘦小小，中英文都通，白天给他当导游、翻译，夜里给他做泰式按摩及全活，每天收费才 20 美元。伟哥老婆因为身体不好，糖尿病、高血压、白内障、关节炎，因此不能总来泰国，所以时常是伟哥独自出行，给他提供了极大便利。因此，伟哥跟王闹每次聚会总感慨自己的人生从 70 岁才开始。

第二个来客说来也巧，不是别人，正是前面提到过的那个失联多年的阿杰。

阿杰自 2008 年北京奥运之后离开了北京，就再也没有音信，谁知疫情期间竟然和王闹联系上了。他平时人在曼谷，时不时乘坐大巴来芭堤雅王闹家住几天，聊聊天。他不信新型冠状病毒，认为是各国政府串通起来的阴谋论，目的是让人们去打疫苗，然后疫苗公司发财。王闹要跟他争论，他就会翻脸——只要他认准了的他一定是对的，不要指望跟他争辩。

生活中有的人就是这样，如果你的意见和他或她不一致，那么他或她一定是对的，而你一定是错的。也许性格决定命运，他现在很落魄，奔六了，一无所有，浑身上下唯一值钱的就是一个三星手机，还是好几年前的旧款。据他自己说，之前他在尼泊尔寺庙了住了十年，后来到了泰国曼谷投奔了一个老先生，免费住他的一个小公寓。也许看他虔诚信佛，这个老人家偶尔还布施给他一点零花钱。他至今没有像样的工作，唯一的事业就是继续批发零售他代理的一个什么"神药"。王闹着实不知道他这么多年是怎么活下来的。当年极其精神的一个小伙儿，如今虽然没有太多皱纹，但是脸宽了，肚子圆了，头发剃秃了，像和尚一样，往那儿一坐，活脱脱一个弥勒佛。王闹很担心他的精神状态，因为他注意到阿杰经常会一眼不眨盯着虚空中的某一点凝视不语，若有所思。

第三、四个来客是一对跨国夫妻。男的是移民加拿大的英国人，名叫安德鲁，看似七十多岁，棱角分明、风度翩翩，一口伦敦音字正腔圆。女的是中国人，我在国内就认识，名叫罗静，1959 年生，但看上去也就是 40 多岁，举手投足有些风尘女子的酸劲儿，长得颇想演员蒋雯丽，连她自己也逢人就说："人家都说我长得像蒋雯丽。"而王闹背后则总说她像个老鸨。

罗静最初一家三口移民加拿大。在国内她和丈夫都是大学出版社的员工，虽不是一把手，但也官居要职，不知什么渠道发了财，悄悄"润"到加拿大，走的时候和单位不辞而别。谁知移民后没几年，二人正发牢骚"大家拿"的福利没享受多少，倒是税交了一大笔，突如其来地，她丈夫查出胰腺癌，不到半年就撒手人寰。临终前握着罗静的手道："我走后，带好儿子，上个好大学，将来有份工资就行，不要像我一样永远挣不够钱。你看看那些护士，如果可能的话，我愿意把钱全送给她们，再换来十年的寿命，好好陪你和孩子。"

　　丈夫住院期间，当地华人教会志愿者给了无私的帮助，有的帮翻译，有的帮联系护工，有的帮她看孩子，最后还有的帮她联系殡仪馆、找墓地、组织追思会等等，要不是有这么多教会兄弟姊妹帮助，她一个孤儿寡母的实在一筹莫展、焦头烂额。感动之余，从来不信神佛只信物质财富积累的她，跟着决志受洗，也做了基督徒，而且也成了老年公寓、临终关怀医院的志愿者。就是在做义工的时候，她认识了她的第二个丈夫——英国移民安德鲁。

　　话说当初还是安德鲁的女儿先移民大温哥华地区的兰里市，后在美加边境一座小城阿伯茨福医院当护士，给自己已退休的父亲也办了移民。加拿大本身就是英联邦国家，从宗主国移民来不费什么周折。安德鲁移民以后也患了绝症，住进了临终关怀医院，恰巧罗静就在那里做志愿者，二人一见钟情。原来说是安德鲁还有半年寿命，结果半年到了他健康状况不见衰退，反而精气神逐渐变好，最后经医生同意，先回家修养。如今十多年已经过去了，安德鲁和罗静早已结了婚，每年有半年时间二人都会住在泰国，不是清迈就是芭堤雅，要么就是普吉岛。

　　第五个客人丁一是王闹在中天海滩认识的一个自媒体人，拿着手机拍到了王闹跟路人打情骂俏，就这么认识了。小丁是一个 30 多岁的上海人，来泰国好几年了，放着上海世界五百强的公司高级白领不干了，带了一百万人民币来泰国清莱开了个青年客栈。疫情期间没有生意，就靠积蓄和上海的房租收入生活。山里闷了，就来芭堤雅的海滩，棕榈树下喝着椰汁，望着碧海蓝天、潮起潮落，倒也悠闲自在。结果，疫情期间因为没生意可做，拍起了油管视频，影像记录在泰国的生活点滴，没想到很快便吸引了 50 万订户，带来了可观的收入。如今，他就是拍自己上厕所，都会有一万多人的浏览量，所以越做越起劲，只要有活动邀请，且不介意他拍摄，他准参加。小丁年纪轻轻，就已经活得很通脱达观，实在难能可贵。

第六个客人当然少不了王闹的泰国男友素差彭。这是一个吃饭给他夹菜都让他感激涕零、心生甜蜜的人，给了王闹不计一切也要久居泰国的理由。素差彭家里疫情期间开了个小饭馆，做外卖，王闹刷了自己加拿大的信用卡，透支了两万加元，约合人民币十万。想当年他亲侄女上大学筹学费他都没这么大手笔过。这素差彭别的忙帮不上，吃饭夹个菜、倒个酒、招呼个客人倒是可以的，好在王闹要求不高。

丰盛的饭菜早已齐备，一人托着一个纸盘子，采取自助餐的形式。王闹嘴快，什么秘密都兜不住的，挨个跟人家诉说了来龙去脉，求大伙儿陪他到夜里 1:11 分。素差彭是绝对敬重阿赞的，这是他们泰国的文化。早年他还请阿赞将泰语经咒刺到他的背上，说是能刀枪不入。

"瞎扯蛋！"伟哥一听便捧腹大笑，"你就信这些歪门邪道吧！老子活一辈子了也没见过鬼，从不信邪。"伟哥知道王闹会折腾，因此他整出什么幺蛾子来，他都不吃惊。

"不信不行啊，你说说我怎么遇到这么多麻烦啊？除了几次拉皮手术和双眼皮手术，一辈子身上没挨过刀留过疤，结果全在泰国赶上了。"王闹陪笑道。

"我什么都不信，这一辈子不也过来了吗？不挺好的吗？"伟哥朝自己竖起了大拇指，道，"为人不做亏心事，半夜不怕鬼敲门。"

王闹马上接应道："呵，你就不怕嫂子敲你门？"

伟哥一听，立即打住。

罗静听出了端倪，马上摆起了训导王闹的姿态，道："哎呀，你搞这些巫术多不好啊！容易招来撒旦！还是信主吧！这世界只有一位真神，只有这位真神才能真正爱你，庇护你……"

王闹急了，道："我早就受洗了！刚去加拿大的时候就被拉去受了洗。后来又被人拉去皈依活佛一大堆。有什么用啊？这神啊，佛啊，我倒不是觉得不存在，而是觉得他们头衔太高了，顾不上我们这凡人啊！"

王闹现在认为每个凡人日常琐事，无论上帝还是佛祖都无暇顾及。宇宙里也许有一位设计大自然的造物主，但是祂不在乎个人的命运，因此天灾人祸、瘟疫疾病、战争纷乱，亿万人惨死，那造物主总是冷眼旁观，就像我们人踏过成群的蚂蚁一般，它们也许被人踩死，也许被开水烫死，也许被倾盆大雨冲走，有哪个过路人会为此起怜悯心而倾力相救？纵有罗静坚持信神则得护佑，祷告则被垂听，王闹回顾一生，越来越无法被说服，因为多少信神者未得神佑，反天者却得天助。

"姐，您听我说，"阿杰和颜悦色劝慰罗静道，"信神很好，有个信仰就有个盼头，但是神能主宰人的因果吗？不能！神能扭转人类的命运吗？不能！因果都是人自己种下的，人类的命运也是人类自己作的。神如果平等地爱所有人类，就应该让全世界都变成瑞士、荷兰、卢森堡、北欧……就应该在纳粹德国屠杀犹太人之前就电闪雷劈将希特勒天谴致死，就应该吹口仙气将河南的洪水责退。我看您还是信佛吧！"

前面章节说过，阿杰对这些话题爱听、爱信、爱讲。曾经的他又是去拉萨，又是去西宁，又是去五台山，后来又在尼泊尔的寺庙里住了十年。没觉得他活得更觉悟、睿智，反而更神神叨叨了。他相信因果，认为大因大果必是来世验证，而现世现报的小因小果可以找一些旁门左道来改运，因此他很热衷了解泰国的这些法术。他认为人身边都有护法之类的灵体在保护自己，你不信他们，不敬拜他们，不恭请他们，他们就不会来，否则他们是随叫随到的。他说起有一年他在尼泊尔加德满都正准备横穿一条街，四下无风，周围无人，却不知何人朝他脸上撒了一把土，迷住了眼睛。就在他停顿的那一霎那，一辆大卡车在他鼻子前呼啸而过。要不是那把土，他早就葬身卡车轮胎之下了。是谁撒的那把土？他说应该是另一空间的神灵，是护法；你信他，则有求必应。灵体有善有恶，有正有邪，他坚持认为王闹家有邪灵，一定要请阿赞来施法驱鬼。他有很多不知哪儿听来的理论，比如你半夜起夜镜子中照到的那个人不是你，而是鬼，吓得王闹不敢在卧室里放镜子了。

"呵呵，兄弟，你说的我都明白，我不是糊涂人，"罗静应和道，"实话跟你说吧，我原来也信佛，比你还信，但是有什么用？越信越消极，越信越颓废，遇到什么挫折都当成必然的结果而承受。我跟你说吧，我前一个老公去世的时候，那些信佛的朋友一个都没来，都躲我，背后指指点点说我老公自己的业力所然，早点往生，去往西方极乐世界，却留给我这孤儿寡母终日以泪洗面。还就是一群基督徒帮了我。你说说，中国早期的医院、大学，有几家是佛教成立的？还不都是欧美教会建的？虽然他们也不完美，历史上也有过黑暗的时期，但是凡事都有正反两面。你刚才说上帝改变不了人类的命运，但是可以说：教会办学校、办医院，改变了现代人类的命运。"

王闹劝解道："咳，也不知道人类为什么要发明那么多宗教，打来打去的。其实我都信，基督教讲博爱，佛教讲慈悲，伊斯兰教讲团结，为什么不都包容呢？所以我现在什么标签都没有，我就信万物有灵。"

小丁一直端着手机，在他们几个人之间切换镜头。

安德鲁不解其意，插个空档进去请罗静给他翻译一下，突然起了兴趣。

伟哥加入了他们的争执，道："你们快多吃点儿吧！有什么可争的？依我看啊，我就信共产党。我给共产党打了一辈子工，到现在也没亏待过我。"

王闹道："呵，你可是没吃过亏，我爸妈可是没少挨整。要不是那些经历我当初也不会一门心思要出国。算了，就不争了，吃完大家唱歌吧。"

等大家都吃饱喝足，王闹弄好了音响，请大家唱卡拉 OK。王闹一口气唱了《月亮代表我的心》、《在水一方》等邓丽君的歌。伟哥接着唱了《牡丹之歌》、《驼铃》等老歌。罗静点了英文歌曲《我心永恒》献给老公安德鲁和众人。

很快到了午夜，幽灵没有出现，也不见闹鬼的动静，也许真被众人的能量吓得钻床底下了。欢声笑语中过了一点一刻，阿杰、小丁、素差彭都决定夜里留宿王闹家，而安德鲁早就想回去休息，终于熬到可以回家的时间了，于是王闹招呼众人在门口各吐了一口痰。罗静和安德鲁还有些不好意思，喉咙里好半天才挤出一口痰来，权当逗乐了。伟哥一辈子抽烟喝酒，本来就痰多，只听喉咙里发出一阵刷牙漱口般的巨响，一口浓痰"啪"的一声打在地砖上。

欲知后事，且看下回。

♣ 44 ♣

戏梦人生

　　大多数人都有这种倾向：总觉得别人过得挺顺的，自己挺背的，因为那是拿自己背处和别人顺处相比。而人又多有这种潜意识，那就是希望别人都背，能给自己以陪衬，比如说会有残病之人潜意识里不希望全世界人都健康，他如果缺了一只胳膊，你如果缺了一条腿，定能让他感觉好受很多。

　　上回说到王闹在泰国接二连三遭遇不顺，破财、得病、摔伤，天天怨声载道这辈子命运多舛。

　　我回说，我的天，你还不顺啊？别人绞尽脑汁要出国都出不去的 80 年代，你轻轻松松出国了；别人黑名黑户偷偷摸摸滞留国外不归，你却赶上一个不图任何回报的洋妞跟你假结婚帮你弄了加拿大身份；别人起早贪黑餐厅里切菜洗菜挣最低时薪住拥挤潮湿的地下室，你却靠非专业的皮肉按摩捞取了人生第一桶金；别人要为下个月房租发愁，你却有威廉给了你一个体面舒适的家，又把遗产全部留给了你，虽然没有你想象的百万家产，但人家毕竟是加拿大公务员出身，总比一个沃尔玛收银员强很多。你还要怎么顺？你还要怎么样叫命好？

　　那几日，王闹听信当地人的迷信传闻，赶紧请阿赞来家里做法事，驱邪避害，同时他也终于开始反思自己这一生是否曾种下了什么恶业——顺境中人会得意忘形，逆境时才会反思悔过。太顺了不是好事，早些遇挫早些成长。

　　一天下午，估计王闹那边刚起床，突然给我来了一个微信电话，说法事做完了，但尚未看到效果——摔断的肱骨打了钢板，钉了钛钉，已经快五个月了，每周都做物理治疗，但是至今胳膊还是不能自如抬起，以至于不能穿套头衣物。摔的是右臂，自己给自己理发、洗澡、炒菜，甚至擦屁股，都需要它，可是至今没有完全恢复原样。有医生说要再做一次手术去除一块儿肌肉；有的医生说钉子没钉好，要拆开重新调整，且泰国医生和国内医生各执一词。难道晚年就要和这只几近残疾的右臂相伴为生？于是，他祥林嫂般地把车轱辘话又说了一遍——

"看来我以前还是有做过不对的地方，得罪了别人，受到老天的惩罚也是我该着的……我又想起我妈呀，老头儿威廉啊，还有周围那么多朋友……我都有不对的地方……"

说到这儿，我立即想到他 2021 年三月 15 日刚电话里对我破口大骂，三月 28 日他就摔断了胳膊，莫非他把这两件事联想到了一起？

他接着道："其实我妈临终前三个月我伺候她伺候得很好，连她病友都夸我孝顺，没见过这么孝顺的儿子。就是最后几天我实在受不了了，扔下我妈自己回到了加拿大，把我妈全交给了我哥和我嫂子。这件事一直让我……"

我道："咳，你也不做了那么多好事吗？做了三件坏事，七件好事，不就抵消了吗？甚至还有盈余。"

"可是那毕竟还做了三件不好的事儿啊，因果簿上都记着账呢。"他回道。

"咳，人非圣贤，孰能无过？你就别多想了。但行善事，莫问因果。"我答道。

他已经 60 多岁了，咱也就别说"莫问前程"了，有的人动辄把自己或他人因果挂在口上，我看那是一种没有智慧的表现，因为因果定律错综复杂，肉眼凡胎，谁敢说他就能一眼看破？

他总爱把自己跟前面说到的嫁给外国人的罗静相比，类似的轨迹，类似的经历，却眼看着罗的一帆风顺、瓜熟蒂落。其实，在国内时，我还没有移民前王闹就曾经介绍罗给我认识过。在温哥华，这两人经常像闺蜜般煲电话粥，各说各的男人，他说他的威廉，她说她的安德鲁。罗静总说王闹的命比谁都好，至少比她好。她坚持认为王闹泰国的遭遇是上帝的惩罚，因为他不信主，总搞一些神不喜悦的事情。

罗的故事很精彩，自媒体人小丁那天散会时就想约个日子采访拍摄罗，但是被罗一口拒绝，她是绝对不肯上镜的——个人隐私，为何非要自己露脸到网上广而告之，娱乐普天下人？虽说罗不肯上镜，但是她不介意我写她，只要求不用她真名即可，因为大不了她可以矢口否认我写的就是她，或者说我天生会艺术加工。

从哪儿写起？罗静这个人谈不上是正还是邪，是良善还是精明。

生活中人们常说某某人是个好人，但是很少说某某人是个坏人，顶多说那个人"不怎么样"。罗是在认识她的人心目中那个说不出来怎么样的一个人。

她生于河南驻马店附近的乡下，典型的农村苦孩子出身。她出生的时候，赶上三年"自然灾害"，那时候大城市郑州生活都一穷二白，更别说河南贫困农村了。她是家里老大，下面还有一弟一妹。因为干重活多，虽然一张脸秀色可餐，颇有演员蒋雯丽的眉眼，但一双手伸出来能吓人一跳——那是一双粗大的、与人不相匹配的手，骨关节宽出许多，指节满是硬茧，指甲短平。她七、八岁就开始干活儿了，砍柴、劈柴、生火、挑水、跟父母下地不说，一家人的衣服从来都是她手洗，寒冬腊月一样如此，就此把一双手冻坏了。自己读书之外，还要管着弟弟、妹妹，有谁闯祸了，那挨打的一定是她。他们家几代都重男轻女，有一次父母好不容易给弟弟弄来几个鸡蛋，却叫她不小心掉地上打碎了，那可是好一顿打。她爸抽她的左脸，她妈就上来抽她的右脸。

这一切她都能忍，只要父母还让她念书。她知道，改变命运只有一条路，那就是高考。她很争气，读书不赖，几乎每一门课都能在全年级得第一名。她父母知道她高考有望，也许以后能救济这个家庭，而那弟弟、妹妹都不是读书的料，早就退学了，因此对她还算支持。

1980 年第一次参加高考，谁知英语考了个 30 多分，数学也不及格，拉了后腿，落榜了。回家跟父母商量，让她再复读一年，如果不成，就永远待在家里伺候父母一辈子。父母的意思是：女孩子家，时间耗不起，算了，找婆家嫁了得了。她跪下拼命磕头，求父母再让她试一年，直到额头磕出血渍来。没几天，班主任任老师跑到她家里来跟他父母苦口婆心谈，他下学年还带高考班，希望罗静能来复读，给学校高考红榜增添一个大名，学校正求之不得呢！

复读的一年，是自卑夹杂着自信、孤注一掷又胜券在握的一年。自卑，是因为面对一个个初生牛犊不怕虎的应届生，她是往年落榜的失败者；自信，是因为面对一个个应届生，她经历了无数历练，任何大考小考模拟考她都驾轻就熟。孤注一掷，是因为这是人生最后一搏，命运走向哪里就靠这最后一锤子了；而胜券在握，是因为无数次考试，无论多么刁钻的题目，她都能拿到 90 分以上。所有科目的老师都说，如果全年级只考上一个人，那就是罗静。凭她的实力，报个北大、复旦之类的名校，不是问题。班上任老师的女儿任晓霞也在她班上，成绩不稳，时好时坏，且有些偏科。任老师还特意安排她们坐在一起，希望她在功课上能够帮她女儿一把。高考前，还特意安排他女儿坐在她后面，暗示她能时不时露一露卷子，让他女儿能瞄上一眼，多一分是一分，一分都可定终身呢！

所以罗静敢第一志愿报北大，第二志愿干脆都空着没报！她就有这赌一把的魄力！任晓霞据说报了新乡师范学院，她那成绩，能有个本科上就不错了。

正当罗静踌躇满志、志在必得的时候，意料之外的事情发生了——她被录取的学校竟然是她没有报的新乡师范学院！而学校的录取榜上用毛笔大大地写着任老师的闺女任晓霞录取到北京大学中文系！她怀疑是不是哪里誊分数的时候搞错了？或者调档的时候搞混了？她问任老师能不能查，任老师说那比登天还难。她后来怀疑是不是任老师搞了调包计，怎么偏偏她被录取到他闺女报的那所学校了呢？任老师说这是招生办的工作，目的是不葬送任何一个好学生的前途。

1981 年高考，依旧是千军万马过独木桥，有学校上就不错啦！就这样，罗静不知是喜是悲，莫名其妙地去了新乡师范学院。任晓霞则去了北大中文系。即便开学三个月了，她还不甘心，想去找找有关部门查证，又知道对于这样一个没关系、没背景的农村孩子来说，查考卷、查档案，比杨三姐告状还要难。久而久之，只能认了。

尽人事，听天命。她已经尽了最大努力了，也许这是天意。

人说，中国最公平的一个制度就是高考，古时候则是科举考试，这是让苦孩子也有出人头地机会的制度，因为分数面前人人平等。但是，她也第一次见识了这世界没有公平，因为公平都把握在别人手中。她意识到，不公平是这世界的常态，而公平则是上天突降的恩赐。

我很能理解罗，因为我也是不公平的牺牲者，但是我和罗不一样，她会产生反社会心理，而我则更多考虑宏观宇宙世界——我们每个人理解的公平和宇宙掌握的公平并非一致。宇宙看到的画面更宏大，而我们会拘泥于某一事件、某一时刻。

这一路走来，从家乡到大学，没有让她感到温暖的地方。她对父母还算孝顺，但是每每想起他们，总忘不了他们挥手扇她耳光的那一幕幕。就好比木桩上钉了钉子，虽然钉子拔了，可是那钉子眼儿永远还在那里。

她对过去的老师也算感恩，毕竟留她复读一年，但忘不了任老师如何把自己女儿运作到了北大中文系，她一生都高度怀疑是任老师做了手脚。后来很多年，逢年过节年迈体弱的任老师都带着厚礼看她父母，估计是良心发现。

到了大学，她知道她如同被"贬"到了那里，因此四年间都没有跟任何师生过多往来。她只读她的书，考她的试，有时间都泡在图书馆。大学毕业后当了中学老师，没几年又考研究生，到了复旦大学，总算把缠绕心头多年的阴影驱散了一些。

那个年代的大上海，虽然没有今日富庶和现代，但仍然是中国大陆最繁华的都市。罗静的同学有不少家里有海外关系，或者家里有经常出国的外交官、运动员什么的，都会带来录音机、摄像机之类的物品，她看得心里痒痒的。最受刺激的是她看见同宿舍一女生用了一种从未见过的卫生巾，而她一直用的是自家缝纫机缝的花布月经带，上面有俩布条，可以插一小捆手纸——那就是那个年代所有中国妇女都使用的东西。那时候的手纸就是一种粗糙的草纸而已，有时蹭得鲜嫩的皮肉生疼。

每到周末，同宿舍的女生都出去约会了。只见一个个男青年穿着笔挺的中山装，梳着大波浪，推着人人羡慕的凤凰、永久自行车，在宿舍楼下骄傲地摇着车铃铛，等着他们心目中的女神。宿舍最后总是只剩下罗静一个人。这个学霸，终于没心思读书了。别人都走了，她就一个人对着镜子吃苹果。

第二年，她也脱单了。那是同学校的一个即将毕业的河南老乡，名叫陈守根。上海的孩子忙学英语办出国，而农村孩子则忙着写思想汇报、入党、留沪。陈守根本科时候已经入了党，现在是研究生会主席，学校什么活动都少不了他的身影，是很多领导身边的大红人。果不其然，毕业以后他留在了上海，去了出版社。也许一半出于懵懂的爱情，一半出于现实的目的，罗静研究生毕业前就跟陈守根结了婚。陈守根有点儿小能耐，让罗毕业后直接分到了陈守根所在的出版社。

但是她已经对留沪不知足了，看着昔日那帮上海的同学一个个出国镀金，看到陈冲回国在电视上称"你们中国人"，她暗下决心：下一个目标就是出国，而这一过程充满了戏剧性，是任何小说家杜撰都杜撰不出来的。

欲知后事，且看下回。

♣ 45 ♣

网上情人

　　上回说到河南女人罗静通过高考改变人生轨迹，从乡下进了城里，从河南安家至上海，找了一个单位里会来事儿、会抱大腿的老公，婚后又生了一个大胖小子，取名陈翔。

　　她老公已经很知足了，但是她看见上海本地的那些老同学一个个漂洋过海，刺痛了她一向争强好胜、不甘人后的自尊心。她心想：国外再如何像官媒说的那样人间地狱、水深火热，自己也应该长长见识，外面溜达一趟再回国也不迟，否则头上的一片天永远是河南的灰霾、上海的屋檐。可是人家上海本地学生有远见卓识，早早就开始学英语、日语了，天天抱着《许国璋英语》什么的，而她刚刚才算纠正过来自己的河南口音，普通话还透着乡土气，英语更不是很灵光了。

　　老老实实在单位里干了好几年，终于碰到一个短暂出国的机会——出版社派她老公去德国法兰克福参加书展，一共去一周，单位里不让夫妻都去，只能去一个，所以她让她老公把这个名额转给了她，跟领导就说她公婆从乡下来上海了，需要他陪同，她就可以脱身去出这趟洋差。

　　这是她有生以来第一次出国，德国虽然不是她想象中纽约那样密密匝匝的摩天大楼，但比她想象中的更充满闲情逸致。她和几个同事代表出版社展示他们的外语和汉语教材。书展之余，有三天自由观光的安排，迫不及待和同事报名去了周边几个地方旅游。除了法兰克福市区一小片区域颇有现代都市的感觉，所到的几处小镇仿佛置身于中世纪童话王国一般——青石铺就的小路，盘旋在五颜六色的小楼之中，被岁月的足迹磨得光可鉴人；一座座尖顶欧式建筑鳞次栉比，

368

色彩鲜艳，每个窗棂都用鲜花装饰，处处细节让人感觉充满了对生活的爱意。一楼的商户全是一家家餐厅、咖啡馆、礼品店、花卉店、蛋糕坊，精巧可爱，每一家都想进去转转。在这里，人仿佛穿越时光隧道来到了格林童话世界，步行变成了一种情趣，而不再疲顿、乏味。她又是喜欢又是带着一种冷战式思维与国内相比——看到推着手扶车蹒跚出行的耄耋老人，看着残疾人坐轮椅上公交车，她心想：这里的人怎么满大街都体弱多病的？中国大街上人们可都是行进匆匆、大步流星！还是中国人体质好！看见有的人只买了两个苹果、三个橙子攥在手里，她心想：看来虽然这里人均收入高，但是消费更高，连水果都吃不起，衣食住行未必比中国水平高，为祖国骄傲！

路过一家小小咖啡馆，外观像是霍比特人的小屋。她暗想，呵呵，国内街边那些包子铺可没这情趣。远远就闻到了咖啡飘香和新出炉的面包、蛋糕的浓郁香气，她和两个女同事进去坐了坐，一人点了一小杯咖啡。店里只有这三位东方女子，目光相对时人们都露出友好的微笑。

她坐在窗边，感慨万千：我们究竟生活为了什么？我们工作又为了什么样的生活？这样充满小资情调的地方，节奏放慢了，心态平和了，应该去谈一场缠绵悱恻的恋爱，而弥补她少女时期到现在的空白。

她虽然已为人妇、为人母，三十好几，但是严格来说，她没有经历过她想象中的爱情。研究生快毕业了才开始有些着急，一是年龄渐长，看到周围人到了什么年龄就开始做什么年龄的事，自己也不能落伍；二是自己在大上海毫无根基，既然有人追她，又有本事帮她落实工作，那就必须应从，机会不把握住稍纵即逝，人不现实点怎行？况且身边有多少人不现实呢？那时候就想：找个我爱的不如找个爱我的，因为我爱的人如果不爱我，我会很痛苦；而爱我的人我即便不爱，久而久之看习惯了没准也就爱了。

　　她得到了她想有的。老公对她不错，如有争执，先妥协的一定是她老公。但是她从来没有跟他来过电。她的内心深处是孤独的，时常会梦见少女时代的一个中学男生——小强，全班个子最高、体育课成绩最好的那个男生。记得她穿的一双布鞋小得已经被大母脚趾捅破了，班上常有学生取笑，严重刺伤了一个女孩子的自尊心，而小强不知从哪里给她弄来一双新布鞋，十分合脚。她猜想是偷的，而只要为了她，能偷能抢能杀人放火，她都不反感。中学毕业后，小强参军了，他们起初一直通信。写着写着，那些含蓄隐晦的词句逐渐变成了火辣辣的爱情表白。小强鼓励她复读。等她上了大学，小强又怕她瞧不上他这个复员返乡的穷当兵的。后来已经复员的小强突然失去了联系。多方打听，才知道小强夜里开货车在山道上出了车祸，人已经没了。车祸现场人们从他身上揣着罗静给他的信知道了他的地址、姓名。

　　那是她的初恋，二人都没拉过手，简简单单，但刻骨铭心。为此，她还写了一首颇有古体色彩的现代爱情诗——

　　　梦又不成灯又烬的时候

　　　起看一天星斗

　　　夜风轻拂窗纱

　　　轻拂如水的温柔

　　　也知道倾心的爱恋

　　　可遇　不可求

　　　但因你而起的思念

　　　欲休　何曾休

　　　乡关万里　料无人知我

　　　此夜清幽

　　　纵将那一个名字唤上千遍

　　　风过处　唯有花香依旧

　　　今亦如昨

　　　如三千六百个反反复复的往日

涉多少大江大河
竟不知　天涯何处系孤舟
生命如花　一念如磐
命运　却是不定的沙洲
常在不愿走时疾走
在不该留处　停留

　　喝完咖啡，三个女士正准备埋单，谁知营业员告诉她们已经有一位男士帮她们付了钱。究竟是谁，无从得知，那人没留姓名，也许就是出于好感吧。可是罗静却嘀咕半天，心想，敢情这德国人觉得我们中国来的都穷，连杯咖啡都买不起？这也太侮辱人了吧？

　　回到上海，罗静兴致勃勃地跟老公描述德国的所见所闻。再回到那个出版社工作，她心思早已经不在那上面了——桌子、稿子、茶杯、报纸、八卦、开会……每天都是这些内容。你可以耗下去，耗到老的退了，你升为处级干部的那一天；你可以干到老，一直等到退休，也许有个不错的养老待遇。但是她还想再看看外面的世界，不趁现在，更待何时？

　　老公陈守根是既来之则安之的人，不过罗静有什么想法他都不会反对。

　　1999 年的一天，罗静的昔日研究生同学钟明明跟她联系上了。钟是上海人，研究生毕业后就申请了麻省理工学院读MBA，最近刚拿到一笔风险投资，在北京国贸一带开了网络公司，向罗静发来邀请，请她担任内容总监，月薪是她在出版社的十倍！

　　罗毫不犹豫地就答应了。她想：我和老陈，都在一个国营单位里也没什么意思，我出去闯闯，他留下，一个冲着多赚些钱，另一个图稳定，守着铁饭碗，没什么后顾之忧。老陈也连连说是好主意。就这样，罗静只身一人搬到了北京。她儿子跟他爸更亲，因此离开了也没什么后顾之忧。

有意思的是，罗静被同事拉去三里屯酒吧参加王闹的中老年妇女时装秀，又认识了我和我的一堆朋友。记不清是她先跟我认识的，还是先跟王闹认识的，还是我们同时认识的。她从来不提她是已婚之人。看她独来独往、自由自在，我们很长时间都以为她是单身贵族。彼时的她不到 40 岁，在我们眼里是很年长的大姐，而现在再看那还是一个多么风华正茂的年纪啊！

一晚，罗静把我约到她公司楼下的餐厅吃饭，掏出一封打印好的邮件，神秘兮兮地说道："请你来是知道你英语好，让你帮我看一封信。不过，你得发誓：烂到肚子里，绝对不许跟任何人提起哟！"

我说道："你要不放心，那就别给我看。莫非你是中央情报局间谍不成？"

罗笑了笑，把打印件递给我。这是一封英文邮件，内容是这样的——

Madeleine,

So tell me. What do you like in a man? Besides being stable financially? Does he have a certain look? Handsome? Tall? Or manly? A provider and loves you forever? Anything about passion?

David

玛德琳：

请告诉我，你喜欢一个男人的什么呢？除了经济上稳定？对他的相貌有什么要求？英俊？高大？或者阳刚？一个能供养你，永远爱你的人？那么激情呢？

大卫

"大卫是谁？"我问道。

"美国人，一个园林设计师。"罗小声道。

"这个玛德琳又是谁？"我问道。

罗不好意思地笑道："那你就别管了，一个女朋友呗。"

"一个女朋友的这种邮件怎么会落到你手中？"

"咳，那你就别管了。"

"哈哈，不会就是你吧？我还不知道你的英文名是玛德琳呢？你还蛮会起英文名的嘛！"

罗静笑着，没有肯定也没有否认。估计被我说中了，我也就没有打破沙锅问到底。这个大卫多半是罗静在网上认识的。她不是在网络公司做内容总监吗？那可是天天泡在网上啊！

"你帮我回一封邮件吧！你看，我自己也能回，但是英文毕竟没你好。我想来想去，也就是你的文笔让我信得过。"

这种事我乐意干，帮人写入党申请书、情书、广告什么的，没有少干，找我的人还特多，一来是对我的认可，二来看到硕果累累也颇有成就感，三来李代桃僵、移花接木，有恶作剧的快感。

"以后你就帮我写邮件，每次吃饭都我埋单，成不？"罗道。

我很爽快地答应了。回家后几分钟我就给罗写好了一个回复——

In a man I care about both the inner being and the look. He must be tall so that I can feel like a bird protected by a big tree; he must be masculine so that I can feel I am more like a woman; he must be pleasant to look at so that at I can feel the urge to get close to him. He must have a kind, loving and caring heart and that makes him a great man. He must be brave and intelligent, too. Although I am a career-minded woman, I would declare to the world that I would only need love if love needs me!

对于一个男人，我既在乎内在美又在乎外表。他必须高大，这样我可以感觉像一只小鸟被大树来呵护；他必须男性特征十足，这样我可以感觉到我更像是一个女人；他必须相貌堂堂，这样我会感觉到有去亲近他的动力；他必须善良、有爱心、温存，这使得他更像一个男人。他还必须勇敢、睿智。虽然我是一个事业型女人，我还是想向世界宣布：如果爱需要我，我只要爱！

　　第二天罗静就收到这个大卫的邮件。只有寥寥几句，罗未免有些失望——

Madeleine,

You know that you have described me, correct? It is true, that is me. Are you the beautiful, intelligent, sexy, caring, faithful woman I seek?

David

玛德琳：

你知道你描述的就是我，对吗？真的，那就是我。那么你就是我寻找的那个美丽、聪颖、性感、温存、忠诚的女人吗？

大卫

　　这一回，罗静的意思是要冷处理一下。因为大卫的邮件超短，回复太快显得自己很贱；不回复又怕失去良机。所以她停了两周才让我帮助回复——

If you have the qualities that I demand of a man, why are you still alone? Is it because there are no other women around you who admire the same qualities as I do or because they have other requirements of a man? If you think you possess the qualities that I admire, what weaknesses/ negative traits do you think you have? And how do you handle problems in a relationship? Do you think you are a progressive-, feminist-minded man?

　　如果你具备我对一个男人需求的条件，那么为什么你还是独身？那是因为你周围没有别的女人和我爱慕同样的男性的优点，还是因为她们对男人有其他的要求？如果你认为你具备我所爱慕的优点，那么你认为你的弱点和消极的方面是什么？还有，你如何处理在婚恋关系中的问题？你认为你是一个思想激进，有女权主义思想的男人吗？

这一冷处理果然奏效，不仅大卫很快回邮，这一回还写了蛮多内容——

Madeleine,

You are one crazy lady. Ha! I'm just kidding. You are so business like the way you go about your sizing up your man's profile. You should have a line of 100 men with their resumes and read them all and then have them stand in front of you for inspection. Maybe in the nude? Just kidding. OK, here are your questions with some answers. Maybe not so good, but, hey, I will go along with your fun:

1) If you have the qualities that I demand of a man, why are you still alone? Is it because there are no other women around you who admire the same qualities as I do or because they have other requirements of a man?

–I am still alone, because the things I look for in a woman, I have not found. I want an intelligent woman that is also beautiful, sexy and can think for herself. I want a smart woman that also has much passion in her love and love making and devotion to her man.

2) If you think you possess the qualities that I admire, what weaknesses/negative traits do you think you have? And how do you handle problems in a relationship?

–Negative? Hmmmm. Maybe, I may be toooooo passionate about love. Maybe it takes a special woman？ I admire a woman's independence, but I also want a woman that would want me to take care of her emotionally too. Many women in America want a relationship but are toooooooooo independent. I don't want that. When I make love to the woman I want to spend my life with, it must be the two of us being one in love. You understand? Maybe too physical for you?

3) Do you think you are a progressive-, feminist-minded man?

–I think I am progressive, as I mentioned above, but still want a romantic woman and a passionate lover as a mate. It is a special woman I am looking for. And you?

David

玛德琳：

你是一个疯狂的女士！哈！我是在开玩笑。你这么职业化，把你的男人的档案查个遍。你应该有 100 个男人站成一排，带上他们的简历，每个人读一遍，站在你的面前等待你的检阅。也许应该裸体接受检阅？开开玩笑。好吧，现在我回答你的问题。也许回答得不太好，但至少算是取悦于你：

1) 如果你具备我对一个男人需求的条件，那么为什么你还是独身？那是因为你周围没有别的女人和我爱慕同样的男性的优点，还是因为她们对男人有其他的要求？

-我仍然独身，因为我所要寻找的女人身上的东西，我还没有找到。我想找到一个有智慧的女人，而且美丽、性感，会为自己思考。我要找一个聪明的女人，同时对爱情、对做爱又有激情，而且为她的男人而投入身心。

2) 如果你认为你具备我所爱慕的优点，那么你认为你的弱点和消极的方面是什么？还有，你如何处理在婚恋关系中的问题？

-消极的方面？这个……也许，我对爱情太有激情了。也许需要一个特殊的女人？我欣赏女人的独立，但我还需要一个女人在情感上需要我来照顾她。美国很多女人都想要婚姻恋爱关系，但都太独立了。我不要那样的女人。当我和跟我白头到老的女人做爱时，我们俩必须是彼此相爱，成为一体。你明白吗？也许对你来说太偏重性爱了？

3) 你认为你是一个思想激进、有女权主义思想的男人吗？

-我认为我思想激进，正如我前面所说，但我仍然需要一个浪漫的女人，一个充满激情的情人、伴侣。这就是我要找的特别的女人。你呢？

大卫

再次应罗静之邀，回复如下——

Intelligent, beautiful, sexy and not too independent?? Well, I am intelligent, otherwise I couldn't have become a manager of our company as someone who had only been in Beijing for a year. Beautiful? Well, it all depends on the eye of the beholder. Sexy? People interpret that differently, so I don't know what your standard is for being a sexy woman. I have to say I could be annoyed at a man if he only looks at a woman's body instead of her brain, as if she were a piece of object. Although I am alone and seem to be a super woman in certain people's eyes, I have to say that I need to be emotionally dependent on a man. A woman is just a woman. Women are vulnerable, fragile and sensitive. Oftentimes, I want to cry on a man's shoulder, but I have to hold back my tears because I haven't met the Mr. Right that I can entrust with my sorrow and pain. So you want to be a romantic. Can you proudly name anything you have done in the past that is romantic? And you want passion. Don't you think if both parties are too passionate, their energy will eventually peter out? I am not talking against you. I am just asking you questions based on my experiences. Nude inspection is fun, but that's not my cup of tea.

Madeleine

聪明、美丽、性感，而且不要太独立？那么，我很聪明，否则我不可能才来北京一年就成为我们公司的一名经理人。美丽？我相信情人眼里出西施。性感？人们对性感有不同的理解，所以我不知道你对性感女人的标准是什么。我必须说，我讨厌男人只看女人的身体而不是她们的头脑，就好像女人是一个物体。虽然我独身一人，在很多人眼里看上去像个女强人，但我不得不说在情感上我需要依赖一个男人。我经常想趴在一个男人的肩上哭，但我只能收回眼泪，因为我还没有找见那个我可以将自己的痛苦和委屈倾诉给他的男人。你想要浪漫。你能否骄傲地列举出你过去做过的任何浪漫的事情？你还要激情。你难道不觉得如果两个人都太富有激情，他们的能量迟早有一天灰飞烟灭？我不是在反对你。我只是在根据我个人的经验来问你问题。裸体检阅有意思，但非我所爱。哈哈。

玛德琳

很快大卫就回复了，不过这封邮件让罗静决定从此画上句号——

Dear Madeleine,

Passion? Oh, I think if two are passionate then there are 2 people to come up with twice as many ways to keep the love burning. If you know what I mean If only one has passion, then the fire may burn out soon, or as you say "peter out". That is a funny expression. Is that a British expression or what? In order for me to be passionate about a woman, she must be intelligent. So sometimes it is hard to find a woman with all these qualities. A sexy woman? A woman who knows how to dress for her man and what her man likes. This doesn't mean she needs to look sexy going to work, but she does carry herself in a way that men find her attractive and respect her too. Is this too much "sex" attention for you? Sorry, if it is. I think if two people are attracted to one another, the physical and the intellectual go hand in hand. But, two people can talk about intellectual things easily. I want to also talk about what sexual things may be good or bad in a relationship. Romantic things for me can be simple like walking on the beach at sunset. I love to watch the sunset with the one I love. This is beautiful for me. Other things include romantic dinners, either dining out or even at home. I enjoy a weekend getaway for just the two of us to a secluded area, away from the loud city, to enjoy each other's company intellectually and love making. Even flowers for no reason, just to show one cares and is thinking about the other. Many things like that. Even kisses in the most unlikely times or unsuspecting times. I love to think about the minds and bodies as one when romance and passion exist. When do you fantasize about being with a man romantically? At work? At home? In bed? What do you wear when you sleep at night?

David

亲爱的玛德琳：

激情？我想如果两个人都富有激情，那么两个人会得到双倍的能量使得爱情的火焰持续燃烧。你明白我说的意思吗？如果只有一个人有激情，火焰很快会熄灭，正如你说的"灰飞烟灭"。这是个很有意思的比喻。是英国的成语吗？如果要让我对一个女人充满激情，她必须聪明。所以有时很难找到一个具备这些条件的女人。性感女人？一个知道如何为她的男人穿衣打扮、如何取悦她的男人的女人。这不是说她上班时也要看上去性感，但是她举手投足必须让男人觉得她很有魅力，并且还尊重她。是不是对你来说有太多的"性"意味？对不起，如果真是那样。我想如果两个人彼此被对方吸引，肉体和精神的吸引是相伴的。但是，两个人很容易谈论智慧的东西。我还想谈论在婚姻恋爱关系中性的方方面面。浪漫的事情对我来说很简单，如傍晚时分走在海滩上。我喜欢和我爱的人一同观看日落。那对我来说很美。其他的事情包括浪漫的晚宴，或者是出外吃饭或者是在家里吃。我喜爱周末两个人出远门去一个人迹罕至的地方，远离喧嚣的城市，去享受两个人的心智的陪伴和做爱。甚至是毫无缘由地献花，只是想证明一个人在乎你，想及你。很多类似的事情。还有在最平常的时刻亲吻。我喜欢当浪漫和激情存在的时候想起肉体和灵魂的统一。你都在什么时候想象和一个男人浪漫呢？工作的时候吗？还是在家里？在床上？你晚上睡觉时都穿什么睡呢？

大卫

邮件写到这里，罗静决定到此为止，倒不是因为对方在玩游戏。相反，她认为从字里行间看大卫还是认真的，但是她觉得大卫有点太注重肉体，动辄就什么"亲吻"、"做爱"、"裸体"、"睡衣"这类字眼儿，她不喜欢；二来，大卫希望女人经济上独立，情感上却有依赖性，哪个中国女人会愿意？这不是吃大亏了吗？天下还有这种便宜事？这样的人通常是不会心甘情愿花钱在你身上的，趁早别瞎耽误功夫了，赶紧打住吧。

不出一个月，罗静又约我吃饭，饭间掏出一张北京的英文报纸，是那种专门给在京外国人的。征友广告上有一栏广告引起了她的兴趣，那是一个德国裔澳大利亚人，不到 50 岁，自称是大众汽车公司总经理，丧偶多年，无儿无女无负担。罗请我给她写一封邮件，回复此人广告。于是便有了下文——

Hi, I saw your ad on the net and was intrigued. I am a Chinese lady who has visited your beautiful country. I'm well educated, have a Master degree, which probably why I am still single - men are intimidated by my academic background and my philosophical thoughts. I speak Mandarin and English, and am hoping to learn German, too! I have a decent enough job in Beijing. If you are interested, please call 1370 116 7893.

Best,

Lisa

你好。看到了你的广告，我很有兴趣。我是一位中国女士，曾访问过你美丽的国家。我受过很好的教育，有硕士学位，这也就是为什么我还是单身——男人们都怕我的学历和我的哲学思想。我说中文、英文，也希望学德语！我在北京又个很好的工作。如果你有兴趣，请打我电话 1370 116 7893。

祝好，

丽莎

“玛德琳”摇身一变成了“丽莎”。

女人回复男人的征友广告，本身就有些掉价儿，所以回复更不能太冗长、复杂，要简明扼要。谁知刚发出去邮件，当日下午这澳大利亚人就给罗静来电话了。

罗在班上，讲电话不便，于是支支吾吾一番就匆匆挂了。

当晚这澳大利亚人就来了邮件——

Hi there, Lisa, I am Walter. I phoned you this afternoon. My mobile is 1369 354 8876. As I said, I'm here in the holidays and that would be a good time to catch up! My brother has an MA., so you don't intimidate me. Although if you looked like my brother, you would scare me haha. My major in Germany was philosophy, so ideas don't frighten me at all. In fact, I don't like dating unintelligent women. Nice chatting and hopefully we can catch up soon.

All the best,

Walter

你好，丽莎。我是瓦尔特。我今天下午给你打过电话。我的手机号是 1369 354 8876。正如我说的，我现在在这里度假，所以正是我们联络的好时机！我的兄弟就有硕士学位，所以我不怕你的学历。但是如果你长的像我的兄弟，我会吓着的，哈哈。我大学的专业是哲学，所以有什么观点我不会惧怕。其实我还不喜欢和没有智慧的女人交往。希望我们能很快见面。

祝好，

瓦尔特

看到这里真让人好笑。一方面瓦尔特和“丽莎”一直在通着邮件，另一方面二人早在第一次联络就彼此留了手机号，这瓦尔特居然没听出“丽莎”英文口语和书面语的巨大悬殊？罗静与瓦尔特同在北京，网恋很快能成为现实。她其实每周都还跟上海的老公、儿子保持电话联系，也给他们寄钱，这都是我后来得知的。她一个人在北京，跟人对自己婚姻、家庭只字不提，没有一丝负罪感，因为她的婚姻就是一种搭帮过日子的契约关系，双方履行合同而已，经济上她也没有亏待他们。再加上她从来都觉得这世界亏欠她太多，因此她完全有理由在自己选定的世界中自得其乐，过自己想过的生活。

欲知后事，且看下回。

♣ 46 ♣

远嫁加国

话说罗静一直想嫁出国。现在网络上都在说"润"，那时候何尝不是如此？罗想，别人要么有财力办投资移民，要么有专长办技术移民，要么有七大姑八大姨能帮着办个什么团聚，而一个女人，但凡还有些姿色和青春的尾巴，赤手空拳也可以把自己办出去啊！她还有些英语基础，至少能看得懂简单邮件，于是网上、报纸上瞄准了好几个在京老外。先后聊了几个没成，又聊了一个澳大利亚德国后裔瓦尔特，这个是最有戏的。

后来怎么样，就没听罗静说起，她是电话也不接，短信也不回，电子邮件更是杳无音信——估计多半是嫁走了。

又过了大半年，我和几个朋友有一次在北京三里屯的一个酒吧外面坐着喝饮料、聊天，正好有一个也认识罗静的朋友捅了捅我的胳膊，示意我往旁边看去。一看不得不了，世界真小，那不就是罗静吗？她身边还坐着一个老外，估计那就是瓦尔特？

我们知道此时的罗静已经功德圆满，因此多半不肯再和知道这些底细的老朋友联络，因此没有主动跟她打招呼。

又过了许久，罗静终于又和王闹联系上了。他们是无话不谈的闺蜜，性格中有相似的成分，是断不了的。不知怎的，罗静的确跟瓦尔特去了一趟澳大利亚，但是很快又回来了。究竟发生了什么，只有她自己知道。

她还是不罢休，最后忍无可忍只好走了那一条让她放血的路——先跟老公离婚，再花 28 万人民币跟王闹办了假结婚，出境前先付 20 万，落地后再补缴余额八万。她心疼得很，老说太贵，但是王闹说这是"一买一送二"，连她母子甚至前老公一起都办了，为了儿子的前途，当然很值。

因为是假的，所以二人的"婚礼"和"蜜月"办得有模有样，比真的还真，一起去苏州杭州旅游一趟，照了很多像；又办了十桌宴席，请了很多亲友；还找一个朋友家的卧室照了搂搂抱抱的情人照，那王闹虽有一百个不情愿，但看在钱的份上也要强作笑容，俗话说：生活不易，全靠演技。这些照片都是拿给加拿大大使馆移民官看的。因为筹备细致，那加拿大移民部的葫芦官倒是拒了不少真结婚的，而这假的却一眼不眨地就批准了。

等罗静到了加拿大温哥华以后，那八万余额迟迟不给王闹。

王闹是个好面子的人，不好意思总催，而罗又是个会耍赖又会哭穷卖嗲的女人，总说自己已经倾家荡产，且孤儿寡母，以后打工挣了钱慢慢还。于是，久而久之，王闹也就放弃了。

罗等于花了 20 万人民币办了个母子全家移民。随后又跟前老公复婚，还真有本事，不知使了什么手段，又把前老公也弄来了，只不过他没福气享受温哥华，英年早逝。

这些内情罗曾嘱咐王闹一定要烂到肚子里，不要跟任何人说。可是那王闹的嘴能把住门吗？他不知跟多少人都说过了，同时还不忘嘱咐每个人听了都"到此为止！"。因此我在温哥华再见到罗时候，从来都闭口不谈，从不打听她怎么来到的温哥华。她愿意分享的只有她来到温哥华以后的故事

罗虽然是国内名牌大学出身，但有个优点就是能屈能伸，因为她毕竟是农村苦孩子出身。人在加拿大，没有什么高低贵贱之分，也谈不上什么天之骄子，满大街都是大学毕业的，有什么可以嘚瑟的？她没有奢望，凭什么国内名牌大学毕业出国就一定要做白领？老公去世后，儿子也上了多伦多大学，她自由了，情场上没少折腾，但她绝对不含糊，亏肯定不能

吃，便宜一定要占。先是网约几个年轻的老外，一见面凡是约她去星巴克的，她喝了咖啡以后就不再约见；而带她去餐馆点的都是便宜菜的，她也不会再见面。这些人花钱如此小心，不是拮据就是小气，女人嘛，要么图钱，要么图性，要么图感情，如果一条都不沾，的确是浪费时间浪费感情。

后来又约了一个大十来岁的老头儿，那人自称是温哥华大学教授加副校长。她网上一搜，还确有其人，网上甚至连此人年薪都发布出来了，17 万加元。老就老点儿吧，薪水高、职位高，有房有车无负担就行。见面以后大失所望，老头儿实在其貌不扬，她一点儿没感觉，因此毫不含糊地初次见面就把老头儿约到大温哥华地区本拿比的铁道镇商城，吃了日本料理后又买了两双鞋，结账时候让老头儿走前面。老头儿不好意思不埋单，乖乖地掏出信用卡。那人也不是省油的灯，既然他当了冤大头，就要赚回来，当晚就要拉罗上她家过夜。罗婉拒说儿子从多伦多大学刚回来，不合适，因此拎着两双新鞋乘天车自己回家了。后来也没再和那老头儿见面。出来一趟，硕果累累，一点儿便宜没让老头儿占，却赚得两双新鞋回家。

后来她又通过教会的引荐去养老院和临终关怀医院做义工，认识了前面提到过的英国人安德鲁。这安德鲁，虽说岁数也比罗大不少，但是外形比那个老头儿副校长强多了——老有老的帅：安德鲁那斯达巴克斯般的棱角、宽肩长腿，灰白的头发一丝不苟梳着三七开，再加上英国绅士的风度翩翩、幽默风趣，第一面就深深吸引住了罗。罗后来逢人就说："我最喜欢我老公的地方，就是他那张脸。"

安德鲁鳏居多年，对女人也很挑剔，但是一见到罗静就喜欢上了她的那个欲说还休的酸劲儿和嗲劲儿。他说他前妻像一杯英国白兰地，而罗静就像一杯中国的茉莉花茶，感觉完全不一样，但是他更喜欢后者。

话说安德鲁本已被医生宣布"死刑"，谁知可能因为和罗静堕入爱河的缘故，癌细胞竟然奇迹般地消失，经医生同意，宣布可以出院回家了。

很快安德鲁就跟罗静办了结婚手续。

罗想学个一技之长，安德鲁就给她交了学费，她去职业培训学校学了按摩。结业后又去香港人开的按摩院打工。安德鲁又给她一笔小小的投资，没多久罗又跟一个姐们儿合伙开了自己的按摩院，每个人一个月能有五、六千的收入，但是还要交房租。她说，打工有打工的好，就是甭管刮风下雨、有客无客，老板要保证基本收入，有客人再提成，所以风险是老板的，不好处就是毕竟人家是老板，总要有受气的时候，而且不能做些"歪门邪道"的额外事情便于多捞些小费；而自己干有自己干的好，生意是自己的，但是总要担惊受怕，客人多的时候接不过来，但是一逢刮风下雨，一天都没一个客人，自己又干着急。而且，跟人合作，自己卖命干，还要跟人分钱，赚的时候还是心疼。

跟人合作长了肯定会有麻烦，谁多拿了少拿了终归会产生摩擦。于是没多久，那个姐们儿主动退出，自己单干去了，租了市中心区域理查兹大街的一座高级公寓里的套间，再多细节，对罗守口如瓶。

罗很有心计，合伙人没了，却多了一个竞争对手，所以一直揣摩那姐们儿生意如何，是否单飞以后更红火了。看她租的地点是理查兹街的高级公寓，寸土寸金的住宅区，房租肯定不低。她在报纸上看到了那姐们儿的广告，于是让老公安德鲁冒充客人打电话，特意问除了正规按摩外，还有没有什么额外的服务，有没有"快乐结局"。谁知电话那头连忙答应：当然会有"快乐结局"，保证客人绝对满意。

至于罗自己是否提供"快乐结局"，她从来笑而不谈。

说起老公安德鲁，罗逢人总有说不完的话。我还电话里问过罗，安德鲁和她能过得来吗？罗回答："其他都好，就是他总要 kiss（接吻），我受不了。你看，你进家他要 kiss，你出门他也要 kiss，你起床了他要 kiss，你上床了他也要 kiss。俺以前那个死老公可不这样，就是拉拉手都不多。嘿嘿。"

我又问他，他比你大那么多，是哪一点儿让你最喜欢他？罗不假思索马上回答："我最喜欢的就是他的那张脸！"

罗英语还达不到深刻交流地步，但是不妨碍二人对视时那种情意绵绵。十几个人聚会，他俩还看不够对方，罗时不时趴安德鲁大腿上腻味，说什么让安德鲁改遗嘱之类的话；那安德鲁目不转睛对着罗，一脸真诚。起初不知他二人说什么改遗嘱的话，后才听罗解释说，因为她和安德鲁女儿不合，经罗的软缠硬磨，安德鲁下狠心和女儿断绝了往来，并修改遗嘱，将罗列为他唯一的财产继承人。我们心想，这么有心计的女人，焉能搞不定一个英国老头儿？

罗知道，国内人一部分亲友以为她在国外很风光，另一部分则相信她一路靠男人，知道她底细的还会传些闲话，把她说得很惨，说她在加拿大已经沦落为按摩女郎了，而国内的老同学都是 211、985 大学教授、系主任、什么"学科带头人"了。不过她现在不管这些，微信闲聊时她说道：

"我现在不在乎这些了。如果你在乎，一切都重要。如果你不在乎，一切都不重要。我来加拿大干嘛呀？不就是为了活得自在吗？我现在有老公疼我就够了，我还有自己的一套小公寓没贷款，出租了，现在住的老公的公寓将来也是我的，他女儿一分捞不着。我又不需要活给别人看，国内那些人怎么说随她们去！我相信，她们活得还不如我呢！光我知道的就有三个老同学还在向人借钱。你说她妈的，这些人不是分裂人格是什么？一边到处吹牛 X 说自己几套房子，多么成功，一边还在借钱。都 60 的人了，还活得那么惨。

"你看我现在信主。我知道自己不完美，但我跟你们接触我至少不装 X。你们说我真信主也罢，假信主也罢，我一个女人孤儿寡母也不容易，都是生存逼的，反正我也没害过人，没干过伤天害理的事。而且那些去教会的大多都是有毛病有罪的！正常人谁去教会？我告诉你，我在加拿大遇到的最奇葩的人全是在教会认识的！别以为去教会就怎么了，我觉得好笑，有的牧师自己还蛮是毛病呢。其实这世上有多少真好人？好人只是在你没威胁到他的利益时才好！社会越上层，越是男盗女娼，尤其在中国！你有没有看《沈冰自述：我和周永康的故事》？我建议你看看。你看看央视里的那些人，几乎没一个好人！那些女主播，占尽了社会最好的资源，不还是一门心思嫁豪门、攀附权贵吗？你说，那站街卖淫的女人叫妓女，而那央视那些女主播还有那么多女戏子争当中南海情妇又叫什么呢？

"我是个来到世间就一无所有的女人。你也会说你一无所有，但是我家在农村，本身就比你们城里的起点低很多，所以才指望高考改变命运。但是即便高考成绩，还叫人冒名顶替了。你说这他妈的什么世道？这世界哪里有公平？我至今得到的一切，没有一个是天上凭空给我掉下来的。你看那沈冰，从小到大上帝这么垂青，一路保送不说，进了央视又进了政法委当厅级干部，天上掉下来的太多了，所以老天爷就要全收走！我就这点资源全是自己辛辛苦苦挣的，所以目前看来我晚年应该不错。养老的钱够了，而且我去养老院、临终关怀医院做过志愿者，很受感慨，觉得养老福利方面，加拿大还是指得上的！

"我知道你能写。我既然跟你说了这么多，就不怕你写出去。只要求你把我名字换换，老家换换，上过的大学校名换换。"

听罗这么一说，我找了她推荐的书看了。早就听闻此书，但一直以为是香港街头小报之类的噱头之作，因此一直没有关注。经罗推荐，一口气看完，觉得此书来头不小，书中暴露的中国官场和权贵阶层、央视和名利圈内幕，决非圈外人可以想像。平头百姓的身份，限制了我的想象力！敢情那影壁的背后，竟全是男盗女娼的丑事。

人在海外享受岁月静好的生活，确实明白了为何那个社会中的权贵人士、精英人士即使捞够了钱也要不遗余力将家属都移民海外，因为他们都深知：那捞金之地终究不是安身之地！两千年封建社会中"因嫌纱帽小，致使锁枷扛，昨怜破袄寒，今嫌紫蟒长"，今天的中国又何尝不依旧如此？书中那些才俊，以为抱对了大腿，顺风顺水，私心膨胀，不知见好就收，最后登高跌重、身败名裂、苟活余生。正如老舍的《四世同堂》中冠晓荷所说的，"我看明白了，如今这世道除了当官和做戏子，干其他什么都发不了！"今天的中国和民国时期相比，何尝不依旧如此？有人说，老天爷有眼，让习上了台。铲除异己也罢、政治清洗也罢，反正让一批男盗女娼者全进了大狱，那些年打虎拍蝇，颇得人心。但是，守着茅坑打苍蝇，永远打不干净啊！你越打，于是越有人认同应该捞够了就"润"的道理。

做临时的好人容易，做一霎那的坏人更容易，但是在不公平的社会中，在无数次挫败和委屈中也能保持善良和纯真，而没有反社会的心理，却是比较难的——但是在加拿大容易一些，因为这里没有你的中国老同学，没有亲朋好友，没有人向你借钱，没有人给你发婚帖和满月帖，没有人打听你境况，没有聚会时候打车、泊车时候微妙的攀比；有的只是交往起来蜻蜓点水般的其他族裔的邻居或同事。

罗能倾诉她的人生，其实也希望幻化成我的文字给世上留下点痕迹，让人知道有这么一个农村姑娘的一路打拼；她不知道，我和我周围熟悉的朋友，其实也没有谁比她更顺。那些顺丰顺水的人，自然不屑于和我们来往，我们自然也不肯和他们有交集。人都是这样，都愿意交一些同是天涯沦落人。

欲知后事，请看下回。

♣ 47 ♣

永别冰城

前面说到 2018 年夏季的欧洲自驾游之后的确前往美国康涅狄格州的冰城大学任教，如果各位看官淡忘了，可以再温习一下。话说被那菲律宾华裔女主管羞辱后冒出这么一个机会，肯定比那公司强，但是谈不上什么喜出望外，因为那只是替一个因母亲去世请一年假的、即将获得终身教职的年轻美国教授而已，那人名叫迪克，比我还小好几岁，哈佛大学汉学博士毕业，风华正茂、少年得志，占尽天时地利人和。他已经干满六年，即将迎来终身教职评估，一旦通过，就获得了终身职位，余生都高枕无忧了。

刚来美国第一天，国内的大师齐老师冷不丁来了微信电话，说："好好干，师父说了，干好一年，就能干十年！"

我心想，莫非我任劳任怨、敬职敬责，人家看在眼里，一年后会将我留下？除非那迪克不再回来，否则这里一个萝卜一个坑，焉能为我再添一坑？

那冰城，冬天冰天雪地，夏天却酷热难当，跟温哥华相比天壤之别，和北京倒不分伯仲。我和宝宝下了飞机，取了行李，来接我的是当初给我远程面试的三个人之一——早年来自北京的申雪华老师，以及她的美国老公戈登，一看都是快奔七的人了。戈登太能出汗，等我取完行李一起去停车库的时候已是满头大汗。

去我公寓的路上我请他二人吃中餐，点了有生以来最好吃的葱油饼。饭间，和申老师倒是有说有笑。戈登则不苟言笑，一脸严肃，拒人千里之外。

另外两个当初给我远程网络面试的，一个是现任系主任卢卡斯，另一个是前任系主任雪莉，后来在学校都陆续见到，都谦逊有礼，但从不深交。

美加大学招聘制度是这样：如果是临时职位，通常只需要一轮远程面试就可顶多；如果是有机会获得终身教职的职位，通常要两轮面试，第一轮筛选六到八个人参加远程面试，第二轮从中选三个人来学校面试，通常需要一天半，说是"面试"，其实就是弄来一帮人跟相亲似的看看哪个人顺眼。你说如果三个人中比谁更合适这职位，那这百里挑三的，肯定没有一个不合适的；你说如果挑发表作品，狗屁，没有人会看中你发了什么，你发的少了人家会觉得你以后还有潜力，你发多了人家反而还会觉得你会嘚瑟；你说如果挑试讲效果，扯蛋，那二三十分钟或四五十分钟精心准备的台词，谁能看出个端倪？你表现太低调了，人家会觉得弱必淘汰；你表现太优秀了，人家又会觉得你太张扬。因此这个过程其实就是买彩票而已，另外还要看谁更会表演。

申老师后来跟我熟了告诉我，我就不会表演，当初远程面试上跟我不熟，她甚至还觉得我"劲儿劲儿"的；没想到熟了以后才知道和我相见恨晚。我和她和她美国老公戈登，后来成了忘年交，我们仨每次相聚谈话都极其投缘。她一直跟我传授"厚黑学"，要学会厚而无形、黑而无色，要像迪克学习，学会作秀。可是，"臣妾做不到"啊！

她说当初迪克来学校面试时，那高大伟岸的身姿，那绅士般的谈吐，迷倒了一批师生，加上又是哈佛大学博士生，将来对学校也是又多了一块招牌，所以在三个选手中，所有人都投票给他了。没想到，此人来了以后就揭掉了文明的画皮，据说因职业操守问题招惹一堆是非，甚至还有一群学生联名写信投诉他，还有教师因为跟他的矛盾甚至产生了自杀倾向，闹得不可开交。

若说这招聘制度有缺陷，但是谁又能想起更公平的制度来？所以说，制度没有完美的，只有更好的。回想起有一年回北京试着去大学里找职位。经亲戚介绍找到了一家外语学院的俄语系党委书记，她再介绍我去英语系求职，有她的面子加上我的海外学历，人家立即给我安排了试讲。

不过这书记私下里跟我说："当初，英语系系主任介绍他亲戚来我们系求职，带了土特产和 5,000 元的购物卡，你看你能不能也给他对等的礼物呢？"

这建议顿时让我哑口无言。我要学历有学历，要作品有作品，竟然还要送礼？

一个已经在那英语系任教的老同学对我说："哈哈，你在国外那么多年已经变单纯了。你知道吗，正因为你有这资历，人家才给你机会送礼！否则连送礼的机会都没有！"

各有利弊，也别比孰优孰劣。

外面人听着我好像做了美国大学的教授该有多么风光，其实我坐在这迪克的办公桌边，临时替他一年，心里却是寄人篱下的感觉。无数次受挫已经把我"摧残"得没有什么自我意识了。看看人家迪克的简历，唯一的"发表作品"是他的个人博客。我虽出了几本书，其中还有一本由英国著名学术出版社出版，但如同废纸一样；我上的加拿大的大学，在人家哈佛大学眼中和野鸡大学别无二致。

听齐老师的话，一方面夹着尾巴做人，另一方面绝对要任劳任怨、敬职敬责，每日里如履薄冰、如临深渊，生怕哪里做得欠妥，不是得罪了学生，就是没让领导满意。别人如果用九分力，我用十三分的力气！我用这金字塔最底层的薪水，花最多的比例带学生下馆子，给学生购买各种奖品，配合百般花样的课堂练习设置，让我的课堂有声有色。敢情坏话传千里，好话不出门。除了期末学生给我写的评语不错以外，凭我如何卖力，各级领导无人知晓，也无人关注，只有申老师对我欣赏，可惜她没有个一官半职，只是一个不断续签合同的讲师而已，自己还是泥菩萨过河。

干了快一个学期，我心想，不妨找那英国塔罗牌大师伊丽莎白问问？于是给她交了费，跟她视频一番。

她说道："你在那儿干得不错，有很好的反馈……"

我心想，那是不是意味着可以留下来呢？

她接着道："不过，你还会离开康涅狄格州。你要继续申请工作，现在就开始。你应该又回到了加拿大，用从那儿重新开始……"

我疑惑地问道："你既然说我干得好，反馈好，难道人家不肯留我？"

伊丽莎白斩钉截铁地道："他们想留你估计也是一半一半吧！到时候他们就不需要你了。你还得离开，再也不会回去了。"

她还补了一句："明年二月你就会知道了。"

这话听了着实让人不爽。干得好好的，反馈也好，凭什么又离开了呢？还让我现在就开始继续找工作？而且，怎么又回到了起点，从零开始？那我来这冰城大学干嘛来了？这不是瞎折腾吗？

齐老师不是说"干好一年，就能干十年"吗？这一东一西俩大师怎么说的不一致啊？我应该听谁的呢？

就在新工作没着落、这份工作又没有续签的迹象之时，申老师的老公找到我向我汇报一个"喜讯"。

那天，他带我去城里参加一个作家新书发布会，中途休息的时候，他双眼中闪动着激动的光芒，拿出两张表格，煞有介事地告诉我："迪克辞职了！卢卡斯征求了雪华的意见，雪华强烈建议给你再续一年！"

他晃了晃手中的黄色表格，继续道："我在帮雪华给你写评语呢！"

我仰头看着戈登那高我半头的脸，那是一张将近 70 岁的理工男的不苟言笑、雷打不惊、从不露声色的脸，此时却绽放得像刚得到圣诞礼物的孩童。他得知此讯，甚至比我还欣喜！什么是朋友？这不是朋友，那什么算朋友呢？

申老师随后也恭喜我道："你看看，契机属于有准备之人。谁能想到，迪克竟然自己辞职了！系里这个职位就没别人了，现在你可是近水楼台先得月啊！好好干，吉人自有天相。"

我心里倒是暗想：看来英国大师没说对，倒是齐老师说准了；这中西大师 PK，最终还是中国的技高一筹！

卢卡斯的确又和我续签了一年，这一点伊丽莎白没说出来。同时，他作为系主任又上报校方，因迪克辞职，职位空缺，系里需要重新公开招聘。申老师不断鼓励我留心职位发布，竭尽全力申请，申请材料可以让戈登过目把关。

卢卡斯提交了报告后就谢任了，人家有家有室，酷爱生活，薪水又不低，并不愿意当系主任——多一个职位多一份操心，这里的人大多生活第一，既然已有旱涝保收的工作，谁会稀罕官职？

据申老师说，学校正苦于无人毛遂自荐当系主任时，一名不见经传的西班牙女教授跃跃欲试，名叫卡门。她将接过卢卡斯的接力棒，负责招聘工作。不过，学校已经决定该职位不再设置终身教职，而改为三年一续，将教书以及中文课程协调员两份职责合二为一。

谁知，这之后发生的一切，齐老师说的落空，竟然还是叫英国大师伊丽莎白说中了。

这卡门上网公布了职位多日，我无从知晓，还是我偶然网上搜索看到，告诉了申老师，申老师当即就有不祥之感。

不管怎样，我申请了。

一个月后，卡门通知我进入最后六人名单，要进行视频面试。那视频里看见卡门在内的三个人，另外两个人一个是外系教职工、外表邋遢的白男罗伯特，另一个是笑容可掬的华女，名叫叶青，是个大学内部某学院的行政干部。这卡门操着一口浓重的西班牙口音主持起了面试，说起话来感觉有些不着四六，不太像绝大多数美国学者那样可以说得滴水不漏的感觉。居然问了我一个雷人的问题：如果我得到了这份工作，以后会不会给申老师多排课？

我在冰城干了一年多，驾轻就熟，所以回答自然也滴水不漏。

那之后，申老师和戈登都为我高枕无忧了，但是随后的寒假和新学期，一直杳无音信，他二人就开始为我不安——因为如果选中了我，那他们会很快通知我，决不可能耽搁数月。

还是伊丽莎白说对了，两个多月后的二月 17 日，卡门给我发来邮件，说"招聘委员会"更看中另一人的履历，选了她，并外交礼仪般地感谢一番我过去近两年的工作。

看到邮件，颇有天塌下来的感觉；甚至看朱成碧，误以为看错了，再定睛多看几眼，确实没有看错。

电话告诉了申老师，她沉默半晌，电话那头一边走路，一边叹气。

戈登则说，做了一辈子理性的理工男、高级工程师，这还是第一次碰见到非理性事件，用理性难以解释，如何分析，都是不应该发生的。

人说担忧未必是直觉，但是我们的担忧却如同直觉一般精准。

那叶青随后给我发来邮件，表示遗憾，又道："你有电话吗？我看还是打电话聊更方便。"

于是我发给她电话号码，她一打就是一个半小时。

"你是不是没有跟你们那个系主任搞好关系啊？"叶青一上来就问道。她自报家门，称是个快人快语的四川人，在面试过程中她是力挺我的，言下之意，怎么说呢，听她的重音所在位置，不言而喻。

"怎么讲？我跟此人压根儿就基本没有过交集，怎么说没搞好关系呢？"

"啊，那是我们讨论时候给我的感觉。我感觉她不是很了解你，要么就是她有她的倾向性，比如说，她更看中的是另一个选手的课程协调上的经验。你知道，我是看好你的，虽说我们这个招聘委员会是三个人讨论选举，貌似民主、公平，但是这个系毕竟她是现任系主任啊，我们都是外系的，即使再有想法，她可以一句话就把我们给怼了。这就是西方的民主，你还不了解？哈哈。"

"我明白了。谢谢你的提醒。"

回想起伊丽莎白说的"二月你就知道了"和"他们到时候就不需要你了，"惊讶伊丽莎白还真有远见之明。齐老师说的"能干好一年就能干十年"，则明显落空。

我不想再争执什么了，如果你认可你的命运掌控在别人手中，那你就是命运的奴隶；如果你想成为命运的主人，那就要一颗红心，多手准备。有句话说得很精辟：如果人家想要你，可以找一条理由就够了；如果人家不想要你，可以找一千条理由。至于什么原因这个卡门不选我，你去追究也是徒劳。不过叶青又提醒了我："即便现在跟她搞好关系也是有必要的哟。万一她招的那个人不来了呢？比如说签证办不下来，或者人家拿到了终身教职的职位，更诱人，不就不来了吗？嘿嘿，这话我只能点到为止。"

当夜给国内的齐老师发了微信，告诉她这一突发事件。谁知齐老师考虑之后说道："你还有希望，因为她招的那个人没有确认，来不来还说不定呢。"

第二日，申老师说她在校园里看见了卡门，说也许卡门知道她不高兴，没有跟她多说什么。

申老师语重心长告诉我："达哇，这就是这个社会啊，哪里都一样，哪有什么善良正义啊？哪有什么公平啊？我比你还多吃了 20 年的饭，经历的比你多，大跃进、三年饥荒、文革、上山下乡、改革开放、出国留学，实话说，这一辈子就没遇到过几个好人！发生了这种事情，也的确是我们的意料之外，究竟那人是怎么想的，只有她自己知道。这个怪人，叫你碰上了。总之，实在是常理之外，因为你干得好好的，何必再冒险招一个陌生人呢？要是新人又是一个迪克怎么办？哎，想不通啊！"

叶青还给我出谋划策，让我去找卡门的直接上司。我去了。那个和蔼可亲的美国绅士倒是丝毫没有架子，答应帮我查询。最后的答复是："材料我都看了个遍，没有'非法'之举，所以我也没辙。"

细想，人家说的也对。在合法范畴内，人家选谁不选谁是被赋予的权利，上司也无法推翻。

叶又建议我去找校长，那是个中国西北汉子，申老师说看面相有铁面包公之相，兴许能帮我主持正义。我明知可能性不大，但也竭力一试，大不了不成。果不其然，那校长起初还通过秘书亲民般地回邮，还要安排跟我面谈，但是看了我邮件的陈述后反而彻底失联了。

就在那几天，震惊、愤懑、焦虑、绝望，各种情绪交加，我突然感觉到了咽喉的一种不正常状态，有种嗖嗖发凉的感觉，像是感冒的初识状态，但持续了三两日，不见感冒发展，如咽喉痛、流鼻涕、鼻塞、喷嚏等症状。之后又有吞咽食物好像不顺的感觉，接下来，嗓子又逐渐疲劳、嘶哑，才觉得应该去看看医生——因为这一切感觉都是从未有过的，明显不正常。

那一场史无前例的新冠疫情从中国武汉开始席卷世界各地，已经悄悄来到了这座距离纽约四小时车程的城市，最初的病例是一个 72 岁的妇女，自从她去了超市购物，回家就爆发了症状，一时间整座学校、整座城市都开始人心惶惶。还管他什么工作啊，保命要紧！学校发来通知，让师生尽快离校返家。我因此订了回温哥华的机票，而就在五天后，加拿大航空公司就宣布取消了所有航班。

我和宝宝回家的那天，依旧是申老师和她老公戈登送我，相见时难别亦难。

当初接我的那天酷热难当；如今送我的这天又寒风刺骨，不过这一次我们三个人都戴上了陌生的口罩。

失意中来，悲情中走。

　　我从他们的车上抱下宝宝，抬下行李，本想和他俩来个拥抱，无奈新冠疫情期间要求保持距离。只见戈登那一向不苟言笑、雷打不惊、从不露声色的理工脸，口罩遮住了半张，但双眼说明了一切，那眼睛渗出一丝无奈、同情、惋惜。

　　纵有千言万语，此时却是无声胜有声。

　　我看着他们离去的背影，看着他们开走的吉普，心里有种预感，这个地方我不会再来了；这是我们最后的一面。

　　欲知后事，请看下回。

♣ 48 ♣

病来山倒

上回说到因为疫情，学校突然宣布所有人回家，改为网上授课。我辗转回到家中，中途还有航班延误，自费在芝加哥机场酒店住了一宿。虽然到家，但工作未断，所有课程全部在网上进行，因此我的合同还有两个月到期，也还能再拿两个月薪水。我提前让我妈待在她房间里不要出来迎我。我则戴着口罩进家，进我房间就赶紧闭门不出，进行严格的 14 天隔离。

我在家人面前一向是报喜不报忧。从小到大，我妈只管我们是否吃饱穿暖，至于社会上打拼的酸甜苦辣，她一概不问，或许只是没那个心眼儿。在她看来，我在外面一定是很出息的。她只看到我和宝宝回家就高兴，却不知这一回就又面临多重危机，屋漏偏逢阴雨天，工作无着落，疫情大萧条，而且病来如山倒——这突来的不明症状，只要还有一天没有明确诊断，时时刻刻都是个心事。所以回家没多久我就电话预约了家庭医生。

疫情期间，家庭医生主要靠电话面诊，听我诉说呼吸后鼻腔深处的凉感，于是先下结论说可能是入春以后呼吸道过敏，建议家里放个加湿器或空气净化器。我都试了，无济于事，决定还是约他当面细谈。谁知一见面说得更清楚，幸亏我把种种细致入微的感觉都恰如其分地描述出来，主要是持续不退的咽喉症状：嗓子嘶哑，说话费力，此症状近两年来一直持续不断；喉咙发紧、有肿胀感或异物感、堵塞感，有时还会有明显面积扩大的炎症感觉，严重时甚至会有窒息感。

此外还有清嗓的反应。他一听，马上判断说是反胃酸，先开了一个月的抑酸药，让先吃着，再给我约耳鼻喉科专家。

去看家庭医生的这一天，远在美国康涅狄格州的申老师突然给我来了个紧急电话，煞有介事告诉我说："达哇！你有没有看卡门给全系员工的邮件啊？"

我既然已经离开那里，早就抛之脑后，既往不咎、生活继续，什么邮件早已不关注了。

"你快看卡门前天发给全系的邮件。她新招的那个人不来了！你又有机会了！"申老师好像中了彩票一般，而我早已淡然。

"当然，还要取决你还想不想在这里再争取一下。如果你还想把住机会，不妨给她发个邮件，表示你还有兴趣。"

我心想，虽说好马不吃回头草，但是上帝帮助那些自助的人。假如一个机会到来与否就在于人的起心动念之间，那就没必要赌气。因此我简明扼要、不卑不亢地给卡门去了邮件——

"谢谢你的邮件。我注意到那个新招的求职者因故不能来了。我仍然对此职位保持兴趣。"

卡门很快回复道："我们招的那个人，我们都把手续办好了，她竟然说是健康问题，不来了。我们又给人力资源部提交了你的材料，因为你被我们列为第二人选，但是他们又通知我因为疫情，所有的全职职位的招聘工作全部暂停。"

虽然全职职位招聘冻结，但是网课还是得有人去上。因为临时没人去了，我等于是救场如救火，卡门正求之不得，所以一直高高在上、新官上任三把火的她突然放低了身价，字里行间冒出来几个客气的字眼儿，感谢我解了她的燃眉之急。正因为此，我等于是又续了一年。

不过续不续，我已经不是很在乎了——人生中很多事情当时你在乎，过后回头再看，觉得真是没什么可在乎的。最需要在乎的，还是把自己的身体搞好！

回家后我上网搜索了大量资料，都是英文的，得知有两种类型的常见反酸病——LPR（返流性咽炎）和 GERD（胃食道返流），果然，描述的 LPR 症状与我的感受十分吻合。后来见了耳鼻喉专家，喉咙里照了照，说没事，听我描述的症状马上肯定地说就是 LPR。她过去 40 年的临床经验听到过无数病人反复描述一模一样的症状。她没有什么更高明的治疗方案，只是建议先继续吃抑酸药，然后发给我一些医学文献，让我回家好好阅读。LRP 的治疗方式主要是对生活习惯的调整，包括：吃的要清淡、低酸、低脂，避免辛辣食物，少食多餐，减重，不能抽烟喝酒，避免咖啡因，床头要抬高，避免清嗓子，可以服用非处方的抑酸药，等等。

尽管家庭医生和耳鼻喉科专家凭我的主诉和他们的临床经验给出诊断，但是我还是希望有科学的方式来加以佐证，因为人的经验也会出错误的。于是我先做了肠镜、胃镜检查，结果是全部正常。

肠胃检查了，既然没事，就要再做胃酸监测。我可是排队等候 13 个月才能到温哥华总医院做食管动力学检查和食道 24 小时 pH 值监测。所谓的食管动力学检查，就是将一个比较粗的管子从鼻孔中插入，一直到食管深处，电脑高清直观观察食管肌肉蠕动、上下括约肌及松弛率。

两周后报告出炉，主要结论是有证据证明明显的病理上的反胃酸现象。

那给我安排监测的华女专家看不出有什么人性关怀。她冷冰冰的一个回电说，没有什么特别的治疗方法，只能是继续服用抑酸药，并做生活方式的改变，此外她无能为力，不再属于她的专业范畴。和前面的耳鼻喉专家说的一样。专家指不上了，我只能自己开始做功课——加入了社交媒体众多病友群，阅读大量世界顶尖专家的著作，观看大量视频。上了脸书跟众人聊天，犹如打开了一个潘多拉的盒子，才知道如此多的人久久被误诊，被拖延，被误治，或自掏腰包从加拿大去美国治疗；更多的人伴随着症状度过一生，生活质量严重下降。

我生病的同时，国内我二哥也病了。2022 年北京时间八月 29 日晨，我二哥在医院病床上往生了，患的是急性骨髓性白血病，从诊断到离世一年多一点。他才 50 多岁，就这么不明不白地匆匆走完了自己的人生旅程。

我上次见他本人，还是 2011 年，这一晃 11 年已经过去了。

说他走得不明不白有几个原因，第一是我们家里往上几代人都没听说过有这个病的；第二，这个病仿佛是突如其来、毫无征兆——据家人说，2020 年他体检还完好无恙，到了 2021 年初春节之际全家人聚会时，他们发现他双脚浮肿，都穿不进自己的鞋。他自己也说感到疲倦，会发低烧，不过一直没去看西医，只是自己抓了些中药吃吃。平时有人把国粹中医药喊得山响、神乎其神，这到了最后性命攸关的时刻才不得不去看西医。

在家人再三劝告下，他终于去了一家三甲医院检查。这一查不得了，根据验血报告的诊断，是急性骨髓性白血病，属于白血病中最为凶险的一种。我在网上搜查，得知白血病病因至今不明，但是可以肯定的是：抽烟、辐射和接触化学物质是其中的一些诱因。正当亲友中的烟民都已纷纷戒烟的时候，我二哥一直烟不离手，从十五六岁就有吸烟的习惯。至于化学品，家人说他经常用一些劣质染发剂染发，但是是不是病因，这也不好说，因为染发的人多了去了，不乏有用"劣质"的染发剂的，也不可能个个都得白血病。

医生说，如果不抓紧治疗，就只有三个月寿命。因此，还是他前妻不计前嫌，托了关系，才在这家三甲医院找到了病床，很快就开始化疗。第一轮化疗结果还不错，没多久出院了，胃口也不错。他同一病房的病友也都是这个病，有的人已经几进几出病房。

用了医保，自费的部分还需要好几万。医生说，如果进行骨髓移植，用了医保以后，自费的部分还要 50 万元，所以家人做好了卖一套自家拥有的一楼商户门脸房的准备。但是，后来医生又说鉴于他的年龄和健康状况，不主张进行骨髓移植，应该先通过化疗控制住病情的扩散再说。

2022 年春节全家人聚餐，拍了视频发给了我，我看不出有何异常，看着他们喜气洋洋、谈笑风生，心想，西医的医疗技术发展到今天，果然大多数癌症都可控可治。更何况，我在温哥华认识一个老人家，他得了 20 多年的白血病，主要症状就是容易疲倦，时不时会去医院进行造血干细胞移植（当然，这在加拿大都是 100%免费的，且由于他年老体弱，每次看病都随到随看，并没有人说的那样漫长的等待，因为即便医院救死扶伤，也要把各个病人按轻重缓急分出个优先顺序）。老人还有心脏病等好几种病，但是最后是因为老年病导致各项机能衰退而去世的，享年 88 岁。有他这一先例，我没预想到我二哥会走得这么快。我听说过的唯一去得快的是一个朋友 72 岁的母亲，一查出胰腺癌就是晚期，半年后归西，走之前据说很痛苦，往生真可谓是从苦痛中的解脱。其他有些各类癌症的，诊断了以后也都一直活得好好的，十几年、20 几年都不罕见。

第一次化疗缓解了，医生嘱咐我二哥要注意保护自己，切勿哪里感染。我二哥回家后居然还去逛了商场，且又大便用力，一检查，得了肛瘘，造成感染。他老婆用了什么民间"偏方"，往肛门里挤牙膏，简直是胡来。我网上搜索，得知这个病即便是牙不好，感染了也会加重病情，所以病人有牙病也要先看好。我二哥一向是只要有好烟好酒好饭菜就知足的人，哪里还注意保健。所以再进医院时，医生下了病危通知，让家人做好准备。后来几天，看视频貌似又恢复了一些精气神，但是没过多久，医生说又严重了。再过几天，我侄子发来微信，说他爸走了。

我二哥最近这些年因为岁数大了，言谈举止给人感觉亲和了很多，但是当年也是抽烟喝酒、打架斗殴的不羁少年。我们家住在离市区较远的深山沟的部队里，属于南京军区空军后勤，代号 87428，旁边还挨着两个部队军营，一个代号是 2962，以培训军队飞行员为主，另一个代号是 108。我二哥比我大好几岁，我上小学时候他们已经上中学了。我上的小学叫八一小学，位于 108 部队大院里，上下学都要经过 2962 部队，要和很多同学穿梭过那里，接着穿过山脚下的一片麦田。因为周围居民都是军人官兵和部队家属，治安非常好，从未听说谁家有丢过孩子的。我还不到六岁就上学了，上下学家里基本上不用担心，有时候我二哥会骑着自行车来接我。由于我全班年纪最小，个子当然也最矮，受同学欺凌也是常有之事。有一次我二哥骑车来接我，正好我和一群同学一起走路回家，我家邻居家的老三，小名叫瓦斗，比我高几个年级，一边走一边用柳条抽我，正好被我二哥看见，气愤不已，还骑在车上时用脚踹了瓦斗的书包一下。

结果，当晚我们一家人正在吃饭时候，瓦斗他爸拎着瓦斗气势汹汹地闯进我家来向我爸妈告状，说是我二哥打他小儿子了。我爸不由分说便训了我二哥一顿，我二哥十分委屈，说这不公平，凭什么瓦斗欺负我弟就没事？

我二哥不爱读书，但是很招女生，经常有从学校追到家里的女生，个个都出落得如花似玉，还经常拎着水果、点心。他的几个铁哥们儿也都无心读书，经常抽烟喝酒、打架滋事。有一次他们不知从哪儿弄来一大堆超级时尚的衣服，后来听说是从香港的什么太平间里死人身上扒下来的，他们几个哥们儿穿着到处照相。如果说他的这些哥们儿都是坏人，也不尽然，就看你从哪个角度看了，就好比《水浒传》中武松等人，从铁哥们儿的角度看他是行侠仗义的好汉，从被他滥杀无辜的那些人看，他又是杀人不眨眼的冷面杀手。

高中毕业后，无所事事，那一年正是快要开展严打的前夕。所谓严打，是"严厉打击刑事犯罪活动"的简称，文革之后，高考虽然恢复，但犹如千军万马挤独木桥，文革中上中小学的大多数青少年毕业便成了待业青年，流荡社会、寻衅滋事。第一次严打自 1983 年七月开始，席卷中国大陆，是规模最大的一次严打。当时我爸已经从部队转业到地方，我们搬家到城里。我记得有一深夜，我二哥下楼，说是有人找他。十几分钟后回到家他用毛巾擦脸，发现越擦血越多，一照镜子才知道脸刚才在斗殴中被人用刀扎破了。我妈吓坏了，赶紧把我抱到楼上邻居家拖他们看着，带上我二哥去医院缝针。还好，没有破相，缝针的地方最后形成了一个天然酒窝。

眼看这样闲着也不是个事，我们家就送我二哥参军了，地点在北京良乡。即便是他参军的三年，还有很多女生来我们家找我妈聊天。跟他一起复员回家的有两个哥们儿，一个叫李林，一个叫刘军，都走后门托关系分配到了公安局，而他则去了汽车运输公司。没想到那公安局的差事都油水丰厚，那二人披着警察的制服，一见面抽的都是上好的名烟。我二哥去的那个单位则效益极差，他待得也不顺心，总让我爸想办法调到我爸那个当时被认为是很体面风光的单位。我爸是从军队转业到那家单位担任领导职位的，军队出来的原则性都很强，我上中学时候给班级办油印小报，学校不给印刷，让我们自己想办法，于是我拿到我爸单位印刷，就这样我爸还说我一顿，怕员工传他"以权谋私"的闲话，但是为了我二哥工作调动一事，他不得不拉下老脸，最后还是办成了。

在温哥华我有几个朋友，聊起各自家里兄弟姐妹情况，都让我惭愧不已。他们中的一个每次回国都是她大哥给她出的机票；另一个则是她大姐给她出了买房子的首付。我们家可没这些好事，这个家里没有说因为我最小就应该让着我的，这也就造就了我独立自强的性格，也预示着我有一天会远走高飞，离开中国，离开那个是非之地。我二哥从工作起到他往生，只给过我一次十元的零花钱。我花在他们身上的钱是这个千万倍。我也没有什么奢望，只求他们少打我几次我就谢天谢地庆幸我的幸福的童年了。这个家里，是个人就会打我，除了我爸打的次数最少，程度也最轻。我二哥打我狠的时候，我的脸肿了大半个，第二天不敢去上学，家里人就教我骗老师说我得了腮腺炎。结果到了班上，老师同学们都问我怎么回事，我说是腮腺炎。老师还纳闷道："这么大了还会得腮腺炎？"

腮腺炎是小儿科常见病，我都是中学生了，这岂不是大笑话吗？当然，多年后的他们貌似都不记得这些往事；如果我提起，他们也都会坚决矢口否认，甚至会生气。虽然时光流逝、往事如烟，但每打我一次，心里就会有留下个烙印。我可以原谅他们，往事不会重提，但是脑海里的记忆是永远抹不掉的。

话说我二哥复员之后落实了工作，就开始琢磨找对象了。追他的女生从来不缺，当时和他一起复员的一个女战友看似对他有意，总是追到我家里，还给他买东西，都是些高领毛衣等当时的奢侈品。她父亲是军队高干，那时家里就有司机、警卫员、保姆；我们老百姓对电话可望不可及的时候，人家早就有电话了。但是这女孩相貌平平，而我二哥这个人和别人不一样，不看重对方的家境，只挑长相和身材，所以迟迟和这个女孩没有下文，最后干脆没有往来，再有消息就是那女孩已经跟别人结婚了。

有一天，我妈有个朋友给我二哥介绍了她邻居的女儿。这家人有三个孩子，老大老三是儿子，老二是个女儿，比我二哥小一岁。这家人原籍山东，颇有重男轻女的封建思想，所以两个儿子从来都娇生惯养，而这个女儿自小就起早贪黑、洗衣做饭，初中毕业就早早进了工厂当了工人，那两个儿子都读完了高中，却都没考上个大学。这女儿长相、个头都很出众，1.65 米的个头，不高不矮恰到好处，总穿着一双超高的高跟鞋，更显得亭亭玉立；一头黑发梳得光可鉴人，从脑后高高盘起，犹如瀑布般飞流直下，发梢齐腰，完全可以做海飞丝的广告了。每次见她穿着虽然不是什么名牌，但一向都很优雅得体，以至于每次她晚上骑车上夜班时候都会有一些男青年骑车追上她提出要"交个朋友"。她唯独那一双粗壮、浮肿的手和她外形极不相称——那是从小到大干活儿磨练出来的。他们家住平房，水龙头在户外，所以寒冬腊月给一家人洗菜洗衣双手都要受冻，做饭的时候捅蜂窝媒炉子也是她的事。

她跟我二哥只见一面二人就都中意了，两家人都皆大欢喜，数月后就办了婚事，一个 23 岁，一个 22 岁，现在看来都还是涉世未深的孩子。从二人见面以后我这前二嫂每晚上夜班路上都会由我二哥骑车陪同，果然，他又撞见几次骑车追我二嫂的男青年，我二哥一见便会飞快地骑到那人跟前，拍拍他肩膀，意思是说："她已经是我媳妇了，你没戏了。"二人结婚后住在我爸妈家里。不到一年，这前二嫂就生了个 8.8 斤的大胖小子，成年后长到了 1.87 米。生孩子的那天，我二哥还在跟他几个哥们儿吃喝玩乐。当时正赶上我妈即将退休，她非要给他们带孩子，所以他二人有大把的时间继续享受美好的青春年华。我二哥单位里给他分了两间平房，他们后来以住在那里为主，孩子则留在我们家，给我爸妈的晚年带来无尽的乐趣。

若说他们结婚头八、九年，这二嫂对他是没得说的，伺候他吃，伺候他喝。每次去他们家，都只见我二哥在床上读武侠小说或看电视，而我这前二嫂从来都没闲过，里里外外，不是炒菜做饭就是洗衣擦地，家里一尘不染、井井有条。她还总捡我二哥吃剩的饭去吃。她烧得一手好菜。有一次她炒的豆角里发现了一只肉虫，我二哥"啪"地一下把筷子往饭桌上一摔，训了她几句，就不吃了。我二嫂半开玩笑哄他道："这虫子也有营养，你没看人家有报道说专门吃肉虫增加蛋白质吗？"说着，她捡起我二哥剩的饭菜大大方方吃了起来。

人常说中国人养儿子是给人家养的，我二哥就是这样的一个人。我爸妈家的电源插座坏了，让他修一下，说了一个月了也不见他动手，而有一次他在我爸妈家里吃饭，有电话进来，一听说他岳父岳母家要在自家小院中搭一个厨房，他放下筷子立马就去帮忙了。这一个女婿比他老丈人的两个儿子还跑得勤快。

　　几年后，各大企业都开始裁员，无数工人下岗自谋职业，我这前二嫂这样初中文凭、资历又浅的，自然是下岗中的一员，有一段时间一直郁闷，但在我家人面前从不表现出来。正好，我妈医院申办执照开了一个便利店，我妈便交给我二嫂去经营。她很能干，把一个小店办得红红火火。记得有一次有一个人拿着100元人民币钞票找她买烟，一盒五元，我二嫂找给她 95 元。那人走了以后没多久又返回，说他不要这烟了，让我二嫂把那 100 元钞票退给他，我二嫂因为忙里忙外，忘记找过他 95 元了，所以不假思索地从钱匣子里拿出那人付的 100 元钞票给了他。那人得了钱，一溜烟儿地就跑了。随后我二嫂才悟出来：她被这惯用的伎俩给坑了，倒贴了 95 元。她随后火急火燎到处寻找那人，问遍了左邻右舍和各路行人，甚至还找了一个算卦的瞎子。瞎子说，那个人骗走了钱朝东南方向走了，不出几百米，你现在去找他一定能找到。我二嫂赶紧照瞎子说的去做，果然追到了那人，要回了她先前找给他的 95 元。回忆起这事我倒不是对瞎子算卦更有兴趣，而是觉得从这件事可以看出我二嫂开店的不易，每一元钱都是辛苦钱。

　　我这前二嫂比我二哥会做人。我那时候只要寒暑假过完要返回学校，她每次都会给我三五百元钱，当然少不了过年的压岁钱。有时候她忙，就让我二哥转交给我。考虑到我一个月伙食费是 50 多元，这钱数在当时算是相当可观，就是到现在也拿得出手。更何况，她被人坑了 95 元都急得如热锅上的蚂蚁，给我这三五百元决非她收入的九牛一毛。

　　还有一次我跟我二哥和这个前二嫂逛商场，我二嫂一进去就让我帮着挑一件大衣，她要买给我妈。而我二哥在一边不耐烦地说，别给妈买，她不缺大衣。后来我学给我妈听，她居然还不信；她倒是更乐意相信是我二哥要给她买大衣，而是我二嫂不肯。后来还有一次我二哥出差去上海，回家给我妈带的"礼物"就是一包瓜子，把我妈气得唠叨半天。

　　小便利店毕竟不是旱涝保收的国营单位，我二哥和二嫂又让我爸找关系，把我二嫂调进了我爸和我二哥的单位。我爸虽然已经离休，继任的领导总要看他的面子，所以我二嫂如愿以偿进了那家当时效益还不错的国营单位。新的工作需要赴宴饮酒，正合适她喜好社交的性格，而那个便利店转手让给了我二嫂她妈经营。

　　那一年我考研究生，分数下来以后去学校查询，得知我是130多个考生中前六名，而且这前六名彼此分数都很接近，也就是一两分的差距。按照指令性计划，系里只有两个教授可以带硕士生，因此只能录取前两名；后四名系里决定纳为自费生，三年的学费共三万元，宿舍费用也自理。那是个大多数人月薪只有一两千元的年代，给家里人汇报后都很着急，不知所措。我大哥起初跟我说，不用担心，他来出这个钱，让我喜出望外、绝处逢生。不料，等我欢欢喜喜地回到家后，他又变卦了，跟我爸说，如果他出这个钱，我大嫂就跟他离婚，犹如给我当头一棒，跳河自尽的心都有了。但是我二嫂胸有成竹地跟我说：

　　"你放心吧，这个钱我给你出！"

　　看着她气定神闲的姿态，再加上我们平素对她的了解，她决不是个信口开河的人，况且马上就要缴费了，她不会打肿脸充胖子随便一说。原来，她跟她父母商量以后，他们家决定出这个钱。她爸这些年接了很多工程项目，赚了不少钱，而且她爸还通过她跟我说，这钱，一部分我是借给我的，以后工作挣钱了再慢慢还，还有一部分钱就送给我，不用还了。

　　谁知，说完没多久，系里通知我因为今年又批准了一些教授成为硕士生导师，系里决定把我们前六名都纳为公费生，因此那三万元钱也不用交了，给我安排的导师是一位美国人——一个富布莱特的访问教授。天上突然掉下来了馅饼，回家汇报此天大的喜讯，我大哥有些不尴不尬，倒是很多人说我二嫂这下得了便宜，又做了好人让人感恩，又不用掏一分钱。临开学之前，我二嫂爸妈来家里贺喜，给了我一个红包，内有 3,000 元人民币。

我研究生毕业工作以后，跟家人接触就不多了。有一阵隐隐约约听他们说，我二嫂婚外出轨了。对此事除了我爸很少表态，其他家人都把我二嫂说得一无是处。在他们眼中，这全是我二嫂的错，我二哥没有一点过失。我相信任何故事都有两面，他们一步步走到这一步田地，我二哥负主要责任——他媳妇把他伺候得太好了，人就不知道惜福，所以自私自利的性格越发膨胀。他不知道，世界上能给予你无条件爱的人，只有你的父母；当我二嫂跟他过了那么多年，什么回馈都没有得到时，她自然对这段婚姻产生了动摇。起初，我二哥提出离婚，我二嫂跟他认了错，表示下不为例，但是一场匪夷所思的闹剧让我二哥彻底动了离婚的念头。说出来不怕笑话——他二人的感情破裂理应让他们自己处理，谁知我妈搅了进去，跑到我二哥二嫂单位找他们领导反映他们的情况，具体跟人家说了什么，我也不很清楚，肯定不是好话。本是家事，非要去人家单位煽风点火，因此得罪了我二嫂家人，怨气冲天的他们把我妈诓出去给打了。我妈当晚捧着被揪掉的一大把头发，肿着脸回到家里。我二哥一听说我妈被打，怒火中烧，冲动之下，立即抄起一把菜刀要冲出去。我妈吓得抱住了他的双腿，死活不让他出去闹事。

说人良善也是他们，说人恶毒也是他们。人就是一面镜子，只能照到别人，却照不到自己。当初人家上门来给我送 3,000 元红包的时候，你们不都一个个笑脸相迎、客气得很吗？这怎么突然又变成了都要动刀动杖的仇人？最后对簿公堂，法官以判我二嫂父母赔偿我妈 2,000 元医药费而告终。

这段十年的婚姻结束了，按说我二哥应该好好反思一下，谁知他一冲动，很快又结婚生子了——很多男人都这样，离婚以后不深思熟虑，反而立刻再婚，仿佛在赌一口气——你们看吧，我不缺女人，不缺媳妇，却没想到一步错，步步错。

而女方大多会沉寂很长一段时间，对人有了更多的防范意识，因此也会宁缺毋滥，更加慎重。

自从我二哥找了这个新二嫂，这二人就断断续续一直在打骂中度过的。新二嫂虽然见了我妈又给捶背又给按摩，但是也有不少毛病，其中之一就是一来到我爸妈家见什么东西喜欢就拿走，常翻我爸妈的冰箱，里面如有什么瓜果蔬菜全都一扫而光。我爸妈觉得反正她不是外人，也就睁一只眼闭一只眼。有一次凌晨两点，我二哥二嫂可能发生了什么冲突，新二嫂一路狂奔跑到我爸妈家咚咚敲门，把他们吵醒，说道："你们快去管管你儿子！"我爸被吵醒很是生气，道："你们都是成年人了，还这么不懂事！你们有你们的生活，我们也有我们的生活，你让我怎么管？"

还有一次，他俩又吵架了，听说我二哥用小孩的玩具飞机扔向我新二嫂，导致我新二嫂去医院头上缝了100多针。这要是发生在西方国家肯定离婚无疑，但是我新二嫂家里的兄弟姐妹人都没有任何表态，反而觉得这是他们的家事，打打闹闹再正常不过。有人问我新二嫂会不会去起诉，我新二嫂却说道："起什么诉？我们还要过呢。"

不知那100多针怎么缝的，伤口愈合后竟然看不到疤痕，所以也就忘了疼。

他们夫妻就这样一直不好不坏维持着，生活看似很落魄。我二嫂自己开理发店谋生，生意不好的时候不敢花钱，生意好的时候又担心接下来生意会冷清，还是不敢花钱。我二哥曾经的唯一"专业技能"是开汽车，那是中国人人人还都骑自行车的年代，但他从不与时俱进，所以年龄越大越没一技之长，好在单位还有些人情味，总是找个差事安排给他，有时是给仓库开铲车，有时是给单位看大门，后来又安排他给单位职工烧饭，大家还都挺喜欢他的厨艺。他一生中最滋润的时候还是跟我前二嫂的头几年。得到的时候太容易，一旦失去了就一蹶不振、郁郁寡欢。前二嫂离婚后又找了别人，虽然迟迟没有办理结婚手续，但二人一直过得鱼水和谐、恩恩爱爱。疫情前她还给我侄子（她和我二哥的独生子）60 万元人民币，让他作为买房子的首付，一线城市买不起了，二、三线还可以。我二哥住三甲医院化疗的病房病床，也是她不计前嫌托了自己的关系给找的——以她以前为人处事的能力，找来这些硬关系我也毫不吃惊。

我侄子经常会把我给她从加拿大买的礼物转交给她，她有一次问我侄子："你三叔为什么老想着我？"

我侄子道："就因为你曾经要帮他交三万块钱学费，他一直记着。"

她没再多说什么，只说道："他们家人都是好人。"

说实话，我有好几次梦见我二哥和她复婚。谁知他俩最后一面竟然是在我二哥遗体告别仪式上。

如果……，过去了的事情，就没有"如果"。如果能有删除键或回车键，敲一下，过去的一切就可以重来，不知我二哥会对自己的人生做哪些调整和修订？莫说上帝掷骰子决定每个人的命运；回顾一生，每个人的命运又何尝不是自己造就？愿我二哥在那另一个世界里得到永恒的安宁。

欲知后事，且看下回。

♣ 49 ♣

民宿客人

许多人因疫情失业，我却因疫情在三家美国大学中赶场——除了冰城大学，还给纽约州立大学和加州大学上网课。不过多上课也没意义，来年报税，加拿大税务局让我补缴了 9,200 加元的个人所得税，等于多上的一个学校的课全缴税了！

各大学校网课持续了一年，纷纷迫不及待回归当面授课。在中国还大规模动态清零、封户封城的时候，欧美国家早已经陆陆续续回归常态了。那冰城大学全职职位招聘解冻，卡门又开始了新的一轮招聘——即便申老师这次更为看好，但是我预感卡门会故伎重演。

事实证明我的预感是对的：和疫情前夕的那次招聘一样，又走一下形式让我进了远程面试名单，那头的"招聘委员会"还是三个人，她和邋遢男罗伯特没换，第三个人是个亚洲女，但不是叶青，而换了一个俯首帖耳、惟命是从的韩国女人。同样的流程，同样的问题。约十天后，同样的外交辞令告诉我他们选了别人，"感谢"我过去一年的工作。

由此看来，伊丽莎白说的大体是精准的；齐老师一部分是对的。不过，她们无论对错与否，我还是得活在当下，既然困于疫情，就要把不利变有利，利用这时间踏实下来，多看看书，学学烹饪技能，把家好好收拾归置一番。

疫情以来，虽然求职处处碰壁，但总有营生可做——家里有多余的两间温馨客卧用作民宿，房子是自己的，生意是自己的，想做挣点外快就做，想清静了就暂时关张，很是自由，不用看人眼色。但是做起来就知道了，天下没有什么钱是那么容易赚的，除非你是国内的贪官或他们的家人亲戚，他们那民脂民膏的钱来得真是太容易了。做民宿则不然，遇到好客人，你会觉得这钱挣得很痛快；遇到那垃圾客人，你就感叹：若不是家里穷得揭不开锅了，为何忍辱负重去挣这份窝囊钱？垃圾客人永远没有最后一个，只要你一直做下去。只要出现一个，就会毁灭掉你几天的好心情。

我有空余两间客房，所以限制在两个客人以内。我也不总是接待客人，高兴接就打开我的网络平台，不高兴了就关上，享受清静的日子，还可以做做简单维修什么的。

林子大了什么鸟儿都有。

家门敞开，总会来一些人渣。长话短说：有用我雪白浴巾擦鞋、染发的；有撞坏了储藏室的门不承认不赔偿的；有吃了一床饭垢、床下一堆垃圾的；有凌晨三点要强行带生人入住的；有不打招呼拿了我雨伞出门弄丢了却不道歉不赔偿的；有要住十二天但中间一天出门在外却要我退那一晚钱的；还有好多个到了退房时间赖着不走的，以至于我没法为下一个入住的客人打扫房间……不过，这特定国家的客人中好的毕竟是多数，还没有到因为奇葩客人多到让我不得不关张的地步。

好在好客人是多数，基本上是来的时候房间里什么样，走的时候房间里还是什么样，拉开了椅子坐完了会推回去，上完了厕所马桶盖会盖回去，坐着小便不尿液四溅，冲完了澡把浴缸里的头发捡一捡，刷了牙镜面上台面上不留四溅的痕迹，退房时不赖到最后一刻，而是早早悄悄离去，留个感谢便条。

一个夏日，接待了一个刚满 65 岁的德国男客，刚到退休年纪，跟儿童放了暑假一般兴奋无比，准备从温哥华开始来一个横跨加拿大的自驾游。此人快人快语、开朗风趣，只住了四天，走的那天早晨没有打扰我。我醒来后去查看，房间一尘不染，桌上给我留个了感恩的便签，还有 30 加元的小费。

不久，又来了一个 21 岁的加拿大亚裔小伙儿。他住了四晚，我们从未碰面，走后他不仅留下一个一尘不染的房间，还留下感谢便签和 60 加元的小费，这有些令我震撼——我跟他素未谋面，将来也恐怕不复相见，他为何这么做，完全出自他美好的内心世界和对我的努力和用心的认可。这 60 加元是改变我对世界、对人类认知的 60 加元，是永远留在我记忆中的 60 加元。

没多久又两次接待了一位加拿大客人，大约 30 多，1.85 米的身高，身清骨俊、文质彬彬，甚至略有腼腆。他生在渥太华，名叫维克多。

乍一看，维克多从头到脚，朴实无华、干干净净，因此你能想象：将来房间里也脏不到哪儿去。我预感对了，这哥们儿住了 12 晚，比那些住三四晚的客人还强百倍。12 晚以后，房间里一尘不染不说，甚至不见一根落发。

维克多十年前自己从家乡渥太华移居到了温哥华岛的维多利亚市，一路自己打拼，从建材城的小伙计做到了电子设备公司的技术员，驱车并坐渡轮来到这边进行业务培训。第一次来订了 12 晚，他跟大多数素质高的客人相比有相当多的共同点——

第一，很懂事，不急赤白脸地催命鬼般地催早入住。我规定是下午 3:00 以后可以入住，维克多甚至都没提是否有提前入住的可能。还是我说了句："你的房间已经好了，你中午就可以来。"他这才感谢回了句："太好了，我争取那个时候到。"

第二，很自立，不给人添麻烦。维克多是开车而来，没有问我一句哪里有停车位，怎么停车，等等。

第三，家教实在太好，太多细节我都看在眼里——用了电器，如电饭煲或电热水壶之后，知道拔掉插头恢复原样。餐桌吃饭，拉开座椅，饭后知道给推回去，恢复原样。维克多脱在门厅块儿毯上的鞋，一定是整齐竖直码放好的，不像我这几天的俩客人，脱了鞋横一只竖一只；维克多如果门厅脱了两双鞋（一双是皮鞋，一双是休闲鞋），他为了不占用别人空间，一定是把一双放在另一双的上面，而不会并列摆放（这个现象别的加拿大人身上也发生过，只能说明教养好！）。

第四，维克多心眼儿好，很有良心，知道感恩。按说我对所有客人都一视同仁，都一样地热情好客，我给他们冲咖啡沏茶，给他们制作甜品，给他们买精美小吃，给他们洗衣服，走时候再给他们一个小小的礼物。我可以告诉你，白眼狼还真不少。遇到一个垃圾人，吃了我的喝了我的，就因为我没让他晚退房，他起了嗔恨之心，给我留了恶评，不过很快被平台删除。还有某国一变态，吃了我的喝了我的，给我房间留下成堆的垃圾，还把家具弄得东倒西歪，三面墙上工艺品全部给我摘除，让我惊愕困惑不已。这些人的心态是：他们既然是花钱来的，你怎么出格地慷慨待客，都是分内之事，他都没必要感激。

我看见维克多的两双鞋已经高度磨损，如果是我的话恐怕早扔了。又见他带来一小袋白米，准备用我的电饭煲煮米饭。估计是大姑娘上轿头一回，还问我要加多少水。又见他拿出小瓶罐，吃着米饭，就着那黑乎乎的菜叶子。看在眼里，我心里一酸，怎么过着这么节俭的生活？

一天，我正好做了一大盆提拉米苏，给他找了个小饭盒装了一块儿。他竟然第二天一早去工作地点的时候带去当早饭了。厨师做饭，别人爱吃，当然高兴。又一傍晚，又见维克多在那儿吃他瓶罐里黑乎乎的菜叶。我正好当日做了八宝饭，问他道："我刚做了中式的一种用糯米做的甜点，你要不要试试？"

他听了先是一愣，然后马上爽快道："当然！"

我给他盛了一小块儿，内有蜜枣、坚果、葡萄干儿，没用糖，用的是枫糖浆和蜂蜜，再浇上一勺炼乳。他刚吃一口就连连说好，夜里又发来感谢之辞。

他退房的前夜，发来短信说我可以给爱彼迎所有的房东上"大师班"的课程了。后来给我留的全五星评语也极尽溢美之辞。

没多久他又第二次预订我的房间。这一次我做油泼牛肉面给他留了一大碗，我说这是我的新发明，用意大利面来做油泼面，感受一下意大利面的滑爽和中式佐料的鲜美。结果，他吃了个"片甲不留"，还赞不绝口。我初次尝试做的日式奶酪蛋糕，给他一块儿，给另一个 60 后加拿大客人一块儿，两人都啧啧称赞。

我给每个到来的客人在房间里都会准备一大瓶矿泉水和一大块儿巧克力或小点心什么的。维克多已来过两次，瓶装水和巧克力从来都是一动未动。不是他不喝，而是他下楼去厨房喝过滤了的自来水，而把瓶装水留给下一个客人。

维克多对垃圾的分类处理，你一点儿不用操心。至于某些客人，你无论怎么讲解，无论你冰箱上、墙上挂了多少告示，他压根儿不放在心上，依旧给你胡来。已经有无数次，我用裸露的双手在垃圾箱里掏那些咖喱糊糊和面饼、米饭、塑料盒子、纸巾、塑料袋。没辙。你改变不了他们，只能去适应他们。

民宿就是地球村的一个缩影——素养好的人、感恩的人、通情达理的人、明白事理的人，还是大多数。奇葩客、垃圾客毕竟是极少数，但是这极少数却会毁了我们一天的好心情，甚至会颠覆了我们的世界观。

这维克多也有着不同寻常的辛酸往事。

十八岁那一年，他父母去印度尼西亚度假潜水的时候双双不幸遇难。他还有一个比他大十多岁的哥哥马修，早已成家立业，素来跟他们关系不佳。父母去世后，不知怎的，他哥哥就占了他父母的房子，把他赶了出来，留给他的唯一"家当"就是他父母的骨灰盒。

年少的维克多，因为父母去世本来就备受打击，又涉世未深，不知争取，所以被哥哥赶出家门后就辍学开始了流浪生涯。捧着骨灰盒从安大略省流浪到了魁北克省，又流浪到阿尔伯塔省，最后流落到了温哥华。好在他年轻力壮，随便找个工打打并不难，生存下来还是很容易的。他先后去过连锁快餐店或咖啡店 Tim Horton's、麦当劳、赛百味、星巴克，又去了沃尔玛超市、大统华超市，后来发现自己更喜欢建筑技工类的活儿，于是在建材商城 Home Depot 找了个最初级的活儿，整理货架、给顾客指引等等，一边干着一边学着，最后逐渐学会了装洗碗机、抽油烟机、吊灯之类需要一些电工技能的工种。

他总觉得应该回到学校里再正式学个技术，否则只打些零活儿不能长远。于是他自己攒够了钱，又贷了些款，去 BC 理工学院上课，半工半读，最后还以优等生毕业。这一路全是靠自己——打什么工、上什么学、读什么专业、怎么交学费、怎么维持生计，全是一个人。像他这样的加拿大人还有不少——他们从年少起要么是父母双亡，要么就是父母婚姻破裂，各自二婚又有了新的子女，要么就是父母中有一人去世，另一人再婚，要么就是被父母赶出家门。在常规家庭长大的人想象的家庭总是有亲爸有亲妈，有自己亲兄弟姐们，一家血脉相连、其乐融融，然而现实是很多孩子的家庭却是单亲或有一个继父或继母，还有一堆没有血统的兄弟姐妹或同父异母、同母异父的兄弟姐们。处得好还好，处不好则让人闹心。这样的家庭通常会促使孩子过早成熟和独立。

维克多即是如此。只有一个亲哥哥，还不如工作中的同事，或街上随便认识的一个朋友。从 18 岁开始他就一个人生存在这世界上，没有靠过任何人的一分钱。他的哥哥只对自己的子女好，从来不记得自己还有一个弟弟。

那个贪心冷酷的哥哥后来得了胰腺癌，去世了。留下三个儿女，妻子也很快又有了同居的新欢，又跟那人生了一个儿子。

维克多只要多一样技能，就多一分稳定，也多一分收入，逐渐能把生活稳定下来，可以不再和好几人合租房子，而可以自己一人单独租住一套小公寓。

为了增添一些收入，他在客厅拉了一个帘子，自己住在客厅里，将卧室作为民宿出租。他家里看上去舒适温馨，其实所有家当都是二手货，置办起来并不需要很多银子。他的第一个客人是一个来自维多利亚的年轻女子，名叫娜拉，与他年纪相仿。

记得那一天是个周末，大雪纷飞。温哥华降雪素来少，而且化雪也快，所以他尤其兴奋，让他想起童年时期的安大略省银装素裹的圣诞节。他不上班，在家等候着客人的到来。大约下午三点多，透过窗户，他看见一修长黑衣女子在厚雪中艰难地推着行李箱朝他家走来，其间差点儿滑了一跤，还笑了出来。只见她披着一头金色波浪发，头顶着黑色贝雷帽，上身是带皮毛领子的收腰的黑皮夹克，下身黑色紧身保暖裤脚蹬一双高筒皮靴，颇有女飞行员的气派。

维克多赶紧奔出门外，问她是不是他的客人。她点头微笑示意。然后维克多帮她拎行李进家。

维克多将其带进她的房间，马上又给她端来热滚滚的红茶。

行李箱在衣橱里的地板上积雪很快就化成雪水。娜拉问维克多有没有抹布可以让她擦一下雪水。维克多赶紧撕了一大块厨房纸巾。

娜拉道："用抹布就可以了。没必要用纸巾。"

于是维克多赶紧从洗菜池下面的橱柜里找出一块抹布给他，心想，这个客人还挺环保。的确，抹布可以反复使用，而厨房纸巾并不便宜。

当晚，娜拉就出去了，走之前还拿出一个地址问维克多，坐什么公交车最合适。维克多给她查了半天，找了一个最佳方案，娜拉兴冲冲地走了。

当夜她大约十一点多才回来，维克多还一直有些担心。

谁知这时候整个一片区域都突然因暴雪而停电，家里一片漆黑，维克多只能用着蜡烛。看见娜拉回来，又给她找了一个烛台和一个大蜡烛，忙跟她解释。心想，实在不好意思，第一次做民宿，客人入住的第一个晚上，就发生了一年也少有一次的停电。

维克多正在结结巴巴地给她解释并致歉。烛光下的娜拉显得十分温情可爱，道："没关系，正好，我就喜欢点蜡烛！我喜欢这宁静昏暗的空间，你不觉得很有诗意吗？"

烛光下的二人，和投在墙上的影子，给人感觉仿佛闪回到了中世纪的欧洲。

娜拉住了五天就回维多利亚了，临退房时说，可能半年后还要再来一次，到时候还住维克多家，而且还邀请维克多去维多利亚找她玩儿，说可以住她家，但是她不做民宿，不会收他钱。

维克多心里暖洋洋的，对娜拉的话一直惦记着。

大概过了半年多，没再有娜拉的消息。维克多忍不住了在网上问娜拉："你不是说半年后要预订吗？如果预订的话，我会给你留着。"

娜拉很快回复了，道："看来不需要了。实话实说吧，我去见的那个人是我网上认识的一个人，我们聊得很好，到了非要见面不可的地步，我才决定去看他。不过目前不需要再见他了，我们已经结束了。"

原来，那个聊得投机的网友一直跟她说他已经离异。谁知见面以后才知道他和他妻子只是吵架以后短时分居而已，法律上根本没有离异，而且他们感情并未完全破裂，还有破镜重圆的可能。娜拉深感自己纯粹在浪费时间、浪费感情，完全充当别人感情空白时期的临时替补。

她不愿给人当情感替补，但是维克多成了她的情感替补。不到半年，为了娜拉，维克多搬到了维多利亚，又在那儿的 Home Depot 建材城找到了工作。后来又招到了 BC 省水电局工作，因为来温哥华培训而入住我的民宿。

不是所有的客人都那么善解人意、循规蹈矩，差劲的客人总会出现，每次遇到都觉得这钱挣得太窝心。但是正因为维克多这样的客人是多数，我才决定继续把民宿做下去。不过很快我就要暂停民宿了，因为又要再度启程去美国了。

欲知后事，请看下回。

♣ 50 ♣

再度启程

岁岁年年，年年岁岁，一晃一年多，申请无数个职位，都功亏一篑，有的进入最后一轮却无疾而终，有的则都谈到排课了却不了了之。春暖花开之时，一封邮件、一场远程面试又把我召回了美国东海岸，不过这是另一个州，另一所名不见经传的小型学校，是一个两年的职位。

其实，此时我刚得到了大温哥华本地凯撒学院的合同，去美国之前我还可以在家门口教两个月的课，挣些钱。这凯撒学院正是五年前就招过我的那所学校，如今物是人非，我本可以是个老人儿，但是后来去的已经占了坑的，如今成了招我的人。

凯撒学院很快就开了课，两个班一共 70 名学生，除了一个日本人、一个中国人和一个菲律宾人，其他全是印度人。一个加拿大女同事幽默地告诉我说，她在这里已经教了五年了，只有一个班有六个人不是印度人，那是她教过的"最多元化"的一个班。

这些学生都是为了办移民而来，一个个都跟我说："实话说了吧，我们来，就是为了移民，至于学什么，学得如何，都无所谓。"

学生下课后跟我抱怨：她们认为被学校"忽悠"了。远在印度旁遮普邦的时候，当地有很多加拿大私立学院的代理，向他们描绘了留学加拿大的美好前景——学费相对低廉，上学期间可以打工，遍地都是机会，毕业了可以工签三年，期间可以申请移民，而且前赴后继来了这么多印度学生，至今没听说有谁毕业后留不下来就卷铺盖回印度的。

但是他们来到后，发现所谓的"国际学生"几乎全是印度学生，在异国他乡学习和在印度别无二样；教师上课枯燥呆板，索然无味；校内外工作机会并不多，找一个打工的职位都无数人竞争。同时，学校还在不断上调学费，学生们的经济状况越来越捉襟见肘。需要知道的是，这些学生的家庭在印度虽然不是贫困阶层，但也决非钟鸣鼎食之家，家家户户都是东借西凑甚至贷款把孩子送到加拿大的，其中很多家庭还指望孩子来加拿大后能靠打工往家里汇款，一来还些债务，二来也扶持一下一家老小。也有一些学生则是为了逃避印度社会弊端，追求加拿大的自由和包容。

那之后的八月下旬，我和宝宝再一次飞往了美国，从清凉的温哥华，到了湿热难耐、蚊虫叮咬的美国南方，一个路不拾遗、夜不闭户的万人小城。

总体来说，貌似这些学生没有太多的戾气、俗气、娇气、傲气、痞气、铜臭气、妒心、疑心、攀比心、防范心，等等。这里的学生都是正儿八经如饥似渴要学知识的，情况不一样，各有各的特点。

命运真是一个谜，把我和宝宝带往各个地方，体验吉普赛人一般的人生。有时候会厌倦奔波，尤其是机场登机、换乘的时候；不过如果死守一个地方，我又会更加厌倦，又想换个地方，所以余生又多了些精彩回忆。宝宝对此无所谓，它只要跟着我，无论天涯海角、风餐露宿，它都是最幸福的小狗。

时光荏苒，一晃又是一年。

谭居士如果健在的话，今年应该88岁了，上次听赵兰菊说起她，据说还在跟她二女儿一起生活。虽然得了阿兹海默症，以前的老朋友都不来往了，但是她们都说，痴痴呆呆终老也挺好，总比清醒中浑身插着管儿在倒计时中度过舒服。

赵兰菊因为参加工作早，50多就办了退休，每个月可以从社保领取6,000元人民币。她的四室一厅的房子贷款早已在能"PQ"的时代还干净了。儿子经过两年打拼，成功申请入学加拿大维多利亚大学，攻读历史博士。我说，这当然可喜可贺，但是毕业的时候又是一次煎熬，一次考验，一次抉择。不以物喜，不以己悲；时刻调整心态，尽人事，听天命。

前面说到的罗静，几年不见，听说她老公安德鲁已经去世了，给她留下了房产加现金一共约一百万加元。她还跟王闹念叨："真不多哎！才一百万，不过也够我养老了。"

王闹听了非常不平，道："呵，你守着一个老头还捞一百万；我也守着一个才50万！"即便就这50万加元，还被泰国人卷跑了 45 万，要是肯定要不回来了。所以王闹总念叨，是不是命中就不该他的，拿了还要还出去的？最近的他一反常态，发来的短信无非是两种，一种又是老话常谈，张三李四又跟他过不去了；一种则是没完没了地絮叨自己天天自责，反省这一生做过的错事。

那个笃信基督教的田秀英，疫情前就和女儿搬到了大温哥华地区定居，离我家只有一分钟步行路程，她安大略的房子依旧保留。我请她吃了饭，带她去找家庭医生，办社区健身会员卡。不过，却因为两元钱的事把她莫名其妙地得罪了。疫情后又联系了，但渐行渐远。

那要说到田秀英跟我和我妈去本拿比华人爱去的丽晶广场，她看中了一把空心菜，要两加元现金。我平时身无分文，只带信用卡，看到了麻辣毛豆，一包五加元，十加元以上才可以刷卡，正因为此，我买了两包毛豆。正吃着，田一颠一颠小跑过来，问我借两加元现金。我说我没有；我妈是是新移民，我给办的，更没有硬币了。结果回家以后田就发来长长的微信，说什么"两元钱难倒英雄汉"云云。我们也没计较，随她去。

后有朋友分析说，可能她看见我吃毛豆，认为我有现金不肯借给她，导致了误会，还责怪我为什么没有早告诉她我的毛豆是刷卡买的。

那一晃就是三、四年没有来往。就因为两元钱，几乎老死不相往来。

再见面已是疫情中，正好看见她母女俩去医院。2023 年年底，我寒假在家，新冠基本完结，她母女竟然先后感染了病毒。她本身基础病就多，这一感染对她影响颇大，上吐下泻、头晕眼花，卧床不起至少半个月。我跟她说，如果需要我帮什么，比如买菜、洗衣、送货、做饭什么的，我随时待命。她则再三谢绝。

再说莎拉近况。如果各位客官忘了这个人，不妨再回到前面的章回温习一番。别看她北大学历、温哥华当地文凭，有会计的专场，她找其工作来也没有比别人容易多少。她向往的工作是既和教会相关，又能使用她会计的特长。疫情前夕，她天天祷告，看到网上一则广告，恰巧是一家基督教会旗下的慈善机构招聘出纳会计。她兴奋不已，赶紧草拟申请信和简历，并让我过目。

一个月后，她发来长篇大论的邮件，感慨主垂听了她的祷告，将这一份心仪的工作赐给了她。邮件写道：

达哇，你要坚信，在神没有难成的事。当年，亚伯拉罕已经 100 岁了，他的妻子撒拉也 90 多了。神曾应许赐给他们一个儿子。但他们心里说："这怎么可能？"于是，神反问："在耶和华岂有难成的事吗？"（创世记 18:14）撒拉在那把年起而且过了生育期仍能怀孕生子（11 节），那对神来说就没有什么难成的事。感谢神！哈雷路亚！

我当然为她高兴。自上岗以后，她请过我一顿饭，之后我们联系也少了很多。偶尔发个微信问候她，她总是说："累死了，忙死了，下班就想回家睡个觉！"

疫情开始半年多，无数公司都在裁员甚至关张，不过她还在那家公司稳坐泰山。她自信道："再裁员，他们也不会裁出纳会计呀！"

刚说完不出三天，她突然发来微信道："今天是我在这家公司上班的最后一天。"

我惊讶地问道："是因为疫情？"

“不是啦，”她依旧保持诙谐和风趣，“人家想让我走呗。”

我也诙谐风趣一番：“看来神又垂听了你的心声：你总说忙死了，累死了，神为了让你好好休息，于是把赐给你的工作又收走了。”

那之后莎拉一直闲置在家，靠房租为生。眼看疫情基本结束，人们陆续恢复到疫情前的常态，她又开始着急找工作，并选报了一个职业培训班。

我微信道：“您老人家就算了吧。这把岁数，再去找工作，即便找到了，又是干两、三年就黄了，然后再接着去找？还是把机会留给年轻人吧。你看看每年大学毕业生都那么多，还找不到工作呢。”

莎拉认同，考虑数周后微信道：“我也觉得是的，再让我朝九晚五我也不习惯了，我觉得我还是更适合自雇啊！”

“是啊，你要是早开始自雇，现在积累的客源早让你晚年无忧了！”我回道。

再说那个阿杰，中青年时期靠姿色和人格魅力在哪里都能“PQ”且混得风生水起，如今逐渐步入晚年，青春不再。他已经上 60 了，要傍人只能去傍那七老八十的了。

上面曾说到他流落到了泰国，有一个老人家给他临时提供了曼谷的住处，并时不时给他一些零花钱。不知因何他竟然又和他昔日温哥华的老友王闹联系上了，去王闹的芭堤雅家住了一阵子。那王闹的快嘴，焉能不跟我汇报？

这阿杰虽再三嘱托不要透露给别人，王闹还是将他偷偷拍的阿杰照片发给了我。

还是那张脸，国字型脸现在变成了上窄下宽的梯形脸，倒是不见皱纹。剃了个秃瓢，真成了和尚模样。泰国炎热，他自然是打赤膊，从侧面看，腰比胸粗了不少，肚腩隆起，宛如一尊弥勒佛。

王闹猜测阿杰多半已经走火入魔，时常一个人凝视着一个虚空的地方，半晌不语。他甚至有些起鸡皮疙瘩。

　　阿杰离开的时候房间里搞得乱七八糟，但王闹这方面脾气倒是很好，不很在意。王闹问他是否愿意跟我联系，他说他谁都不愿意联系。

　　但是麻烦来了，这阿杰反反复复在曼谷和芭堤亚王家之间来回数次，最近一次提出能否常住他家。王闹心想，请神容易送神难，作为老朋友，临时接待一下，责无旁贷，这要是赖在他家不走了，这叫什么档子事儿啊？脸皮薄、从不肯说不的王闹，破天荒地拐弯抹角地婉拒了阿杰。自那以后，阿杰一走了之，也不再往来。后来再联系，得知阿杰又住到了尼泊尔的寺庙里。

　　至于王闹，他的优点是这把年纪已经能接受变老，对名利淡泊，他最大的心愿就是有一个他爱且爱他的爷们儿，这泰国的素差彭穷也罢，爱伸手要钱也罢，但终归忠心耿耿伴他左右。他不怎么再在社交媒体上展示了。王闹道，这网上什么人都有，自己的生活，没必要广而告之。他知道，他的生活曾招惹来多少是非。

　　他的确言之有理。对社交媒体上热衷于发朋友圈的现象，网上有很多心理学研究，普遍认为爱发朋友圈的人都属于心智不够成熟的人。

　　加州大学圣迭戈分校的一个心理学家分析说，归根到底，发朋友圈的目的就是炫耀，而且分享的基本都是好消息。她认为这种人心理上有不安全感，而且内心经常感到孤立，现实生活中没有什么真正的朋友分享，因此便如饥似渴地投入到了社交媒体的虚拟世界中。

　　还有网友回应道，一个人晒什么，其实就是内心怕缺什么。正因为如此，我不发朋友圈，因为不想在上百人的手机上展示、暴露自己的生活方方面面。更有很多人认为，一个人真正的朋友就那么几个，只有真朋友才会为你的成功和幸福而开心，绝大多数陌生人或半生不熟的"朋友"都不希望别人比他过得好，因此你晒给这些不搭界的人等于招来无数人的嫉恨。

　　我有些熟知的朋友，彼此之间转发一些段子或发一些音讯就蛮好的。那些如此渴望普天下都关注、认可的人，自以为发了朋友圈给自己带来知足、欣慰，殊不知在绝大多数人眼里被人当耍猴的、刷刷看看解了个闷而已——这话虽糙，但是话糙理不糙，说白了，就是那么回事。记住心理学家都认同的王闹的结论——这世界没有多少人希望别人过得都比自己好！

　　如今王闹最后悔的是当初太冲动，一股脑儿彻底搬到了泰国，加拿大什么都没留下。经历了破财、官司、血光之灾、债务危机，才知道泰国可以度假休养，但不是终老之地。按他说的，即便客死他乡也不能死在泰国，最终恐怕还是加拿大更靠谱。他哪怕当初留个十万加元的富余，在温哥华——哪怕是远郊小镇——买个单身公寓，至少交个首付，出租给他人以房养房，也不至于现在这个窘况。不过世上没有后悔药可吃，既来之则安之，他的每一步路都是自己选择的，怨天怨地都没有意义。

　　其他人的近况也多少有所耳闻。只知道又有几个去世了，而且都是英年早逝；或者就是谁的父母家人过世了。人生轮回就像三文鱼回流一般。人来到世上走一趟，很多人浑浑噩噩不知道为何而来，就糊里糊涂离去。还有很多人——中国人中有不少——的一生就为了繁衍后代，给子女留下财产，即便他们不忠不孝、亲情淡薄，自己咽气前身边最后的陪伴竟然是护工或猫狗。还有一些人经过磕磕绊绊人到中年悟出人生的目的——来这世上就是学习人生哲理而已。还有极少数人，感悟出假如短暂一生不用奉献和付出为这世上留下些美好的回忆，岂不是虚度年华？

　　人一时一个心态。曾经身陷染缸，谁都会有追名逐利的过去。离开那染缸，来到加拿大的新天地，经历了另一种人生，有一天突然发现，曾经重要的事情，可能后来就不再重要；别人怎么说我，怎么想我，怎么猜度我、评价我，都如过眼烟云。每一个发生的事件，都是必然要发生的。每一个迈过的沟坎，都是必然躲不过去的。回顾昨日，已经拥有的，已经经历的，已经让我我觉得很知足了。至于明天，我们永远不知道明天会发生什么，我们想提前预知，但是知道了又能怎样？不知道又能怎样？无论知道还是不知道，都不能扭转那必然发生的唯一的可能。

　　所以我们只能是活在当下。人生的乐趣不是达到目的地，而是前往每一个目的地的过程。

后记

  别人的人生像是电视连续剧，而我的人生却像是电视系列剧，每一季都有每一季的故事主题，生旦净末丑都能叫我见识到。像吉普赛人流浪四方一样，游走在东西海岸之间。缺点是每隔几年就要又一次充满未知和不安，但是优点是每当回首往事，每一次不同经历都是别人人生中没有的财富。

  但是无论到了哪里，家还是在温哥华。这是跑不掉的！

  每次从外地回到温哥华，总要迫不及待先去我移民后头几年居住的地方怀旧一番，那就是温哥华市区西端丹门街的两侧。别看这条小街全都是低矮、朴实的建筑和狭小的门脸房，这里其实是温哥华市区寸土寸金的一条商业街，房租甚至超过主要商业街——罗伯森大街。这里鳞次栉比排列着一家家餐馆，狭小得只能容得下几张餐桌，透过窗玻璃，总看见里面人头攒动、生意兴旺。当地人说，温哥华市区最佳地段就是西端，而西端最佳地段是丹门街以西。如果说温哥华是人间天堂，那丹门以西则是天堂中的天堂，南邻著名的英吉利海湾，和基茨兰诺海滩隔海相望；西接斯坦利公园和泻湖，与原始森林一步之遥；北望煤港和北温哥华，远山含翠，近水凝芳。世界上没有哪个城市有这般天人合一的地理环境和城市规划。

  又是一个细雨绵绵的傍晚，天色已黑，华灯初上。我和宝宝坐在丹门街 Blenz 咖啡馆里靠着沿街落地窗边的藤椅上。看看书，又刷刷手机；品一口拿铁，观察着街边来往的行人和车辆。

  这一片区域我还有很多其他的旧相识，我们曾经欢声笑语，如今走的走，散的散，变的变。我感觉我在这里，物是人非，只剩下了我。

　　又有了不少新消息。蔡宏京居然又"润"到了美国加州，说是有一个姑姑去世，无儿无女，只有他这么一个侄子，立了遗嘱让他去继承遗产。那个姑姑年近 90 岁，除了去年底摔了一跤，住了医院几天，此外健康无恙，但是近期略有些老年性糊涂。蔡说，跟当年留学奥地利不一样，如今来到美国，完全没有出国的感觉，周围的汉字招牌、中超亚超、川菜粤菜，俯拾皆是。

　　王闹在泰国先后破财、受伤，眼看年纪逐渐奔七，健康问题频现，决定开始每年回温哥华住七个月，在泰国住五个月，这样能保住他加拿大的福利。这把岁数还像是没活明白，一会儿找人再加回我的微信，一会儿又继续把我拉黑。想不让他拉黑只有一个办法：那就是什么都顺着他说；但凡有什么观点跟他不一致，结果就是将你拉黑。

　　莎拉则每几个月就要往返于加拿大和中国之间，原因是加拿大这里她收养了一只中国留学生回国前抛弃的猫，而回国时又收养了小区里的一只流浪猫。我建议她把国内那只猫带到温哥华来，她试图去办手续，但是这只猫死活不配合，只要去动物医院就跟杀猪一般。她只好奔波于两地之间。不久前又找了一份旅行社的工作，卖卖旅游线路什么的。五年没找到工作了，突然来了这个职位，虽然不怎么光鲜靓丽，但也着实让她受宠若惊一番。

　　走的人已经远去了，音容笑貌在一点点褪去；活着的人一个个还都在应考自己人生中的每一门课程。事实证明，只要不贪婪和虚荣，人生完全没必要搞得那么惊涛骇浪。人是社会的动物，但不是社会的奴仆。这世上人人都是过客，能多年后还跟你保持友谊的，都是大浪淘沙后留给你的稀有珍宝。

　　再者，人在加拿大，感觉如果你一个亲友都没有跟有一大堆亲友相比，严格来说生活没什么两样。拉开家家户户冰箱门，一个蓝领工人的食品跟一个总理的食品相差无几；去医院看大病，市长和流浪汉受到的待遇几乎一样。这是一个生人社会，不需要什么关系网。其实有时候倒是谁都不认识反而更简单。临终了，倘若有些私人财产，谁最后照顾你左右你就留给谁一些作为报答，省得自己家人争执不休，也让你死不瞑目。加拿大的生人社会处理方式自然有它可取之处。

既来之则安之。没有哪里是完美之地。一个年龄段会有一个年龄段的喜好和追求。

人岁数越大，越喜欢清净；独处的时候是整理回忆和思绪并记述经历的最佳时刻，因此也就有了这本《润后余生》。

www.ingramcontent.com/pod-product-compliance
Lightning Source LLC
Chambersburg PA
CBHW062108290726
48975CB00001B/150